华尔兹终曲

康奈尔·伍里奇黑色悬疑小说系列

[美]康奈尔·伍里奇 著

万华 译

上海文艺出版社
上海故事会文化传媒有限公司

康奈尔·伍里奇黑色悬疑小说系列（全18种）

编委会

总策划　夏一鸣

主　编　黄禄善

副主编　高　健

编辑成员（按姓氏拼音为序）

蔡美凤　高　健　洪圣兰　胡　捷

黄禄善　吴　艳　夏一鸣　杨怡君　朱崟滢

序　言

　　你见过妻子为丈夫的情妇洗冤吗？见过杀手恋上自己的谋杀目标吗？还有弃妇嫁给死人、员工携带老板爱妻逃亡、富豪邮购致命新娘，等等。所有这些令人心颤的诡谲事件，或者说，诞生在西方资本主义世界的怪胎，都来自康奈尔·伍里奇（Cornell Woolrich, 1903–1968）的黑色悬疑小说。黑色悬疑小说，又称心理惊险小说，是西方犯罪小说的一个分支。它成形于20世纪40年代，在50年代和60年代最为流行。同硬派私人侦探小说一样，这类小说也有犯罪，有调查，然而它关注的重点不是侦破疑案和惩治罪犯，而是剖析案情的扑朔迷离背景和犯罪心理状态。作品的叙事角度也不是依据侦探，而是依据与某个神秘事件有关的当事人或案犯本身。伴随着男女主角因人性缺陷或病态驱使，陷入越来越可怕的犯罪境地，故事情节的神秘和悬疑也越来越强，从而激起了读者的极大兴趣。

　　康奈尔·伍里奇被公认是西方黑色悬疑小说的鼻祖。他出生于美国纽约，幼年即遭遇父母离异的不幸。在前往父亲工作的墨西哥生活了一段时期之后，他回到了出生地，同母亲相依为命。1921年，他进入了哥伦比亚大学，但不多时，即对平淡的学习生活感到厌倦，并于一场大病之后退学，开始了向往已久的职业创作生涯。1926年，他出版了长篇处女作《服务费》，接下来又以极快的速度出版了《曼哈顿恋歌》等五部长篇小说。这些小说均被誉为"爵士时代小说"的杰作，尤其是《里兹的孩子》，为他赢得了《大学幽默》杂志举办的原创作品大奖，并得以受邀来到好莱坞，将小说改编成电影剧本。1930年，"事业蒸蒸日上"的康奈尔·伍里奇与电影制片商的女儿结婚，但这段婚姻只维持了几个星期便因他本人的恋母情结和同性恋倾向而告终。此后，康奈尔·伍里奇一度意志消沉，创作也连连受挫。一怒之下，他销毁了全部严肃小说手稿，转向通俗小说创作。1940年，他的第一部黑色悬疑小说《黑衣新娘》问世，顿时引起轰动，他由此被称为"20世纪的爱伦·坡"和"犯罪文学界的卡夫卡"。紧接着，他又以自己的本名和笔名陆续出版了17部国际畅销书，其中的《黑色帷帘》《黑色罪证》《黑夜天使》《黑色恐惧之路》《黑色幽会》同《黑衣新娘》一道，构成了著名的"黑色六部曲"。其余的《幻影女郎》《黎明死亡线》《华尔兹终曲》《我嫁给了一个死人》，等等，也承继了同样的黑色悬疑风格，颇受好评。与此同时，他也在《黑色面具》等十几家通俗杂志刊发了大量的中、短篇黑色悬疑小说。这些小说同样受欢迎，被反复结集出版。然而，巨额稿费收入并没有给他带来精神愉悦。他依旧"像一只倒扣在玻璃瓶中的可怜小昆虫",徒劳挣扎,郁郁寡欢。自50年代起,因酗酒过度,加之母亲逝世的沉重打击,康奈尔·伍里奇的健康急剧恶化,他的一条腿因感染未及时医治而被截除。1968年,康奈尔·伍里奇在孤独中逝世,死前倾其所有财产,以母亲名义为母校哥伦比亚大学设立了一项教育基金。

康奈尔·伍里奇的黑色悬疑小说引起了众多作家的模仿。最先获得成功的是吉姆·汤普森(Jim Thompson, 1906—1977)。他的《我心中的杀手》等小说以破案解谜为线索,表现罪犯的犯罪心理,从多个层面反映小人物的重压。稍后,霍勒斯·麦考伊(Horace McCoy, 1897—1955)和戴维·古迪斯(David Goodis, 1917—1967)又以一系列具有类似特征的作品赢得了人们的瞩目。20世纪50年代至60年代,黑色悬疑小说层出不穷,代表作家有查尔斯·威廉姆斯(Charles Williams, 1909—1975)、哈里·惠廷顿(Harry Whittington, 1915—1989),等等。同康奈尔·伍里奇和吉姆·汤普森一样,这些作家注重塑造处在社会底层、具有人性弱点或生理缺陷的反英雄,但各自有着独特的创作手法和成就。

康奈尔·伍里奇的黑色悬疑小说还引发了战后西方黑色电影浪潮。自1937年起,依据康奈尔·伍里奇的长、中、短篇黑色悬疑小说改编的电影即频频出现在美国各大影院,并进一步成为好莱坞电影制作的主要来源,尤其是1954年,阿尔弗雷德·希区柯克(Alfred Hitchcock, 1899—1980)执导的电影《后窗》赢得了爱伦·坡奖,将这种改编推向了高潮。据不完全统计,20世纪40年代至60年代,共有35部康奈尔·伍里奇的作品被改编成电影,其数目远远超过达希尔·哈米特(Dashiell Hammett, 1894—1961)和雷蒙德·钱德勒(Raymond Chandler, 1888—1959)。不久,这股康奈尔·伍里奇作品改编热又延伸到了南美、德国、意大利、土耳其、日本、印度,尤其是《黑衣新娘》和《华尔兹终曲》,在法国持续引起轰动。80年代和90年代,康奈尔·伍里奇作品又被西方各大媒体争先恐后改编成电视连续剧、广播剧。与此同时,新一波电影改编热又悄然兴起。直至2001年,美国著名影视剧作家迈克尔·克里斯托弗(Michael Cristofer, 1954—)还将《华尔兹终曲》改编成了电影《原罪》,广受好评。2012年,《后窗》又被改编成百老汇音乐剧。2015年至2019年,作为好莱坞经典保留剧目,电影《后窗》再次在美国各大影院上映,引起轰动。

这套丛书汇集了康奈尔·伍里奇的18部黑色悬疑小说,包括16部长篇和2部中短篇,是迄今国内译介康奈尔·伍里奇的品种最齐全、内容最丰富的一个系列。这些小说既有爱伦·坡和卡夫卡的印记,又有硬汉派侦探小说的风格,但最大特色是制造了紧张的恐怖悬念。作品大多数以美国经济萧条时期的大都市为背景,着力表现人性的阴暗面和人生的残忍、污秽、挫败以及虚无。譬如《黑衣新娘》,描述一个神秘女子伪装成不同的身份和外表对多个男性疯狂复仇，起因是多年前那些人枪杀了她的丈夫，从那时起，她就誓言血债血偿，其手段之残忍，令人咋舌。而《黑色幽会》则描述一个男子的未婚妻被五名男子的空中抛物致死，其心灵被疯狂滋长的复仇欲望所扭曲，并渐至迷失本性。在难以言状的病态心理驱使下，他将这五名男子最心爱的女人一个个杀死。与此同时，他也成为可悲的社会牺牲品。

同这类以罪犯为男女主角的小说相映衬的是另一类以受到陷害、孤立无援的无辜者为男女主角的作品。《黑色帷帘》和《幻影女郎》堪称这方面的代表作。在《黑色帷帘》中，男主角脑部遭受重击丧失记忆力，过去的生活片段如梦魇般在内心煎熬。他渐渐回忆起自己曾被人陷害，是一起谋杀案的疑犯。而要洗清嫌疑，他必须恢复记忆。伴随着支离破碎的回忆，他极度害怕自己就是真凶。无独有偶，《幻影女郎》中的男主角与妻子吵架负气出门，在与陌生女郎约会之后，发现妻子被杀，自己则被控告行凶，判处死刑。本可以证明他清白的神秘女郎，却仿佛人间蒸发一般，而那晚所有见过他的人，都不记得他曾与女郎在一起。随着行刑日期接近，所有寻找女郎的努力都以失败告终。即便他本人也开始怀疑，是否真有这样一位女郎存在。

为了增加作品的悬疑，特别是中、短篇小说中的悬疑，康奈尔·伍里奇也会仿效一些传统侦探小说的写法，描述一些出人意料的谋杀奇案。如《死亡预演》描写身穿宫廷裙服的女演员突然被烧死，警方必须弄清楚罪犯（伴舞者中的一个）如何在一大群伴舞者中放火杀人。而《自动售货机谋杀案》要解决的则是罪犯如何利用自动售货机毒杀三明治购买者。除了一些常见的布局手法，暗示超自然力量的存在也是康奈尔·伍里奇解释某些罪案发生的方法之一。《眼镜蛇之吻》述说一个离奇的印第安妇女能将毒蛇的毒液转移至其他物品。《疯狂灰色调》描述一个坚持要解读出"乌顿"（一种巫术）秘密的乐师。《向我轻语死亡》则以一个先知谶语来展开叙述。面对通灵师预言女孩的叔叔将在两天后被雄狮咬死，警察该如何阻止这场事先张扬且没有罪犯的命案？被预言逼得精神失常的叔叔又该如何保护自己？所有人是否能在死亡期限之前揭开阴谋面纱？诸如此类的谜底，将在"康奈尔·伍里奇黑色悬疑小说系列"中一一找到答案。

黄禄善

Contents

寻觅爱情 /1
为爱置房 /11
一见倾心 /19
浪漫婚礼 /36
婚宴舞会 /39
携手回家 /45
不顾俗礼 /51
心花怒放 /55
面色疑云 /59
爱宠异常 /63
神秘箱子 /68
雀鸣惨死 /72

远方信笺 /76
踟蹰不定 /80
银行开户 /86
扑朔迷离 /97
人走箱留 /100
伤心欲绝 /108
卷款而逃 /113
因爱生恨 /117
戏院错认 /122
难觅新欢 /125
狂欢节 /129
陷入绝望 /137

警局报案 /138	深陷泥沼 /281
无力受理 /143	惊险藏尸 /299
圣路易斯 /149	温柔陷阱 /312
私家侦探 /160	博弈 /314
寻找线索 /168	逢场作戏 /334
心死楼空 /176	"美杜莎" /338
郁郁寡欢 /180	美人心计 /343
借酒消愁 /183	冒险返城 /352
再遇上校 /188	生死考验 /365
相约聚会 /192	虚惊一场 /371
狭路相逢 /197	惊现尸体 /376
复仇之火 /203	走为上计 /387
无尽等待 /208	纸牌千术 /390
诉"衷肠" /212	赌场风云 /396
争风吃醋 /252	真爱谎言 /405
新的开始 /257	神秘信件 /417
浪漫情人 /262	背叛 /424
如影随形 /264	圈套 /432
女主人 /267	死亡华尔兹 /450
不速之客 /271	曲终人散 /472

寻觅爱情

正值五月，阳光灿烂，天空湛蓝；新奥尔良可谓是天堂。然而，天堂般的新奥尔良应该是另一个样子，它完美无瑕。

路易斯·杜兰德住在查尔斯街单身公寓，此时正在梳洗打理。太阳高照，他已经起床好几个小时，这可不是今天第一次梳洗了，因为今天有重要的事情，它不是普通寻常日，而是最重要的日子，对男人来说这样的日子一生也只有一次，而现在杜兰德正迎来了这一天。虽然这一天来得太迟，但究竟是来了，就是今天，就是此刻。

杜兰德觉得自己已经老了，尽管从未有人这样对他说过，但他却时常提醒自己。男人都会老，杜兰德还算不上老，可确实也不年轻，毕竟三十七岁了。

墙上挂着日历，前四张已撕掉，第五张露了出来。日历顶部正中，是"五月"的标志，两边是浓重的斜体投影数字，年份很显眼：1880。日历下面是一个个小方框，里面有数字，前十九个已经用铅笔画去了，第二十个日子用红笔重重地画上了圈，宛若公牛的眼睛，炯炯有神。这个日子画上了一圈又一圈，却似乎依然不足以突出这一日子的重大。从第二十一个日子开始，便没有画过，那都是未来的日子。

杜兰德穿上衬衫，这件衬衫经过阿方西纳阿姨仔细浆洗后，显得十分整齐清爽，犹如一件宝贵的艺术品。衬衫袖口扣有石榴石别针，背面是银质装饰。飘舞的宽领带自领口垂下，呈扇状悬挂，饰有应景的别针，杜兰德今天佩戴的是新月形钻石别针，两端点缀着红宝石。衣着讲究的男士都会配饰这样的别针。

一条沉甸甸的金怀表饰带垂落下来，掉在杜兰德马甲的右胸袋上，一根粗金链子连接着饰带与相邻左胸袋中笨重的怀表，挂在腰间，格外显眼，也许本来就是要吸人眼球的。哪个男人会没有怀表呢？没有存在感的表又怎能称得上为怀表呢？

他里面穿着紧身马甲，外面套着这件潇洒的衬衣，好似一只球胸鸽。然而，无论借助何种方式，此时此刻杜兰德的胸脯尤为挺拔，满满的都是自豪。

他站在书桌前，梳理头发，桌子上放着厚厚的信件和一张用达盖尔银版法拍摄的照片。

放下梳子,杜兰德迟疑了一小会儿,然后拿起一封封信件,匆匆浏览完。第一封信的开头这样写道:"圣路易斯友好通信协会——专为高贵女士和绅士牵定情缘的机构",接着是一手漂亮字体,充满男人刚劲的气息,它写道:

尊敬的先生:

我们已收到您的来信,很高兴向您介绍一位成员的名字和地址,若您能亲自写信给她,我们相信您和这位小姐必然互生好感。

接下来是一女性的字迹,十分流畅:亲爱的杜兰德先生,署名是:朱莉娅·拉塞尔小姐。

下一封是:亲爱的杜兰德先生:……朱莉娅·拉塞尔小姐谨上。

紧接着一封是:亲爱的路易斯·杜兰德:……你真诚的朋友朱莉娅·拉塞尔。

第四封是:亲爱的路易斯:……你真诚的朋友朱莉娅。

第五封是:亲爱的路易斯:……真诚的朱莉娅。

后面是:路易斯,亲爱的:……朱莉娅。

最后一封是:路易斯,我的爱人:……急切的朱莉娅。

末尾的附文是:难道星期三永远不会来到吗?我一直苦熬,等待轮船启航的那一刻!

之后杜兰德依次将信件放好,轻轻拍打,深情抚摸,放入外衣的内口袋里，贴近心口。

他拿起那张硬底小照片，呆看了好久，照片里的女子已经不年轻了，虽称不上老妇人，确实也算不得是个小姑娘。她的五官尽显未来变化的趋势，嘴角的线条不是很明显，但很快就会凸显出来。很容易看出的是，眼角边已经出现皱纹的痕迹，皱皱巴巴收缩起来。虽然现在还没有皱纹，但很快就会出现，征兆已经很显见。鼻子有些弯曲，估计不久就会变成鹰钩鼻。鼻梁突起，很快就会凸显出来。

她长得并不是很美，但颇具魅力，对于杜兰德来说，她更是魅力四射，尤其是那对眼睛，绽放光芒。

女子乌黑亮丽的头发往后梳着，还有几根发丝梳向另一个方向，盖住前额，梳成刘海，就像如今一直流行的发式。可实际上，这种发式也已过时一段时间了。

有限的姿势中可见的唯有那条黑丝绒围脖，紧紧围在脖子上，而围脖下面就只剩朦朦胧胧的棕色阴影了。

这便是杜兰德与爱情所做的交易，他足足等了十五年，在漫长的煎熬中，患得患失，在绝望中，慌忙抓住眼前的东西，决定向过去告别。

以前的初恋，现在只剩下一个记得不太清的名字，杜兰德在第一段恋爱中的海誓山盟，如今变成了沉重的回忆。玛格丽特，他依稀记得这个名字，但对他已经没有什么意义了，就好像是一朵花，压在书中多年，变得扁平干枯了。

另一个人的名字也已成为过去，不是属于他的。人们常说，每隔七年，会发生翻天覆地的变化，原来的一切都会消失殆尽。十四年后，杜兰德已经彻底变成另外一个人。

十四年以前，他还是那个二十二岁的小伙子，名叫路易斯·杜兰德，这是唯一不变的地方——大婚前夜，他手捧鲜花敲着未婚妻的家门，双眼尽透喜悦。他站在那里，不见回应，随后只见门渐渐打开，两个男子抬着一副担架走了出来，上面躺着一个盖住的死人。

"走远点，是黄热病。"

他看着死者手上的戒指，就这样逐渐远去。

他一声不发，更没有大声喊叫，只是等到担架经过时，轻轻将求婚鲜花放在担架上，然后转身，悄然离开。

杜兰德离开了爱情，转眼就是十五年。

他记忆中能留下的也只有玛格丽特这个名字了。

他至死都会忠实于"玛格丽特"，因为终有一天他也会离去，尽管这一天来得比她晚得多。二十二岁的小伙子在二十九岁年轻人的躯壳里死去，然而依旧和以前一样，对这个名字始终不渝，直至这个躯壳也死去，接着二十九岁的年轻人在三十六岁更年长的男子躯壳中走了。

突然，有一天，累积十五年的孤独，令他无法承受，甚至一下子将他击垮,让他慌乱不已,无所适从。

爱情无论是从哪里来,需要什么条件,趁现在不算太晚,只要爱情快来,不要让他再是一个人。

如果那时在饭店里遇见什么人——

或者他只是在街上看到有人经过——

然而都没有。

相反,他注意到了报纸上的一则广告,登在《新奥尔良报纸》上,圣路易斯发出的广告。

  你可以获得爱情。

他的思绪突然打断了,只听见马车隆隆作响,停在外面某个地方,然后他把照片放在皮夹里,又把皮夹装进口袋,之后走到二楼阳台,向下望望。杜兰德靠着扶栏,压住边上暗红色的九重葛藤叶子,阳光洒落下来,背上一片白光,宛如一层白色的面粉。

一个黑人从大街走来,经过这条道,走到内院,或者也可以把它叫作"天井"。

"怎么这会儿才回来?"杜兰德朝他大声喊道,"你帮我买花了吗?"其实这只是随便问问,因为他早就看见那圆锥状的包,蜡纸包顶上隐约露出粉红色。

"当然啦。"

"那你帮我叫马车没有呢?"

"车子就停在外面等您?"

"我还以为你不回来了,"他继续说道,"你走了,那——"

黑人管家和蔼地摇摇头,像个哲学家。"热恋中的男人总是急不可待。"

"好啦,快上来,汤姆,"杜兰德不耐烦地叫道,"别老整天站在那里。"

汤姆继续爬上楼来,脸上依然挂着幽默的微笑,身影在靠街的窗下消失了。过了一会儿,公寓最外面的门打开了,汤姆走进来,站在杜兰德的身后。

杜兰德转过身,走到黑人管家跟前,抓住鲜花,迫不及待地撕去外面那层透明包装纸,与其说是小心翼翼,不如说是迫不及待。

"您是想把花送给她呢,还是想将它撕成碎片?"黑人管家冷冷问道。

"我就是看看,不行吗?汤姆,你觉得她会喜欢粉红色玫瑰配上香甜的豌豆花吗?"问句末尾流露出深深的无奈,就像是在抓住最后一根救命稻草。

"女士们会不喜欢花吗?"

"我不知道啊,我唯一认识的姑娘——"他戛然而止。

"哦,会喜欢的。"汤姆好心地说道,"上帝说她们会的,上帝说这就是她们想要的东西。"他抖动鲜花包装纸,重新整理,那仔细劲儿好像他就是鲜花的主人。

杜兰德一边匆忙地穿戴好剩下的衣物,一边想往外走。

"我想先去看看新房。"他说着,气有些喘不过来。

"你昨天才去过呀,"汤姆说,"我看啊,你一天不去,房子就像会飞走一样。"

"我知道,但这是我最后的机会了,我必须看看一切是否都——你通知你姐姐了吗?我希望我们到的时候她也在那儿。"

"她会到的。"

杜兰德扶着门把手,扫视四周,想将周围尽收眼底,突然间,他放慢了离开的节奏,甚至是停了下来。

"汤姆,这是我最后一次在这儿了。"

"这里挺好的,很安静,路易斯先生,"黑人回答道,"反正,你的年龄见长,之前的几年就都是在这里度过的。"

这时杜兰德又是一副匆忙要走的样子,就好像时间飞逝,由此产生一种内在紧迫感。"把东西收拾好,别落下什么,走之前记得把钥匙还给泰利耶太太。"

他再次停住,转了一圈门把手,不过门还是没有打开。

"怎么了,路易斯先生?"

"我现在很害怕,我担心她——"他隔着齐耳硬领,咽了下口水,拿手背擦擦额头上的汗,其实额头上的这些汗液肉眼几乎看不到,"——会不喜欢我。"

"你看上去一切都很好啊。"

"之前我们只是书信往来,写信倒是挺容易的。"

"你以前把照片寄给她了,她是知道你长什么样的。"汤姆鼓励他。

"照片只是照片而已,活生生的男人是活生生的人,不一样的。"

杜兰德沮丧地站在门边,汤姆走过去,拭去杜兰德背上的灰尘。"你不是新奥尔良最帅气的男人,但也绝不是这里最丑的男人。"

"哦,我不是说长相,是我们的性格——"

"你们俩年龄差不多的,你告诉过她你的年龄。"

"我少说了一岁,我跟她说我已经三十六岁了,这样听上去会好些。"

"这样会让她觉得挺舒服的,路易斯先生。"

杜兰德放松地点点头,好像是第一次觉得有安全感。"她不会让自己过苦日子的。"

"这样我就不必太担心了,男人恋爱的时候,看上去总是像模像样,而女人恋爱的时候,恕我直言,路易斯先生,她们总想弄清楚她们会变得多富裕。"

杜兰德面露喜色。"她不用省吃俭用。"他突然昂头挺胸,像是有个新发现,"即使我不完全是她所想象的那样,我相信她会慢慢习惯的。"

"你想——弄清楚吗?"汤姆在身上到处摸索,用劲拉着胸前某个地方的线——这根线压根看不到,然后扯出一只破旧软塌的兔后足,上面围着一圈镀金架,汤姆把兔足递给了杜兰德。

"哦，我不相信这个——"杜兰德委婉地推辞道。

"白人是不会说他们相信这个的，"汤姆咯咯地笑起来，"但一样的道理，白人也没说他们不相信，不管怎么样，还是装进口袋里吧，不会有什么害处的。"

杜兰德内疚地塞起兔足，看了看表，"啪"的一声又将表盖盖上。

"糟了，我要迟到了，我不想接不到船！"说着他猛地拉开具有象征意义的门，跨出单身汉的门槛。

"我想你选择了最好的时刻，一定会在轮船的烟囱在河面出现之前赶到的。"

然而，作为准新郎的杜兰德已经迫不及待，伴着阵阵响亮的脚步声，他大步从泰利耶太太家的瓷砖楼梯上走出来。过了一会儿，窗外的院子里发出一声激动的招呼声。

汤姆慢慢地走向二楼的阳台。

"我的帽子，快扔下来。"杜兰德在下面焦急万分。

汤姆扔下了帽子，又走进了屋里。

接着，底下又传来一声叫喊，这次更加狂躁了。

"我的手杖，把它也扔下来。"

手杖扔下，还在半空中就被熟练地抓住了。太阳照射下，泰利耶太太家凹凸不平的石板上扬起一层尘灰。

汤姆转过身，无奈地摇摇头。

"热恋中的男人总是急匆匆，还真是这个道理。"

为爱置房

马车轻快地沿着圣路易斯大街前行,杜兰德身体前倾,僵硬地挪到座位边缘,两手按在手杖头上,手杖支撑着上半身,突然间,身体越发往前倾。

"那栋,"他激动地指向前面,大声喊道,"就是那栋。"

"是那栋新楼吗,先生?"车夫惊奇而羡慕地问。

"是我亲手建造的大楼,"杜兰德骄傲地回应道,语气像是回到了十六年前,然后他解释说,"我的意思是,他们是按照我的设计建造的,我之前告诉过他们我想要什么样式。"

车夫挠了挠头,搔头不代表他对此感到困惑,相反,他被如此宏伟的建筑所折服。"真是太漂亮了。"他说。

这栋楼共有两层,除了暗黄色的砖,还有贴着白饰条的窗户和门道。房子虽然不大,但所处的地理位置非常好,正好位于转角地段,前面可以很清楚地看到两条道路。除此之外,房子两边延伸着一片空地,即使算不得宽敞,至少也是非常旷达,压根就不会接触到左邻右舍的房屋。屋前留有可铺草皮的空间,屋后则可以建个花园。

当然,严格意义上来说,空地现在还不能用,房屋前面还有几小堆丢弃的断砖头和碎瓦片,地上还没有铺草皮,玻璃窗上还有油漆污迹。但是,当杜兰德看到这栋房子时,他脸上洋溢着虔诚的色彩,嘴角微微张开,眼神里满是柔情。他不敢相信房屋居然可以设计得这么完美,这是他所见过的最漂亮的房屋了,这就是他的房子。

车夫手中的鞭子探询似的抖动了一下,打断了杜兰德的思绪。

"你得在这儿等我一下,我过会儿要从这儿去接船。"

"好的,不着急,先生,"车夫理解性地咧嘴笑笑,"男人是得去看看他的房子。"

杜兰德没有立马进屋,而是绕着房子正面最突出的两个部分慢慢走了一圈,他用手杖测了一处基石,试了试一扇窗页,推开,又合拢。之后又用手杖小心翼翼地戳进一小团乱糟糟的马勃草里,把草拨到人行道以外,最后留下一路散乱的草丝,比最初只有一堆草的情况还要糟糕。

最后，他转身向门口走去，头高高昂起。一块白漆松木板上留有铅笔画下的记号，表示门上某处将要固定装上一副精铁铸门环，但现在还没有安上。门环是他亲自跑到铸铁厂精心挑选的。尽到最大的努力，注重最小的细节。

杜兰德不愿意抬手敲门，也许是坚信没有必要去敲自家的大门，于是他扭了扭门把手，发现没锁，就直接进去了。屋子里有一股新房子都会有但是并不难闻的味道——甚至还挺怡人的味道——新屋的芳香，既有新木的香味，也有油漆的松节油味、窗户的油灰味，还有其他几种难以辨别的混合味。

新楼梯中间盖了一层褐色的包装纸，保护新涂上的淡棕色清漆，起点正在大厅后面，直通楼上。杜兰德转到另外一边，走进一间只搭有框架的客厅，阳光从屋子西窗照进来，形成一个个小方块，投映在地上。

杜兰德伫立在房间里，看了很久，发现屋子有了变化。一块厚重的拉毛花地毯铺在简单朴素的地板上，壁炉下的火炉原先是空荡的，后来冒出了少许红红的火焰。一面圆镜直挂在壁炉上方，静静地发出亮光。长绒沙发、长绒椅子，再加上客厅长桌，在空空如也的屋子里，焕发出生命的活力。桌子上放有灯的底架，上面罩了个星球状的乳白色灯罩，最开始灯光很柔和，后来越发强烈了。在强光的照射之下，椅子上露出一人的头顶，满头乌发，满足地靠在椅背的白色椅套上。除此之外,灯光下还有个干活用的针线筐,就放在桌子上,但是针线筐比其他物品要模糊一些。

突然,楼上传来一声提桶哐当声,整个屋子瞬间消失殆尽,地毯变薄了,火势变小了,那不见脸的黑头发脑袋也不见了,屋子恢复到了以前的空寂。现在只剩下一卷卷墙纸、一只搁在凳子上的提桶,以及空空的地板。

"是谁在下面?"一个女人的声音传了过来,在空荡荡的房子里,声音显得十分空灵。

他走到楼梯脚下,进入门厅里。

"哦,路先生,是您啊。现在差不多为您准备好啦。"

一位年老的黑人妇女来到楼梯扶手边,她满脸皱纹,头上有块遮灰的手巾,正朝楼下望着。

"楼下那人到哪里去了?"他生气地问道,"他应该做得差不多了。"

"我猜他应该是买糨糊去了,应该很快就会回来的。"

"楼上弄得怎样啦?"

"还行。"

他不经意间开始小跑,以轻快的步子跑上了楼梯。"我主要想上来看看卧室。"他说着,从她身边擦过。

"哪个新郎会不着急看自己的房间呢?"她偷偷笑着说。

他走到门口就停了下来,不满地回头看着她,尽力放缓语气:

"我只是想看看墙纸。"

"路先生，您不必向我解释，我毕竟比您多活了这么多年。"

他走到墙边。手指顺着墙滑下来，好像墙上的花不仅看得见，而且还摸得到。

"你不觉得贴在墙上更好看吗？"

"非常漂亮。"她很赞同道。

"我费了很大的劲才弄到的，他们专门跑到纽约去买的，我问过她喜欢哪种风格，但我没告诉她我为什么想要知道。"他在口袋里摸索着，掏出一封信，仔细看了看信。最后找到了那段话，他用手指指了出来："——关于卧室，我喜欢粉红色的，但不是太鲜亮的那种，最好要带上蓝色小花儿，比如勿忘我。"他把信折好，显得扬扬得意，朝墙那边点点头。

萨拉阿姨佯装在听，不过是敷衍他。"我还有很多活要做，抱歉，路先生，请您不要妨碍我，我得先铺好这张床。"她又偷偷笑了一声。

"你为什么老是偷笑呢？"他有些不满地说，"你就不能等她来了再弄吗？"

"当然不能，我比您更加清楚这些事情，路先生。您就别再为这些事烦恼了。"

他走了出去，过了一会儿，又回到了门口。"她来之前，能否将楼下的窗帘挂上，窗户要是不挂窗帘就会显得光秃秃的，这样不太好看。"

"您只管去接她就好,屋子里我会收拾好的。"忙碌的老妇人回应道,把白色的床单在空中用力抖着,就像风中的帆。

他再次离开了,但楼梯走到半截,他又倒回来。

"哦,我想起来了,你能弄些鲜花吗?到处都摆放着,那样看上去舒服些,要不就放客厅吧,表示对她的热烈欢迎。"

她似乎嘀嘀咕咕地在说些什么,带着怀疑的口吻答应道:"她可没有这么多时间来闻花香。"

"什么?"他急切地打断她。

她这次小心地忍住了,没有重复刚才的话。

他又走开了,但半路再次折回来,这次是从楼梯脚走回来的。

"记得走的时候把所有灯都开着,我想让她第一次看见屋子的时候,就有种家的感觉,四处明亮,心情愉悦。"

"您能不能不要这样一直过来烦我,"她抱怨道,但没有很明显的责备,"我不会出任何差错的,好啦好啦,快走吧。"边用命令的口吻赶着他,边用围裙轻蔑地向他扇着,也许是太熟悉,毫不拘礼,好像他才七岁或是十七岁,不是三十七岁的男人,"人家在整理房间,他还以为是在帮我,实际上是最碍事的。"

他感觉受了伤害似的,瞅了她一眼,但最终还是下了楼,这一次他没再回来。

然而,大约五分钟过后,她走下楼去,发现他居然还在那儿。

他背对着她,站在桌子前面,其实就是因为桌子挡在路中间,他两手平放在边上，身子微微向前倾，这架势就好像在观看未来光景，除了他没谁能看到，似乎有个小人儿在不停地转啊转啊，正慢慢地向他走近，越来越近，小人儿也在不断变大，最后和人体差不多大小。

他并没有听见萨拉阿姨走下来的声音，只是突然听到她的说话声，猛地一下从自己的沉思中惊醒过来。

"您还没走啊，路先生，我早该猜到这一点。"她两手叉腰，以一种怜爱的眼神仔细瞧着他，"看看您那样儿吧，您肯定很高兴，对不对？我之前还从来没见过有谁脸上是您这高兴模样。"

他含羞地用手盖住下半边脸，好像她说的是他脸上的什么东西。"真是这样子吗？"他拿不准地上下打量着自己，好像不能相信眼前的一切，不相信一切是实际存在的，"我的房子——"他低声自语道，"我的妻子——"

"男人没有妻子，就算不上是个完整的男人，不过是一只四处飘荡的影子，一个没有人投影在上面的影子。"

他把手放在衬衫前面，迟疑地摸了摸，然后又放下。"我怎么老是听到音乐呢，是不是附近街上有乐队正在演奏啊？"

"肯定有乐队在演奏，"她坚定地回答说，脸上没有一丝笑容，"那是一支很特别的乐队，因为它的演奏在一个时间点内只能有一人听到，只有一天，我之前听到过一次，现在轮到你了。"

"我现在得出发了！"他慌忙地跑到门口，迅速打开房门，踏上门口的小路，跳上等在那里的马车，车厢不由得弹动了一下。

"去运河街码头，"他深深叹了口气，仿佛预知未来，"去接圣路易斯来的船。"

一见倾心

  河面寂寥无人，天空透彻湛蓝，杜兰德双眼充满焦急与期待，河流与天空正好都映射在眼里。接着出现了一小片影子，圈圈圆圆转动，模糊不清，相比一个人用手指在穹宇中点一下所形成的圆环，恐怕也大不了多少。这些影子似乎没有在河上显现，而是在河堤；绕过河流弯道，直向新奥尔良码头驶来，看上去像是越过了陆地。人们都聚集在码头上。

  他站在那里等着，其他人也在那儿等着，有些人紧紧抱住双臂，但还是免不了擦肩而过，那些人他不认识，之前从来没见过，以后也不会见到，现在大家聚在一起，不过是在等船到来的那一刻。

他去选了一处站的地方，就在码头延伸出来的桩头那儿，他觉得这足够显眼，下船的人一眼就能看到。他紧紧靠着桩头站着，不让其他人把他挤走，因为他清楚桩头是用来固定船只的。过了一会儿，他抬起腿，直接将脚放在桩头上，之后身子往前倾，重心向前，两手就平放在腿上，后来他索性坐在了上面，但又立马弹起来，好像有种直觉：站着的话，船会到得快些。

浓烟从烟囱中冒出，高高旋在空中，久久不散，就像鸵鸟黑乎乎的羽毛相互之间纠缠不清，正拼命挣脱出来。烟雾之下，是个黑色的东西，一个小圆锥开始显现，原来是个烟囱；接着第二个也露出来了。

"船到了！"甲板水手高呼起来，其实人们早就听到了通知，这声呼喊也就没有多大必要，身边的两三个人倒是跟着欢呼。

"先生，船来了，"他们随声应和，接连叫了两三次，"她来了，真是太好了。"

"她来了。"杜兰德心里轻轻地说道，但说的是另外一个她。

此刻，烟囱似乎化身成钝刀，划过大地，跨过河堤，聚在宽阔的河床上，烟囱下面是黄褐色的上层构造，好像有很多小壁龛排列起来，平平整整排成长长的两排；再往下看去，远处只有一条细细的线，原来就是笨重的黑色船体。只见叶轮不停地转动，到了最高处，又掉下来，水花直落在棕色水面上，还伴着水里叶轮不断击打水的声响。

轮船转过头来，船体看起来越来越大，现在正直直驶过来，直到可以看清整个船身，船靠向码头，似乎想猛地把码头撞碎。突然间，船发出十分刺耳的声音，极其悲伤，就像备受煎熬的孤魂发出的哀号，白烟滚滚，冲出烟囱，最后消失在轮船底下。"新奥尔良城号"三天前离开的圣路易斯，现在回到了母港，也是同名港湾。

边上的叶轮停了下来，船开始滑行，既像一只纸船，又像一个水上飘荡的鬼魂。船沿着码头，向前横行，此时速度似乎是慢了下来，也不像之前直线航行，直至船真正转过来。

一排凹口从前面游过，像是一道尖木桩围墙，然后越来越慢，越来越慢，最后停了下来，接着又微微转动了一下，似乎是摇晃不定。河水被船只和码头挤压在中间，不由得拼命翻滚、起起伏伏，接连四处拍打，又遭阻弹回来，于是再次想破阻而出，最后形成一道有裂缝的"河谷"。

不见河，不见天，只见船只高高耸起，挡住了河与天。有人走上甲板，懒懒地靠着扶手，散漫地挥着手，挥手那人是个男人，肯定不会是向杜兰德挥手，而且很有可能的是，他压根没向谁挥手，只是向到港的人示好而已。但码头上有个人以为他是向自己挥手，于是作为代表，也向他挥手示意。

这时一条绳索从船上扔下来，一小群人中有几个赶紧闪开，怕是被绳索击中，码头工人立即跑上来，争先恐后地接过绳索，熟练地将绳索拴在杜兰德正前方的桩头上,这一刻实在宝贵,他们可以短暂露脸。同样,船上水手们要将绳索的另一头系牢,船最终拴紧了,靠岸了。

一道带支架的步桥朝前面摆放好,卸下了一小块下甲板的扶手,现留下一个缺口,船只与岸边算是搭起了一座桥。步桥还没有弄稳,一位船员就走了下来,站在船头,负责乘客下船。乘客们陆续从甲板上走过来,一个一个从下行道走出来。

杜兰德走近步桥,近到他可以把手放在步桥上,似乎是冥冥之中就设计好的。乘客急匆匆地从甲板走出来,他焦急地在一旁一个一个地注视和寻找,每张脸都近在咫尺。

第一位走下来的乘客是个男人,手上拿着样品箱,大步流星地走出来,看上去像是个商人,急着要离开。后面是一位女士,走得可是慢多了,每一步都是小心翼翼的,她灰白头发,戴着眼镜,不会是她。另一位女士出来了,也不是她,她丈夫就在身后,仅一步之遥,只见他托住妻子肘部,带着她走出来。接下来是一个大家庭,按照年龄长幼依次走出来。

后来出来的基本上是男人,这回是三三两两挨个儿走出,他们不过就是无关紧要的符号,快速过去也就罢了。然后是一个女人,仔细看了一下,依然不是她;完全不一样的眼睛,不一样的鼻子,不一样的脸。一个陌生人走过来,冷冷一瞥,正好与他的目光对上,他随即收回。一个男人过去了,一个女人又过去了,红色的头发,浅棕色的眉宇，不是她。

接下来，是空寂，是停下，是等待。

他早早地就被惊吓到了，不过又恢复了。甲板上传来一阵阵脚步声，像是落在后面的乘客着急忙乱，想赶上其他乘客。一个女子走了出来，小个子，但很敏捷，裙子使劲晃动，那张脸——不是她，飘来一股丁香花的味道，眼神冷漠，根本没注意他，就像他看其他乘客一样，没有问询，没有了解，不是她。

再也没人下来了，步桥空了，这里只是事后的平静。

他目光呆滞，脸色惨白，仿佛已经死去。

他两手紧紧抓住步桥边上，然后松开，跑到步桥另外一边，跑到正在散步的船员那里，发疯一样拉住他的衣袖。"就没人了吗？"

那船员转过身来，戴着手套，粗声粗气地朝上面呼喊："嘿，还有人没走吗？"

只见另外一个船员，也许就是船长，走到扶栏边上，向下看着。"都上岸了。"他回答道。

这声回应，好比丧钟，杜兰德感觉自己一念之间又回到孤身一人，形影相吊，无比寂静，随钟声丧去吧；尽管此刻，周围依然喧闹，但对于他来说，心如死灰，结果实在是意外。

"可是应该有啊———一定是有的——"

"确实没人了，"船长挑衅般地回应，"要不你上来看看。"

说着便转身，离开了扶栏。

此时行李开始送下来了。

他继续等待着,希望上天能有一丝的眷顾。

但是确实没人了,只有行李,船上那少许货物,死气沉沉,随后行李也没有了。

最后,他转过来,顺着码头往回走,跌跌撞撞,走完码头,回到硬邦邦的地面上,走上一小段路。这时他的脸已十分僵硬,扭朝一边,比起另一边,似乎要痛苦得多,但事实并非如此,两边都一样。

他突然停下了,自己还没反应过来,也不知道刚才为什么会停下来,更不知道自己为什么要在那里游荡。船只已经没有意义了,河流也没有意义,这里的一切都失去了意义,如今,这个地方,还有其他地方,都没有任何意义。

他双眼满含泪水,缓缓低下头去,虽然身边没有一个人,更没人注意到他,但他依然不想让别人看见他满眼的泪水。

就这样呆呆地站在那儿,脑袋耷拉着,就像一个送灵者,肝肠寸断,却欲哭无泪,失魂落魄地守着灵柩,一副只有他才能看见的灵柩。

眼前这一切,瞬间化为乌有,一片空白,阳光洒在灰扑扑的土地上,暖洋洋的,也许,从现在开始,生活就会成为这样的灰白。

这时,一团圆乎乎的阴影胆怯地移了过来,是个小脑袋,不带一点儿声响,在他身后某个地方出现,从下面逐渐升起来。然后看到一个颈脖，两个肩头，接着丰满而优雅的胸部，最后整个身影在那儿一动不动。

然而，此刻的他两眼无神，根本没注意到这一切，他没有看地面，更没看见地面上的阴影，只是看着圣路易斯街道的房屋，同它告别，他再也不会走进去，再也不会回去了，他会找位代理人，托他卖掉——

一只手轻盈地拍了一下他的肩膀，轻轻的，没什么重量，不急不慢，只有柔软纤细，就像是只蝴蝶停靠上肩头。看地上的影子，一条胳膊搭在了另一条胳膊上——两条胳膊碰了一下，又放开了。

他渐渐抬起头，慢慢地向后面转过去。

一个身影就这样出现在他眼前，就像在转桌上，一下子转到他面前，不过，真正转动的不是影子，是他自己。

小美人身材均匀，堪称完美，若不是特意挑其他人和她站在一起，以标准尺码衡量，是完全看不出她是高是矮的，只会将她看作是精致而古典的雕塑，或是精美的小洋娃娃。

杜兰德转身间就碰上了那对棕色眼睛，清澈透亮，玫瑰般的弯唇，毫不冷淡僵硬，瓷质的容颜，美艳动人，这是他从未见过的美。

她至多也就二十来岁，完美的身材让她看起来更加年轻，实际见到她的人也不会产生错觉。皮肤依然是小姑娘的皮肤，眼睛却像孩子般天真无邪，对人百般信任。

她满头卷发，金黄艳丽，像开满田野的雏菊。看得出，她曾想把头发弄成传统的发式，只是没弄好，也就是眼下那种流行的发式，头发往后梳，用有弹性的发夹固定住，前面是刘海，像黄玉色浪花一样，胡乱在前额晃动。

她保持着前倾姿势，也叫作"希腊式步态"，这也符合当地的礼仪。她穿着时尚，只是衣服有些旧，紧身的衣服，像是收好的伞套进伞套，中间有条饰带向后拉起，好像是系上了一件围裙，又好像是围兜，兜在了其他衣服上，衣服后面有许多褶皱，弯弯曲曲，形成空心的突起，用金属丝网微妙地支撑了起来，要是没有这样时尚的后裙垫衬，女性的背部会显得非常死板，缺乏时髦感。她坐下来，足背或是踝骨露在外面——真是大胆的想法，后半身服饰也会保持平整。

她头戴小帽，帽子小到怕是男人张开手掌就会比它大。帽子盖在金色卷发上，不听使唤地滑向左边眉宇，但那儿实在容不下它，只得又回到头顶上。

她的耳垂小巧，完全露在外面，上面穿了两个小孔，小孔又穿上了紫色水晶片，在那儿闪闪发光，看看脖子，挂着一条丝绒细饰带，是浅紫红色的，手上撑着一把蝉翼纱阳伞，同样也是浅紫，看上去和汤盆差不多大小，像是一团浓雾，盘旋在细长的伞柄上方，犹如飘忽不定的紫小花环。地上有个金色的小鸟笼，就在靠着她的那一边，下面包着一块法兰绒布，从鸟笼顶部朝里看去，好多金黄色的小鸟，不停地抖动着翅膀。

杜兰德看看她的手,又回头瞧瞧自己的肩膀,拿不准刚才是不是那只手拍了他的肩膀,也不确定这样一种轻轻触碰是什么原因。于是他慢慢抬起头来,帽子也跟着疑惑地顶在头顶。

她抿紧的嘴唇一弯,露出迷人的微笑。"杜兰德先生,你不认识我了吗?"

他轻轻地摇摇头。

这回她笑出了小酒窝,两眼光彩照人。"我是朱莉娅,路易斯,我能这样叫你吗?"

他的帽子从指间滑落,在地上滚了半圈,于是他弯下身,确切地说是弯下胳膊和肩膀,捡起帽子,视线却从未从她身上转移,就像有股源源不断的磁流,深深吸引他。

"不——我不相信——?"

"朱莉娅·拉塞尔。"她脸上依然挂着微笑。

"不——不可能的——?"他开始结巴。

她眉头向上翘起,收起笑容,变成同情。"我这么做不太好,是吗?"

"可——照片——黑头发——"

"我寄给你的是我阿姨的照片。"她深感歉意,无奈地摇摇头。放下阳伞,轻轻关上,用伞柄尖在尘土中画出神秘图案,然后低头看看自己画的图案,露出一丝哀伤。"当时不应该这么做,我现在算是明白了,但当时我们没有那么认真,所以觉得没什么大不了,我还想着，那不过是一次通信，后来我们联系多了，我很想寄张真正的照片给你——也许就是拖得越久，我越没有勇气，我害怕——那样做的话，我会失去你。这件事情折磨我很久很久，而时间不断逼近——最后那一刻，我登上了船，又想调头回去，但伯莎将我拦下——让我还是到这儿来，你知道的，她是我姐姐。"

"我知道。"他点点头，但依然疑惑。

"我离开前，她跟我说的最后一句话是'他会谅解你的，会相信你没有恶意。'一路上，我是多么后悔——这么草率的事。"她耷拉着头，洁白的牙齿深深咬住了嘴唇。

"我不相信——我不相信——"他又开始结巴了，竭力挤出这几个字。

她继续用伞柄尖在地上画着，羞涩地等他原谅，那副懊悔的样子，实在惹人怜爱。

"可是没想到这么年轻——"他惊叹不已，"这么可爱——"

"你是不是太过疑虑了，"她嘀咕道，"漂亮的脸蛋能将许多男人迷倒，但我们的感情应该不限于此吧，如果你真的在乎我的话，我们应走得更长久，感情更坚固，因为——嗯，我在信中跟你提到的事儿，我流露出来的心境，我究竟是个怎样的人，这些更加重要，而不是一张不靠谱的照片。我考虑过，也许我在一开始就暴露出各种缺点，包括相貌、年龄还有其他方面，以后就不会有太大风险，不会只是匆匆而逝的幻想。换句话说，我在最开始就设置了障碍，而不是等到以后。"

他发现,她不仅外表动人,还十分睿智,心境极其平和,简直太完美。

"你不知道,有多少次我想给你写信,告诉你真相,"她继续娓娓道出,悔恨万分,"但每次都没有勇气,我多么害怕,一旦主动承认自己的欺骗行为,你只会完全疏远我,把这件事情写在冷冰冰的纸上,实在放心不下。"她用手做出迷人的姿态,"现在你见到了我,认识了我,最糟的事不过如此吧。"

"最糟糕的事,"他不安地反驳说,"但是你,"他停顿了一小会儿,依然很吃惊,"但是你,一直知道我之前不知道的事,我也太——嗯,很明显,年龄太大。但是——"

她低着头,垂着眼,像是还要做忏悔,"也许这就是你最吸引人的地方了,但谁知道呢?自打我记事起,就一直——可以这样说吗,浪漫的爱情,适度的激情与赞赏——只会给比我更大的男人。不知道是为什么,我对同龄的男孩子从来没有兴趣,我们家族的女性都是这样。像我妈妈,十五岁结的婚,那时我爸爸都四十多岁了,你有三十六岁这件事情,是前提——"她带着一种女孩子的羞涩,就此停住了,一切都刚刚好。

他始终盯着她,充满热切,依然不敢相信这一切。

"你很失望吗?"她胆怯地问道。

"你怎么会这么问呢?"他很吃惊。

"你会原谅我吗？"她接着支支吾吾地问。

"这是个可爱的谎言，"他真挚热情地说道，"我觉得你是这个世界上最可爱的人。"

他笑了，她也回应他一个笑，带着些许不安。

"不过现在我得先熟悉下你，重新认识你，之前的都一笔勾销。"他喜上眉梢。

她转过头去，开始沉默，半个脑袋躲到肩膀后边去，这个姿势要是放在别人身上，或许会被看成是脆弱或令人作呕的做作，但在她这儿，不过是一种玩笑式的模仿，同时，原先受到指责的羞涩表情，这会儿巧妙地遮掩过去了。

他咧嘴笑了笑。

她又把脸转向他。"那你的计划，你的，呃，打算，改变了吗？"

"你呢？"

"我这不是来了吗。"她说得很简明，很庄重。

他瞧着她好一会儿，尽情欣赏她的魅力。忽然，不知从哪儿冒出来的勇气，他做出了一个决定。"如果我把这边情况向你说清楚，"他说得很坦率，"你会不会觉得好些，会不会减少你心中的不安呢？"

"你？"她很惊讶。

"我——我还没有像你那样说清楚整个情况呢。"他有些着急地说。

"可是——可是你和照片上的是一样的啊，今天我所看见的和你之前说的完全一样呢。"

"我说的不是这个，是其他的。我们的感觉也许是一样的，我想让你喜欢我，接受我的求婚，仅仅是出于我作为一个男人，身上独有的力量。换句话说，我还是单身。"

"可是我明白的啊，我也确实喜欢你，"她一头雾水，"我只是不太了解。"

"你马上就知道了，"他承诺道，语气满是殷切，"现在我想向你坦白一件事情，我不是一家咖啡进口公司的员工。"

她脸上满是疑惑，礼貌性地表示愿意聆听，并没有其他表情。

"而且，我存的不是一千美元，来开始我们的生活。"

没反应，既没气馁也不沮丧和贪婪。他急切地盯着她。还没等他再开口，根本没开口，她的脸上慢慢露出了从容、淡定的微笑。

"不，我是有家自己的咖啡进口公司。"

她一声不吭，挤出一点笑容，正如女人听到男人们细讲生意时的表情，她实在没有什么兴趣，只是礼貌性地听着。

"不，我有近十万美元。"

他等着她说些什么，她却什么都没说，相反，她似乎在等他继续说，好像这个话题对她来说特别枯燥，她实在提不起兴趣，这件事情实际已经到达高潮，但她却丝毫没意识到。

"好啦，这就是我向你的坦白。"他说得平平淡淡。

"哦,"她说,好像想说得更加简洁些,"哦,就是这样吗?你的意思是——"她挥了挥手,感到很无奈,"你的生意,还有钱——"她把两个手指搭在嘴上,指尖轻轻碰到嘴唇,打了一个哈欠——如果没有这掩饰的动作,他是不会马上察觉的。"有两件事情我真是没有一点头绪,"她承认道,"一是政治,二是生意和金钱。"

"可是你会原谅我吗?"他还是执着地问道,顿时心中的喜悦油然而生,简直就是狂喜,就像经过漫长的等待,几度绝望后,偶然之间,遇到一种完美的情形。

这次她畅快地笑了出来,带有一丝顽皮,好像她得到了更多信任,远超过她应得的。"如果你一定要得到原谅,那我就原谅你吧,"她的语气变得温柔了,"之前信中提到过相关的事情,但是我并没有在意,现在,你向我坦白了一切,可这所谓的错误我不在乎的呀,你为什么一定要我原谅呢,好吧,那你就接受我的原谅吧,虽然我不知道究竟是为什么。"

他以一种全新的眼光审视着她,比之前更为深沉,要挖掘她内心完美的魅力,震撼人心,这是在第一眼看不出的。

他们的身影变得更长了,现在码头上也就只剩他们俩,他向四周扫了扫,似乎被周围事物吵扰到,很不情愿地醒来了。"天已经晚了,我却让你一直站在这里。"这样的提醒与其说是真诚,还不如说是负责,因为他心里明白,他们之间还有一段距离。

"见到你,我都忘记了时间,"她承认道,眼睛一直在深情地看着他,"这究竟是坏兆头还是好兆头啊,你让我忘记一切窘境:身子一半在岸上,一半在船上,我必须要立刻做出决定。"

"马上就会有答案的,"他身子期盼地向前倾过,"倘若你能答应的话。"

"这也是你必须要做的吗?"她调皮地回应道。

"当然了,当然了。"他几乎喘不过气来,迫不及待地向她表明真心。

看着他这么着急,这会儿她也不慌了。"我不知道,"她说,把伞尖翘起,又放下,然后又举起来,一副不确定的样子,让他很难受,"如果你觉得不满意,如果你觉得我是一个骗子,我想登上船,回到圣路易斯,你是不是认为这才是更明智的选择——"

"不,不是这样的,"他脱口而出,"满意?今晚我是新奥尔良最幸福的男人——我是城里最幸运的男人——"

然而,她似乎没那么容易被说动。"现在还有时间,好好考虑,以后不要后悔,你真的确定不要让我回去吗?我不会多说一个字,不会抱怨,我完全能理解你——"

他突然很紧张,心生恐惧,害怕失去她,她来到他身边,还不到半个小时。

"我根本没有这种念头,请你相信我,我从没有这样想过,我要怎么做你才肯相信我,你是不是需要更多的时间,你一直想对我说的就是这些吗?"他越说越着急了。

她抬起头来，专注地看着他，眼神中尽是亲切和直率，甚至可以说是柔和，她摇摇头，很轻很轻，但是从这个动作中，男人可以看出里面的肯定（如果他能准确地看明白），而不是女孩子表面上的拒绝，毫不靠谱。

"我心意已决，"她告诉他，既缓慢又干脆，"从我踏上'新奥尔良城号'那一刻起，从我收到你的求婚信起，其实我就给出了答案，既然已经决定，我是不会轻易改变的，如果你以后对我有更多的了解，你就会明白的。"然后她又立马做了下修正，"如果你能理解我。"随后多了个小小的停顿，看他怎么说。

"这就是我的回答，"他的声音有些颤抖，也有些不耐烦，"就在这里。"他打开名片盒，取出那张照片，也就是另外一个人的，一个老妇人——她的阿姨，带劲儿的手指将它撕得粉碎，碎片落了一地，然后他摊开双手，什么都没有。

"我也下定了决心。"

她扑哧一笑，表示接受。"那么——？"

"那我们走吧，一刻多钟过去了，他们一直在教堂等我们呢，我们在这儿耽误太久了。"

他曲起胳膊，笑着递过去，上身礼貌式地前倾，也许表面上，这只是一种打趣儿，一种诙谐的模仿，但实际上想要更真诚些。

"朱莉娅小姐？"他邀请道。

实质上讲，这是个绝对浪漫的时刻——订婚。

她的阳伞靠在了另一边肩上,手插入了他的胳膊,就像一丛友善的卷须,尽情享受阳光的温暖,她轻轻提起裙子下摆,以便走路。

"杜兰德先生。"她接受了邀请,直呼名字,未婚女子的端庄体面,保持得恰到好处,她眼睑垂下,娇柔动人。

浪漫婚礼

日落西山，德律阿德斯德国循道宗教堂里，橙色烟雾在阳光的照射下，形成一团团散状，透过铅框窗户，隐约留下一道道影子，拱状穹顶上端，蓝色与晚霞交相辉映，只有五人的教堂显得庄重、宁静、空荡。

围着讲坛，他们正在举行小型而隆重的聚会，第五个人走上讲台，用低沉的声音开讲，其余四人面对着讲台，沉默不语，当中两个并肩站在前面，另外两个站在他们身后。外面，寂寥无人，整座城市似乎经过一道厚厚的网布，声音全部过滤掉，压抑、迷糊，而又遥远。偶然之间，传来踢踏声，大概是马踩上卵石留下的吧，还有车轮压过的嘎吱声,像是在抗议,街边小贩叫卖的吆喝声,以及狗的嚷嚷声。

进入教堂,空旷安静之中,回荡着庄严的婚礼誓词,司仪是爱德华·艾·克莱牧师,主角是路易斯·杜兰德和朱莉娅·拉塞尔,婚礼见证人是阿伦·贾丁和克莱牧师的管家索菲·塔杜塞克。

"朱莉亚·拉塞尔,你愿意接受身边这个男人——路易斯·杜兰德成为你的合法丈夫吗——

"永远忠实于他,放弃其他所有人——

"爱他,尊重他,服从他——

"任何情况——

"无论贫穷还是富贵——

"无论患病还是健康——

"不离不弃,直至永远?"

一片沉默。

之后一个小铃铛,和嵌环差不多大小,在宏伟的教堂中叮当作响,声音干净而清脆——

"我愿意。"

"请新郎为新娘戴上婚戒。"

杜兰德向后伸过手去,摸索着戒指,贾丁拿过戒指,递到他手中,杜兰德随即戴在新娘纤细的指尖上。片刻的尴尬,戒指套在了手指上,戒指有个凸起,恰到好处,结合处是个字母,然而,戒指出现了一点小问题，也许是在结合处，也许是在钻石上，就这样卡住了，没法戴上去。

他紧紧拽住她的手，又试了第二下，第三下，还是没能戴上。

她立即缩回手，手指放在嘴边抿了抿，边缘弄湿了，然后向他伸过去，这回戴上了，一直戴到了根部。

"现在我宣布，你们正式结为夫妇。"

爱情越是神秘，人多看着越是害羞，众人见证之下，为鼓励新人克服先前的羞涩，牧师带着职业性的微笑说："你可以吻你的新娘了。"

俩人的脸慢慢靠近，深情对视，头靠在一起，在神圣的祝福中，路易斯·杜兰德的嘴唇触碰上了妻子朱莉娅的朱唇。

婚宴舞会

　　安托瓦内的夜晚，从天黑到夜半，灯火通明；光点闪闪，四处明朗，相互映射；街道上纷至沓来，全是欢庆的人们，欢歌笑语，香槟嘶嘶作响；水晶灯罩里的煤气火焰映挂在天花板和墙上，好似珠宝，闪烁夺目；大洋彼岸，这座最闪耀、最著名的酒店；巴黎的灵魂像是着了魔，一跃而起，跳出三角洲地。

　　婚宴酒席从一头延伸至另一头，宾客们只坐在一边，这样，空出另一边，他们的视野会更加开阔——房间另一边的人也可以清楚地看到这边的情况。

　　现在已经十一点多了，满地都是散落的纸巾，鲜花杂乱无章，铺满一地，至于玻璃酒杯，沾上红白葡萄酒，也不知其中反复添加了多少次；除了专门为女士准备的香槟，还有樱桃酒，以及少量温和的甜酒，每个人的酒量都不一样。再到宴会中心，主角是块惊人大蛋糕，雪白，精致，一层又一层；人们不停地吃啊吃，已经把一边给挖空了。但是蛋糕顶端还没碰到，那是被做成了玩偶状的新郎和新娘，新郎身穿黑绒面呢小西装，一条薄纱从新娘头上垂下。

正对着蛋糕的，是真正的新人；肩靠肩坐在一起，两手悄悄躲在桌下，紧紧握住，听人朗诵赞词，滔滔不绝。他的头高高抬起，出于礼貌，假装在专注地听；新娘则靠在他的肩头，闭上眼睛，像是在做梦。

新郎此时穿着得体的晚装。这之前，他们快速赶往服装店（开始是她的提醒，后来是他的坚持），于是她换掉了过来时穿的那身衣服，身着流行的光亮白缎，头上和脖子上都挂着栀子花。左手第三个手指上戴着新婚金戒指，第四个手指上是独粒钻戒，这是丈夫送给妻子的结婚礼物，算是订婚信物，不是之前戴上的结婚戒指。

任何人新戴上戒指都会看了又看，她也不例外，注意力集中在两枚新饰物间，不过她究竟是盯着第三个手指还是第四个，又有谁在意，谁知道呢？

鲜花、美酒、友好的微笑、祝酒词和真诚的祝福，意味着新人幸福生活的开始,或者说,两人单身生活的结束,一段新旅程的开始。

"我们现在就溜吧?"他悄悄对她说,"快到十二点了。"

"好啊,先一起再跳支舞吧,让他们再奏起音乐,我们跳完就不用回到餐桌了,直接玩'失踪'。"

"如果阿伦还想讲的话,"他同意了,"就等他说完吧。"

他的合伙人阿伦·贾丁,说了好多贺词,连他自己都不知道该如何收尾了,已经讲了十分钟,却犹如四十分钟。

贾丁的妻子就坐在他旁边,她来出席是因为没法猜透但又激烈的家庭斗争,满脸低沉和不快,尽管嗤之以鼻,可为了丈夫生意上的利益,她又尽力装作一副亲切和蔼的样子。或许,她不以为然的是新娘的美貌,是她的青春,又或许是反传统的结合方式。还有可能是,杜兰德就这样结婚了,他等了这么多年,就不愿意再多等几年,等她自己未成年的女儿长大,这就是她的心愿,甚至连她丈夫都不知道。现在看来是不可能实现了。

杜兰德取出一张小纸片,上面写着"请再奏一曲华尔兹",然后折了一张钞票,向侍者做了一个手势,递给他,送到乐师那儿。

贾丁的妻子正偷偷拉扯他的衣服,让他结束演讲。

"阿伦,"她小声说,"够了够了,这是结婚晚宴,不是集会。"

"我马上就说完了。"他悄声答应道。

"你现在就该结束了。"她直接下了命令,手像是变成一把铡刀,向下一挥。

"现在我将两位新人——朱莉娅——我能这样叫吗?"他转身向她鞠了一躬,"和路易斯,交给盛大而喜庆的婚礼。"

杯子举举停停,贾丁这会儿终于坐下来,擦了擦额头,而一旁的妻子,用手使劲儿扇风,嘴张着,好像要去除什么怪味。

音乐奏起。

杜兰德和朱莉娅随着起身,倘若没有提前解释的话,他们这样随意会备受批评的。

"抱歉,我们想跳支舞。"

杜兰德郑重其事地向贾丁眨眨眼,表示他甭想再看到他们回到位置上。

他们一离开宴会桌,贾丁立马用手挡住嘴,悄悄把这个消息告诉妻子,她依然睨而视之,其实她对有关婚礼的任何细节都不愿苟同,嘟起嘴,抿上一滴酒,正经而严肃。

小提琴手拉着弓弦,齐上齐下,手臂一挥,响起华尔兹舞曲《罗密欧与朱丽叶》。

他们,他和她,站在那里,注视着对方,开始正式起步,她弯下腰,拉起裙褶上的小圆环,他张开双臂,她踏起舞步,投入他的怀抱。

华尔兹响起了,这是所有双人舞中节奏最快的舞曲,转了一圈,又一圈,然后转过来,又开始新一轮的一圈,一圈,再来一圈。

宴会桌和那一张张脸庞就这样围着他们旋转，倒像是他们站在漩涡里，一动不动，汽灯如彗星般闪烁，点缀在墙上和天花板上。

她脖颈挺直，头稍稍后仰，直盯着他眼睛，好像在说："我就在你手上，你想我做什么，我就做什么，无论你去哪儿，我都会跟着你，不管你在哪儿转身，我都会紧随着你。"

"朱莉娅，你开心吗？"

"我的表情没有告诉你吗？"

"你现在还后悔来新奥尔良吗？"

"现在除了新奥尔良还会有其他地方吗？"她深情地反问道，颇具魅力。

虽然周围还有其他人的裙子来来回回摆动，但是世界上好像只剩他们两个人，就这样一圈圈转啊转啊。

"朱莉娅，我们的生活会像这首华尔兹，如此优美，如此平静，又如此和谐，永远不会转错弯，永远不会冲突，我们的身心，就这样紧紧靠在一起。"

"一支生活的华尔兹，"她轻轻说道，一脸着迷，"一支带着翅膀的华尔兹，一支永远不会结束的华尔兹，一支沐浴在阳光下的华尔兹，一支充盈着蓝色、金色——毫无瑕疵的华尔兹。"

她闭上眼睛，陷入痴狂喜悦之中。

"到门边了，没人注意到我们。"

他们踮起脚尖，灵巧娴熟，像是花样滑冰，来了个急停，然后两人分开,迅速回头看看还不曾察觉的宴会,只能看到一半,因为另一半被中间跳舞的人挡住了,他指示她滑到前面,绕过棕榈树、仙女铜像和有凹槽的石柱,走出主餐厅,进入碗碟储藏室过道,迎面扑来香浓食物的味道,还冒着热气,耳边时不时回荡着喧闹声,应该是在附近看不到的地方传来的。她咯咯地笑了起来,像只小猫,走走停停,睁大眼睛看着彼此。

他拉着她的手,走在前面,脚步轻快而喜悦,她紧随其后,跑到外面大楼旁的过道,最后来到了大街上,他抬起手臂,招呼马车,一会儿就上了车,坐在她旁边,紧紧抱住她,保护她。

"到圣路易斯大街,"他骄傲地下起命令,"我会告诉你在哪儿停的。"

附近,圣路易斯教堂正缓慢地敲响午夜的钟声,这对新婚夫妇坐着马车急速赶往新家。

携手回家

新房空空荡荡，正等着他们，等着开启它历史的新篇章，对于一栋房子来说，也就是里面主人的新历程。每间房都有盏油灯亮着，是有人——很有可能就是萨拉阿姨，离开之前点亮了油灯，小火花安然地睡在玻璃灯罩里，犹如珠串，一闪一闪，投下琥珀色光亮，火苗蹦得够高，足以驱散黑暗。一股木刨花味儿，加上油漆、油灰混合在一起，另外，很明显，还有一股儿清漆味，不过现在味儿已经没那么浓了，原木地板上已经铺上地毯，窗帘横挂，遮住了外面。

有人已经在客厅里放满了鲜花，不过不是店里昂贵的那种，是野花，鲜艳动人，一点不输给店里卖的；它们的数量实在是多，一根根褐色柳枝冒出来，像是刺猬背上的棘刺，直接盖住客厅正中间桌上的宽口钵。

壁炉架上的新钟已经上紧发条，在那自如地走着，这是从法国进口过来的，钟面镶嵌上绿色缟玛瑙，两边是丘比特小铜像，长着蛾子般的翅膀，爬上一捆铜玫瑰，嘀嗒嘀嗒声不倦地响起，原本屋里一片寂静，现倒增添了一丝宁静，令人宽慰不少。

一切都准备好了，就只差房主人了。

一栋空房，正等着他们夫妇前来居住。

外面一片空寂，马蹄声嗒嗒作响，越来越近，两声较弱的声响落下，马蹄声就此打住了，马车不堪重压，车轴嘎吱嘎吱地叫，轮子移动了些。赶马人舌头熟练地咂咂两下，马蹄声再次响起，渐行渐远，最后周围再次陷入沉默。

皮革经过沙石摩擦后，留下轻微的刮擦声，还有淘气的私语，像是一只脚将秘密悄悄告诉另一只脚。

过了一小会儿，听到钥匙在门外的转动声。

杜兰德和她，打开门，站在门口，眼前是琥珀色的灯光，背后和头顶上是夜空，繁星点点，他们就在那儿呆呆伫立着，好像忘记了一切，前面的，身后的，都记不得了，他转过身，对着她，紧紧搂着她，她的手搭在他肩上。

万籁俱寂，他们一动不动，背后的星星也停止了闪动，等着接待他们的房门敞开着,也没有动静,人生再也不会有这种时刻了——踏入婚姻殿堂前的热吻。

结束了,此时此刻,除了它本身,是不可能继续下去的,最后他们一动,分开了,他温柔地说:"杜兰德夫人,欢迎你来到新家,愿你和之前一样,幸福美丽。"

"谢谢,"她眼睛向下看了一下,喃喃道,"希望你也一样。"

他抱起她,裙子下摆随之晃动,发出些许沙沙声,他侧着身体,以便用肩膀推开已开启的门,抱着她跨过门槛,走进屋里,然后弯下身子,小心将她放下,裙子褶边微微上下起伏。

他靠边站着,关上房门,锁上。

她到处看看,一直站在那儿,没挪步,只是一百八十度扭转身子,将屋子瞧个清楚。

"喜欢吗?"他问道。

他走到灯前,转了转小轮子,油灯里原只是小火苗,后来变成黄色石笋状,然后他又走到另一盏亮着的灯前,一盏,又一盏,柔光洒向墙面,昏昏的象牙色变了,成了最纯正的白色,每件新东西都变得格外清晰。

"喜欢吗?"他面露喜色,似乎只要她肯定,就是对他最大的回报。

她双手紧扣,放在额头前,就这样握着,很典型的狂喜。

"哦,路易斯,"她深深吸了一口气,"真是太美,太精致了。"

"全部都是你的。"他低声说，仿佛是听到她的赞美后，流露出深深的感激。

这时，她将手移到脸一侧，依然紧握着，手斜靠着脸颊，然后换了一边，还是靠在上面。

"哦，路易斯，"好像她也只能说出这样的字眼，"哦，路易斯。"

然后他们简单地在房间转了转，一间一间地走，他带她看客厅、餐厅还有其他房间，每到一处，她都会深深吐出一口气，"哦，路易斯。"最后，她快喘不过气了，只能浅浅感叹"哦"。

他们回到大厅，他说他要全部锁上，语气有些不大一样。

"你能找到我们的房间吗？"她转过身子，正要上楼梯时，他补充道，"要不要我陪你上去？"

她稍稍垂下眼帘。"我想我自己可以找到。"回答得干净简洁。

他将一盏很小的灯放在她手上。"最好带盏灯吧，放心些，萨拉阿姨可能在上面留有灯，也有可能没有。"

灯靠近她时，火苗中心大概就在她心口的高度，光线向上，照着她的脸颊，在他看来，此时的她如圣母般圣洁。她化身成欧洲古教堂里的雕像，带有不可言之的美，在信徒面前显现真身，回报虔诚的信仰，这是一个爱的奇迹。

她上了一步台阶，又上一步，她是位天使，离开纷呈的人间，不无遗憾地回头告别。

他的手稍稍伸过去，似乎想抓住她的身影，不愿让她就这样飘走，希望她多待一会儿。

"等会儿见。"他轻轻地说着。

"等会儿见。"她喘着气。

然后，她转过去，刚才的迷雾已经消散，她只是一个女人，穿着晚礼服，优雅地走上楼梯。

这身晚礼服是一百年来最为惊艳的样式，最雅致的款式，她的身影随之起伏，空着的手搭在栏杆上。

"注意看看墙纸哟，"他说，"它会告诉你的。"

她转过身来，有些惊异，也有些不理解："怎么？"

"我是说，走到墙纸那儿，你就会理解的。"

"哦。"她温顺地应答，好像还是不能完全明白。

她爬到楼梯最上边，走到楼梯边缘，沿着地板往前走，她的身形逐渐淡去，慢慢地，看不到肩膀，也看不见脑袋，她手上灯影从天花板上，隐隐约约，渐渐离开了他的视线。

他先走进客厅，然后走进楼下的每一个间房，闩上还没有闩的门窗，试试那些闩上的，挨个儿拉下帘子，遮住窗户。全世界的人都知道，夜晚的空气不清新，睡觉前最好关上房门，别让外面的空气渗进来，最后一一吹熄每一盏欢迎他们的灯。

来到厨房，有个大浅盘，上面装着一串串甜美的绿葡萄，是欢迎他俩的另一标志。他摘下一颗，放入嘴中，萨拉阿姨如此周到，他不禁淡淡一笑，然后才把厨房的灯吹灭。

最后一盏灯也灭了,黑乎乎的屋子里,他摸索着爬上楼梯,虽然他来到这里不到半小时,但是他对黑暗的味道已经很熟悉了,男人对家里的黑暗是不会陌生,更不会害怕的。

到了楼上,进入大厅,周围是一样的静黑,他探寻着房门,发现门槛下直射出一道亮光,于是顺着这丝光线,朝前走去。

他顿时停了下来,就站在门口。

接着敲了敲门,假装正式的样子。

听到这样的敲门声,她肯定能感受到他此刻的心情,因而回应中也带着玩笑的声气。

"是谁呀?"她一本正经地问道。

"你的丈夫。"

"哦?他说了些什么?"

"我可以进来吗?"

"告诉他可以。"

"是谁请我进去的?"

回答声很轻,几乎听不见,但走进了他心里。

"你的妻子。"

不顾俗礼

　　杜兰德从办公室回到家里——大约是一星期以后,顶多是十天吧——进屋后在楼下房间里都没找到她,便火速上楼去找,他脚步很轻,想给她一个惊喜,出乎意料地站在她身后,蒙上她的眼睛,要她猜猜是谁,然而,她又怎么会不知道他是谁呢?除了他还会有谁呢?回家让人觉得无比新奇,硬是要带上夸张奇特的色彩;虽然每天都这样重复着,但每次都会很高兴,充满期待,就像第一次见面那样。

　　房间门开着,她坐在扇形靠椅上,温婉娇柔,她没有朝门口看过来,只在后面见到她的头顶。他在门口那儿呆站了一会儿,她还是没有察觉，双眼就这样怜爱地盯着她，她的手动了下，身上放了本书，轻柔地翻了翻。

他再次向她走去，想着突然弯下身子，绕过椅背，在她额头上留下一个吻，微弱的余晖下，额头变成了古铜色。然而，就在他慢慢靠近时，原先被椅背遮住的身子一点点落入眼帘，越来越近，她的身子也逐渐拉长，直到可以完全看清，可眼前的一切让他吃惊不已，甚至是不敢相信，他不由得停了下来。

他改变了主意，正大光明地绕过椅子，从一边突然冒出来，最后，站在她跟前，脸上不安中带有困惑。

她一边抬起头，看着他，一边关上书，兴奋起来，轻轻叫道："你回来了，亲爱的，我一点都没听到你上来的声音。"

"朱莉娅？"他的语气十分不解。

"怎么了？"

他用手指着她拉长的体型轮廓，见她仍然不解，他不得不把话说清楚。

"咦，你这坐姿——"

她的双腿交叉，只有男人才会这样，明目张胆地把一只膝盖放在另一只上，真是不懂羞愧，小腿肆无忌惮地在前面翘着，悬空的那只脚甚至还时不时抖动，尽管现在已经没有抖动。

她的裙子紧紧套住身子，挡住了她放荡不羁的坐姿，但看她的身形轮廓和服饰凹陷处，所有的形态一览无遗。

她粗劣不羁的本质被当场抓住，要是按后来的行为标准，是可以理解她这种举止的，但就当时看来，与普遍的行为规范还是格格不入的。一个女人要是像这样坐，走到哪儿，都会遭到鄙视，甚至是排挤，被赶出去。当然，除了那种轻佻的，一般的女性，坐着的时候一定会将双膝平放，双脚稳稳踩在地上，有人为了看上去更加优雅，一只脚会稍稍伸到另一只脚后面。若是行为不符合道德规范，不仅体现在行为本身，还有它们所违背的普世信条和规则。在一个对行为方式有着严格规范的时代，姿势的小小变动，相对自由时期的弥天大错，引起的震动要大得多。如今的我们已无法理解那个时代，认为小题大做了，但当时却不是这样想。

杜兰德并不是比其他人更加谨慎，但他确实看到了在其他女人身上从未看到的东西，当他还是单身男子，参观蕾切尔夫人的女子学院时，甚至在那些"年轻女士"身上，他也没有看到过，但这可是跟他住在一个屋檐下的妻子啊。

"你在其他时候也是这样坐的吗？"他不安地问道。

这时，那只冒冒失失的膝盖偷偷放了下来，似乎是在掩饰，翘起的小腿也随着回到同伴旁边，如此微小细致的变化，几乎是察觉不出，她这会儿又回到和所有女性一样的坐姿，一个人的时候也好，在丈夫面前也好，都是这样的姿态。

"不，"她坚决否定，手掌吃惊地轻轻拍打，"当然不是啦，我怎么会是那样呢？我——我只是一个人坐在房间里，我肯定是不经意间才这样的。"

"但你想想,要是什么时候你无意间这样坐,给别人看见了,怎么办呢?"

"绝对不会的,"她一边承诺,一边大惊地轻击手掌,"之前从来没有过,之后也一定不会有。"

她期待地朝他仰起头,想跳过这个话题。

"你还没吻我呢。"

他的嘴唇吻过她以后,这次不快便在他眼中消失了,也从他心里散去了。

心花怒放

晨曦时分，阳光洒过，朱莉娅两颊泛红，眼睛雪亮，身穿暖黄色宽松上衣，与金灿灿的阳光交相呼应，娇媚动人。她抢在萨拉阿姨前面，从她手中夺过咖啡壶，坚持亲手为他倒咖啡，天天如此。

杜兰德面带微笑，得意扬扬，每天早上享受着此等待遇，他都会这样。

接着她拿起小小的银夹，夹起一块亮晶晶的方糖，小心翼翼夹紧，越过杯子边缘，缓缓降低高度，松开夹子，糖块落入杯中，没有溅起一滴咖啡。

他顿时喜笑颜开。

"已经够甜了。"他如意地嘟囔着。

她轻快地擦擦指尖,实际上她没有碰到什么,然后吻吻他的额头,很快绕过桌子,来到座位上,坐下来,伴着衣服微微的沙沙声。

他忍不住在想,一个小姑娘,拽着男孩陪她玩过家家,你当爸爸,我做妈妈。

回到椅子上,她端起杯子,眼睛笑眯眯的,绕过杯子边缘,就这样看着他,直到她不得不垂下眼睑,将杯子准确无误地送到嘴边,送到那张精致无比的樱桃小嘴里。

"咖啡的味道真是太棒了。"她小啜一口,感叹道。

"这是我们家咖啡的一种,从仓库里拿出来的,最好的一种,每过一小段时间,我就会送一小袋到家里,给萨拉阿姨煮。"

"要是没了它,真不知道该怎么办,早晨有些寒气,喝杯咖啡感觉神清气爽,再也没什么东西能让我这么喜欢了。"

"是自从喝到萨拉阿姨的咖啡才有这种感觉吗?"

"不,一直是这样,整个生命中,我——"

她停住了,见他突然看着她,不知注意到了什么,好像正说得高兴,一块石头却砸了过来,狠狠摔到底,就这样结束了谈话。

他们之间有了某种情绪感染,也说不清具体是什么,似乎是从他那儿传过来的,这些全写在他脸上,弄得她自己也紧张起来,这种感觉让人很不安,或者说是缺失了什么,好像本以为发现了个金盘,上去一摸,却是个无用的铁质垫片。

"但是——"他终于开了口，却没继续说下去。

"什么？"她勉强应答上，"你想要说什么吗？"一只手出现在面前桌子边上，似乎想得到某种支撑。

"不，我——"接着撒了个谎，想随意编下去，"但是我记得在你的信中，有次你提到过，和你刚才说的恰好相反，你这样告诉我，早上是如何下楼喝杯茶的，你只喜欢茶，说是受不了咖啡，'浓黑的饮料'，我还记得你在信里说的每个字。"

她又举起杯子，抿了一口，这会儿，除了拿开杯子，她无法再说下去了。

"是的，"杯子一离嘴，她就立马接上，补上刚才的话，"但那是因为我姐姐。"

"可你的偏好是你自己的事，和你姐姐又有什么关系呢？"

"我就住在她家里，"她解释道，"她喜欢喝茶，我喜欢咖啡，考虑到她，不希望她因为我喝她不喜欢的饮料，我也只好假装喜欢喝茶了，我把这写进信里，是因为有时寄信给你之前我会让她先看看，我不想让她发现我欺骗了她。"

"哦。"他咧嘴大笑，深深吸了一口气，轻松了不少。

她也忍不住大笑起来，对于这个微不足道的笑料，她的笑声似乎太过于响亮，像是如释重负。

"真希望你能看看你刚才的脸，"她说道，"真不知道那会儿是什么让你如此一筹莫展。"

她继续大笑。

他也跟着笑起来。

他们一同大笑,新婚的喜悦未散,竟闹出如此笑话,惹得他俩笑声不断。

萨拉阿姨走进房间,也跟着呵呵笑,虽然压根不知道他们为什么会发笑。

面色疑云

对杜兰德来说,朱莉娅的表情真是捉摸不透,眨眼的工夫,脸色变化得如此迅速,不可预测,面色红润也好,脸色苍白也罢——如果真有这种时候,实际上并没在他面前出现过,但出于各种现实的目的,短暂的瞬间,这张脸就会出现两种完全不一样的神色。

正常情况下,脸上是不会泛红的,它们并不像其他脸色,几分钟内又消失;只要她脸上泛起红晕,只要她的脸越来越红,便会持续好几小时,不会立刻朝相反的颜色转变。

早上的变化最为明显,打开百叶窗,转身凝视着她,此时她的脸色像是山茶花,过了一会儿,她醒过来,下了楼,和他一块儿坐在餐桌边上，双颊变成迎春花的淡淡黄色，康乃馨的粉粉红色，眼睛蓝晶晶，头发金光闪闪，尤为明显，她是如此可爱，百看不厌。

一个夜晚，就在剧院中（他们坐在包厢里），剧幕转换之间，这种变化又出现了，但他将其称为病态，就算真是这样，她是不会向他承认的。他们来晚了，因而是摸黑进来的，或者至少是靠着银屏发出的微微光亮，慢慢进来的。剧幕切换的时候，汽灯火焰高高蹿起，她发现（她看上去对此很介意，为什么他就没注意到呢）他们包厢周围是一条条锦缎装点的，锦缎呈苹果绿，让人觉得充满敌意。加上汽灯喷出的火花，全都照在她脸上，看上去整张脸也是青绿色，一种病态色。

许多双眼睛（随时随地，只要和他一起，就是这样）从观众席上直向她投来，男人女人，不止一副观剧镜集中在她身上，因为习惯允许他们这么做。

有那么一会儿，她躁动不安地在座位上动了动，突然起身，轻轻碰了碰他手腕，想要离开一下。"你不舒服吗？"他问道，站起身想跟着她出去，但是她已经走了。

灯光没有重新暗下来之前，她回来了，完全变了一个人，那令人惊恐的颜色从她脸上消失了，两颊此时绽放出杏黄色光芒，光芒四射，压过汽灯和包厢花饰向她投射过来的色彩，正如她所愿，她的美貌得以在公众面前展现。

向她投过来的观剧镜一下子倍增，一些单身男士甚至从座位上探起半个身子,一阵赞美的咝咝声从观众席上传来,与其说是听到,不如说是感受到。

"怎么了?"他看上去很着急,"不舒服吗?是不是晚上吃到什么——?"

"我从来没感觉这么好过!"她底气十足,再次坐下来,安然从容,灯光暗下来,准备下一幕,她转身,朝他莞尔一笑,拂去他肩上并不存在的小灰尘,似乎想骄傲地向整个世界宣布,她和谁在一起,她属于谁。

然而,一天早上,他可能过于担心,还没用好早餐,就突然站起身,向她走过去,手背紧贴她的前额,试试温度。

"你这是做什么?"她异常镇定地问,眼帘朝上,看着悬在她前额的手。

"我想看看你是不是发烧了。"

但她额头的温度非常凉爽,完全正常,他便回到座位上。

"朱莉娅,我有些担心你,我在想,该不该给你请个医生检查检查,好让我放心些,我听说——"他犹豫了,不愿让她过度受到惊吓,"——早期的肺病没有其他征兆——呃——除了——脸颊间歇性出现红晕和深红色——"

她的嘴唇不由得抖动,最后露出一个令人宽慰的微笑。

"哦,不,我的身体非常健康。"

"有时,你的脸色像鬼神一样煞白,而其他时候又——几分钟前,你还在卧室的时候,脸色尤其苍白,但现在又红润得像个苹果。"

她翻过叉子,又把它翻回原来那样儿。

"可能是因为冷水吧,"她说,"我用力朝脸上泼冷水,于是变得惨白些,你不用为此担心了,确实没什么好大惊小怪的。"

"哦,"他回应得很大声,放心了不少,"就是因为这个吗?有谁会相信呢——!"

他突然转过头,萨拉阿姨站在那儿,一动不动,忘了将手中的盘子递过来,她眯起眼睛,盯着朱莉娅的脸,细细审视着。

他又陷入沉思,想着她一定和他一样,很关心年轻女主人的身体,偷偷投去好奇的目光,揣测着。

爱宠异常

　　杜兰德聚精会神地读着报纸，很舒服的样子，隐约感到背后的某个地方，萨拉阿姨正在认真做家务，俗称"擦拭"，也就是用抹布擦抹一些家具的表面（和她一样高或是比她矮的家具），轻掸家具上的灰（比她高的家具）。这时他听到她停下来，舌头发出咂咂声，引起了他的注意，于是他猜想，她一定是到了朱莉娅的小金丝雀那儿，鸟儿就在镀金笼子里，挂在窗边支架上，十分显眼。

　　"亲爱的，你还好吗？"她细心呵护着，"嗯哼，告诉萨拉阿姨，你怎么样啊，小宝贝？"

　　小金丝雀只叫了一声，短而无力。

"你可以叫得更加好听,加油吧,小宝贝,拿出精神来,让萨拉阿姨好好听你唱歌。"

小金丝雀又战战兢兢叫了一声,比单纯吱吱叫稍稍好些。

萨拉阿姨轻轻将手伸了进去,很明显,她想温柔抚摸它的绒毛。

好像只需要小小的触动,这黄黄的小房客便立即落在笼子底板上,它呆呆地缩成一团,垂头丧气,很显见的是,它没法再回到栖枝上了。它不停地眨着眼,也只有从这点看出它生命的迹象了。

萨拉阿姨惊叫起来:"路先生!"她的声音挺刺耳,"快来啊,路先生,朱莉娅小姐的小鸟出事了,您快来看看它究竟生了什么病。"

杜兰德扭过头来盯着她,看了足足几分钟,他随即扔下报纸,站起身来,着急跑了出去。

他还没赶到,萨拉阿姨已经打开鸟笼门,万分谨慎地伸进手去,把它捧出来,它压根没有欲望飞走,躺在那儿,好像快死了。

他们俩低下头,全神贯注地看着,不经意间,这副模样还显得有些可笑。

"哎,它准是饿了,好像好几天都没吃东西了,它的皮囊里可一点东西都不剩了,摸摸这儿,再看看那儿,鸟食盅里都空了,连水都没有。"

它继续朝他们眨眨眼,还剩一丝气息。

"您想想啊,它两三天都没有唱歌了,或者说都没好好叫过了。"

这倒提醒杜兰德了,突然想到他自己确实也没听到过。

"朱莉娅小姐要生气了。"老妇人猜道,无奈地摇摇头。

"可是,过去是谁一直在喂养它,你还是她?"

她茫然而疑惑地看着他。"哎呀,我——我还以为是她在喂呢,她从来没跟我说过这事,她也从来没告诉我要喂它,这只金丝雀是她的,我想她不想要别人喂她,只能她亲自喂呢。"

"她肯定是以为你在喂,"他皱起眉头,一脸疑惑,"但很奇怪,她都没有问过你是否喂过,我来处理吧,你快去取些水来。"

他们将小鸟放回笼里,它稍稍苏醒了些,但他俩还在忙着照看它,这时朱莉娅走了进来,她梳洗打扮了这么久,终究是弄好了。

她向他走过来,斜仰起脸,像平时一样,吻吻他。"我要去买东西了,亲爱的路,你能给我一个小时左右的时间吗?"还没等到同意,就朝对面的门过去了。

"朱莉娅,等一下——"他在背后叫住她,让她停下来。

她站住脚,转过身来,一副耐心的样子,惹人疼爱。"亲爱的,怎么了?"

"我和萨拉阿姨刚才发现小金丝雀快死了。"

他还以为她至少会回到鸟笼这儿来,哪怕是匆匆看上一眼也好,然而,她却依然站在那里,显然是对遭到阻拦,有点不太乐意,但看在他面子上,极力忍了下来。

"亲爱的,它很快就会好的,"萨拉阿姨急忙插进来,"它不会有事的,人也好,鸟兽也罢,萨拉阿姨肯定能照顾好它,等它恢复健康,你们就等着瞧吧,它马上就会好起来的。"

"是吗?"她说得也过于简短,脸上还有股愤怒的痕迹。不过,这当然是他心里这么想的,完全是他的想象了。

此时的她十分傲慢,开始戴上手套,不关心那当儿,话题就变了。"真不希望找辆马车还要这么麻烦,总是这样,正需要叫车的时候,一辆都没有——"

萨拉阿姨有不少无恶意的癖好,其中一个就是,别人已经转移了话题,不再讨论了,过了几分钟以后,她又会无意回到原先的话题。

"亲爱的,过一两天,它又会像以前一样,唱着动听的歌曲。"

此时,朱莉娅的眼神中闪过一丝不耐烦。"有时它唱得也过于动听了,"她说得很尖刻,"现在总算是松了一口气——"她没有继续说下去,抿了抿嘴唇,将注意力又转向了杜兰德,"奥特里那家店的橱窗里有顶帽子,正是我想要的,希望还没有被人买走,我想买下来,亲爱的,行吗?"

如此获得他同意的方式,实在太令人疼惜,他心里暖洋洋的。"当然可以了!只要你喜欢,无论如何也得把它买下来。"

她一路小跳到门口,将门打开。"再见啦,我的宝贝。"她站在门口,托起手掌,吻过手掌尖儿,送给他一个飞吻。

门关上了,房间又稍稍暗了下来。

萨拉阿姨还是站在鸟笼旁。"我还以为她会跑过来看看它呢，"她十分费解，"她肯定是不喜欢它了。"

"不，她应该还是很喜欢的，要不她也不会大老远把它从圣路易斯带来。"这时杜兰德有些神游了，注意力又再次回到了报纸上。

"也许她变心了，不再在乎它了呢。"

然而，她这番话像是在自言自语，不是对主人说的，他只是正好在那儿听到了而已。

她离开了房间。

过了一小会儿，实际上，已经好一会儿了，杜兰德的注意力仍然在眼前的报纸上。

他却突然间不再继续往下读了。

他的视线猛然离开报纸，扫过报纸上端。

他并不是在看什么东西，不过是在细想些问题。

神秘箱子

那天,杜兰德不经意间坐在衣箱上,突然想起这是她的箱子,初初看上去,可能都没看出那会是只箱子,外面盖着一张印刷纸,非常显眼,就靠在墙边。

那是个星期天,尽管他们没去教堂,但就如其他上层人士一样,周末一定会穿上最为高档的服饰,然后去散步;看看别人,也被人看看,路过时遇见这个熟人或是那个熟人,不住点头弯腰,甚至上去亲切交谈几句。在这个国度里,所有的城市,人们星期天早晨出去散步,已经是约定俗成。

他正等着她梳洗打扮,一下子坐在从表面看来都不知是什么的东西上,他甚至看都没有看一眼它会是什么,就这样心满意足地坐下去了,只觉得它够平整,够结实,能够支撑得起他罢了。

最后这一刻,她大概是碰上了难题,明显放慢了速度。

"我上周穿的就是这件,还记得吗?他们又会见到的。"

她随手就扔了。

"那这件呢——我不太确定——"她微微噘了噘嘴,"我穿上它,好像不是太合适。"

她又扔到一边。

"这件看上去很美。"他随意指了一件,兴奋地说道。

对于他的无知,她只剩不屑。"但这是平时穿的,不是星期天穿的啊。"

他心里实在是疑惑,偷偷笑了一声,几乎听不到声音,人们是怎么判断这件好还是那件好呢,但是他忍住了,没开口问她。

这回她坐了下来,迟迟不肯动身。"真不知道该怎么办了,我都没有一件合适的衣服可以穿了。"然而,再看看这句话的背后,房间里到处都是她扔的衣服,真是觉得太滑稽,这次他再也忍不住了,直接是哈哈大笑,他一边笑,一边弯下胳膊,用力敲敲他的"座椅",虽然外面有层纸遮了起来,他能够确定的是,下面是一把箱子铁锁,梨子形状的。顿时他才想起,他坐着的正是她的行李箱,就是那只从圣路易斯带来的箱子,自从她来了以后,就没再打开过。

"那这个呢?"他问道,站起身来,扯开上面那层纸,铁锁下面,露出血红油漆标记——"朱莉娅·拉塞尔"的缩写,非常显眼,"里面没放什么吗?我想应该放了不少吧,这么大一个箱子。"这话不过想对她有所帮助,随即用手在上面拍拍示意。

突然间,她紧张地盯住一件衣服,几乎是种审视的目光,在她跟前,握着不放,她抓得这么紧,拿得这么近,仿佛她是个近视眼,仔细瞧着衣料质地,检查上面的细微划痕。

"哦,不,"她说,"没什么,都是些没用的东西。"

"我怎么从没见你打开过,从来没有,是吗?"

她依然盯着手上那件衣服。"是的,"她回答,"我没有打开过。"

"我还以为你会打开的,你会一直在这儿待下去,对吗?"他不过是想开个玩笑,仅此而已。

这次她沉默了,听到后半句话,她的眼神闪了闪,但是可能和这句话也没什么关系,只不过正巧同时出现罢了。

"为什么不打开呢?"他挺执着,"你为什么不打开呢?"他并没有其他想法,只是想讨个说法。

此时,她才有所回应。"我——我不能。"她说的有些不确定。

她似乎也不想进一步解释,至少没有主动表态,他继续追问道:"为什么呢?"

她迟疑了一会儿,"是——钥匙,它——呃,不见了,我找不到了,应该是掉船上了。"

说着便来到了箱子边上,匆匆忙忙,想重新盖上纸张,好像有人扰乱过，顿时她怒了，或许是她的手过于迅速和紧张，因而给人这样的感觉。

"你为什么不告诉我呢？"他有些不满，却很诚心，只是想着在这件事情上，他应该替她分担，"我可以找个锁匠来重新换把锁，用不了多大功夫的，稍等一会儿，我来看看——"

他想再把那层纸拉开一点，但她却在那儿，几乎是按紧纸，很不乐意，鲜明的字眼"朱莉娅·拉塞尔"又出现了，虽然只是一瞬间。

他指着那块梨状铜锁，说："就这样一把简单的锁，是很容易的。"

很快，她手中的纸又盖住了箱子，像是窗帘，遮上了锁和那两个缩写字母。

"我这就去找锁匠，"他一边说着，一边急忙走到门口，"他肯定能打开，我们回来之前就会弄好的——"

"不可以！"她朝他身后大声叫喊，声音竟然是如此刺耳，可能只是因为想叫住他，提高了音量而已。

"为什么不呢？"他问道，停住了脚步。

她深吸一口气，说："今天是星期天。"

他从门口转过身，慢慢走过来，一脸丧气。"对啊，"他承认说，"我给忘了。"

"刚才那会儿我也忘了。"她又大大地吐出一口气，可能这只不过是种发泄，是对迟迟不出发的不满，但这样一种吐气，也有可能让人误解，认为这是不可言说的释怀。

雀鸣惨死

在某个隐蔽处，洗澡那套流程正在进行当中，或至少还在准备中，虽然没有亲眼看到发生了什么，离那儿还隔着两个房间，他坐在客厅里，紧靠着卧室，认真地读着报纸，但他依然能从传来的声音中判断出来。他能听到萨拉阿姨从楼下厨房炉子上提来一桶桶热水，正倒入浴盆里，就像是在敲鼓。接下来是一阵水流声，应该是冷水从水龙头流出的声音，与浴盆中的热水混合在一块儿，然后是一只脚尖小心地触碰水面，试试水温，之后猛地缩回来，伴着一声声尖叫，一会儿"太冷了"，一会儿"太热了"，萨拉阿姨也不甘示弱，大声回应，不以为然："才不会呢！别像孩子一样，等一会儿就好，像你这样把脚伸进去一下，又怎能试出是冷是热呢？你丈夫就坐在那儿呢；你这么胆小，要让他知道，你就不会不好意思吗？"

"才不是呢，又不是他进来洗澡，是我。"语气中带有不少抱怨。

除了那里有气无力的吵闹，还有小鸟儿，那只金丝雀，唱起婉转的歌曲，就在中间那卧室里欢快地歌唱着。

萨拉阿姨经过他坐的房间门口，两手提着空桶。

"她确实是个美丽的小宝贝，"她嘟哝道，"皮肤白如牛奶，身体软如蜂蜜，那身材啊——哼哼！"

他脸上突然泛起淡淡的红晕，好一会儿滚烫的脸庞才恢复过来，他假装这话不是对他说的，没有在意。

她下楼了。

金丝雀的歌唱已经上升到一个高度，曲调高扬，连绵悠长，几乎是震耳欲聋，但突然间停止了。他不得不承认，如此小巧的鸟儿，却能发出这么大的声音，实在是匪夷所思。

随着陷入一片静默，不寻常，而又彻底。

接着一阵扑通声，那是身体浸入水中发出的声音，高高低低。

之后只剩下泼水声，断断续续，朦朦胧胧。

萨拉阿姨又回来了，途中停了下来，抖开手中的毛巾，那是经厨房炉子烘热过的，她仔细检查着，然后走进卧室。

"你好啊，"他听到她在那儿说，"我的小鸟儿，你还好吗？我的小黄宝贝,你怎么样啊?"她的声音突然变得尖细而急躁,"路先生!路先生!"

他赶紧跑了过来。

"它死了。"

"不可能啊,刚才还唱得好好的呢。"

"我告诉你,它死了!瞧瞧这儿,你自己看看吧——"她将他从鸟笼边上拉开,自己伸进手去,把小鸟摊在手掌上,拿了出来。

"也许它只是需要水和食物,就像上次那样——"但是盛水盆和食物盆还是满的呢;萨拉阿姨从那次以后就一直亲自喂它。

"不是这样的。"

她轻轻地松了松手。

有样东西从边上落了下来,就悬在那儿,鸟儿的身体却依然握在手里。

"它的脖子断了。"

"它可能是从栖木上掉下来了——"杜兰德想做些解释,却说得毫无意义,但当时也想不出其他理由了。

萨拉阿姨怒视着他,一副吵架的架势。

"它才不会掉下来呢!它的翅膀是干什么用的啊?"

"可几分钟前它还在唱歌呢——"他仍然唠叨着。

"它刚才在做什么和它现在怎么样完全是两回事!"

"——但是根本就没人来过这儿,没有任何人,除了你和朱莉娅小姐——"

突然又沉默了,更让人没法相信的是,朱莉娅正在隔壁的浴室里,自己欢快地吹起一两节小调。

之后,她慢慢意识到这样做有失贵妇人气度,才觉得有些内疚,于是停住了,接着只听到一阵轻快的泼水声,算是告一段落。

远方信笺

偶然间，杜兰德路过以前房子所在的那条街，现在他已经毫不在意那栋老房子了，不过是走过的时候投去怀念的一瞥，带着一丝对过去的眷恋；他的事情和目的地压根和这儿无关，只是正好这是前往目的地最近的一条路而已。

同样也是巧合，就在他走过去的当儿，他以前的房东泰利耶太太正好出来，在门口站着。

她满怀热情地向他打招呼，高兴得叫了起来，那嗓音隔着几扇门都能听到，而且是各个方向都能听到，她展开双臂拥抱着他，像是母亲一般，关心他的身体状况，他的心情，婚后是否幸福。

"哦,路易斯,我们都好想你啊!你原来住的房子现在租出去了——一对冷冰冰的北方人(我收了他们双倍的房租)——但一切都变了。"她的鼻子稍稍显大,一副厌恶的表情,皱了皱眉。突然间她又兴奋起来,打了个响指,好像是想起了什么。"我突然想到了,我这儿有封信要给你,已经寄来好几天了,寄到的时候我都没看见汤姆,也就没法问你现在住哪儿,不然我早就转交给你了。他现在时不时过来帮我干活,你知道的,稍等一下,我这就去拿给你。"

她在他的胸前连拍三下,似乎劝他站在那儿耐心待上一会儿,随即转身,匆匆进去了。

那时,他才想起来一件事,感觉相当悔恨,搬家时,完全忘了将邮寄地址从这儿——老房子改到圣路易斯大街的新住所,不过这也没什么大不了;工作邮件还是像以前一样,直接寄到办公室,而他的私人邮件向来是很少的,之前倒是有几封向朱莉娅的求爱信,不过现在已经是美满的结局。回家的路上,他该去趟邮局,填一下新地址,以防再发生这种情况——偶尔往来的信件投放错地点。

不一会儿她拿着信件回来了。"这儿呢!你刚好从这里经过,真是太好了!"

从她手上接过信件,便匆匆瞄了一眼上面的字迹,只是想确认下是谁寄过来的。"路易斯·杜兰德先生",笔迹修长而刚劲,其中，三个字母——"M.L.D."均是黑体大写，而其他字母写得过于纤细，字体也过于小巧，看得不太清楚。不过，他可以确定的是，上面写的就是他的名字，所以他也就没有再问什么；于是随手往外套兜里一塞，想着以后再慢慢看，过后却把这事忘到九霄云外了。

就如刚才见面一样，他们的道别依然感慨万分，满腔热忱。她吻吻他的前额，带着圣母般的祷告，他已经走远了，走过了三四栋房子，她还在不住地向他挥手，甚至到最后，进屋以前，她忍不住抡起围裙，擦擦眼角。这个泰利耶太太，实在太容易落泪了；一杯倒满的葡萄酒，一张熟悉的面庞，都会令她潸然泪下，甚至对那些付不起房租的房客，尽管她残忍地将他们驱逐出去，回过头来依然泪如雨下。

他办完了事情，回到办公室，一头扎进日常工作中。

直到准备回家的前一刻钟，他才再次想起那封信，这次也是巧合，和他第一次拿到这封信一样，这回他是想从口袋里掏出手绢，才无意发现的。

想起这封信，他又坐了下来，拿出信来，撕开信封，身子往后一靠，开始读了起来，当看到信的开头时，他再次停下来，觉得很困惑。

我最亲爱的朱莉娅

信不是给他的，是她的信。

他拿起信封，看得更加仔细了，不像之前在大街上，当着泰利耶太太的面,只是草草看上一眼,这才发现当时为什么会看错了,"Mr"(先生)后面有个小弯,但实在太小,不易察觉到,实际上那是个字母"s"。

他的注意力再次转到信纸上,翻过来,扫一眼底下的落款。

永远爱你的伯莎,痛苦的姐姐

原来这封信是她圣路易斯的姐姐写给她的。

"痛苦的"这个词仿佛向他直面扑来,像一把装有倒钩的渔叉,深深勾起他的注意力,他再也没有办法摆脱了。

他不想继续看下去,毕竟这是写给她的信。

然而,信开头那几行已然吸引他的眼球,一旦看清,领悟它的意思,他就没办法停下了。

我最亲爱的朱莉娅:

我不明白你为什么要这么对我,你确实不应该这么对我啊,到现在你已经离开我三个星期了,然而你却音信全无,没有只言片语的回应,告诉我你是否到达,你有没有遇到杜兰德先生,婚礼有没有正常举行。朱莉娅,之前你不是这样的啊,你这又让我做何感想呢?你无法想象,这段时间我是多么心神不宁——

踟蹰不定

杜兰德等到晚饭后才说起这件事,语气十分温和,丝毫没有责备。

他们从餐厅出来,走到客厅,坐下以后,他掏出信来,递给她,客厅小桌子上方亮着灯,她从桌子对面伸手接过信件。"这是写给你的信,今天才拿到,我之前没注意,以为是给我的,所以误打误撞拆开了,希望你能原谅。"

她先拿起信封,四处打量,这个角落瞅瞅,那个位置看看。"谁写的信?"她问。

"你看不出来吗?"

她为什么会辨别不出这种笔迹呢？就在他实在感到困惑的时候，她已经抽出里面的信纸，打开了，轻轻地"哦"了一声，这样一来，他心中的疑惑还没形成，就被打断了。然而，这一声是意味着认出来了是谁寄来的信，或者这封信的来源，还是有另一层别的什么含义，他就无从得知了。

她读得很快，甚至是有些匆忙，每看一行字，她的头就会摇摆一下，然后翻过来，连续有些小小抖动，很快看到最后一行，信读完了。她的表情一向全神贯注，那一瞬间，他看到她脸上闪过一丝自责，持续了有那么一小会儿。

"她说——"她将信朝他这边挪了一下，"你看过了吗？"

"嗯，看过了。"他说着，有些不自在。

她将信件放回信封，信封接口处原被撕破，她在上面轻轻拍了两下。

他痴情地看着她，想坚持给她提建议，又尽量要放缓语气。"写封信回她吧，朱莉娅，"他竭力劝她，"否则实在是太不像你的风格了。"

"我会的，"她懊悔地向他承诺，"噢，我会的，路易斯，我一定会的。"说着两只手不自觉地绞在一起，微微低下头看着。

"但为什么之前你没写呢？"他继续说道，语气温柔，"我从来没问过你，因为我坚信你一定会写的。"

"哦，这段时间发生太多事了——我是想过的，好几次我确实想写信来着,但每次总会有些事情让我分心呢。你想想啊,路易斯,过去的这几个星期,是我全部新生活的开始,事情都挤在了一堆——"

"我知道,你一定会写的,对吗?"随后他拿起报纸,又沉入其中,仔细看了起来。

"这是我最要做的事情。"她说得信誓旦旦。

半个小时过去了,她现在正倒腾厚重的签名册子,尽情欣赏着铜板印刷图案,没理会旁边的文本。

他低垂着眼睑,偷偷地看了看她,后来他清了清嗓子,想要提醒提醒她。

她一点儿没注意到他,埋着头,像个孩子一样着迷。

"刚才你说你会写信给你姐姐的。"

她的神情有些不安。"我知道啊,但是非得今晚写吗?明天就不能写吗?"

"难道你不想写信给她吗?"

"当然想啊,你怎么会这么问呢?可为什么就一定要马上写呢?明天写难道就有什么不一样吗?"

他将报纸放到一边,说:"我是怕明天又有一堆事,如果你现在写,明个儿一早就能到邮局去寄,但要是你明天才写,就得拖上整整一天,她会多遭受一天的煎熬。"

他站起身来,把签名册给她关上,她自己根本就没打算主动合上,然后他稍稍停下,探寻似的看着她,问道:"你们之间没发生什么伤感情的事吧?还是你来之前你俩有过口角,你并没有和我说过呀?"她还没来得及回答,如果她想回答的话,他便抢先替她说,"看看她的信,好像也没发生过什么啊。"

只见她喉咙松了一下,又收了回去,好像她想说什么,又被他堵了回去。

"瞧你说的,"她喃喃道,"我们一直是相濡以沫的好姐妹。"

"哦,那就开始吧,为什么还要这么固执呢?现在就很合适啊,我看得出,你此刻也没什么事儿。"他拉起她的双手,将她拉起身,虽然她并没有什么反抗的动作,但就在拉她时,他能感受到她全身的重量在下沉。

他走到书桌前,放下写字板,接着从书架上抽出一张崭新的信纸,摆在她面前,稍稍将纸角放歪一些。

然后走回去,走到她跟前,拉着她的手,把她牵过来,甚至等她坐好后,给笔蘸了蘸墨水,塞进她的指尖,轻轻拍了拍她的头。"跟个孩子似的,就是不想做功课。"他打趣儿道。

她勉强笑了笑,但最多也就是强颜欢笑。

"我再看看她的信吧。"她最后说。

他回到桌子跟前,把信给她拿来,但她好像也就瞄了一下信开头,似乎只是想看看地址那栏,然后原封不动地抄下来,虽然他告诉自己,一切不过是他的想象,很多人回信之前都得把来信摆在面前，这样心里才比较踏实，她应该就是这样的人。

快速瞟了一眼后，她立即转过头来，开始在那张白纸上写下"我亲爱的伯莎……"他跳过她的肩头，看到了这几个字。对她来说，来信看上去已经没什么用了，于是轻轻推到一边，再也不去理会。

他任由她自己去写，转身回到椅子上，再次拿起报纸，但她的思路似乎没那么顺畅，他听到她拿起笔，写了几个字，然后停下，悄无声息，过上好一会儿，又再画上几个字，又没了动静。他抬头看看她，刚好见她将手支在前额，心烦意乱，就这样僵持下去。

最后，听到她一声长叹，可那并不是完成一件事的解脱，而是失去耐心，厌恶至极，笔尖也不再沙沙作响，她将笔甩在一边，相当心烦。

"我写好了，你要看看吗？"

"不用了，"他说，"这是姐妹之间的通信，不是给丈夫看的。"

"很好，"她说得毫不在意，粉红色的舌头一舔信封边缘，将信封上，放到书桌里面，靠墙立着，准备用厚纸板盖上桌子，"明天我让萨拉阿姨帮我寄出去。"

虽然他们两人的手一起伸了出去，但总有先后，她还没来得及阻止，他已经伸手拿过信件，她丝毫没想到，他竟然就站在她身后。

他将信装进胸口衣袋里，扣上外套扣子。"我去帮你寄吧，"他说，"我离家要早些，这样信可以早点寄出去。"

他看到一副震惊的表情，几乎是种被逮着的恐惧，她的眼睛闪到一边，只是一瞬间，但是很快又恢复了过来，他告诉自己肯定是搞错了，他绝对从没见到过。

他再次看过去，她正用一小块羚羊皮擦笔器擦着指头边上，擦去隐形而实际上根本不存在的污迹，然而，这时她的思绪还停留在刚才的烦心事上，只见她眉头紧锁，因为这件事而闷闷不乐。

银行开户

　　第二天早上,他觉得从未见她如此娇美可爱,从未如此细心周到,比起现在她的体贴温柔,以前她所有的爱慕殷切,只能算是冷漠。

　　她一身淡蓝色波纹丝服,不管从哪个方向看,都是一片波光,下垂涌动。她一走动,衣服沙沙作响,似乎也为她的可爱所折服。她没有像以前一样,待在桌子旁边,而是陪着他走到门口,向他道别,她的胳膊搂在他腰间,他也用手臂挽住她的腰。朝晖斜射过来,将她笼罩其中,然后走出来,她向前一步,又照到了她身上,她从大厅一路走来,阳光就这样陪着她玩起扑朔迷离的游戏,这是他前所未见的景象，像天使一般美丽，想起她是他的妻子，竟心怀敬意，她就这样在他家里走动，陪伴在他身边。如果有一天，她让他躺下，为她而死，他会很乐意为她献出一切，还会为她提出这样的要求而欣喜。

他们停下来，她在他的胳膊肘边仰起脸，为他取下帽子，掸走上面的灰尘，又递给他。

他们热吻起来。

她给他备好外套，将它抖开，帮他穿上。

他们再次亲吻。

他打开门准备走了。

他们再次亲吻。

她长叹道："我不喜欢看着你离开，现在我又是一个人在家，度过这一整天了。"

"你一个人的时候都在做些什么呢？"他感到有些内疚，突然——只是那么一瞬间——他想到白天她会和一个男人一起度过，不知怎么闪过这样一个念头，他不在家的时候，她就一直和那个男人在一起。"我想，去逛逛商店吧。"他溺爱地建议道。

她一下子容光焕发，好像他猜到了她的心事。"是啊——！"忽然又阴沉下来，"不——"她说道，一副无助的模样。刹那间引起了他更多的注意，他问："为什么不呢？到底怎么了？"

"哦，没什么啊——"她扭过头，不想告诉他。

他托住她的下巴,又将她的头转过来。"朱莉娅,我想知道是怎么回事,告诉我,到底怎么了?"他拍了拍她的肩说。

她想笑,却笑不出来,两眼就这样看着门外。

最后他只得猜了。

"是因为钱吗?"

正是如此。

她连眼皮都没动,但不管怎么样也是告诉他了,当然不是通过嘴。

他算是领会了,心里一阵狂笑,但还是忍住了。"哦,我可怜的小傻瓜朱莉娅——!"他随即打开衣襟,把手伸到了里面,"哎呀,你直说就好,你不知道这——?"

这回不可能再误会她的回答了。"不——!不——!不!"她的态度非常激烈,带着小孩子脾气,噘嘴而任性,甚至直跺脚,强调她所说的话,"我不喜欢问别人要钱,这样不好,就算你是我丈夫,还是不行,我从小就是这样被教育的,不能轻易改变。"

他朝着她笑了笑,充满爱意和尊重,虽然还是不能理解她,但丝毫没有减少对她的宠爱和敬意。"那么你想要什么呢?"

她的回答很经典,很女孩子气。"我不知道。"然后她抬起头来,若有所思,似乎大脑里正搜索这个问题,无论如何,还是想尽力找出个答案。

"但是你还是很想逛街,对吗?从你的眼神中我看得出来,然而你不愿意让我替你付钱。"

"还有其他办法吗？"她问得很无助，好像想尽力摆脱良心上的不安，只要有办法不让她想到这些就好。

"我可以悄悄把钱塞到你的盘子下面，什么都不说，吃早餐的时候你就会发现了。"他得意地笑了起来。

她觉得这建议一点都不幽默，不住地摇头，两眼空空，指头放进嘴里，一心还在想着怎样解决这个问题。突然，她两眼放光，盯着他道："我能不能有一点点自己的钱呢——？就像你一样，只是——哦，只是一点点，很少——很少——"

还没来得及同意，其实他早就有这个意思了，她就自己给否决了。

"不行啊，如果只是买帽子啊，手套啊还有其他一些小东西，这样也太麻烦了——"眼看着她又要困惑了，又得垂头丧气了，忽然之间却恢复过来，她有了个新主意，顿时神采飞扬，"或者可以这样，应该会更好些，我可以和你一起用你的钱吗？"她竟想到这么一出，心里不禁狂喜，摊开了双手，"那就简单多了，只要把钱称为我们的就行了，实际上早就是这样了。"

他双肩稍垂，用劲拍了拍大腿说："天哪！这会让你更加幸福吗？原来就是这样啊？上帝保佑你这颗小心，可以信赖！我们就这么办吧！"

她一头扎进他的怀抱，好像是房子着了火，发出一声尖叫，嚷嚷着救火：“哦，路易斯，我感觉自己好伟大，好重要！真的可以吗？我真的可以像你一样填写自己的支票吗？"

爱一个人，就是给予，就是要想给她更多，不需要问为什么，如果静下来好好考虑，那就不是爱。

"是的，你的支票，你的签名，你自己的钱包，我们十一点在银行门口见，这个时间可以吗？"

她将脸紧紧地贴在他脸上。

"你找得到那家银行吗？"

她再次将脸紧紧贴在他另一边脸颊上。

先让他提前到那儿，这是她作为女性的特权，但是他到了以后，她没让他等上片刻便出现了，实际上她紧跟着他，他到了以后，她猛地出现在他面前，基本上可以想到，她就在附近某个有利的位置候着，等着他进去，自己也就跟着过去了。

他还没来得及摸索清楚大厅的情况，她便叫住了他。

"路，"说着便私底下把手搭在了他的手腕上，让他等等，然后将他往侧边拉上一步，"你离开家后，我就一直在想这事儿，我不太确定——我真的想要你为我这样做。你可能会认为我也是那种专横跋扈的太太——我们做事最好别像他们一样——？"

他轻轻拍了拍搭在他身上的手腕。"什么都不用说了，朱莉娅，"此时他带着男子汉的权威，"这事我已经决定了。"

这时，他已经确信这就是他的主意，从一开始就是这样。

她微微点了点头，顺从他的安排，好像妻子本该如此，于是挽住他的胳膊，陪着他以缓慢优雅的姿态走过去，走过营业大厅，直到尽头，那有个大约三平方米的双耳陶罐形支柱搭成低矮木头隔栏，银行经理站在办公室门口，恭候着他们，彬彬有礼，显得十分绅士，他的脸圆乎乎的，周围那圈铁青色髭须，此起彼伏，看得出是经过了修整，更加突出脸是多么圆，嘴唇和脸颊上倒是剃得干干净净。一条金链就挂在彩格呢背心上，那是根名副其实的金锚，想必是整个新奥尔良最粗的金链条。

即使是他，这个企业界的头号人物，看到朱莉娅缓缓向他走过来，也会一眼就认出，那时候的他就像球胸鸽一样，浑身都是劲。她令杜兰德感到非常自豪，同时，这也捍卫着她的骄傲，令她一路走来，都是这么与众不同，无须解释。

为了光鲜亮丽地走进这个商业与金融中心，她着实费了不少功夫，天蓝色的裙衬，在乏味的空气中簌簌回响，紧身上衣上的粉红色天鹅绒小纽扣，就这样对称排列着，粉红色褶饰在脖颈和手腕上高高隆起；再看那顶天蓝色丝绒小帽，低低下垂，遮住了一只眼睛，就像是扎上一条浅色压布，减轻点头疼，下巴上系上两条粉红色缎带，把小帽扎紧，一条点缀粉红小圆点的窄网纱，宛如五彩纸屑般下滑，遮住下眼睑。她的步子如此翩跹，就像是在踩高跷，脊背看上去像是一张希腊弯弓，弯到一定程度，打破造物主束缚，髋关节支撑下，形体是如此笔直，要是再前倾些，就会完全失去平衡。

从未见过女孩子的衬垫会这么轻盈,飘过银行地板,悠然自得。她的经过,令两旁一阵骚动,那些像笼子一样的出纳员窗口背后,全是惴惴不安,一双双眼睛从绿油油的眼眶中抬起,跳过死板枯燥的数字账本,魂魄如梦如醉地追随着她,那个时候,银行里来来往往的职员全都是男性,顾客也大致如此。虽然有一个用帘子遮住的小小角落,看起来并不起眼,那就是女宾接待室,与其他区域严格划分开,上面挂着一个牌子,写着"女士窗口",这是为偶尔过来办理业务的女性开设的(寡妇之类的),没有人为她们处理这类恶心的事务,她们便不得不亲自过来查看自己的金融业务,设了这个窗口,至少她们不必和男人摩肩接踵地排着老长的队,也不必大庭广众地接过现金。她们可以到帘子后面,由专门的出纳员单独为她们服务,比起其他职员来,通常这位出纳员会更有风度,年龄也要大些。

对于女性来说,绝不是走近银行便会带上耻辱的印迹,与沙龙以及某些特定的戏剧表演形式不太一样,在那些场合,女性是可以穿紧身衣的,基本上也可以观看各种体育赛事,比如拳击和球赛。然而不提倡她们进入银行,只是为了让她们避开肮脏的金钱交易,那些大都是男性的业务,因而对于她们来说,接触金钱反而是有失风雅了。

杜兰德和他凝神屏气的(但有适当的庇护)妻子走到满脸髭

须的银行经理跟前，经理推开隔栏上的小旋门，恭迎他们进去。

杜兰德说："亲爱的，我能为你介绍下西姆斯先生吗？我的一个好朋友。"

西姆斯先生很有礼貌地向前鞠躬："我真不敢相信，要不你也不会把这事儿拖这么久。"

她抬起头来，迷人地看着他，当然不会是调情，这样的话，会让杜兰德有失体面，不过至少她看他的眼神，就是一种挑逗。

"我真的非常惊讶。"她说着停了下来，以使后面说的话取得更好的效果。

"怎么了？"西姆斯感到疑惑。

她转过脸，看着杜兰德，把话说给他听，而没有直接回答经理的问题："以前我还以为银行经理都是上了年纪，令人生畏的样子。"

西姆斯先生背心上的纽扣从来没这么绷紧过，就算礼拜天吃完饭后也没有这样过。

接着，她仔细打量着周围，带着浓厚的兴趣说："我之前从未来过银行，多么华丽的大理石地板啊！"

"我们感到非常荣幸。"西姆斯先生表示很赞同。

他们走进办公室，坐下来，西姆斯先生亲自为她搬好凳子，招呼她入座。

他们交流了一会儿，只是纯粹的社交寒暄，即使是男人之间谈生意，也得先以社交性问题导入（这样他们可以处在同一水平上），要是一上来就直切正题，没有一点儿令人放松的寒暄，会让人觉得很没礼貌，然而，一年又一年地过去，这样的寒暄也越来越少。

最后，杜兰德说："好了，我们不要占用西姆斯先生太多时间，他很忙的。"

现在说到了正题。

"我能为你们做些什么？"西姆斯问道。

"我想安排一下，"杜兰德说，"我想让妻子一起分享我在这儿的账户。"

"哦，真的，"她喃喃否定道，抬起一只手，"他坚持——"

"很简单的，"西姆斯先生说，"我们只要改变一下账户，从单个账户中再分出另一个账户，成为共享账户就好。"他在桌上的纸堆里翻了翻，找出来两张，"要是分账户，我现在需要你们做的就是留下你们的签名，每人签下一个就行，你在这张委托表上签字就好，而你，亲爱的，在这张空白的卡片上，留下你的签名记录，这样我们就知道了，也就生效了。"

杜兰德正低着头签名呢。

西姆斯将另外一张纸推到他面前，有些迟疑地问道："你希望两个账户都一样，既能存款也能开支票，还是只是这一项呢？"

"就让两个账户都一样吧，我们俩签名后，可存可取。"杜兰德回答得很坚决，他并不是个吝啬的送礼人，此刻对他来说，任何其他回答，都是粗鲁无礼的。

"路。"她想表示反对，但他用手示意她，不用再说什么了。

西姆斯已经将笔蘸好墨水，递给她，方便她签名，她犹豫了一下，这样一来，至少是克制住了不太合适的动作，没有立即接过来。"我应该怎么签呢？是签我的教名，还是——？"

"最好是签上你婚后的全名——'路易斯·杜兰德太太'，每次开支票，要记住都得这样签，不能弄错呢。"

"我会尽力的。"她乖乖地顺从道。

他关切地为她吸干了墨汁。

"这样就好了吗？"她睁大了眼睛问道。

"亲爱的，这样就好了。"

"哦，那还不错，是吗？"她高兴了起来，一下子就轻松了，瞅瞅四周，就像个小孩子，每次去看牙医都害怕得要命，最后却发现一点儿都不疼。

见到这样一张天真无邪的脸，两个男人交换了一下目光，既有男人的优越感，也有丝丝怜惜，女孩子如此可爱，他们出自本能地喜欢。

西姆斯将他们送到办公室门口，和迎接他们的时候一样，有礼有节。

工作日里，银行地板传来的这声骚动声是前所未有的，这优雅轻飘的嚓嚓声，只会是同一个人进来时才能带来，这一次，所有职员、出纳员和会计们的眼睛齐刷刷地投过来,像小伙子一样,从禁锢与工作中解放出来,追随着她离去的背影,只听到他们一阵阵无声的叹息,一股流水无情的伤感,一丝与世隔绝的渴望。就像一道彩虹划过阴暗的沼泽地,片刻就散去了,然而,它经过的时候,留下的痕迹,令人动容。

"他挺好的,是吧?"她向杜兰德吐露道。

"还不错。"他同意道,带着男子汉抑制的口吻。

"我可以邀请他来吃晚餐吗?"她建议道,毕恭毕敬。

他转过身来,大声喊道:"杜兰德太太不久想邀你共进晚餐,我会派人送请柬的。"

西姆斯站在那儿,巧妙地鞠上一躬,内心的满足难以掩藏。

他们离开银行,走到了街上,他还迟迟不肯回去,又站了一会儿,轻轻捋了捋胡须,若有所思的模样。杜兰德竟有这么一个妻子,惊为天人,心中涌出一缕缕妒意。

扑朔迷离

杜兰德吃过午饭回到办公室,看到信就放在他桌子上,肯定是晚了,要么就是送晚了,那天他九点到的办公室,其他所有的邮件都在那里,等着他查看。

现在已将近三点了,对于典型的新奥尔良商人来说,午饭不会是匆匆忙忙的快餐,再赶回来上班,自从有了更多的便利设施,吃饭就变成了一件很轻松的事儿。他可以去最喜欢的餐厅,端端正正坐好,有着充足的时间,精心点菜,要是遇到朋友或是熟人,大家相互问候,或常常一起同桌吃饭,谈谈生意上的事儿,有时甚至就此达成交易,他细细品着咖啡,抽着雪茄,品着白兰地,最后,时间差不多了,感觉头脑清醒,精神饱满,也该回去应付下午的工作了,他这才回到办公室,无论是在哪儿,中午这顿饭非得耗上两三个小时。

这样的话,到了下午三点左右,他才回到办公室,发现那封信就摆在吸墨台上。

他两次打开那封信,但两次都有人打扰,最后,他拿起来,准备过一会儿集中精力再看。

邮戳又是圣路易斯,无论是否受此触动,反正他一下子就认出了笔迹,和上次一样,是她姐姐写来的。

但是,这次没再弄错了,这封信就是直接寄给他的,而且非常明确——"路易斯·杜兰德收",信寄到了这里,他工作的地方。

他用一把启信器沿着信封顶端切开,把信抽了出来,心里满是疑惑,他坐在椅子上,转了一个方向,聚精会神地看了起来。

如果这张纸上吸干的墨水也能发出尖叫的话,那上面的每一滴墨水都在向他惨烈地呼喊。

> 杜兰德先生!
>
> 我真的受不了了!请你给我一个解释!请你马上把我妹妹现在的情况告诉我!
>
> 我实在没有其他办法了,只能直接写信给你,如果你不立即告诉我妹妹现在到底在哪里,让我知道她安然无恙,为了确认这一点,让她马上和我取得联系,解释清楚

其中缘由，为什么会这么奇怪？为什么会音信全无？不然的话，我会立即告到警察局，让他们前来处理。

我手上有封信，是上次我给她来信的回复——自称是她的回信，后面签的也是她的名字。但那封信不是我妹妹写的，是其他人写的，那是一个陌生人的字迹——一个我不认识的人。

人走箱留

杜兰德不知道自己坐在那里盯着信看了多久，时间已经失去了意义，最后那行字，他看了一遍又一遍——"那是一个陌生人的字迹，一个我不认识的人"。一个不认识的人，这些字眼就像嗡嗡作响的电动圆锯，将他的大脑锯开，一分为二。

瞬间，他不再迷迷糊糊，取而代之的是阵阵恐慌，他忽然从转椅上跳了起来，椅子顺带倒在身后，只听到轰隆一声，他猛地往口袋里塞进信件，好像那是一团火，只要轻轻触碰，就会烧伤手指。

他立即朝门口跑去，把帽子都忘了，于是跑回来拿帽子，再次奔向大门，办公室清洁工先前听到椅子倒下的声音，便跑到门口看个究竟，正好与他撞在了一起，几乎将他撞到了一边，幸亏抓住他的肩膀，令他平衡了下来，他一边往外跑，一边大声说道："让贾丁帮我照看一下，我得马上回家了！"

跑到街头，他立刻伸起手臂，四处挥动，前前后后，左左右右，像是赶走一只看不见的飞虫，在空荡荡的大街上，他恨不得马上抓住一辆马车，最后，他终于叫上了，这一小会儿，漫长得像一个小时，就这么焦急地等待着，还没等车停下来，他便在车边跟着往前跑，直接跳了进去。这时的他，变成近代的战车御者，直直地站在中间，越过车夫肩膀，探出头去，像是热锅上的蚂蚁，把地址告诉了马夫。

"快点！圣路易斯大街，必须火速到那儿！"

轮子上的辐条变成连续转动的圆盘，新奥尔良大街像是一条小溪，战栗着，向他身后淌去，看到的那一幕，便是奔腾的水流。

他不由得使劲儿拍着大腿，好像他就是那匹马。"再快点啊，伙计，你这样什么时候才能到啊？"

"我们已经是在飞啦，先生，我们这样会撞到人的。"

"该死，那就撞去吧！只要把我送到就行！"

就像上车一样，他索性从车上跳下来，手掌往后伸，车夫向前伸手，钱币就这样完成了转移，他发疯一样奔向自家大门，似乎想用身体撞开大门，将它撞倒。

萨拉阿姨立即过来开门，脸上露出惊讶，那时她肯定正好就在前厅，或是大厅的另一头。

"她在吗？"他劈头盖脸地问道，"她在家吗？"

"谁？"这个问题猛地直扑过来，她不禁向后退了一步，感觉很害怕，马上回应了，他指的只会是一个人，"朱莉娅小姐？她整个下午都不在，她告诉我去买东西，之后就再也没回来，我想那时大概是一点吧，她从那会儿就再没回来过。"

"天哪！"他呻吟着，一副凄惨相，"果然，该来的还是来了，可恶，为什么那封信不能早一个小时到！"

这时他看见一个年轻女孩子坐在无靠背的凳子上，靠着墙，蜷缩在那里等着，她衣着简朴，膝盖上放着一个大包裹，盒子状的，刚才听到他的咒骂，她羞怯地向后缩了缩，原先苍白的脸上难看极了，一阵阵发红。

"她是谁？"他放缓了语气，低声问道。

"是裁缝派来的小姑娘，说是他们为朱莉娅小姐做了一件衣服，过来让小姐试试，她说和朱莉娅小姐约好三点过来等她，但她现在已经等了两个小时了。"

那么，照常推理，她不想再待在这里了，这样的念头在他脑海中闪过，现在她用行动证明了——

"什么时候约的？"他的语气很吓人，弄得她更加害怕了。

"几——几天前，"她结结巴巴，"我想就是上个星期，先生。"

他飞速朝楼上奔去，全然忘记他的形象，只听到身后萨拉阿姨很有分寸地小声说道："亲爱的，你最好现在就回去吧，家里碰上了一些麻烦事,等过些日子,你再打电话来看看。"

他呆呆站在卧室里,这样急速地爬上楼,实在忍不住喘着粗气,有那么一会儿,他就在那儿一动不动,默不作声,绝望地看着周围,这时他的注意力落在了那口箱子上,那从来没打开过的箱子,那用纸遮住,迷糊了他双眼的箱子,但现在他明白了,自打那个星期天起,他就知道是什么了。他猛地撕下那层纸,两个字母再次出现了——"J.R.",用鲜红色的油漆写着。

他转过身,冲出屋子,沿着楼梯再次飞奔下去,不过这次只跑了一半,半路就停了下来。

那年轻的裁缝学徒就在门口,正准备离开,将那盒状包裹递给萨拉阿姨。"请告诉杜兰德太太,我——我很抱歉弄错了,如果方便的话,明天下午同一时间我还会过来。"

"快去给我找个锁匠来!"他在楼梯间大声喊道,顿时像颗炸弹,打断她俩道别时的窃窃私语。那送衣服的小姑娘被吓得一溜烟跑了,萨拉阿姨刚想把门给她关上,一听到他的吩咐,又打开了。

她还没来得及动身,他又改变了主意。"不,等等!那太慢了,给我找下锤子和凿子,家里有吗?"

"我想应该有吧。"她匆匆忙忙回到了屋子后面。

等她把这些工具递给他后,他拔腿就往楼上跑,刹那间又不见了身影。他跪下来,嘴唇惨白,像是画上了白色的伤痕,他狠狠地朝着箱子砸过去,用凿子插进锁周围的空隙处,然后朝着凿子猛锤起来，丝毫不留情面，过了一两分钟，锁便弹开了，一半还在锁座上，另一半掉了下来。

锤子和凿子落到地上，发出一声沉闷的声响，像是一声丧钟，敲碎了房间里的宁静。

他拉开箱子旁边的小锁扣，箱子中间有条旧皮带，他解开后，边起身，边拉开皮带，箱盖微微翘起，呈弓状，抖动一下，箱子就向后翻开了。

刚一打开，一股樟脑丸味儿扑面而来，好像朝他脸上一阵呼气。

看得出来，箱子的主人必定爱干净、一丝不苟，可以说是非常讲究。箱子里的东西放得井井有条，摆得十分对称，每样东西都没有摆出格，梳子也是如此，并排间的隔隙巧妙地用手帕塞住了，还有其他一些小东西，这样箱子在移动的时候，东西都会好好地原封不动。

箱子上面的托袋装的只是些贴身内衣，有白天穿的，也有晚上穿的，这些衣服看上去算不上漂亮，却很耐用，黄色的法兰绒睡衣，法兰绒衬裙，厚实的羊毛毯，还带着根小细绳，他可没心思再研究是什么材质了。

不一会儿，还没等意识过来，原本整齐的箱子，就这样彻底弄乱了。

他将上面那层东西掀开，底下那层整齐的衣物便自然冒了出来，比起她来这儿后买的衣服，显得庄重的多，非褐即灰，加上拘谨的白色小圆领，黑色羊驼呢，偶然翻到件彩格呢，要么深蓝，要么绿色，就是没有鲜亮的颜色。

他一下拉掉最上面那件，接着第二件。

他呆住了，身子笔直僵硬，两手拽着衣服，看看这件，又瞧瞧那件，显得孤独无助。

忽然，他的视线落在穿衣镜上，那挂在衣橱门上的镜子，深深吸引着他。他从箱子后面走出一大步，再次瞅了瞅，觉得眼前的东西有什么不对劲儿，却说不清是什么。

他拿着那两件衣服，又向后退了一步，想看得更清楚些，就在这移动的瞬间，他好像明白了些什么，似乎每件衣服都太大了，他紧握双手，牢牢抓住那两件衣服，举到肩部高度，比画比画。衣服就这样直直地落在地板上，碰到地面，甚至还拖着。

看着镜子，他回忆起她就站在自己旁边的情景，那一小会儿，她出现了，就这样很快地出现了，她的头顶正好蹭到了他的肩部，那时她的头发还是高高耸起。

恐慌之中，手里的旧衣服像是幽灵一般，掉在了地上，他走到衣橱边上，两手抓住镶板，猛地打开。全空了，只剩下一根木棍，光秃秃的，横跨衣橱上边，飘来一缕天鹅绒味，若有若无，鬼魂萦绕，其他什么都没了。

对于刚刚站在衣橱面前的他来说，眼前的一切真的来得太突然，他真正恐惧的是留在这里的衣服，而不是那些不见踪迹的衣物。

他再次跑到楼梯口，使劲儿弯下腰去，好让下面的人看到，大声呼喊萨拉阿姨，直到她跑出来，一副惊慌失措的模样。"来了先生！来了先生！"

"那个小姑娘，她有没有留下什么？是杜兰德太太的东西吗？"

"有件新衣服，他们刚为她赶出来的。"

"快拿过来，给我，快！"

他接过衣服，跑回卧室里，"嚓"的一声，撕开外面的薄纸板，一把将里面的衣服扯出来，色彩鲜艳，自由快活，腰间系着浅紫红色缎带，然而，这一切，他都视若无睹。

他捡起原先那件衣服，那件从箱子里拿出来又被扔到地板上的衣服，然后把它平摊到床上，用手抚平，就像张纸一样，撑开衣袖，将裙子完全拉直。

之后他把刚送来的新衣服盖在上面，往后一站，看看，这回彻底明白了。

这两件衣服的尺码完全不一致，新衣服的袖子要长些，要长出一个袖口，另外，胸围也更大，向两边伸展，呈二维体，形成弓状，一件衣服的腰围几乎比另外一件大一半，两件衣服的主人不可能会是同一个人，最不可思议的是，其中一条裙子的下摆相对另一条要延伸出来很多，也要宽出好几英尺。

所有裙子只会有一个长度——刚能拖到地板，连他都知道这一点，没有例外，长度是不会因为赶时髦而发生任何变化，只会随着穿的人身高而变。

看着那条小尺寸裙子的最上端,有颗别针正闪闪发光,他知道,这是她当场测量的记号,也就是不到一个星期前,给她测下来的结果,现在只剩下最后缝制了。

这些来自圣路易斯的衣服——

他的脸色一点一点地变得惨白,一种奇怪的恐惧就这样在他心中回荡,前所未有的害怕,其实就在不久前,他走进这栋房子时,便已经知道了,而现在,这一刻,他证实了,这个无法回避的事实。

这些来自圣路易斯的衣服是另外一个女人的。

伤心欲绝

这时天已经黑了,整个城镇都笼罩在夜幕之中,这座城市,这个世界,还有他的心,就这样在无底的黑幕中悬挂着。外面的街道一片漆黑,这个房间也一样,一片黑暗,他正坐在里面。

没有人能用眼睛穿过这片黑暗,看清楚他到底站在哪儿,他一个人,看不见,也猜不透,犹如一件物体,困在黑乎乎的盒子里,动也不动。倘若它也会呼吸,那便是上帝和它之间的秘密,这种呼吸,其中的痛苦还夹杂着些许其他的东西。

最后,一道灰扑扑的亮光慢慢靠近,一点点从底下升起,顺着外面的楼梯爬上来,越来越高,光线也愈加清晰,直到可以看清光点：那是一盏摇曳不止的灯，越过铁箍，闪闪发光，萨拉阿姨拿着它，慢慢走上来。灯光照下来，她的身影犹如灰蒙蒙的鬼魂，再看那黑黝黝的脸庞，光线给她画上线条轮廓，留下一层光晕，在那儿摇摇晃晃。

她终于爬上楼来，转身走进他的房间，灯光现在变得很稳定，照亮了整个过道，照进了房间，也照见了他的身影。

他站在那里，纹丝不动，身体像是彻底瘫痪，灯光照在那堆衣服上，摊在床上的，掉在地上的，这时，一缕缕光化身成一根根针，落在它们身上，给它们注上了各种各样的颜色，蓝的、绿的、栗色的、暗红的，应有尽有。光线也投在了他身上，留下颜色，那是蜡像的颜色，衣着整洁，像活人一样。它真的好聪明，骗过众人的眼睛，就像蜡像馆陈列的那些东西，毫无生气，却如此逼真。

他就像给雷击中，打死了，站着归站着，终究是死了，他见到了她，他的眼睛流露出凝重，盯住她的脸，眼睛要是注视着另外一个人，往往会落在脸上。他能够听到她的声音，她有些害怕，小声问道："路先生，怎么了？到底是怎么了，路先生？"他张了张口，回答她，发出了声音。

"她不会回来了。"他低声回应道。

"你就打算像这样一直站在这儿，灯也不点一盏？"

"她不会回来了。"

"还要等多久才能开晚饭？那只鸡不能煮太久。"

"她不会回来了。"

"路先生,你没听见我说话,你压根就没在听。"

他嘴里只能反复吐出那几个字:"她不会回来了"。他用了十五年学的那些词,成千上万个,忘得一干二净,他能说出的话,只有那六个字:"她不会回来了"。

萨拉阿姨拿着灯,战战兢兢地走进房间,灯还没放稳,在那儿晃晃悠悠,波动不定,她随即将灯摆在桌子上,拧着双手,然后扯起自己的衣服,绞成结,两只手一时间好像不知道该做什么。

后来她抡起裙角那小块布,擦着桌子边缘,脸上带着悲伤,也许是习惯使然,她觉得她是在擦去桌上的灰尘,或许这是她可以给他带来的唯一帮助,也是唯一的慰藉:将这张桌子的边缘擦干净。心疼人的方式有很多种,是不需要说出来的。

就这样,萨拉阿姨将温暖带进了房间,这样的温度至少能让他缓解过来,融解那勒紧的冰盔,只需要有个人在那儿,在他身边。

慢慢地,他开始有了些生命的迹象,死而复生,然而任何人看到了,都不会欣喜,这不过是死后残留下的躯壳,心早已灰飞烟灭。

死亡的苦楚逐渐逆转,这并非之前就有,是遭受致命打击后才产生的。心死了,就永远死了,上天不如慈悲为怀,再来一击,给生命一个终结,一了百了,也好过苟延残喘,苦苦折腾。

他的膝盖不再僵硬,"哗"的一声,半边身子瘫在了床上,胳膊伸了出去,痛苦地抓挠着。

床上有件衣服似乎受其触动,微微动了一下,它在床面上蜿蜒盘桓,焦急地掀起一阵涟漪,他极度悲伤,仿佛激起一个大漩涡,将它吸进去了。他把头紧紧贴在上面,脸藏进衣服里,好像在重现以前深情吻它的情景,这是多么可怕,这一场景再也不可能出现了,再也不会有人在上面留下热吻了,现在只剩下这具空壳,他正依偎在里面。

"朱莉娅,朱莉娅,发发慈悲吧!"

他的双肩不由得颤抖,老妇人怜悯地伸过手去,但中间停了下来,没有碰到肩膀。

"唉,路先生,"她关切地安慰道,声音粗哑,"唉,可怜的男人。"

她抬起那只伸出的手,在更高处"冻住了",停在他的脑袋上,那忘却所有,备受煎熬的脑袋。

"愿主宽佑你,愿主可怜你,你流泪了,可是你没有必要流泪,你这么痛苦,但是那些东西你从来没有得到过啊。"

他侧着头,专注地看着她,害怕来得太突然。

也许是见到他这样白白地伤心,瞬间点燃了她心中的怒火,满心都是报复,可能是因为耽误了这么久,她才看到真相,她径直走到朱莉娅的书桌前,怒火冲天地拉开抽屉,这样一来,整张桌子都跟着晃动起来,她伸手进去,朝着一个隐蔽的地方,准确无误地摸过去,显然她早就发现了,之后揪住一块东西,一言不发地伸过去给他看,这是个征兆,从边上看去,是个灰扑扑的块状物体，一块涂脸颊的胭脂。

她一把砸到地上，厌恶之情溢于言表。

然后她又伸进抽屉里，那还是个隐蔽的地方，这回她掏出了一把细长的雪茄烟。

她给他看看，再狠狠地甩丢。

她两手哆嗦，托住前额，颤抖着，咒骂厄运的降临，呼唤黑漆的天空为证。

她嘴里念念有词，那是令人毛骨悚然的声音，就像《圣经》预言者，高呼最后的判决。

"住在你家的是个坏女人！睡在你床上的是个陌生人！"

卷款而逃

　　帽子未戴，外衣未披，头发散乱，就跟几分钟之前待在房里陷入沉思一样，杜兰德狂奔在安宁静谧、夜色密布的大街上，完全丧失了理智，却依然叫不上一辆车，他像发了疯，没法停下来等车。他就这样跑，不停地跑，朝着一个地方，一个偶然想起的地方，也是他最需要的地方。他要去的就是银行经理西姆斯的家，几乎要穿过半个新奥尔良，如果没有其他办法，他只能全程步行，跑到那里。

　　幸运的是，当他狂奔到十字路口时，碰到一个黄绿色邮筒，点着油灯，无精打采地窝在那儿，他一眼看出，前面就是一辆空车，它正往回走，准备拉新客，他在车后面大声招呼，还没等它过来搭载，他便沿着马路全力跑过去，挣扎着跳上去，气喘吁吁地说出西姆斯家的地址。

终于到了西姆斯家门口，他疯狂地按着门铃。

一个仆人跑来给他开门，满脸都是不高兴，也难怪，毕竟他过于粗鲁了。

"他还在吃饭呢，先生，"她拉着个脸，"您能否耐着性子坐着等会儿，等他先吃完——"

"不行，"他上气不接下气，"不能再等了，得马上让他出来——"

这时西姆斯来到了客厅，眉头紧锁，显然是恼怒了，嘴里还在嚼着东西，一张餐巾纸就吊在领口处，等他看清是杜兰德时，顿时脸色就好转了。

"哟，杜兰德先生！"他热情地招呼道，"是什么风这会儿把你吹来了？你要不要进来和我们一起吃晚饭？"等他走近些，才发现他魂不守舍的模样，"你看上去很难受——怎么了，老兄？贝克，快去拿些白兰地来，再拿把椅子——"

杜兰德唐突地甩过手去，拒绝了递上来的酒。"我的钱——"他大口喘着粗气。

"怎么了，杜兰德先生？你的钱怎么了？"

"钱还在那儿吗——？有人动过吗？——你们三点关门的时候，分类账户上，我还剩多少钱——？"

"我都听糊涂了，杜兰德先生，没人动你的钱啊，好好的呢，除了你和你的妻子——"

刚说到这儿，他注意到杜兰德脸上痛苦得变形，那丝苦楚就浮在脸上。

"你是说——？"他呼吸变得更加急促，一时间魂飞丧胆。

"我得知道——现在，今晚——看在上帝的分上，西姆斯先生，求你帮帮我——别让我再这样等下去——"

西姆斯一把扯下餐巾，随手扔掉，至少表明今晚这顿饭结束了。"我的出纳主管，"他当机做了决定，"我的出纳主管肯定知道，那比跑银行快多了，我们得赶紧，将白天的账户挨个儿搜查一遍——"

"我应该去哪儿找他？"杜兰德边说边走向门口，话音刚落，他已经到了门外。

"不，不，我跟你一起去，等我一会儿——"西姆斯慌忙抓起帽子和丝质围巾，"到底是怎么了？出什么事了？杜兰德先生？"

"在没查清真相之前，我不敢说什么，"他的声音很悲凉，"想都不敢想——"

西姆斯得先停下来，确认出纳主管家的地址，然后他们匆匆离开，爬上了将杜兰德带来的那辆马车，车夫驾着马车朝着杜梅音大街驶去，径直赶往那外观简朴、又小又挤的屋子去。

西姆斯先下车，给出一个友好的手势，示意杜兰德止步，显然，希望他尽量少受些伤害。

"要不你先在这儿等等吧,我先进去和他谈谈。"

他进去了,可能最多也就十来分钟,但对杜兰德来说,仿佛在外面孤独地等了一晚上。

最后门开了,西姆斯也出来了,杜兰德一跃而起,好像是底下有个弹簧,一下子把他弹了出去,他一面朝他扑去,一面看着西姆斯的脸,想看出究竟怎么样,很明显,他的表情并不乐观。

"怎么样?看在上帝的分上,请告诉我!"

"冷静些,杜兰德先生,你要撑住,"西姆斯伸出手臂,搭在他肩窝下面一点的地方,想给他些支撑,"今天银行开门的时候,你可拿支票提现的账户上共有三万零五十一美元四十美分,你的存款余额共计二万零十美元——"

"我知道!我早就知道的!但这不是我想要知道的——"

那出纳主管跟在西姆斯后面,也出来了,西姆斯暗暗给他做了手势,意思是让他过来回答这个问题,回答这个难以开口又必须要回应的问题。

"你妻子三点零五分来银行,在最后一分钟提走了款项。"出纳说。

"银行关门时,你的账户余额,呃,其中一个是五十一美元四十美分,另外一个是十美元,如果要全部提取,一定要你的亲笔签名。"

因爱生恨

整个房间都凝固了,就像是在油画布上画了什么,然后让它立起,等里面的东西全部干掉。每条阴影,每个细节,像真的一般大小,和生活中一个样,但毕竟不是生活本身,不过是艺术性的模仿。

阳光透过窗户,留下一道光亮,外面好像有一簇火光掠过,一闪一闪,照亮了天花板和对面的墙。再看看地毯,多处凹凸不平,好像有人挪动了位置,留下歪歪扭扭的脚印,或者确实是有个人一两次倒在地毯上,然后毯子上就"记录"下他的身形,除此之外,上面还印有蟹状浪迹,似乎某种沉重的液体打翻,不少汁液洒在了地毯上。

一张阴冷的床,曾让新郎红光满面,而现在,但凡是讲究些的人,都会脸红。床看上去好些日子都没人上去休息过了,灰色的亚麻布床单从床架一头盖住,一直到另一头,还拖到了地板上,一只鞋,一只男人的鞋,就扔到了床边,好像原先想使劲儿将它脱掉,然而,一旦穿上另外一只,这股劲儿便没了,迫不及待地把它也穿上。

勿忘我草"种"在粉红色墙纸上,墙纸是从纽约买来的,就是在一封信中提到的那种——"浅粉红色"。灰泥在一个角落冒出头来,它可能过于偏激,直接形成道伤疤,好像一个被激怒的人,拿着把大剪刀狠狠地朝上面扎去,想完全毁灭掉那些不快的记忆。

这片死寂中还摆着一张桌子,上面放着三个固定的东西,一个平底酒杯,还散发着浓烈的酒香,由于不断斟酒,上面留下一层黏膜,还有一瓶白兰地,加上一颗死气沉沉的、侧着的脑袋,头发蓬乱,直直竖起。桌子边上有把失去平衡的椅子,那神经早已麻木的身子坐在上面,一手紧抓酒瓶,一副占为己有,毫不退步的架势。

这时,传来轻轻的敲门声,随后却没有过来开门的声音,好像那人站在门外等了好久,一直听着里面的动静,才鼓起进来的勇气。

没有回应,也没有动静。

又敲了一下,这回传来一阵说话声。

"路先生,路先生,开开门啊!"

依然没人应答，只见那颗脑袋稍稍转过来，露出下颌的轮廓，伴着蔓延开来的胡茬。

又是一下敲门声。

"路先生，快开开门呐，已经过去两天了。"

那颗脑袋终于脱离桌子，微微抬起，两眼紧闭。"时间究竟是什么东西啊？"它张嘴了，但是说得很模糊，"我全给忘了，噢——两个夜晚发生的事情我全都忘了，全部都空了。"

门把手疲惫地转动了一下。"让我进来，帮你铺好床。"

"现在就剩下我一人了，随它去吧。"

"那你至少点盏灯吧，天快黑了，我进去给你换盏灯吧。"

"它能照亮什么呢？又有什么好看的呢？现在这里只有我一个人了，我，而且——"

他将酒瓶口斜着往酒杯倒去，酒没有倒出来，然后他把酒瓶倒立过来，还是没有一滴酒。

他愤怒地从椅子上弹起来，抓住酒瓶，向后用力一挥，想把它砸到墙上，突然间胳膊停住了，他放下手来，穿上一只拖鞋，拖拉着朝门口过去，终于转动了下钥匙。

他一把将瓶子塞给萨拉阿姨。

"再给我弄瓶这种酒来，"他咆哮起来，"我只想要这个，现在，这是世界能唯一帮我的事，最好的事，我不要你的灯，不要你的肉汤，更不要你帮我铺什么床。"

但是这个时候,这个年迈而节俭的黑女人非常勇敢,一心就想收拾收拾屋子,他还没来得及阻止,她便侧身从他面前过去,走到那盏油快燃尽的灯旁,放下一盏添满油的灯,不一会儿,就把乱糟糟的床单拉直了,塞到了褥子下面,不时偷偷瞄一下他,看他会不会来阻止。

她弄好了,想赶紧离开房间,为了别离他太近,她贴着墙,绕他走过,总算是平安到了门口,她回过头看看他,他依然在那儿,手里攥着酒瓶。

他也看着她。

忽然,一种无法言喻的渴求席卷着他,令他全身颤抖,刚才还粗声粗气,一下子变得温和,朝她伸过手,似乎是求她留下来,听他讲讲她,谈谈她——那个消失的人。

"你还记得吗?当时她就坐在那儿,用根小木棍缠着棉花,反复清理她的指甲,现在,我能看到她了,"他说得断断续续,"然后她竖起指甲,就像这样,手指全张开,摆动着小脑袋,这边瞅瞅,那边看看,检查是不是都弄干净了。"

萨拉阿姨并没有吭声。

"你还记得她穿着那条绿色裙子吗?就是带着浅紫色条纹那个,现在,我能看到她了,她站在运河街码头上,阳光从背后洒过来,微风拨动着她的外衣,头上罩着一把小洋伞。"

萨拉阿姨还是没搭理他。

"你还记得每次她要出门的时候,在门口回过身的那一瞬间吗?她向后面弯一弯手指,好像是叫你过去她那儿,然后轻轻说一声'再见'!"

最后,老妇人的沉默已经忍耐到极点,好像她再也没法听下去了,她大大地白了他一眼,干瘪的嘴唇向后一缩,露出了牙齿,朝着他挥了挥手,似乎是让他就此打住。

"自打上帝第一次让你见到那女人,他就迁怒于你了!"

他跌跌撞撞摸索到墙边,脸紧紧贴着墙,双臂直直张开,伸过头顶,似乎想要爬上天花板,他的声音听上去是从肚子里发出,像翻腾的鼓声,"咚咚咚……"将所有沉积的抑郁释放出来——那是个大男人的抽泣。

"我要她回来,我要她回来,不把她找回来,我誓不罢休。"

"你还要她回来做什么?"她质疑道。

他缓缓转过来。

"杀了她。"他恨得咬牙切齿。

他往墙上一倒,踉踉跄跄地移到了床边,抓住被子边缘,一把掀开,然后钻到里面,抽出了个什么东西,他慢慢举起来,攥得死死的,给她看——一把骨柄钢枪管手枪。

"用这个。"他悄声说。

戏院错认

观众拥出皇家大街上的蒂沃利大戏院,无论是戏院走廊里,还是天花板上,汽灯都喷出丝丝火花,走廊上熙熙攘攘的人群里,火光若隐若现,那部剧本出自法国作品《爸爸小小的悲伤》,后经过改编,变成一部喜闻乐见的大戏,从观众兴致勃勃的对话便可看出其成功。

一到人行道,密集的人群便分散开来:楼座观众向四面八方走去,包厢和贵宾席的观众则两个一对,四个一伙地使劲儿鱼贯而出,坐上戏院门口的马车,这些车是看门人引过来的。

在阴暗的墙角,那个灯光照不到的地方,一个男人偷偷摸摸的,想避开人们的视线,虽然不少人与他擦肩而过,却丝毫没注意到他。

最后,人流慢慢疏散,灯光也暗淡下来,一服务员拿着一根长杆,往上伸去,一一扭动汽灯喷嘴,将它们熄灭。

现在只剩些许逗留的观众了,在马车站那里等着,依次乘上马车,没有匆忙,只有礼让和尊重,默默遵守着这儿的规则。

"您先请。"

"不,您先请,先生,轮到你们了。"

最后只剩下俩人了,他们正排队等马车,女士身材矮小,戴着一块头巾,低低垂落下来,抵挡住不健康的夜间空气,正好遮住了她的头部、嘴唇和脸颊。

她的同伴离开了她一会儿,看看马车什么时候才能过来,忽然,不知从哪儿冒出来一名男子,一下子出现在她旁边,贴得很近,审视着她。她将头扭朝一边,把头巾拉得更紧了,向旁边移了一两步,诚惶诚恐的样子。

接着,他俯下身子,公然拉长脖子,差不多半蹲下来,仰着头,仔细看着她那张用头巾遮住的脸。

她发出一声尖叫,向后退了退。

"朱莉娅?"他试探性地轻声叫道。

她惊恐万状,转朝另外一个方向,背对着他。

他又绕到了她面前。

"夫人,能将头巾拉下一些吧?"

"不要碰我，不然我要喊救命了。"

他伸出手，撩开了头巾。

那是一对吓坏了的蓝眼睛，一对陌生人的眼睛，正瞪着他，神色紧张，惊恐万分。

她的同伴急忙赶来，抡起手杖，威胁着他："别乱来，先生！"向下挥动两下，然后不乐意地扔在一边，赤手空拳打出去，每一拳都充满了怒气。

杜兰德磕磕碰碰地向后退去，直倒在人行道上，四脚朝天。

他没有反抗，也没有爬起来回击，他在那儿躺着，一肘支起身子，就这样任人摆布，一副筋疲力尽的模样，显得沮丧，原先脸上狂野的神态也跟着消失殆尽了。

"对不起，"他叹息道，"我把你当成——另外一个人了。"

"走吧，丹，这男人肯定是有点疯了。"

"不，夫人，我没疯，"他说得很冷静，想要挽回一丝尊严，"我很清醒，非常清醒。"

难觅新欢

  杰西卡夫人家位于图卢兹大街，这会儿他们家的前客厅正在举办一场轻松愉快的晚宴，那里不仅宽敞，家居装饰也非常奢华。家具全是宫廷式的，象牙白，镶上金边，衬垫都是深红色大马士革织锦，镶花地板上铺着布鲁塞尔地毯，顶上的汽灯喷嘴，忽隐忽现，罩上水晶灯座，像极了北极曙光。

  一个发丝光滑的年轻人，坐在红木钢琴旁，轻轻弹奏着肖邦的小华尔兹舞曲，一切都刚刚好。再到大厅的中央，一对舞伴正随着曲调慢慢旋转起来，不过更多的人光顾着和别人说话去了，没注意看他们跳舞。还有两个人一块儿坐在沙发上，一边品着香槟,一边愉悦地聊天,另外一对直站在门口,完全忘记周围的环境。他们全是成双成对,年轻的女士们身着晚礼服,男士们则不然,但至少是衣冠整洁,风度翩翩。

一切都这么高雅,所有人都这么秀美多姿、举止得体。夫人在这方面要求相当严格,没人高声讲话,也没人肆意大笑,无论是谁离开,都会向其他人打声招呼。

有个女仆专门负责通报新客的到来,她打开其中一扇客厅大门,大声宣布道:"史密斯先生。"却没人迎接,也没人关注。

杜兰德进来了,杰西卡夫人穿过大厅,亲自迎上去,热情地伸出双手,她一走动,身上的小亮片也跟着一闪一闪的。

"晚上好,先生,你能来看我们真是太好了,需要我为你介绍女伴吗?"

"好啊。"杜兰德镇定地回答。

夫人挥动着柳扇,一根手指放在嘴角,陷入了沉思,她仔细打量着周围,像是一个善良的女主人要在客人中挑选什么,撮合气质最为相投的一对。

"玛格小姐此刻已经有伴了——"她看着对面的沙发说道,"弗勒雷特小姐怎么样?她现在还没有男伴。"她指着对面那两扇通往屋子里的门,正半开半掩,难以引人注目,那女子正站在那儿,个儿高,顶着深褐色头发,正随意地打那经过。

"不。"

夫人拿着扇子，示意了下，那位深褐色头发小姐转身走了，取而代之的是另一个年轻的姑娘，胸部更为丰满，赤褐色头发。

"那罗西娜小姐怎么样呢？"夫人打趣道。

他摇了摇头。

夫人又摇了摇扇子，门口那儿已经没了人影。

"你真是很难讨好啊，先生。"她带着一丝难以琢磨的微笑。

"就——这些了吗？没有——其他人了？"

"没多少了，还有我们的朱丽叶小姐，她正忙着和别人聊天，如果你不介意的话，可以稍等几分钟——"

他一个人坐了下来，就在角落里那把大椅子上。

"我派人给你送些茶点，好吗？"夫人俯下身子，关切地问道。

他打开钱夹，把钱给了她。

"给每个人送上香槟吧，什么都不用给我送。"

只见一个男管家在人群中走来走去，替客人们斟酒，年轻人举起杯子，一个接一个地向他点头致意，他也庄重地点头回礼。

杰西卡一定是受到触动，显然，她决定用一些幕后不为人知的方式，催促朱丽叶赶紧过来。

她一会儿就回来了，向杜兰德许诺道："她马上就下来了，我已经派人传过话，说是有个年轻人在下面等她。"

她走开了，又回过身来说："看，她来了，确实很可爱，对吗？我敢担保，每个人都会疯狂地围着她转。"

他看到她站在门口,在那儿伫立了一会儿,四处看看,想要认出他来。

她是个金发女郎。

她很美。

她大概有十七岁。

她是另一个人。

夫人匆匆过去,引着她穿过大厅,直走过来,手臂亲切地搭在她的腰间。

"亲爱的,过来这边,请让我介绍——"

她屏住了呼吸,小美人儿瞪大了眼睛,在她短暂却备受宠爱的人生中,这样的冷落还是第一次,顿时欢快的大厅里闪过一阵不解的沉默。

他的椅子空了,相邻的那道门,出去的那扇门刚刚关上了。

狂欢节

正值狂欢节，整座城都陷入了狂欢之中，每年，就在圣灰星期三的前一天，整个城市都沉浸在一片狂热里。"发胖的星期二"，一年又一年，从1827年起，就自然而然地开始这样庆祝了，至今已有五十三个年头，没有人知道为什么。似乎在大斋节禁欲开始之前尽情享乐，人间的不悦会就此结束，不再出现，公开声明前的酒神节，好像是给忏悔以最充足的理由。

日子已经不分昼夜，火炬和灯笼发出耀眼的光芒，顺着运河大街、皇家大街和其他街道，夜空也被照成白天，灯光四射，晒得红彤彤的。到了白天，所有店铺都关门了，什么都买不到，什么也不会卖，只剩下欢乐，所有的快乐自由都会尽情释放。八年就这样过去了，这一天已经成为法定节日，也是从1872年起，议会批准，这一天可以戴面具上街。

或远或近，都可以听到音乐演奏声，大街上一长列乐队刚从一个方向走远，便会有另一支乐队从其他方向接过来，到处都是欢声笑语，也许一时间听不出来声音是从哪儿传来的，或许是某个角落，或许是某栋房子打开的窗户，虽然某个时刻，某条街上，会有片刻的宁静，但狂欢节一定是在另外一个地方继续着，绝不停歇。

这一刻很平静，那一动不动的人就站在当口，那是上运河大街一处柱廊的门洞里，迷雾在空气中萦绕徘徊，弥漫着一股浓烈的树脂烟味，地上铺满了五彩纸屑、纸蛇和多彩气球碎片，好像古怪的水果皮，以及一两个压扁的铁皮小号，甚至还有一只女式拖鞋，后跟都给踩掉了。门口躺着一个醉鬼，双脚就这样直直地伸了出来，而身体的其他部分还藏在门洞里，有人还投过去个花环，好像葬礼上压在棺材下面的花圈，就这样巧妙地套在了醉鬼朝上的脚尖上。

然而，还有另外一个人僵直地站在门洞里，不同的是，他很清醒，戴着一个纸板做的假面具，不希望别人看出狂欢节精灵的真面目，除此之外，他的其他穿着就非常普通了，但他的面具真是奇怪，那就是一张丑陋的笑脸，都拧巴成一团了，可想而知后面那人是多么荒唐，一副心酸颓废、孤苦伶仃而筋疲力尽的画面油然而生，更让人觉得怪诞。

几分钟前，听到从远处传来一阵吵闹，突然之间达到高潮，它似乎转过街角，排着长长的队列，摆着蛇舞，蜿蜒崎岖，进入了眼帘。眼前每个人的腰和肩都深深吸引着他，狂欢节过去了，停顿，片刻的休息，全都过去了。

人们拿着火把，敲着鼓，打着钹，整条街都灯火通明，像是着了火，大片大片的影子摇摇晃晃，在建筑物橙色的表面滑过。转眼间，人们又来到大街两旁屋子的窗口，彩纸屑如雪花般飘下，穿过变幻无常的光带，看起来五彩斑斓，粉红的、浅紫的、淡绿的……

大街两侧分散的市民组成了这支舞蹈的主要部分，行单只影的，成双成对的，三人一组的，四人一群的，都随着队伍前进，队伍每时每刻都在延长，带入两旁的"浪子"，其实，没人清楚这支庞大的队伍究竟要去哪儿，但是谁又会在意呢？整个队伍像蛇一般蜿蜒前行，蛇首已经转过第二个拐角，从人们的视野中消失，蛇尾却刚刚绕过第一个街角。或许原先队伍的步调是一致的，但到后来实在是太长，给打乱了，乱成了一锅粥。一些人跳起阔步舞，双膝抬得很高，跳跃前进，其他人只是提起脚，拖着走而已，还有一些人跳着吉格舞，脚跟欢腾跳跃，向两边踢出去，就像玩具匣子里的小玩偶，轻轻开盖儿，小东西就蹦跶出来了。

一副面具不安地晃动着，左左右右，前前后后，背后的"真身"却纹丝未动，两眼直盯着面前源源不断经过的每个人，眼睛尾随着他们好一会儿，然后收回，寻找下一个目标，除了女人，他也会扫过混杂其中的小丑、海盗和西班牙走私犯。

面具的眼睛涂得发白，瞪得老大，这样死死地盯住，乍一看去，倒有几分滑稽和嬉闹，滑稽的挑逗和可笑的激情，一切的一切，除了死亡。

不少人见到了它，有人向它挥挥手，有人兴奋地呼喊着，叫它也加进来，还有一两个人朝它扔去花环，击中它的鼻子。罗马皇后、貌美的伊斯兰女教徒、吉卜赛女郎，还有戴着笨拙高帽的十字军女士，另外，还有个护士，套着上过浆的围裙，身前推着一辆婴儿车，车里坐着个大男人，伸出毛茸茸的腿，夹着那辆婴儿车，不时自己走上几步。

忽然之间，这双荒唐可笑的眼定住了，那张面具也直接探出头去，下面支撑着的脖颈也伸了出去，屏气凝神，入神而躁动。

她身着一件连帽化装斗篷，那是种怪诞的分叉服饰，只有腕部、踝部和颈部才会系上带子，头上还有顶风帽，点缀上一淡蓝色丝眼罩，下面浅浅露出嘴唇，像是含苞欲放的花朵。

她个高不过五英尺二或三，步子优雅而柔美，她没有加入狂欢队伍，只是在边上自由自在地漫步，人群正好插在中间，他在一头，而她在另一头。她从一个男人那儿转过来，进入另一个人的怀抱，拥在怀里跳上几步，然后蹦开，到下一个男人手中，一步一步向前，每一步伐，每一转身，都会有温暖的怀抱接住，她真是个欢快的小精灵。

就在那时，她的风帽掉了下来，落在了脑后，她还没反应过来重新戴好，他便趁着这会儿工夫，察觉到她一头迷人的金发，从蓝眼罩上垂落下去。

他用劲儿扬起手臂，大声呼喊："朱莉娅！"接着奋力从门洞里挤出去，三次想冲过挡在中间的人潮，直接穿过去，来到她身边，然而，他实在想不到，这股浪潮竟如此刚劲，三次把他挡了回来。

"没人能从我们这通过，"旁边的人打趣儿道，"如果你真的想过去，那就回到队伍最后，绕过去吧。"

那一瞬间，她似乎注意到他了，停了一会儿，径直朝他看过来，或者说好像是在看他，注意到他那张滑稽的脸，忍不住捧腹大笑，那阵尖细的笑声压过周围的嘈杂，传到他的耳边。她嘲弄地向他挥了挥手，然后转过身，又向前走了。

他纵身一跃，跳入了这喧闹的漩涡之中，就像溺水的人抓住最后一丝生机，拼命将头浮出水面，很快，他被淹没了，他没有了方向，只能到处挤，朝着他想去的方向。

最后，队伍潮的一环——一戴着有角面具的欧洲海盗，起了恻隐之心。

"他看见了喜欢的人，"他逗乐道，"毕竟，今儿个是狂欢节，就让他过去吧。"说着抬起了他那粗壮有力的手臂，就像拉起一道吊桥，好让他从底下钻过，去到对面。

他还能断断续续地看到她，不过她已经离他太远，就像一块浅蓝色软木，飘在垃圾四起的海面上。

"朱莉娅。"

她这次完全转身了，究竟是因为听到这个名字，还是只是由于他的声音太大，就不得而知了。

他看到她稍稍弯下身子，好像这样追来实在滑稽，她忍不住嘲笑两番，嘲笑这无须害怕的追逐，只有玩耍和调情，和故意怂恿人追赶的喜悦。过了一会儿，她巧妙地滑开了，她体型小巧，容易在人群中溜进滑出，还不时回过头看看。

显然，她不知道他是谁，还以为他只是狂欢节中不知姓氏的追随者，一个可以与之嬉戏的男人，有一次他完全看不到她的踪影，想着她是故意这样的，以为她刻意藏在门洞里，在那儿待着，等着他再次把她认出来。等他苦苦寻来，看清楚她后，她向两边拉开斗篷，戏谑式地向他行屈膝礼，就又踏着碎步走了。

最后，她再一次扭头看他，好像在说："这样玩儿够了，想要追到我，可没这么容易，不管怎么样，你就在后面跟着吧。"她一转身滑离了狂欢大部队，飞快折入一条阴暗的小巷。

没多久，他也赶来小巷口，昏昏沉沉中，依稀可见她那淡蓝色衣服，他一溜烟进了小巷，这里再也没有什么阻碍了，再也没有什么能挡住他了。还没两分钟,他便抓住她了,一把将她的背抵住墙,举起双臂支在墙上,拦住了她两边的出路。

她说不出话,实在太累了,靠在墙上,等着调情,这场追逐暂停了,对于他们两人来说,现在是最好的结果,昏暗中他隐约看到那只蓝色面罩闪闪发光,在这偏僻的小路口,火炬发出红色和黄色的光芒,不过是照不到他们的,这里隐秘朦胧,是个好地方,可以——

他伸手掀开她脸上的面纱,但她将头扭向另一边,避开了,咯咯地笑了笑,手娇柔地扇着,想增加些新鲜空气。

"朱莉娅,"他朝她脸上喘着粗气,"朱莉娅。"

她又咻咻地笑起来。

"这回可抓住你了。"

他转过头朝那边亮光看了看,依然是人山人海,他似乎在揣摩着。

然后在衣服底下摸索着,掏出那把骨柄手枪,整个狂欢节他一直带着的手枪,那时她还没看到,他举得太低了,在他们的视线之下。

随后他拉掉了自己的面具,甩在地上。

"现在你知道我是谁了吧,朱莉娅?现在你看出我是谁了吧?"

他的胳膊肘向后退了下,手枪和她有了些距离,只听到"咔嚓"一声,是他扳开了扳机。

手枪慢慢向前伸去,瞄准那个地方,那个心脏的位置。

接着他一把抓住她的眼罩,猛地扯掉,风帽也随之落下,那头金发露了出来。这次,他清清楚楚地看到了她的脸,她也看到了他的枪。

"哦,不,先生,别——"她凄惨地啜泣着,"我并无恶意,我是开玩笑的,开玩笑的——"说着就想趴到地上,但他的手紧紧抓住她,她没法趴下。

"怎么,你是——你是——"

"求你了,先生,我是忍不住才这样做的,如果我做得不对——"

骨柄手枪不由得磕落在了地上,轻轻地发出了微弱的声响。

陷入绝望

　　屋子里依然只有阴沉,背景是粉红色墙纸上的勿忘我花,前景是张桌子,上面是一只散发浓烈酒气的杯子,一只翻倒的酒瓶,里面就剩下沉渣,还有趴下的脑袋,没有动弹,没有知觉,没有意识……

　　如此暮气沉沉的生活,它的名字叫"绝望"。

警局报案

从职位资质看来,新奥尔良警察局局长算是刚刚好,不多不少,五十七岁,二百零一磅重,五英尺十英寸高,一头黑白相间的发丝正慢慢变秃,两撇小山羊胡须,不修边幅,但严格控制在一定范围内,没有超出正常的界限,一位工作勤奋的人,已婚,只有在阅读的时候才会戴上眼镜,患有轻度的肾病,谈不上聪慧睿智,却也不死板木然,对于一个公务人员而言,后者的形象当然要比前者自然。

警局最高长官的办公大楼里并无吸引人之处,毕竟这里没有社交活动,严格说来只有工作,因而毫无疑问,不美观这一点无伤大雅。但它里面的气氛真的很不起眼，或许这是这类政府办事机构所无法避免的，墙上贴着的墙纸原是象牙色，经过岁月的洗礼，很快变成了褐色（同样的原因，变得凹凸不平），墙上不少凸起或凹下之处，墙纸也随之起起伏伏，倘若要追溯它的历史，怕是要算到范布伦当政时期。地板上铺着的绿色地毯已褪色，变成令人不太舒服的暗黄，一盏汽吊灯挂在天花板上，其中四个汽嘴就安在灯罩里，呈郁金香状，玻璃罩子五彩斑斓。局长的办公桌上放满了文件，就像这样挨着窗户摆放，于是，他坐下时不得不背对窗户，但凡与人会面，光线会直接射在来访者的脸上。

秘书打开房门，进来之后把门关上，通报道："局长，外面有位先生要见您。"

他此时正在看一份报告，听到通报，略微抬了抬头。"什么事情？让他说说来意。"他的男中音，低沉而有回音。

秘书退了出去，问个清楚，又回来了。

"局长，那是件私事，需要跟您面谈，我刚建议他写下来，他坚持不能这样做，请求您给他一点时间。"

他不情愿地叹了口气说："好吧，哈里斯，五分钟过后进来打断我们的谈话，请一定记住。"

秘书把门打开，竖起两个指头，示意他可以进来了，接着进来一位老人样的人，一个三十七岁的小老人，备受打击，面容枯槁，垂头丧气。

秘书出去后,开始五分钟的计时。

他把正在看的报告放在一边,礼貌性地点点头,却免不了一丝冷淡。"先生,你好,你能否尽量说得简短些,我还有一大堆公务——"他闪烁其词,手不住在桌上挥了挥。

"我尽力,先生,感谢您给我的宝贵时间。"

这话他爱听,这样一来给他留下了好印象。

"你要坐下说吗,先生?"

局长已经答应,如果没有多余的时间,至少会给他五分钟,来人看上去非常痛苦,但看得出来,他的背后,内在依然存着雷打不动的自尊,令人不敢产生无谓的怜悯,而是发自内心的尊重。

来访者一般是坐在一把很大的黑皮椅上,这把椅子弹簧断了,显得很松散。

"说吧,先生。"他用手指了指,不希望对方有任何拖延的想法。

"我叫路易斯·杜兰德,今年五月二十号,我和一位来自圣路易斯的小姐结了婚,她自称为朱莉娅·拉塞尔,之前我从未见过她,我这儿有结婚证明,六月十五号那天,她从我的银行卡账户上取走五万美元,然后消失了,自打那天起我就没再见过她,我请求对她发起逮捕令,我要她遭到逮捕,关进监狱!请替我追回那笔钱。"

他沉默了好一会儿,很明显,他并非没注意或是不感兴趣,恰好相反,他的注意力很集中,也非常有兴趣,同样明显的是,他心里正给自己重述这个故事，换句话说，他正用自己的思维符号解构刚听到的故事，从而更加熟悉，更容易掌控。

"我可以看下那张证明吗？"他终于张口。

杜兰德拿出来，递给他。

他仔细地看了看，但没有就此再说什么，事实上，他只问了两个问题，虽然问得宽泛，却很关键。

一个问题是："你说你之前从未见过她，那是怎么回事？"

杜兰德解释了为什么会产生这种关系，他又继续补充了句，这个女人并不是当初他求婚的那位，而是个冒名顶替的骗子，他给出了这么猜测的理由，但也承认他没有证据。

他将两手指尖连在一起，问出了第二个也是最后一个问题。

"她是伪造你的名字取出那笔款的吗？"

杜兰德摇摇头说："她签的是她自己的名字，之前我给了她从银行提款的权利，她可以动用账户上的存款。"

五分钟的宽限到了，门打开了，年轻的哈里斯伸进来脑袋，还有一只肩膀，小心翼翼地说："抱歉，局长，我这儿有份报告需交予您查看——"

局长朝哈里斯挥了挥手，打断了他，也以此撤销了他先前那道命令。

他一副从容不迫的样子，仔细跟杜兰德谈话，表示此案件性质特殊，谈话并非到此结束。"实施任何行动之前，"他承认道，"我会先和手下讨论这件事,这是件相当奇怪的案子,和我之前处理过的案件完全不一样。你能否允许我将这份结婚证明保留一段时间,之后一定会还给你,杜兰德先生,明天同一时间你再过来一趟如何?"

说着便转身叫来秘书,用一种坚定的口吻强调说:"哈里斯,明早同一时间我将继续会见杜兰德先生,确保那个时间段不做任何其他安排。"

"谢谢你,局长先生。"杜兰德边说边站起身来。

"先别忙谢我,我们得先去了解下情况。"

无力受理

"请坐,杜兰德先生。"局长伸出手后说道。

杜兰德坐下来,等待着。

局长心里整理了一下要说的话,终于字斟句酌地吐了出来:"我很抱歉,我们没办法为你做任何事,什么都做不了,这里的'我们',是指这座城市的警察局。"

"什么?"杜兰德十分震惊,头向后一倒,仰在了靠背椅的黑皮海绵靠背上,帽子从手里滑落,经过膝盖,掉在了地上,局长为他捡起帽子,有好一会儿,他几乎说不出话来,"你——你的意思是——一个来历不明的女人,一个招摇撞骗的骗子,能够跑来,专门行骗，和一个男人来了次假结婚，提走了他五万美金，然后逃之夭夭——而——而你说你无能为力——"

"请等一下，"他耐心而和气，宽慰他道，"我完全能理解你现在的感受，但是请等一下。"他拿出昨天留在这儿的结婚证明，递给了他。

杜兰德将它揉成一团，厌恶地扔在一边。"这——这毫无价值的假——！"

"采取下一步行动之前，我们必须要弄清楚的是，"局长告诉他，"这份证明不是伪造出来的，这桩婚姻也不是个骗局。"他庄重并严肃，一字一顿地说，"她是你的合法妻子。"

杜兰德这次更加惊愕了，远胜于之前，他真是惊恐万分。"她不是朱莉娅·拉塞尔！那不是她的名字，如果真要断定我结婚的话，我肯定是和朱莉娅·拉塞尔结的婚，不管她会是谁，她在哪里——如果你一定要把它称为婚姻的话，那是代理人操办的——但是，那女人是另外一个人！"

"这就是你弄错的地方，"他每说出一个字，指节就会重重地在办公桌上敲一次，"我已经咨询过神职人员，那举办婚礼的教堂，也请教过我们法学界的专家，当初教堂里站在你旁边的那个女人嫁给了你，这不能由其他任何人包办代理，她当时用的真名也好，假名也罢，就算她说过她是美国总统的女儿——希望别有这样的事儿！——从法律和宗教教规的角度上说，她是已经和你结过婚的合法妻子；是她，只有她，没其他人，没有什么可以改变这件事的性质，当然，你可以以受骗为由，取消这场婚姻，但这又是另一码事儿了——"

"天哪！"杜兰德绝望地呻吟起来。

局长起身走到冷水器旁，为他倒了一杯水，他却丝毫不领情。

"那钱呢？"他最后声嘶力竭地问道，"光天化日之下，一个女人可以夺走一个男人的毕生积蓄，而你们却没法帮他，什么都不能为他做，请告诉我，那是什么法律，法律就是这样保护恶人，惩罚老实人的吗？一个女人可以走进一个男人家里，而且——"

"不，请就此打住，我们还是回到最开始谈的地方吧，一个女人要是做出那样的事儿，不可能逃过法律的制裁，但是，在你的案子里，做出这种事情的不是一个普通女人，更不是其他任何女人。"

"可是——"

"她是你的妻子，法律不可能为此动惩罚，你已经签字，同意她可以这么做，她不过是照做而已，银行的西姆斯先生已经给我看过那张授权卡，这种情况下，创建了共同账户，妻子不可能从她丈夫那儿偷钱，同样，丈夫也不会偷妻子的钱。"

他扭过头去，忧郁地盯着身后的窗户。

"此刻，她就算经过这栋楼，走在大街上，我们也不能拘留她，更不能把她抓起来。"

杜兰德的双肩彻底垮下来，奎在那里。"这么说，你不相信我，"他只能想到这句话，也只能说出这句话，"你的意思是，以这种方式做掩护，便可以不择手段了，一个女人从圣路易斯动身，准备嫁给我，忽然又有另一个女人出现在这里，取代她——"

"我们相信你，杜兰德先生，我们完全相信你，这么跟你说吧，理论上我们完全赞同你的想法，可实际上我们却没办法向你伸出援助之手，不是我们不愿意，即使发出逮捕令，我们也不可能抓到那个人，更不用说勒令其归还那笔款项了。整个案子的判定和追踪是有一定条件的，现在，案件中未形成任何犯罪迹象，你上码头接个女人，接来的却是另外一个人，冒名顶替算不上犯罪，或许是，我该怎么说呢，个人的背信弃义，一种行骗方式，但并不是法律层面上的犯罪，所以我给你的建议是——"

"忘掉这件事。"杜兰德难堪地笑了。

"不，不是这样，是到圣路易斯，从那里着手，去找犯罪证据，她对真正的朱莉娅·拉塞尔所干的勾当，绑架或是更坏的事，现在请仔细听清楚，我说的是拿到证据，譬如那封信，是另外一个人写的，是证据，但——它只是出自他人之手而已，再看看那些衣服，太大了也只不过是——太大的衣服而已，我说的是要获取所犯罪行的证据，然后拿到它——"他一脸严肃，前后摆动着食指，就像是个钟摆，"这些证据不是给我们，是给管辖范围内的政府机构，出示证据，向他们证明整个犯罪过程，也就是说，如果是发生在河上,那就到离河最近的司法机关去。"

痛不欲生的杜兰德,一拳砸在局长的办公桌上,像是砸锤子,很重很重。"到现在我还是不明白,"他简直是暴怒,"罪犯竟有这么多机会犯罪,然后逃之夭夭!这样看来,藐视法律是值得的,既然这样,又何苦去遵守法律呢,当——"

"生在这个国度,我们需要遵守的法律,"他的语气很宽容,"是保护无辜的人,但确实有一两起罕见的案子,比如你这桩,可能会对诚实的诉讼者不利,上百次上百起案件中,法律会保护好无辜者,免遭不公正的起诉,免受错误的逮捕,不会惨遭误判,甚至是极刑,有了法律,这一切都不会发生。其他国家所推崇的罗马法律曾这样说过,除非有证据证明无辜,否则每个人都是有罪的,再反观盎格鲁·撒克逊普通法,也就是我们这儿的法律,则是除非有证据证明有罪,否则每个人都是无辜的。"

他深深叹了口气说:"好好想想吧,杜兰德先生。"

"我明白了,"他终于抬起头来,不再一蹶不振,"很抱歉,刚才我失控了。"

"如果我在婚姻中受骗,"他继续说道,"一下子被骗走了五万美元,我也会失去控制,火气比你的还要大,但是这丝毫改变不了我刚才跟你说的那些情况,所有的苦果还是在那里,就像我给你解释的那样。"

显然,此时的杜兰德已没有了气力,他慢慢起身,两根手指顺着裤脚缝抚摸下去,稍事休整。"我将立即动身前往圣路易斯,从那儿入手,"他使劲儿咬咬牙,"再见。"最后简单补了句。

"再见。"他回应道。

杜兰德走到门口,拉开门,走了出去。

"杜兰德。"他好像突然想起什么,朝他背后喊了声。

杜兰德向他转过头去。

"凡事可别超越法律的界限啊。"

杜兰德在大门口站住脚,好一会儿才做出回答,好像之前没听到一样。

"我尽力吧。"最后说完,走出大门。

圣路易斯

数日后,下午六点,"红色巴顿城号"到达圣路易斯码头,那天是星期三。

杜兰德从未来过这座城市,要是换作一年前,他一定大为赞赏这里的独到之处,极其喜欢一切新鲜事物:比起新奥尔良懒洋洋的生活节奏,这座城市更加欢快,更加繁忙,一眼看去,略有德国风格,对于来自下游城市,充满法国情调的人来说,实在是捉摸不透,但不得不承认其独具风味。然而,此时的他心情沉重,根本不会在意周围的一切,只知道他到终点了,一个已经到头的地方,一个为他解开谜团,解决问题,决定命运的地方。

现在是多云天气，视野虽清晰，空气中却弥漫着浓烈的椒盐味儿，这些是新奥尔良所没有的，每一丝气息都充满了活力，没有表面的优雅，更多的是原味的初陋。

对于他来说，无论怎么看，这儿就是北方，是他所到过最远的北方。

当然，他手上有伯莎·拉塞尔的地址，不过，也许是那过去的几个小时，也许是内心深处的胆怯，他希望尽可能推延那最为严峻时刻的到来，于是决定先去旅店落脚，然后再去找那陌生的女人，当面见见她，一切希望都寄托在她身上了。

他走出码头，一群马车夫围上来，支起鞭子，满心欢喜，他随意上了一辆马车，直奔城里。

"帮我找家旅馆，"他郁郁寡欢地说，"不用很特别，离市区近就行。"

"好的，先生，我想，有家商人旅社就在附近，离这儿也就一步之遥。"

实际上这儿的黑人说话速度比家乡的要快，然而他却一脸的迟钝和漠然。

这家旅店到处都是酒气，脏兮兮的，就在码头那里，不过旅馆离市区不远，也算符合他的要求，所以他欣然接受了。老板给了他钥匙，向他讲明了房间方向后，他便自己摸索着，来到一间阴暗的房间，里面有扇几乎什么也看不到的窗户，三面都给砖瓦挡住了，玻璃窗上积了一层死灰，再挂上潮湿的窗帘，缝儿里填满污秽，但是夜幕降临，天色朦胧，即使他能看，向前也看不到什么了，毕竟，他不是来这儿看风景的。

他将包一甩，一屁股坐在椅子上，带着磨不灭的沮丧，擦着手腕，苦思冥想。

脑海里再次构想那幅即将到来的画面，就跟他一整天在船上想的一样，确切地说，前一晚就开始在反反复复想了。他希望听到的那个声音，又一次在耳边回荡："她向来任性，杜兰德先生，我们的朱莉娅，一直就是这样的，她已经不是第一次跑出去了，别担心，她很快就会回到你身边的，等你不再找她的时候，她会突然跑回来，请求你的原谅。"

杜兰德意识到，自己肯定就是这样想的，脑海中一直浮起那番情境，想要认准，她才是真正的朱莉娅，而那曾经现身的人，是个骗子，是个强盗，是个逃犯，究竟是为什么？他百思不得其解，为什么啊？

有人冒名顶替说明朱莉娅确实是失踪了，这是无法挽回的事实，她永远消失了，更别傻望着有一天能找回她，他一无所有了。

或许她依然是朱莉娅，情况更为离奇，更为糟糕，一想到这里，他不禁直发抖。

这时他想起了那封信，伯莎说过那封信是个陌生人写的，那——他所有的希望都落空了。

过了一会儿，他走出房间，下了楼，想去附近的餐厅吃点东西，就是那家丝毫不起眼的饭店，一个专为出差商人打点吃喝的场所，四处除了浓烟，就是嘈杂的夸夸其谈，这里并没有女人的踪影。其实他不清楚自己在吃什么，每口咀嚼只是出于人类获取食物的本能，他坐在那里，面前放着一杯浓稠而冰凉的咖啡，他碰也没碰。忽然注意到墙上那只大笨钟的黄色钟面，都快九点了，他决定立即去完成使命，实在等不到明天一早了。要是现在去睡觉，只会与烦躁不安为伴，他真是难以继续忍受，无论结局如何，都希望能有个交代，他要立马知道事情的真相，像他现在这样心神不定，就是只熬上半个小时，他也会崩溃。

　　他转身去了下房间，带上伯莎的两封信，他的结婚证明，还有与此事相关的其他资料，统统放进贴身口袋，然后下楼，叫上马车，把她家地址报给了马车夫。

　　夜色朦胧，他实在没法从房子外观上看出个什么，屋子倒是蛮大的，上面那层轮廓黑乎乎的看不清，意味着这是双重斜坡式房屋。它坐落在相当干净体面的地段，街道两旁绿树成荫，此时，由于门口不见有人进进出出，街上显得冷清。这个点了，看得出来，附近的居民都严守法规。时不时可以看到那边闪闪发光的汽灯柱，像是石灰色的萤火虫，停留在树下，空中低低聚起发光的云块，仿佛是染上一层砖灰，看起来比大地还要苍白，一座教堂的塔尖直插云霄，像极了一把粗短的黑剑。

再看看房子本身，底下一对叠式窗户透出一缕橘黄色灯光，其余都是黑的，至少，有个人，在里面。

他下了马车，正掏钱。

"需要在外面等您吗，先生？"

"不用了，"他不情愿地回答，"我不知道会在这儿待多久。"然而，他讨厌看到马车掉头就走，把他一人丢在这儿，就像现在，就算最后一刻想反悔，也无济于事了，实际上，他只想扭头就走。

他别无选择，只能走到门口，看见门上一枚小小的骨制门环，于是手拉门环，啪啪地敲起来。

过了好久，里面还是静悄悄的，他忍住了，没再去敲门。

接着，一点一点，远处一丝灯光正慢慢接近，之前"隐形的"扇形窗户进入他眼帘，那是深红色和无色玻璃，上面的光带缓慢交替出现。

里面传来一个女人的声音："请问是谁啊？你要做什么？"

她的话语带着很明显的防备性，听得出来，她一个人住在这儿。

"打扰了，我想和伯莎·拉塞尔小姐谈谈，"他大声回应道，"是件很要紧的事。"

"请稍等。"

他听到她用力拔去门闩，接着锁的搭扣转动了一下，门开了，她一只手拿着油灯，站在门口上下打量着他，灯稍稍向上抬起，她倒是能看清对方了，但灯光不可避免直射着他。

她大概五十岁,或者说很接近这个年龄,身材高大,但并不肥胖,让人感觉有些僵硬,看上去脸色不太好,蜡黄色,就像是过去好长一段时间里,她焦虑过度,把自己关在屋子里,一头散乱毛躁的头发,正逐渐变得灰白,也就脑后那一撮还是黑的,额头上第一头发向上斜梳,已经是白发,发式非但没有遮住白发,反而凸显了出来:头发统统往后梳,梳得这么紧,像是后面有股狠劲给揪住了,其实只是随意挽了个发髻。乍眼看去,这样的后髻发式为她平添了几分严厉,但事实上,她的脸上露出了些许轻松或是温柔,甚至从她的面容就可看出。

她穿着一件硬黑驼呢制的衣服,脖子上围着白丝钩织的领子,再扣上红玉髓搭扣。

"好吧,"她提高了音量,"我就是伯莎·拉塞尔,你是?"

"我是路易斯·杜兰德,"他一脸严肃,"刚从新奥尔良过来。"

他听到她深深抽了一口气,她盯着他看了好久,好像想要先熟悉他,却又突然将门朝里拉开。"进来吧,杜兰德先生,"她接着说,"进屋里来吧。"

她随手关上大门,他在一旁等着,再次让她走到前面。

"这边请,"她说,"客厅在这边。"

他跟在后面,从另一边走进地板漆黑、地毯破旧的客厅,在他来之前,她一定是在看书,她把灯放在房间正中央的桌子上,上面摆着一本厚厚的书,边上还镀着金,就这样打开在那儿,一眼便能看到，旁边是一副银边眼镜，他认出那是本《圣经》，一根紫色丝绒绸缎露了出来，大概就是书签吧。

"请等等，我再点盏灯。"

于是，她点起第二盏灯，大致平衡了下灯光照射的范围，这样的话光亮便不是从同一个地方照过来的，不过整个房间还是很阴暗。

"请坐，杜兰德先生。"

她隔着桌子坐在他对面，这也是原先她一个人时坐的位置。她拉上紫色丝绒缎子，夹到《圣经》最近看到的地方，关上那本又厚又重的书，稍稍推到一边。

他感受到她浑身在抖动，其中既有着激动，也有些许未知的害怕。她实在不安，一眼就能看出，同样，他明白她正在努力克制。

她紧握双手，靠在桌子边上，《圣经》一直摆在那里。

她抿了抿嘴，润润那毫无血色的嘴唇。

"现在可以告诉我了吗？你千里迢迢过来想跟我说什么？"

"我不能告诉你什么，"他回答道，"是你可以告诉我什么。"

她面无表情，僵硬地点点头，好像不太同意这样挑衅的话语，但为了顺利谈下去，她还是勉强答应了。

"好吧！我只能告诉你这么多了，我妹妹朱莉娅收到你的求婚信，大概就在今年的四月十五日，你不会否认吧？"

他没有直接回答，而是保持沉默，让她继续说下去。

"我妹妹朱莉娅五月十八日动身,前去新奥尔良与你会面,"她的眼睛死死盯住他,"想不到那竟是最后一面,自那天起,我再也没收到她的任何音讯。"她深深地吸了口气,非常低沉,"我曾经收到一封信,那是个陌生人写的,现在你又只身过来了。"

"我不可能带什么人来这儿。"

她瞪大了眼睛,焦急地等待着。

"请等一下,"他说,"为了节省我们两人的时间,我们得先确定一件事,然后再——"

他突然停住了,发现已经没必要继续说下去,他越过她的肩膀,看到对面的墙上,似乎是找到了答案。很难想象,为什么这会儿他才看到呢,他一进来,所有的注意力都放在了她身上,根本就没顾上周围的环境,再加上它处在阴暗的角落,灯光是照不到的。

那是张很大的肖像照,放在樱桃色天鹅绒框里,肖像头和真人差不多大小,照片中的女子年龄不小了,已经称不上是个姑娘,唇部向前突出,看上去有些尖刻,很明显的是,眼角周围即将长出皱纹,算不得漂亮,黑头发,梳到了后面……

伯莎站起身来,稍稍隔开,站在肖像旁边,手举起灯,举到她肩膀后面,这样完全照到了上面,毫无阻拦。

"那就是朱莉娅,我的妹妹,喏,就在你面前,你正在看的那个,那是两三年前照的,放大处理了的。"

他轻轻挪了挪嘴,好像说了什么,她听不清。"那——和我结婚的——不是她。"

她匆匆把灯放到对面,灯光正好照在了她身上。"杜兰德先生!"她稍稍朝他倾过来,好像想要搀扶他,"我能为你做些什么?"

他迷迷糊糊地举起一只手,阻止了她,他听到自己沉重的呼吸声,传到耳边,像是拉风箱,他摸索着先前坐的那把椅子,费了好大劲,才回到上面,坐定后侧着身子,紧紧地抓住椅子扶手。

他伸出手,竖起一根手指,指头上下动弹,等着嘴唇能说出话,跟上手指的动作:"这才是寄给我照片的那个女人,但五月十八号那天在新奥尔良和我结婚的女人并不是她。"

看看她的神色,隐隐约约可以感受到她的恐惧,或者说她的害怕已悄然爬上,后来又淡去了些,大概是注意到他这副模样吧,看了令人更加难受。

"我去给你拿些葡萄酒来。"她着急地说。

他抬起手来,再次拒绝了,接着扯开领子,想要放松些。

"我去给你拿些葡萄酒来。"她重复道,不知所措。

"不用了,我很好,不用浪费这时间。"

"你有那女人的照片或是类似的东西吗?我能看看吗?"过了一会儿,她问道。

"我没有,什么也没有,当初要去拍结婚照的时候,她老是拖着,我还很困惑,现在算是明白了,这样的疏忽都是她算计好的。"

他笑得很凄凉:"如果可以的话,我能告诉你她长什么样,我不需要看她的照片，完全能想起她的模样，她是个美丽的金发女郎，身材小巧，远比——我是说比你妹妹要年轻一些。"他迟疑了会儿，似乎意识到再说下去也没什么意义了。

"但是朱莉娅呢？"她执着地拉住不放，好像他能回答这个问题，"那朱莉娅到哪儿去了？她怎么样啦？她现在到底在哪儿？"此时的她万念俱灰，无奈地将手平放在桌子上，身子往前倾，"那天我送她上了船。"

"我去接的那艘船，可是船上没有她，她根本就没在那条船上。"

"你确定吗？你真的确定吗？"她泪流满面，一脸不解。

"我看着所有乘客下的船，全都走了，人群中没有她，她没在船上。"

她的身子离开了桌子，一下子倒在了椅子上，手撑着前额，就这么托了一会儿，她忘了哭泣，嘴唇微微颤抖了一下，两下。

他们不得不面对这样残酷的事实，现在他们把这件事完全摊开了，没有回避，也没有任何遮掩，事情已经是这样了，不过他们俩谁先问出来而已。

她先开口了。

她双手无力，完全垂下来了。"她让人给害死了，"她有气无力地说道，声音已经沙哑，"想不到，上了那艘船，竟是走上了不归路，"她战栗起来，好像一个恶魔直接跳过门窗，走进了屋子里，"以某种方式，死在了某个人手上，"她又不自觉抖了一下，似乎是得了疟疾,"就在那个星期三下午,我向她挥手告别到——"

他的头慢慢"掉"下来,难以接受这个事实,现在真相大白,终于知道了这到底是怎么一回事,剩下的话他来替她说。

"——直到那个星期五下午,我站在步桥等她的时候。"

私家侦探

按照前一晚的约定,第二天早上九点不到,杜兰德便赶到伯莎·拉塞尔家,尽管天色还早,她家的大门早敞开着,她已经站在门口等候他了,只见她身披外衣,戴着手套和帽子,一身乏味的黑丧服,宛若幽灵。可以想象,昨晚那孤独的几个小时里,她伤心到肝肠寸断,不过现在她强迫自己控制住了,脸上只剩下了丝丝痕迹,她的脸冷冰冰的,却像磐石般坚硬,不过,很明显,她眼皮底下有层青痕,定是彻夜未眠,由此,她留下那抹青灰色的苍白,那张女人的脸,一心要报仇,无论付出多大代价,她必定以牙还牙,绝不留情。

"你吃早餐了吗？"见他刚下车，正向她走来，她问道。

"我不想吃。"他回答得很简洁。

她关上门，走到他身边，直奔马车，给人的感觉是，如果是不得已的话，她会给他做些吃的，但是为此要浪费他们俩的时间，她实在不舍得。

"你想到什么人了吗？"他们坐上马车后，他问道。她一上来，便给了他一个地址，当然，在这个城市他一点都不熟悉。

"昨晚你回去后，我做了很多查询，他们向我推荐了一个人，声望极高。"

马车把他们拉到市区一个繁华的商业区，真是很奇怪，俩人都紧闭双唇，坐得挺直端正，一路上没说一句话。最后马车在一栋十分简陋的房子前停下了，结实的红瓦，四排密密麻麻的蜂窝状窗户，平行排列，所有窗户上边都是圆顶，这是真正意义上做生意的地方，也是私人小型办公室，从房子外观看来，这里的房客算不得是有钱人。

杜兰德付了车钱，陪着她走进去，比起外面大街上，里面的空气可冷多了，一股霉味儿扑面而来，光线暗淡，走廊两边的墙上简单安了几盏圆形汽灯，但没多大用处。

她仔细搜寻着墙上的人物名录，没用手指指着一个个找，还没等他反应过来她在找哪个名字，她的视线很快就转移了。

大楼里没有电梯，他们只能自己爬上去，他跟在后面，到了二楼，三楼，四楼，她那股坚持不懈的劲儿，仿佛为了达到目的，她可以爬上一座高山，就连珠穆朗玛峰也不在话下。她跟他讲过，她和妹妹是德裔荷兰人的后代。她身负重担，艰难地顺着楼梯往上爬，他从未从别人身上见过，这一举一动的背后，是闷不吭声的执着。她那不达目的誓不罢休的坚强意志，远远超过南部地区任何一个克里奥人，那激情澎湃、敢于行动的族群，他的敬佩之情油然而生，过了一会儿，他不禁想起，他真正的妻子朱莉娅，又会是个怎样的人。

爬完第三个台阶最后一级，他们转身顺着主要通道往前赶，看不见尽头，这里的光线比楼下还要暗，有那么一段，地板上没有一处是平整的，要么太高，要么又太低。

"看来这里的生意不太好啊，你说呢？"他不假思索地随口说道。

"它暗含的是诚实，"她回答得很简短，"这就是我想要的。"

他后悔竟随意说出这么没水准的话。

她停在了最后一道门前，再过去就没门了。

门上镶有褐色毛玻璃，上面漆上圆形状，有两个对称的弧形挂在了上头：

沃尔特·唐斯

私家侦探

杜兰德上前敲了敲门，传出一声浑厚的男中音，从胸腔里发出，还带有震动:"请进。"他打开门,站在一旁让伯莎·拉塞尔先进去,然后跟着进了屋。

街上的亮光透过来,房间就亮堂多了,这是个单间,要从这栋楼外表看过去,比想象中的样子可差多了,中间摆着一张大而相当破旧的桌子,恰如其分地将房间分成两半,桌子的主人坐一边,而来访者——所有的来访者——坐另一边,再看看来访者这边,不多不少,放有两把椅子,其中一把是很小的藤条编椅,房子一边还有个小的保险箱,四角都生锈了,箱门半开着,这并非偶然,好几册账本从里面露出来,一堆乱七八糟的文件压在上面,这样的话,保险箱就没法关上了。

这个男人四十出头,正窝在这相当枯燥的房子中间,看样子最多比杜兰德大个两三岁,头发浓密,暗黄色,只是两鬓的毛发有些参差不齐,甚至是脱落了,这倒突出了他的前额,脸多多少少像头狮子。与他同龄人大不一样,他的胡子剃得干干净净,就连上唇也不例外,很奇怪,这并没让他显得更年轻,相反更显成熟,脸上的条纹,尤其是嘴角边,非常明显,眼睛绽放蓝光,一眼看去,似乎传递着人间的温暖与关怀,有时,要是盯上什么东西,眼睛深处时不时闪过亮光,那是微弱的蓝光,预示着对新鲜事物的狂热探寻,无论从何种角度看来,杜兰德不曾见过如此坚定的眼神,它们是如此自信,如此专注,就像是个法官。

"请问您是唐斯先生吗?"他听到伯莎说。

"是的,夫人。"他的声音很低沉。

他的言谈举止中没有丝毫讨好,或者说,他故意如此,好像他有意克制自己不做出任何承诺,只会关注与顾客是否合拍,而不是顾客对他印象如何。

这就是杜兰德第一次去找沃尔特·唐斯的情境。一百个人中总有一个不同寻常,而一生中,百分之九十九的人除了荡起片刻的涟漪,都不会留下任何的痕迹,而第一百个人很可能逆转这种局面,背离原来的轨道,完全改变航向,就像浩瀚的逆流,至于最后它来自何方,去往何处,便再也不能辨别最初的方向了。

"这有椅子,夫人。"唐斯先生没有起身。

她坐下来,杜兰德一旁站着,时不时肩膀往墙上一靠,换换姿势放松一下。

"我是伯莎·拉塞尔,这位是路易斯·杜兰德先生。"

他简单向杜兰德点点头,仅此而已。

"我们来找你是为了一件与我们俩有关的事。"

"那你们俩谁来说?"

"你来讲吧,杜兰德先生,我想那样会容易些。"

杜兰德低头望着地板,好像上面有字似的,看了一会儿,他才开始,这时唐斯稍稍转过头,看着他,很专注、很耐心的样子。

这个故事似乎是老生常谈了,讲了太多次了,他说话的声音很低沉,听不出任何重点。

"我从新奥尔良过来,也就是我住的地方,写信给这位夫人的妹妹,她就住在这里,我在信中向她求婚,她应允了。五月十八号那天,她离开圣路易斯来找我,当时她姐姐送她上船,但她压根就没到新奥尔良,那艘船到了以后,我接到的是另外一个人,她设下圈套,引诱我一步步陷入,最后我坚信她就是拉塞尔夫人的妹妹,虽然她们外表上差异极大。后来我们结婚了,接着她从我这儿偷走了五万美元,便彻底消失了。新奥尔良那边的警察告诉我,他们对此无能为力,因为现在没有证据,没办法证明原先与我订婚的女子是否已经遇害,因此,那冒名顶替的小偷还无法受到法律的制裁。"

唐斯只说了五个字。

"你们想怎样?"

"我们需要你去搜寻证据,证明这是一起谋杀案,我们坚信其中一定是发生了凶杀,想请你协助找出相关证据,以调查、逮捕那个女人,她是这桩案件的主谋。"他说得很激动,深深吸了一口气,"我们要她受到惩罚。"

唐斯闷闷地点点头,陷入了沉思。

他们等待着,他实在沉默了太久,杜兰德最后都感觉他已经忘记了他们俩的存在,他清了清嗓子,提醒提醒他。

"你会接这起案子吗?"

"我已经接下了。"唐斯不耐烦地甩甩手,好像在说:不要打扰我。

杜兰德和伯莎交换了一下眼神。

"刚才你还在跟我讲这桩案子的时候,我就已经决定接下来了,"他接着说,"这类案子我喜欢,你们都是老实人,考虑到你们的情况,先生——"他突然抬起眼睛,看着杜兰德,"你肯定很诚实,也只有老实人才可能变成大傻瓜,其实你刚才已经表现出来了。"

杜兰德的脸唰的一下红了,但没有吭声。

"其实我也是个傻瓜,你们今天到来之前,我这儿已经一个多星期没有客人上门了,不过要是我不喜欢这桩案子,无论如何我是不会接的。"

凭他说话的语气,给人的感觉,杜兰德相信这是真的。

"我不能向你们承诺我一定会成功处理这桩案件,但我能答应你们一件事,也只有这一件:我绝不会弃之不顾,直到完全解决。"

杜兰德伸手掏钱夹。"如果你不介意告诉我,按照惯例——"

"扣除开销,付多少你们随意,"他说得近乎淡然,"当各种必需的开销超过这笔钱时,我会通知你们的。"

"等等。"伯莎·拉塞尔打断了杜兰德,打开了她的钱包。

"不,抱歉——我请求你——这是我的责任。"杜兰德争辩道。

"这不是生意场,不需要那套!"她几乎是怒气冲天,冲他大声吼道,"她是我妹妹,我有责任与你分担这笔开销,我要求这样做,你不能剥夺我的权力。"

唐斯看看他俩。"我想我没有看错人,"他喃喃道,"这是非常合适我的案子。"

他拿起一份早上的报纸,晃动了一下,把它摊开,然后垂直对折,缩小它的范围,伸出指头,顺着指下去,才知这是个付费商业广告栏。

"她从这里坐的船,"他说,"是哪一条?"

"'新奥尔良城号'。"杜兰德和伯莎·拉塞尔异口同声地说。

"好巧,"他说,"它又停在这儿了,准备为公司做下一次航运,再次轮到它了,它明早九点从这儿启航。"

他放下报纸。

"杜兰德先生,你打算继续留在这儿吗?"

"既然我把这件事托付给了你,我打算回新奥尔良去了,"杜兰德说,不由得苦笑一下,加了一句,"我的生意还在那儿。"

"很好,"唐斯站起身,伸手拿上帽子,"那我们俩一同出发,我打算现在去那儿买张船票,我们将追踪她的足迹,跟她一样的航程,坐同一艘船,遇到同一个船长,和着同一批船员,也许有人见过什么,有人可能会记得,肯定会有的。"

寻找线索

"新奥尔良城号"的船舱非常小,比鞋盒式住房好不了多少,沿着甲板挨个儿排开,他俩待的那船舱比其他船舱还要小,可能是他们都在里面的缘故,就连身子稍微动动,挂起衣物,都只能平贴着身子,躲到一边去,以免每动一下,都会擦过或直接撞到对方身上。

窗外昏暗的光线里,隐约可以看到两条铺展开来的带子,确切地说,像是两条不干净的带子似的,下面那条是灰色的,上面那条是棕褐色的,那是密西西比河河面和岸边。

"无论什么事情,只要我能做到,我定会竭尽全力,"杜兰德主动请缨,"只要告诉我做什么,怎么做就成。"

"这艘船上的乘客和事发当天的乘客不会是同一批人,"唐斯告诉他,"所以别抱太多希望,不变的是那群人,那些人本身的工作就是运营船只和照顾乘客。我们要分头行动,一个个试探,上自船长,下至司炉,就算最后发现不了蛛丝马迹,最糟的情况也不过如此,不会比先前更糟,但倘若我们搜寻到什么,不管是什么,我们都会有收获,不要轻易放弃,这件事情要水落石出,可能要花上几个月,甚至好几年,我们还只是刚刚开始。"

"那么,最开始,你——嗯,我们——需要去找什么呢?"

"我们要找到目击证人,看到她们俩一起,我不是说她们一定要结伴而行:真的朱莉娅和那个冒名顶替者。我的意思是两个大活人,在同一艘船上,同一条航程,同一时间,其实那位姐姐就是个证人,她亲眼看到真的朱莉娅上船离开,你也是证人,目击假的朱莉娅从这艘船到达,我要不断排除,最后得到一个结论:真的朱莉娅最后一次现身是在什么时候,而那冒牌货又是何时才第一次出现?我要以这点为线索,尽可能还原当时的情景,根据那里——"他指着窗外那两根带子,"我会大致清楚,途中事发地点,是归哪个州的司法部门管辖,我又该去哪个区找那唯一的证据,如果有的话,我想总会有的。"

杜兰德没有追问最后那句话是什么意思,他感觉一阵凉飕飕的,这预示了他的一切。

船长名叫弗莱彻，说话大方得体，开口之前，定在脑海中仔细斟酌，绝不说令自己后悔的话，他手捋着浓密的黑胡须，在记忆中搜索着什么。

"是的，"听了唐斯全面的描述之后，过了许久他才说，"是的，我想起来了，确实有个小巧玲珑的小姐，就像你说的那样，那时我们顺着甲板从对面走过来，微风撩起了她的裙子，她赶紧双手拢住，但是有一会儿——"他没有说完，不过从他的眼神可以看出，他还在回忆，"我经过的时候，她手指顺了顺帽檐，垂下了眼睛，避开了目光——"他轻轻地笑了笑，"不过，她从我身边经过的时候，她笑了，我知道她那是对我笑，因为当时没别人。"

"再看看这个吧。"唐斯说。

为了帮助他回忆，他取出一张朱莉娅的小照片，这是伯莎给他们的，和之前杜兰德收到的那张极其相似。

船长最后仔细看了看照片，但没多大兴趣，接着考虑了好长一段时间。

"不，"他终于开了口，"没，我从来没有见过这老太——这个女人。"他立马还回去照片，好像很高兴不用再碰它。

"你确定吗？"

船长已经没有兴趣继续挖空心思回想了，就算他能想得起。

"我们搭载过很多人，先生，航行一次接一次，我不可能记住所有人的样子，毕竟我只是个平凡人。"

"很奇怪,"唐斯过后对杜兰德说,"那些男人们的思维方式,他们看人都是靠一时兴起,那个人我不过是口头描述,也是从别人那听来的,他竟能一下子想起,而且还有可能在余生中时常想起她,而这个人的相片就摆在他面前,他却什么都想不起。"

杜兰德按了一下小船舱壁上的按钮,过了好长一段时间,才有个死气沉沉的乘务员过来。

"不是叫你,"杜兰德对他说,"谁负责照料女士船舱?"

一名女服务员拖拖拉拉地走来了,他给了她一枚硬币。

"我想问你点事,看你是否还记得起,某个早上,你是否走到一间女士船舱,结果发现床铺没人动过,没人在那住过。"

她很快地点点头。"是的,好多次了,每次航行都不会满员,有时候我负责的船舱一半多都是空的。"

"不,我要问的是另一种情况,你是否遇到过一间女士船舱,先前有过人,但床铺却没动过。"

这样一问倒是给她难住了。"你的意思是没人在舱位上睡觉,但之前有人在那待过?"

"就是就是,差不多是这个意思。"

她开始不确定了,直在那儿挠头搓手,却还是不敢肯定。

他于是想办法帮她回忆。"也许有人把衣服放在那里,或是你发现有人把东西摆在了那里,因此你一下子就猜出有人在里面住过,但却没有在床铺上躺过。"

她还是拿不准。

他最后亮出了王牌。"或许还带着个鸟笼。"

她惊呼一声，顿时感到豁然开朗，就像一簇火花不小心掉在引燃物上，火势一下子炸开了。"是的，是有这么一回事！你怎么知道呢？舱位里是有一个鸟笼，我不用整理那张床铺，因为没——"

他一脸阴沉，点点头，说："前一晚没人在那儿躺过。"

她稍一停顿，接着道："我没有这样说，我到之前，那位太太已经自己整理好了床铺，她极爱干净，习惯了自己亲自整理，不愿意等其他人来弄。"

"谁告诉你的，你怎么会知——"

"我进去的时候，她就在里面，她是我见过的最美丽的女孩子，头发金光闪闪，皮肤白嫩光泽，就是个天使，看样子又像是个孩子。"

餐厅里，杜兰德看见唐斯收回他的一个盘子，显然他已经吃完了，用餐结束后，其他人都离场了，只剩下他们俩，留在这张唯一的长条桌子边，唐斯叫来服务员，简单地对他说："看，看我是怎么做的。"

然后他掏出一块手帕，平铺在桌子上，再放上一小片生菜叶，那是之前在他盘子里做装饰用的，接着折起手帕的四角，使之往中间聚拢，活像个魔术师，准备把什么东西变没了。

"你有没有见过什么人，吃完饭后有这样的动作，有吗？"

"你是说把餐巾折起来，就像——？"

"不，不，"唐斯只好重新打开，给他看看那片生菜叶，又重复了一遍刚才的动作，"先放进一片菜叶，准备带走，那是块手帕，可以把它想成一块更小的，小得多的，一块小——"

服务员这才点点头。"有次航行中，我确实看到一位女士这样做过，我挺好奇的，不知道她要干什么——那又不是一块肉或是其他什么东西，不过就是一片老——"

唐斯竖起一根手指，希望他注意，"现在请仔细听好，认真想想，在你的印象中，她这种举动有过多少回？多少次吃完饭后她这样做过？"

"只有一次，只有一次，只在一顿饭后才这样，我也只在那顿饭后，见她有过这么一次。"

"我无法捕获她们俩在一起的状况，"唐斯对杜兰德说，甚至不敢大口喘气，"一个人消失了，另外一个人出现了，这一幕就在第一个晚上的某个时间发生了，晚上吃饭的时候，服务员看到真的朱莉娅包起一小片菜叶，拿回去喂鸟儿，到了早上八点，女乘务员又发现那个像天使般的金发女子，那时她已经整理好了床铺，就在原来挂着鸟笼的舱位里。"

第二天早上八点，"新奥尔良城号"已到达第一个站点，杜兰德发现唐斯正准备离开了。

"你就要离开这儿了吗？"他惊讶地问道，"这么快？这样就好啦？"

唐斯点点头。"'新奥尔良城号'这个点停靠在第一站,想必它上次也是相同的时间点停在这儿的,因为两次的航行计划完全相同,这个时候她已经遇害,恐怕有好几个小时了,在水里也泡上了几个小时。要是继续往前走,船轮叶每转动一下,只会把我带到更远,来,跟我一起到跳板那儿上岸去。"

"如果她会在某个地方,"那时清晨的迷雾还笼罩着甲板,他们边走出去,唐斯边压低声音说,"她回到了那个地方,顺着昨晚我们走过的路线,如果她曾经浮到了岸边——或者是已经浮出来了,但没人能认出,甚至可能没人看到——它会回到哪儿的某个地方,我打算沿着河岸走回去,一个一个小村,一步一步走,可能的话,我就步行前往,先到这边岸上,然后再到对面,倘若它还没有靠上岸,我会一直等下去,直到它登岸为止。"

他的脸上浮出一阵兴奋,对于这种人,是没办法按常规推理的。

"回到河底,那就是她在的地方,就是那个巨大漩涡里,就是吉拉多海湾底下,我会回到那里等她。"

听到这话,杜兰德浑身冒冷汗。

唐斯伸出手。

"祝你好运。"杜兰德说着,有点害怕眼前这个男人了。

"你也是,"唐斯应答着,"早晚有一天,你会再见到我的,我也说不准是什么时候,但终有这么一天,你一定会再次见到我。"

他沿着步桥走下去,杜兰德看到他的头在人群中一点点"沉"

下去，直到完全消失，他不由得哆嗦起来，转身离开，那句话就这样奇怪地在脑海中回放，那是唐斯跟他说的最后一句话：

有一天你会再见到我的，终有这么一天，你一定会再次见到我。

心死楼空

看着一个人死去,是件相当悲哀的事情,然而他是一个人走的,带不走任何东西;看着一栋房子死去,是件更加悲伤的事,因为随之而去的会更多。

那天,杜兰德最后一次到圣路易斯大街的房子里,他慢慢地从一个房间走到另一个房间,眼前的一切已是奄奄一息,家具全部拆卸,小地毯早已从地板上扒起来,窗帘也从窗户那儿剥下来,橱门敞开着,里面什么也没有,整栋房子犹如骷髅,就这样敞透着,房屋死去后,骨架还在,就跟人一样。

后来,他意识到,他没有离开这个地方,只不过把自己的一部分葬在公墓里，那无法挽回，不堪回首的过去，他曾在这儿种下的希望全部化为泡影，再也没有什么可以指望了，他再也不能回到过去，感受青春的魅力，对于一个三十七岁的人来说，哪怕那只是迟来的芳华，可来得晚，跑得也快，也就短短的几周，他再也没有爱了——不是他在这儿曾经爱过，而是从任何一个角度看来都是如此，那本身就是一种死亡的形式。他的梦已经碎了，碎片撒满一地，他踩在上面，每每迈开一步，好像都能听到它们嘎吱作响，就像踩到洒落地上的糖果。

他站在门口，那里曾经是他俩的卧室，抬头看着对面的墙纸，从纽约买来的墙纸——"粉红色的，不过不是太亮的那种，点缀上蓝色小花朵，就像'勿忘我草'"——墙纸贴着是给新娘看的，那从未活着见到它的新娘，甚至是没活着当上新娘。

他关上了门，不是什么特别的原因，只是里面已经空空如也了，或许是想赶紧关上房门，再也不愿见到它。

就在关上的那一刻，有个声音似乎从里面传了出来，突然活生生地传到他耳边，很清晰：

"谁在敲门？……告诉他可以进来。"

接着消失了，陷入永久的沉寂。

他慢慢走下楼梯，每下一个台阶，他的膝盖会勉强地弯一下，好像它们已经生锈了。

前门开着，前面有头骡子，拉着一辆两轮车，上面高高堆起乱七八糟的东西,那是他送给萨拉阿姨的,她匆匆从他身后走过,一手提着凹陷进去的镀金鸟笼,还在那儿一晃一晃的,另一只手拿着一座笨重的壁炉钟,这回她看到了他,仍然不敢相信他会这么大方,她忽然停下来,想进一步得到确认。

"这个也是吗?这架钟?"

"我说过,一切东西,"他回答得不耐烦了,"所有东西,除了带有四条腿的笨重家具,全部拿走!别让我再看见它们!"

"等我回到什里夫波特,我的屋子定是那儿最豪华的。"

他冷冷地看了她一眼,但不是因为看到她才如此冷漠。

"我注意到了,那个乐队今天没演奏。"他脱口而出,带着指责的语气。

她能听出他说的是什么,一下子便想起他指的是什么。

"嘘,路先生,每个人都会犯错,那是魔鬼演奏的乐曲。"

她走到外面车前,那里有个年轻人,又高又瘦又笨,是她的远房侄子,游荡在那儿,照管着这堆到手的财产。

"你所有想要的东西都带上了吗?"杜兰德冲她身后大喊道,"我要锁门了。"

"是的,先生!是的!没法再要什么了。"显然,她隐隐有些疑虑,害怕杜兰德最后会改变主意,将东西收回,便急急忙忙在一旁招呼着,"小家伙,快呀!快赶着骡子走吧,你还愣在那儿干嘛呢?"她火速上车坐到他身边,车子摇摇晃晃走了,"愿上帝保佑你,路先生!上帝保佑你平平安安!"

"晚了。"杜兰德抑郁地想着。

然后他转身朝大厅走去,从伸出来的高背支架上取回帽子,那是他先前扔上去的,拿下来的时候,后面有样东西顺带落在地板上,轻轻发出一声响,想必是很久前插在上面的什么东西,长时间没看到,就给忘了。

他捡起那根小细棍儿,取出来,发现另一头扎着一束长条香水草,软软的,耷拉下来,顿时给这空荡荡的房间增添了一缕色调。

她的阳伞。

他抓住伞的两端,拿膝盖抵住,使劲儿一撇,只听到"啪"的一声,伞裂了,他使足劲,一次又一次地拗,脆弱的伞最后承受不住了,他用尽臂力,把断杆甩得远远的。

"跟着你主人,下地狱去吧,"他咕哝道,一副凶狠的模样,"她还在那儿等着你给她遮阳呢!"

接着"砰"的一声关上大门。

房子死了,爱情死了,这个故事也完了。

郁郁寡欢

又到了五月，五月再次来了，但它却没有丝毫衰老的痕迹，一如既往的美丽。人们慢慢老去，失去了爱人，并且也没有任何找到一位新的爱人的希望，可五月又回来了。有很多人一直在等着它，等待着五月的回归。

现在是 1881 年的五月，婚礼已经过去一年了。

傍晚时分，从新奥尔良始发的火车到达了比洛克西。天空就像是一件刚从窑中烧出来的精美瓷器；火车上冒出的一缕蒸汽，如同天上的云朵。新出的嫩芽在树顶上闪动着。从远处看去，就像是蓝宝石的沉淀物，也像海湾的一片水域。这是一个风景优美且宜人的地方。可如今的他年纪大了，脾气长了，即使有人照顾着也不行了。

他是最后一个从火车的台阶上下来的乘客，他步履沉重，带着些许不情愿，似乎在这一站下车或是在下一站下车对他来说没有区别。

事实也是如此。他只想要暂时的休息，暂时的忘却。愈合过程仍在持续，伤疤结上了丑陋的血痂。新奥尔良总能勾起他很多的回忆，这点永远不会变。

浪漫主义者会对自己失去的东西感到悲伤，而他就是一位浪漫主义者。只有浪漫主义者才能扮演他这个角色，把愚蠢扮演到极致。有种男人，天生是女人的猎物，而他就属于这类人，现在他开始意识到这点；如果女主角不是她，那就是其他人。如果不是女人，那么就是人们口中的"好"女人。即使只有一个女人，也足以马上将他控制于股掌之中。尽管结果并没有那么糟糕，但这对于他内心深处的骄傲并没有起到丝毫的安慰。他唯一的防卫方法就是离她们远些。

由于钥匙就在马厩的门上，马被偷走了。门上的锁是开着的，钥匙却不见了，永远也找不到了，但即使找到了，也没有用武之地了。

这里充斥着度假者的喧闹，他们从内地来，在这儿待一到两周；除此之外，还有闲聊声、混乱声，乘客们与来车站接自己的朋友一道，走成一小拨一小拨。而他则与众不同，独自站在那里，脚背上放着他的背包。

　　附近的几拨人里，有不止一位年轻少女透过身边的朋友或亲戚，向他投出了探寻的目光，她们都是适合结婚的年纪，或许是在考虑着他是否有资格被列入自己这几天的计划，假期里怎么能缺少求爱者呢？然而，每当她们与他目光对视时，她们的眼神就又快速躲开了，但这并不完全是出于礼貌。那是一种令人十分惊惶的感觉，就如同你在看着一件你认为生机勃勃的事物，但后来却发现它毫无生气。就像当你意识到这个错误时，发现原来自己在和栅栏或水泵调情。

　　站台慢慢清空了，他仍然站在那里。从新奥尔良来的火车又开动了，他侧身站着，似乎要继续上车，下一站到哪儿就是哪儿，他面朝前方，任凭火车在他背后的铁轨上咔嚓咔嚓而过。

借酒消愁

没多久,他就不知不觉地有了泡酒吧的习惯,总在每晚七点前后,来到毗邻的一家叫作"优景之家"的酒馆,不慌不忙地喝上一杯威士忌,最多喝两杯,不会超过两杯;因为他对酒精本身并不感兴趣,他只是在晚饭之前无事可做罢了。之所以选择这间酒吧,是因为他所住的那家旅馆里没有这样的设施,而这间酒吧是附近最近且最大的一家。

这是个令人愉悦的地方,熙熙攘攘且热闹非凡是这个时期此类酒馆的特点。这是绅士们饮酒的地方。对于其他酒馆来说,那是男士的保护区,而女士无论是从思想、精神、影响还是交谈上,都是不能涉足的。但在这儿，女士只是身体上的缺席。她们弥漫在空气中，在猥亵的双关语中，在每一次使眼色或干杯中，男人们吹嘘着、影射着她们。这儿的女人们举手投足间就是男人心中最渴望的样子；因为她们平时很少放下架子，能像现在这么随意。记忆中，始终如此。

他们即使在对比中也是如此。墙边有个马蹄铁形状的桃花心木柜台，漂亮的灯光在它两边闪烁着——就像是女性化身的神殿之中钟形口的圣灯——再往前看，是一幅巨大的油画，上面画着一位向后倾斜的女性，大概是位女神吧。两个长着翅膀的丘比特在女神头顶飞来飞去，她脚边的丰饶之角中盛满了水果和花朵。旁边挂着紫色的窗帘，与其说在使用着，不如说是被遗忘了；其中一片窗帘散乱地垂到了人们的肩上，还有一片横跨在了中间。旁观者从未注意过这儿的背景，因为这块蔚蓝色的帆布刚刚才被挂出来，上面是云朵般柔软的马勃菌图案。

事实上，自从杜兰德来到比洛克西，从他交到第一个朋友开始，他的交友方式就在支配着这里，就像这家酒馆支配着附近的酒家一样，而这正是杜兰德的计划。离他最近的那位男士，也是一个人，这是他第二次来这家酒馆，他全神贯注地注视着杜兰德。杜兰德无意间也瞥见了他的表情——傻乎乎的眼神中带有一丝迷离，但毫无贪婪之意。

杜兰德情不自禁地微微一笑，不过是对自己笑的而不是对别人笑的；但另一个人在杜兰德转头之前看到了他还未成形的笑容，误以为这是饱含深意的交友方式，立刻回以微笑，这样一来，为原本不合群的气氛增添了一分友好。

"保佑他们！"他热诚地说道，随后举起酒杯，又把那篇作品拿给杜兰德看。

杜兰德温和地点头附和着。

另一个人鼓起勇气，提高了嗓门，隔着三四米的距离喊道："您愿意和我一起吗，先生？"

杜兰德其实并不想加入，但拒绝的话则会得很没有礼貌，于是他向旁边挪了挪座位，后者跟着填补了旁边的空位。

他们又交谈了几句，互相间打了招呼，喝着酒：就这样完成了酒馆中最初级的礼节。

据杜兰德判断，那个人大概四十五岁，长相不错，但沉迷酒色，脸色不好，特别是前额处，布满了松弛的皱纹，这应该不是岁月留下的痕迹，他脸色苍白却头发乌黑，但很有可能是擦皮鞋的人给他染的色；当然，这一切都只是推测罢了。他个子没有杜兰德高，腰围更粗，身体看起来软乎乎的，没有那么结实。

"先生，你一个人吗？"他问道。

"就我自己。"杜兰德回答说。

"惭愧！"他大声地说，"第一次来这儿，我说得对吗？"

"是的。"杜兰德简单地回答说。

"你会喜欢上这儿的,过不了多久你就会了解这儿的规矩,"他肯定地说,"这需要几天的时间,但我并不关心规矩是什么。"

"确是如此。"杜兰德不冷不热地附和道。

"你住在这家旅馆吗?"他用拇指关节指着这幢楼里面那扇门,"我住在这儿。"

"不是,我住在罗杰斯夫妇那里。"

"你应该住在这家,这是这附近最好的旅馆。这儿节奏比你生活的地方慢些,不是吗?"

"没有注意到。"杜兰德说。反正自己也没打算在这儿住多久.

"好吧,或许你会改变主意的,"那人轻松地说,"或许我们能让你改变主意的。"他补充道,就像赋予度假村业主权益那般。

"大概吧,"杜兰德表示同意,但态度不是很积极,"加入我们吧。"看到朋友的酒杯已经见了底,他再次邀请道。

"我的荣幸。"另一个人高兴地回答说,立刻显出了开心的表情。

杜兰德正准备叫服务员,旅馆的一个小服务员从旅馆褐色的玻璃门走了进来,四处看了一会儿,来到杜兰德的朋友身边,礼貌地打了招呼,在他耳边嘀咕了几句话,但杜兰德没有听见,他也没想去听。

"啊,是吗?"另一个人说道,"很高兴你告诉我这件事。"随后给了这个孩子一个硬币,"站在这儿别动。"

他转向杜兰德。"有人喊我,"他兴奋地说,"以后我们再接着今晚的谈，以后吧。"他整理了一下自己的衣服，扶了扶领带，捑了捑头发，调整了外套的肩膀。"绝不能让女士等，你懂的。"他补充道，从他按捺不住的情绪中，杜兰德猜到了这次召唤的性质。

"是的，绝对不能让女士等。"杜兰德赞同地说。

"祝您晚安，先生。"

"晚安。"

杜兰德看着他离去，他脸上没有丝毫的表情，即使是在众目睽睽之下，那人猛烈地推开了门，太急切了，没有注意到自己行为的不妥。

杜兰德对自己微微一笑，带着一丝轻蔑与怜悯，继续一个人喝着酒。

再遇上校

第二天晚上他们又碰面了。杜兰德走进酒吧,见那个男人已经在那儿了,便径直朝他走去。照酒吧的规矩,杜兰德欠对方一杯酒,但若像杜兰德打算的那样回避那个男人的话,看起来就像是他在拒绝遵守规则。

"看你还是一个人。"他和杜兰德打了声招呼。

"是的。"杜兰德含糊地应了声。

"嘿,伙计,你太慢了。"他批评道,"怎么回事?我觉得你现在应该要有一个——"他没有把话说完,冲他眨了眨眼。

杜兰德微微一笑,点了酒。

他们喝着酒,互相夸赞着对方。

"顺便说一句,请容许我自我介绍一下,"那个人热情地说道,"我是哈里·沃斯上校,最近在军队服役。"他说话的方式表明了他所指的军队,或者更确切地说,只有那一个对得上。

"我是路易斯·杜兰德。"杜兰德也介绍了自己。

他们主动地握了握对方的手。

"杜兰德,你来自哪里?"

"新奥尔良。"

"哦,"上校赞许地点了点头,"是个好地方,我去过几次。"

杜兰德没有问上校来自哪里,他并未乱猜,而是自己在脑海中推测着。

他们海阔天空地聊,一起聊商业状况,上校谈到在那切兹的一个小女孩;也一起说到了当前的管理就像是一种外来的枷锁,上校又提到了一个在路易斯维尔的小女孩;他们还聊到了酒的配方,聊到了马的饲养和赛马,上校在谈到孟菲斯的一个金发女郎时还狠狠拍了一下自己的大腿。

沃斯正准备再点餐,男侍者又进来了,和他说了同样的那句话。

"时间到了,"他对杜兰德说着并伸出了自己的手,"我很荣幸,兰德尔先生,期待下次再见。"

"是杜兰德。"杜兰德回答道。

上校夸张地后退了一步,马上道了歉:"哦,对,请原谅,我又这样了，总是把名字混起来。"

"没关系。"杜兰德冷冷地说。他意识到只要他们交情还在，这个错误就会一直重复下去。当一个名字第二次还被说错的话，到第四次甚至第十次的时候也不太可能说对。但对杜兰德来说有没有被叫错名字并不是很重要，上校本人更不在意。

上校又真心诚意地和杜兰德握了下手，临走前他走向柜台，把一瓣丁香塞进了嘴里。

"以防万一。"他狡黠地补充了一句。

他朝后面走进了旅馆。杜兰德站在咖啡馆靠外的位置，看着街边。几分钟后，他转过头，不偏不倚地正好看到上校走过前面那厚重的、像肥皂一样的绿色玻璃板，玻璃板中间凸起，有点像一面凸窗。

这块玻璃板的厚度有点模糊了他们的身影，但杜兰德还是认出了他。在上校身边远远地跟着他的三个下属，这足以透露他正在陪着一个女人。在他肩胛骨的高度，身边躲着一位女人，她的帽子上有根甘油羽毛的尖部露了出来，就像是一根羽毛笔或一只顶端锃亮的飞镖刺进了他的身体。

在他的后腰位置，一条艳丽中带着些许温柔的裙撑露了出来，超过了他自身的轮廓，随着身边那位若隐若现的女人的走动而飘动着。最后杜兰德的视线移到上校的脚跟，发现似乎有一只袜子松了，只能拖着走，身旁的裙边露出三角形的一块，沿着地面飘舞着，随着人的移动而左右摆动。

　　杜兰德那不温不火的目光停留太久，视线随着他们移动，直到他们走到足够远的地方，原来一直重叠在一起的两个身影得以分开变成两个人。

　　他又露出了前一晚的那个带着些厌倦的笑容，这一次又挑了挑眉毛，似乎在说，人各有所好。

相约聚会

男招待今晚来的有些晚了,上校因此比之前几个晚上多喝了一杯,都有些醉了。可以看出他们之间的情谊无形中多了一丝温暖,上校说话间还时不时地拍拍甚至抓住杜兰德的手臂,否则的话,上校会话语更清楚些,思路也会更清晰些。

"兰德尔,我的未婚妻是位可爱的姑娘,很可爱的姑娘。"他郑重其事地反复强调着,生怕听到的人印象不深。

"我肯定她是位可爱的姑娘。"杜兰德说道,因为他已经听到两次了,"肯定的。"在前一晚已经纠正过他的名字叫杜兰德,他再不想费力去改了,就让上校随他喜欢的方式去叫吧。

"我告诉你,我是最幸运的男人,你应该见见她,不必就这么相信我,你应该自己去见见她。"

"哦,我真的相信你。"杜兰德一本正经地说道。

"你也应该有个这样的女孩,"他拍了一下杜兰德,"你应该给自己找一个这样的女孩。"又拍了杜兰德两下。

"我们不可能都如此幸运。"杜兰德嘟囔了一句,一只脚在黄铜栏杆上不安地摩擦着。

"我真不愿看到像你这般优秀的男人独自闲逛。"他拍了一下杜兰德。

"我并不是抱怨。"杜兰德说,一边漫不经心地在吧台上将玻璃杯转了一圈,把它转回原点。

"可你瞧我,肯定比你强了十年,我不会站在原地等着姑娘们来找我,你这样是等不到人的,你要自己走出去找。"

"确实如此。"杜兰德表示同意,听起来就像是一个人在自言自语:这种闲聊太无趣了,可我得保证自己会继续跟他聊下去。

上校突然感到一种疑虑,该疑惑让他自己都觉得震惊,他感觉违背了一直以来自己身上的高品位。这次他没有拍杜兰德,而是温柔地抱了一下他。"我不会太过自我,对吗?"他恳求似的说道,"如果我很自我,你就说出来,那我就避免。无论如何我都不想让你有这样的感觉。"

"绝无冒犯之说。"杜兰德再次保证道,口里也是这么说的,就像是在讨论占星术或者其他陌生话题。

"我对你如此感兴趣的原因是因为喜欢你,觉得你的陪伴很惬意。"

"我也有这种感觉。"杜兰德真诚地说,头稍稍点了点。

"我想让你见见我的未婚妻,一个女孩。"

"太荣幸了。"杜兰德说,他甚至开始期待那个男服务员能快点出现。

"她一会儿就会下来,我去接她。"上校突然想到一个好主意,通常,拥有自豪感和渴望去炫耀总是密不可分的,"今晚和我们一起玩吧,我们乐意和你一起玩,走吧,我会把你介绍给他们的。"

"今晚就算了吧,"杜兰德有些紧张,为了找个什么借口,他踌躇地摸了摸下巴,开口道,"事先没有想到,我恐怕看起来有点不太体面。"

上校摇了摇头。"瞎说!你看起来好极了,收拾得很干净。"

他又想了一个折中的办法。"好吧,那你就和我一起出门等一会儿,等她下来后我介绍你们认识一下,然后我们就走。"

杜兰德突然变得有些犹豫,这其实是他的目的。"我想她不会乐意你把陌生人从这里直接带出去,然后突然当面介绍给她。这似乎不合适,你知道女人的性格,毕竟,这里是属于男人的咖啡馆。"

"我每晚都是一个人来的。"上校有些迟疑地说道。

"你很了解她,但我对她来说是陌生的,结果肯定不同。"

上校还没下定决心是否要遵循这一良好的社交礼节,那个男招待就过来传话了。

"先生,您夫人下来了。"

上校戴着手套,手心里放了一枚硬币,喝完了最后一口酒。

"我跟你说,我有一个更好的主意。不如我们四人一组,我会让我的未婚妻单独带一个人来给你。她肯定已经认识了这附近一些未婚的年轻小姐,这样你会感觉舒服些。明天晚上如何?你没有安排吧?"

"什么事也没有。"杜兰德说道,他很满意自己暂时获得了一个喘气的机会,并且还在盘算着明天找个时机,说个借口来摆脱这个麻烦。他意识到,如果现在再表现得不情不愿,即使是像沃斯上校这样脸皮厚的人,也会引起他的反感,而他自己也不会无缘无故地去让别人感到不愉快。

"很好!"上校满脸笑容,说道,"那就来个约会,我来告诉你合适的地方。有一个叫'岩洞'的家常菜餐馆,营业到很晚,不需要匆匆忙忙,你懂的,那里气氛很热闹,有音乐和上档次的红酒,我和卡索小姐经常去那儿。你和我们一起去,不要在这个旅馆见面,这里有很多'老古董',总是喜欢说长道短。我会把那两个年轻的女孩也带来。"

"太棒了。"杜兰德说。

上校激动地搓了搓手,很明显他以前生活的方式还没有像他自己所认为的那样完全消失。

"我会定一个私人包厢,他们那里有帘子隔间,以防窥探。你可以在其中一间找到我们。"他的食指轻叩着杜兰德的胸部,"不要忘了,是我邀请你的。"

"我们到那儿再聊。"杜兰德说。

"到时候我们再聊。那么,明晚见。可别忘了。"

"明晚见,我会记得的。"

沃斯上校匆匆忙忙走向等待着他的侍者,很显然侍者是在门口接到了一个熟悉上校的人的指令,让他亲自把上校带过去。

突然他转过身来,急急忙忙往回走,踮起脚尖低声对杜兰德耳语道:"我忘了问你,是喜欢金发还是黑发?"

她的形象在杜兰德脑海中一闪而过。"黑发。"他简洁地回答道,一丝痛苦袭来,他不禁眨了下眼睛。

上校抬起手肘碰了一下杜兰德的胸前,显露出一种难以启齿的同志情。

狭路相逢

然而，第二天，因为杜兰德对这次约会太不上心，甚至都没有及时送出遗憾取消的口信，想起来的时候，已经是晚上了，这个约会已经是板上钉钉了，现在想毫无负罪感地从中脱身，已经太迟了，但凡他早几个小时去取消这次约会，也就不会出现这种情况。

下午晚些时候，他和衣躺在床上打了个盹，醒来的时候时间已经差不多了，也就只能去赴约了。

他叹了口气，偷偷对着镜子做了个鬼脸，依然做起了必要的准备工作。他在那厚厚的陶瓷杯里使劲地搅拌牙刷，直到泡沫胀起，几滴水珠顺着杯壁淌了下来。他对自己承诺，可以待上半小时，象征性地参与一下，然后安排一个侍者用假消息把他叫走。当然在走之前要把自己的账都结清，这样他们就不会把逃避付钱看成是他的目的。他想，他们也许会生气，但总比完全没出席要好得多。

有了这样的打算，他刮了胡须，穿着干净，耸耸肩上的大衣，用拇指拨开钱夹，看看里面钱够不够，然后闷闷不乐地出发了。没有人会带着比这更失落的心情和更悲伤的表情去参加本应该欢乐的聚会。他关上房门，嘴里轻声低咒着，对那个过分热情的上校，怪他诱骗自己去赴约；对那个希望他赴约的女人，仅仅因为她是个女人就可以迫使他不得不承担这样的义务；当然最首要的是对他自己，在上校前一晚第一次发出邀请的时候，没有勇气直截了当地拒绝。

通过对上校的判断，他可以猜想到他对女人的喜好。肯定是一些无趣的、只会傻笑的、没人要的女人。

带着这种尖酸刻薄的情绪，他走了十分钟，在夜空中点点星星的柔和照耀下到达了目的地。

"岩洞"是一个狭长的像小屋一样的单层建筑，从外面看有些破旧，并不引人注目，就像很多度假地的临时餐厅一样。油灯的气味和光亮从缝隙中透出来，一些独特的阴影给里面染上了一层淡淡的蓝粉色。由于地面有些凹陷，室内比外面的走道稍低一些。在混血的门童恭迎后，还需要走一小段入口台阶。从顶部看，主餐厅里的桌子铺着白色桌布，随意摆放着，人们围坐在桌旁，每张桌子都放着一盏粉色或蓝色底纹的台灯,这是一种从欧洲借鉴而来的新方法,可以使灯光不那么刺眼,在这样的地方很常见,既有暮光的温柔,又透露出一丝非法狂欢和秘密偷情的迹象。使这个地方看起来像有一片闪烁的萤火虫。

一名长着卷曲络腮胡、看起来颇为傲慢的餐厅男侍者在楼梯下迎接了他,像拿着调色板的画家,斜抱着一份菜单。

"先生,您一个人吗?需要帮您找张空桌吗?"

"不了,我是来参加一个聚会的。"杜兰德说,"是沃斯上校和他的朋友,在一个私人包厢里,要怎么走?"

"哦,向后笔直走,先生,在尽头的房间里。他们在右手边的第一间里等你。"

他沿着中间长长的过道走到后面,通过一个个食物分隔区或气味不同的食物区,现在是龙虾味,现在是炭烤牛排味,现在是浸湿的亚麻布味和溢出的酒味。这种感觉也来自断断续续的谈话和笑声,同样地,也都被分隔成一个个圆形区域。

"他和我在一起的时候这样说,和另一个女孩在一起又那样说。哦,我听说过你的一切,别放在心上!"

"——这就是一个颠覆国家的政府!我不在乎有没有人会听到,我有权发布自己的意见!"

"现在我要讲故事最精彩的部分了,这一部分你肯定喜欢——"

走到后面,路逐渐缩小成一条通向厨房的工作通道,两边是一个个私人包厢和沃斯提到的隐蔽空间，虽然都没有门，但里面的人都小心翼翼地用门帘来遮挡外人视线。然而两边最近的门口，并没有完全平行于通道，而是斜向于通道，分开了角落。

他注视着右手边的一间包厢，认定那是他的目的地，虽然还有些距离，剩下一排突出的桌子，稍稍挡住了他。用来遮蔽的门帘被撩到一边，一个侍者倒着退了出来，看起来是在倒退，但半个身子在门内停留了一会儿，听取客人的吩咐。刹那间，他一手撩开门帘，和墙壁形成了一块菱形。

杜兰德的脚踩在地上，再也没有向前挪动一步。

就好像是一块有着最纯粹线条和最清晰设计的浮雕宝石出现在门口，一块在黑色丝绒底板衬托下耀眼的水晶浮雕，等着杜兰德去发现。

一边，喝得醉醺醺的上校的侧脸，因为点菜、说话而晃动着；另一边是一个面向他的陌生女子的模糊轮廓，一头乌发和一双深色的眼睛。

坐在他们中间的面朝外的女子，只能看到她的上半身，白得像雪花石膏，又像大理石一样耀眼，宛如娇小的朱诺，不失贵气，也有着和金发碧眼的维纳斯或特洛伊人的海伦同等的美貌，不管是她的脸还是嗓音，还是裸露的肩膀和半露的胸，都令他永远无法忘记，永远不能忘记，像是魔术般将她从他的梦里再次变到现实生活中。

是朱莉娅。

他甚至可以看到她头发上的光亮；当她移动视线的时候，他甚至能看见她眼中水晶般闪烁的光芒。

朱莉娅，这个凶手，伤了他心的女人。

但令人难以置信的是她没有看到他站在那里，她几乎直视着他，但视线受到同桌朋友的影响，他在这个距离上又不引人注意，所以没有看到他。

侍者放下了举起的手，门帘扫回到墙上，这一浮雕宝石又被挡住了。

他站在那里，目瞪口呆，怒火中烧，仿佛那白茫茫的、灼热的匆匆一瞥——在那里出现又消失——像一道近在身边的闪电击中了他，把他击倒在地，让他失去行动能力，甚至都无力当场倒在众人面前。

这时，一个侍者匆匆走过，撞到了他，使他如梦初醒，终于恢复行动能力；就像台球桌上一个球击中另一个，让它滚动了起来。

杜兰德转头返回原路，往事突然涌上心头，他摇摇晃晃，不停撞到路上的桌子和椅背，人们疑惑地看着他，那一排排昏暗的桌灯，像毫无用处的灯塔，只能带来困惑却不能引导他穿行其中。

他来到这喧闹地方的另一头，之前的那个侍者热情地走到他身边。

"您没能找到您的聚会吗，先生？"

"我——我改变主意了。"他拿出钱夹,把一张十美元钞票塞入侍者手里,"我没有来这里找过他们,你没看到过我。"

　　他跌跌撞撞地走上台阶,跌跌撞撞地走出门,仿佛在那几分钟里,他已经喝得酩酊大醉。这是仇恨之酒,是愤怒的葡萄所发酵的。

复仇之火

　　一开始他不清楚自己想做什么,满脑子充斥着如黑雾般的仇恨,使他的一切计划和目标都蒙上了阴影。刚才是直觉让他没冲进包厢,他的大脑已经不转了。

　　一个人,他必须单独一个人拥有她,没有旁人可以救她。他不想收到逞口舌之快的谴责,因为那很快就会过去。对她来说再多一次谴责又算什么呢?她的生活中或许已经充满了这些东西。他不想要公开的争吵,她的冷静和沉着必然会占他的上风。"我从来没见过这个男人。他一定是疯了!"他只想做一件事,也只需要做一件事,他想要她死,想让她死前最后的时刻独属他们俩。

在她和沃斯上校住的旅馆外站了一会儿，面朝大海，背对旅馆，一动不动，他需要让自己冷静下来，平静下来，而他所有的态度却变幻莫测，手一次又一次地把手从木头栏杆上落下，就像杵，每隔一段时间，打磨着他的计划，直到它变得令人满意。

然后这根杵力道渐弱，最后停了下来。他准备好了。

他突然转过身来，走进旅馆亮堂的大厅，坚定不仓促，径直走向桌子，停在桌前，手指敲着带有白纹的黑色大理石桌面，以引起侍者们的注意。

然后，他说："我是沃斯上校的朋友，刚刚从他们的'岩洞'聚会上过来。"

"好的，先生，我能为您效劳吗？"

"和我们在一起的年轻女士——我相信她住在这儿——说晚上比她想的要冷得多，让我回来帮她拿围巾，也告诉了我去哪里找，我能上去帮她拿一下吗？"

侍者们出于职业，表现得很谨慎。"您能向我描述一下她的样子吗？"

"她金发碧眼，个子很小。"

他们打消了疑虑。"哦，那是上校的未婚妻，卡索小姐，在二十六号房间，我马上叫一个侍者来带您上去，先生。"

他摇了摇铃，递给侍者一把钥匙并做了必要的说明。

杜兰德乘着笨重的格架电梯到了二楼，电梯四周通透，外面有一段阶梯环绕着电梯，随着它的上升而上升，最后到了同样的位置，他清清楚楚地看到了这一点。

他们沿着大厅往前走，过了一会儿，侍者把钥匙插在门上试了试，门开了，一种从未有过的奇怪感觉涌上了杜兰德心头，他仿佛又重新回到了她身边，似乎此时她从远处的房间走了出来，而他从近处走了进去，她出现在他的各种感官中，除了视觉，她的香水味还飘散在空中，他的每个毛孔都能感受到她的气息，一件被扔掉的塔夫绸外套随意地丢在椅背上，记忆中她走路时衣服发出的沙沙声飘荡在他耳边。

这激起了他的仇恨，坚定了他的目标，他一步也没走错，也没有浪费一步，他像悄悄追踪敌人一样去做这件事。

侍者顺从地等在敞开的门边，允许他独自进去，但是他待的位置仍然可以观察到杜兰德的行为。

"她一定是弄错了，"杜兰德振振有词地说，似乎是在自言自语，但其实是在说给侍者听，"我在椅子上没找到。"他拎起一条塔夫绸底裙，又把它放了下去，"肯定在衣柜的一个抽屉里。"他打开一个，又关上。然后打开第二个。

这时，侍者略显担忧地望着他，就像看着母鸡在鸡窝里寻找鸡蛋。

"女人永远不知道自己把东西放在什么地方，你有没有发现？"杜兰德对他心照不宣地说道。

男孩咧嘴笑了笑，为自己还没有到经历这些的年龄而高兴。

杜兰德暗暗有些绝望，终于在第三个抽屉里发现了东西，他拉出了一条轻薄的淡紫色薄纱，即使没找到别的，这也足够配得上他此行的目的了。

"我猜，就是这个了。"他说道，掩饰住自己因好运而不禁翘起的嘴角。

他关上抽屉，走回门口，把围巾塞进自己的插袋。

男侍的眼神免不了落在他抵在门上的手上，他的手抵在门的边缘，向里翻转对着自己。锁舌上有一个圆形的凹陷，是控制着锁的柱塞，和另一栋楼里他自己的房间门是一样的。他利用了这一点。

在男侍有所察觉之前，杜兰德已经替他关上了门，他抓住柱塞正上方门的边缘而不是把手，在两人走出去后把门拉上了。

他这么做的时候换了柱塞，将它摁进去，使门没有上锁，无论用不用钥匙都仅仅是上了门闩。

然后他让男侍去转动钥匙锁门，再把钥匙拔出来，这些步骤一完成，他就往男侍手里塞了半美元银币，男侍就不再去试看门是否锁了。

他们一起下楼，男侍满面笑容，生来就不可能对一个给如此多小费的人怀有疑心。杜兰德也微笑了一下，似有若无。

经过侍者身边时他对着侍者点头致谢，拍了拍口袋表示他已经拿到了专程来拿的东西。

当他走到空旷的夜色里，笼罩在他身上的星星没有一丝怜悯之情，脸色黯淡了下去，从海湾吹来的湿润的海风中，感受不到一丝柔和的气息。他要和她单独待着，谁也救不了她。他会杀了她，别的什么也不做。

无尽等待

　　杜兰德回到自己的房间，打开旅行包，拿出手枪，那晚在新奥尔良他告诉萨拉阿姨他会用这把枪杀了她，是同一把。现在，时间似乎越来越近，非常近了。虽然知道肯定已经装满了子弹，他还是打开枪检查了一下，发现的确如此。他把枪插进大衣内口袋，口袋很深，他就把枪拿到胯部，紧紧地握着。

　　他低下头，注意到侧边口袋里挂着的那条浅紫色的围巾，突如其来的恨意让他一把扯出围巾，狠狠地扔到地上，一脚踩在上面，把它从身边踢开，就像是什么脏东西碰不得一般。他的脸因为这爱而不得的恨意而扭曲。

他拧紧灯座上的针阀,关掉汽灯,房间里泛着的黄绿色光变成了因煤烟而晦暗的月光。他在月光中站了一会儿,似乎在让自己下定决心,他的半边身体显在月光下,半边匿在阴影里。接着他动了动,随着他的移动,窗口的光束也发生了波动,原先光下的半边身体变成了影子,匿在阴影里的半边则移到了月光下。当他打开门,随手关上的时候,外面灯光明亮的大堂里有一闪而过的香橼色。

他走楼梯到了二楼,没有碰到任何人。他越往上走,主楼层的几间公共休息室里的喧哗声就越小,直到最后一片寂静。他走完了第二道楼梯,穿过之前侍者带他走过的走廊,走廊上铺着卷轴型鲜花装饰的红地毯,门是黑胡桃木做的。在这里他差点遇到阻碍。一个女人从房间里走出来,在走廊中间遇到他,这时候他已经走得太远了,没办法再往回走。她瞥了他一眼,然后小心翼翼地垂下头,从他身边走过,这和他们性别上的不同相称。她层层叠叠的裙子发出的沙沙声在走廊上回荡,他给了她时间走到拐弯处,从远处的视野中消失。他在一扇并不是他目的地的门前停了一会儿,装出一副要进去的样子,然后立刻往前走,走向他记忆中的那扇门,他谨慎地朝四周扫视了一下,抓住门把手,飞快地转了一圈,就进去了,然后关上了门。

和之前一样,夜灯的灯光依然很暗,她还没有回来。他想,她存在于空气之中，在味道逐渐飘散的香囊里，在这关了好几个小时的房间里呼吸到的温暖、飘逸的快感中。他不可能比这更接近她了；只是她这个人不在。她的气味和他在一起，似乎有双手从后面环住了他的脖子，他坐直了身子，把脖子缩进衣领里，似乎是要摆脱这双手。

他在窗前站了一会儿，斜站在外面看不见的地方，脸色难看地盯着月光，网状窗帘上的小孔在他脸上映下了斑点，看起来像一个天花患者的脸。在他下面有一个倾斜的白色阳台，像一个倾斜的雪堆。在较远的另一边，是黑夜中旅馆光滑的黑色草坪。远处，月光下海湾的水，就像一群萤火虫一样闪烁着。头顶的月亮看起来又圆又硬，就像是治疗用的润喉糖。对她来说，这是非常讨人厌的东西。

最后他突然转身，在房间里随意选了把椅子坐着等。他恰巧坐在阴影里，阴影遮住了他的上半张脸，像面具一般以一条平直的线穿过他的脸，一张神秘冷酷又不带丝毫悔恨的面具。

之后他就一直一动不动地等着，夜晚似乎和他一起等着，就像一个教唆犯，同谋犯，迫不及待要看到厄运降临。

过了一会儿，他拿出怀表，伸到月光下看了看时间，十二点一刻多了。他在这里等了整整三个小时。他们在他缺席晚餐的情况下，仍在外面待到很晚。他啪地合上了表，在寂静中发出了一声巨响。

突然，似乎是一个可笑的回答，他听到了她的笑声，从很远的地方传来。也许他们正乘着电梯上来。即使今晚早些时候没有在包厢里看到她，他也能听出是她的声音。他也肯定即使他完全不知道她就在比洛克西，他也能听出来。因为他的心记得。

诉"衷肠"

他猛地站起来,环顾四周。说来也奇怪,他在房间里待了这么长时间都没想过要如何藏身,现在不得不即兴发挥了。他看到旁边有一架屏风就选择了它,这是最快的也是最明显的可以让他藏起来的方法;她已经快到门口了,因为他现在可以听到她的声音,在高兴地说着什么,就在外面的走廊上。

他把屏风展开一点,使面板都互相垂直,这样墙面就延伸出一段中空的壁柱,人可以走进去躲在后面。他发现这样就可以站直身体,也不会有露出头顶的风险。还可以通过有排孔的、花边状的、带有卷纹的木制顶部看到外面,他抬眼看向门口。

门开了,她已经到了。

进来了两个身影,不是她一个人;只从门口往里走了一两步,两个身影几乎立刻就重叠在一起,站在小门厅投下的半阴影里,紧紧地拥抱在一起。他闻到了一股呼吸中透出的香槟或白兰地的淡淡辛辣味,夹杂着一点香水味。他的心沉溺于这个味道中。

他们没有动,只有衣服摩擦发出的沙沙声。

她又笑了起来,但现在是脸埋在衣服里偷偷地低笑;现在的笑声近在咫尺,却比在远处的时候更轻。

他听到了上校低沉的声音,他小声说道:"我等这一刻等了一晚上。我的小姑娘,你是我的小姑娘。"

沙沙声变成了强烈的反抗声。

"哈利,够了,这条裙子我还要穿的。至少给我留一件衣服。"

"我再给你买一件,给你买十件。"

她终于挣脱开了一点距离,玄关处的灯光从他们的身影中间投射出来;但是拥抱仍然像桶箍一样桎梏着她。杜兰德可以看到她向下推着上校的手臂,却无法朝正常的方向撬开他的双臂,最后他们终于分开了。

"但是我喜欢这件,不要这么粗鲁。我从没见过你这样的人。我去把灯点起来。我们不能就这样站在这里。"

"事实上我更喜欢这样。"

"毫无疑问!"她干脆地说道,"但点了灯还是一样的。"

她走进了房间，走到夜灯前，夜灯在她的操作下由火花变成了太阳光芒般的亮堂。光亮照在她身上，她的轮廓和容貌变得清晰起来，在一年一个月零一天后，她又一次完整鲜活地出现在他面前。不再只是透过拨开的门帘瞥见的浮雕宝石，走廊上传来的不见人影的笑声，靠在门口的模糊身影；现在她是完整的，是真实的，她就是她。她洋溢着青春，透露在她所有的荣耀和耻辱中，在她的美丽和背叛中，在她的珍贵和卑微中。

杜兰德心中的旧伤口裂开了，心再一次疼痛起来。

她扔下扇子，放下披肩；脱下一只戴着的手套，放到随意拿着的另一只上，然后一起丢到一边。她穿的是深红色的缎料连衣裙，干净挺括得像上过浆一样，上面点缀着黑玉组成的涡卷形和花饰图案。她拿起一个小粉盒，取了一点抹到鼻尖上，不过是出于习惯而不是真的需要涂抹。她的谄媚者就站在那里看着她的一举一动，用他那渴望到冒烟的双眼诉说着对她的崇拜与恳求。

她终于转过头来，随意地问道："这对可怜的弗洛丽来说是不是太糟糕了？你觉得你为她安排见面的那个年轻人出了什么事？"

"哦，真该死！"沃斯粗暴地说道，"可能是忘了，他不是个绅士。如果我再见到他，我会假装不认识他。"

她这会儿在拨弄自己的头发，一点点地摸着，生怕把头发弄乱，微微优雅地下蹲一点，这样镜框的顶端便很容易地照出头发。"他怎么样？"她漫不经心地问道，"他看起来富裕吗？你觉得，我们会——我是说，弗洛丽会——喜欢他吗？"

"我不太认识他，他叫什么？从没看到他喝五十美分以上的威士忌酒。"

"哦。"她降低音调，也不打理头发了，似乎是没了兴趣。

她突然转身朝他走去，伸手来向他告别。"嗯，谢谢你今晚的盛情款待，哈利。在和你度过的所有夜晚中，今晚是最令人愉快的。"

他伸出双手握住了她的手。

"不可以再多待一小会儿吗？我不动手动脚，就坐在这里看着你。"

"看着我！"她调皮地惊呼道，"看我做什么？我警告你，不是你想要的。"她轻轻推了推他的肩膀，使他们之间保持一定距离。

接着她的微笑消失了，似乎变得若有所思，流露出片刻的感伤。

"不过，这对可怜的弗洛丽来说这是不是太糟糕了？"她又说了一遍，似乎在谈话中发现了一些第一次没有充分提取到的剩余价值。

"是的，我想是这样的。"他含糊地回答道。

"她对自己的打扮如此煞费苦心，我只好把钱借给她买那件礼服。"

他马上松开了她的手。"啊，给你，我来出这钱。你为什么不早点告诉我？"他急忙穿上大衣，拿出钱夹，打开，然后忙着拿钱。

她飞快地朝下瞥了一眼，剩下的时间都越过他出神地看着房间后面，直到他拿完钱。

他放了点东西在她手里。

"哦，我又想到一件事——"他说。

他又翻了翻皮夹，放了点钱到她那半推半就的手中。

"这给你结账用。"他说，"为了露个面，你最好亲自去办理。"

她转过身，背对着他，并不是冒犯他或者鄙夷他，因为她挑逗地说道。"现在不许看我，至少不要越过我的左肩。"

她深红色的缎料裙摆上的褶层被暂时甩在了一边，露出了细长匀称又光滑闪亮的烟灰色黑丝。沃斯踮起脚尖增加高度，越过她的右肩贪婪地凝视着。她转过脸来对着他，淘气地瞥了他一眼，眨了眨眼，裙摆上的褶层又一次垂到地上，发出轻轻的啪嗒声。

沃斯突然情不自禁地身体一动，他们又紧紧拥抱在一起，这一次是在室内的亮光下，不再是在门廊的阴影下。

杜兰德感觉手里一沉，低头一看发现自己已经拔出了手枪。"我要把他们两个都杀了。"他的脑海中浮现出盛怒的话语。

"那现在呢？"沃斯嘴唇抵在她的脖子和肩上，含糊不清地问道，"你打算（对我）友好一点吗？"

杜兰德可以看到她扭头避开了他的吻，温柔地笑着，但又转瞬即逝。她扭转着面朝门口，反过来也设法让他同样地转过来。不知怎么地，她成功地让他面朝着门口，但她的脸和肩还是躲不掉他无尽的吻。"不，"她时不时地温和说着，"不——不——我对你很好的,哈利。我对你的友好一直是不多也不少的——现在这才是最好——"

杜兰德松了一口气,把枪收了起来。

她终于得以独自一人,就站在半开的门后,但手臂伸在外面,保持这个姿势的时候,沃斯肯定在不停地吻她的手。

他所能听到的是一种不愿意告别的闷闷不乐的低声抱怨。

她使劲抽回了手臂,推上了门。

当她走回灯光下的时候,他可以清晰地看到她的脸。脸上所有的嬉闹和媚态都像是用海绵擦掉了,现在透露出的是精明和算计,有些苍白清瘦,像是戴了很久的面具似的。

"万能的上帝啊!"他听到她厌倦地低声抱怨,看到她斜着敲打了一下太阳穴。

她走到窗边向外望去,和他之前一样,她一动不动地在窗边站了一段时间。然后当她满脑子都是她从窗外看到的东西时,突然不耐烦地从窗边走开,裙摆在寂静中晃动起来发出嘶嘶的声音。她走回到梳妆台前,拉开一个抽屉。现在她鼻子上没有粉,头发也没有打理,她对照镜子没有丝毫的兴趣。

她从长袜里拿出钱,手腕一翻又把它扔了进去,看起来有些嘲弄的意味,或许不是对于钱本身,而是对它的来路吧。

她把手伸进某个隐藏的地方,拿出了一支细长的雪茄,和萨拉阿姨在新奥尔良的圣路易斯街上的房子里拿给他看过的雪茄一模一样。

他最是讨厌,甚至可以说是憎恨抽烟,他就这样看着她弯腰把雪茄伸入油灯的玻璃罩中点燃,紧紧地叼着,烟从她小巧的鼻孔中呼出来,宛如从男人鼻中喷出来一样。

一种瞬间的令人厌恶的幻影似的错觉出现在他眼前,她穿着红色的长裙,就像一只愤怒的长角魔鬼。

不一会儿,她把雪茄放在发夹托盘里,坐到镜子前,头发一松开,宛如一条糖浆色的瀑布一般垂到她的后腰。然后她从扣眼上解开几个钩形扣,解开裙子侧边的一个衩口,但不是完全松开或者扯得更远,这使系紧的裙子花边上留下一个空隙,随着她的每一下呼吸,花边都会鼓起再回落。

她拿出了刚刚扔进长袜的钱,比扔进去的要多得多,她仔细地数了数,然后把钱放进一个上了漆的小匣子里,是那种用来装珠宝的匣子,她锁上匣子,指关节在盖子上赞赏似的轻轻敲了一下,似乎结果很令人愉快。

她合上抽屉,站起来走到桌旁,拿下盖子然后坐在桌前,又从架子上拿出一张信纸,拿起一支笔蘸了蘸墨汁,调整了一下另一只手臂,压到纸上,然后开始写字。

杜兰德从屏风后走出来,慢慢走过地毯走向她身边。地毯使他的脚步没有发出任何声音,虽然他并未有意保持寂静。他不被察觉地朝前走去,直到站在她身后,这样可以从她的肩膀上方往下看。

"亲爱的比利,"纸上写着,"我——"

笔停了,她轻咬笔尾。

他伸出手,轻轻搭在她的肩上,手落在她肩头,但是很轻,很轻,就像曾经她在新奥尔良的码头旁边,把她的手搭在他肩上一样,轻轻的;虽然很轻,却足以破坏他的生命。

她的惊吓似乎是早有预料,自带自责,即使还不知道这是谁,她就已经惊吓到了,因为她没有像心思单纯的人那样回头看。她僵硬地抬着头,转向了另一边,脖子因为悬着的心而紧绷着。她不敢看,她的生活中一定有过这样出现在她身后的罪行,在她孤寂的房间里,在寂静的黑夜中,不管是哪个人的突然触碰,她肯定都知道这一定不是好兆头。

她的手无力地松开了笔,另一只手悄悄抓住那张信纸,抓到手心里,想要让它消失。她把纸揉成一团,然后扔到桌子的另一边。

她仍然没有动,光滑的太妃糖色头发也一动不动,像是头上有一把悬而未落的斧头。

她已经从镜子里看到他了,因为当他看向镜子中的自己时,发现她的眼睛在看着左边,在她白滑粉般脸色的映衬下,瞪大的眼睛仿佛染黑了眼角,这使她看起来丑陋且不自然,就像是有着黑色的眼球。

"不要不敢环顾四周,朱莉娅。"他讽刺地说道,"只有我,没有重要的人,就我一个人。"

她突然转过身,动作如此之快,以至于柔软光滑的后脑勺倏地变成她那灰白色的脸,就像一个幽灵。

"你看起来好像不记得我了。"他轻声说道,"你肯定没有忘记我,朱莉娅。在所有人当中偏偏没有忘记我。"

"你怎么知道我在这儿?"她温柔地问道。

"我不知道,我就是那个本应在今晚餐馆聚会上认识你的人。"

"你是怎么进来的?"

"从门进来的。"

这时她站了起来,看上去很警惕,试图把写字椅拿过来放在他们中间,拖动椅子的声音尖利刺耳,但是已经没有地方可以放下它了。

他从她手里拿过椅子,把它重新放好。

"怎么你不叫人对付我,朱莉娅?怎么你不威胁要喊救命?还是别的什么他们常做的把戏?"

她露出一副无可奈何的样子,让他不禁佩服了一下,她说道:"这件事需要我们俩自己去解决,不用大叫也不能在房间里叫人对付你。"她抖了一下,轻抚自己的手臂,一直到肩膀,"我们尽快彻底解决吧。"

"已经花了我一年多的时间了,"他说,"我想你不会吝惜这额外的几分钟吧?"

她没有回答。

"你真的打算嫁给上校吗,朱莉娅?那会犯重婚罪的。"

她生气地耸了耸肩。"哦,他就是个傻瓜,我可不对他负责。这个世界到处都是傻瓜。"至少在这句话里,流露出一种明显的真情实感。

"其中最傻的一个就是你现在看着的我,朱莉娅。"

他用脚尖轻轻踢了一下揉成一团的信纸,把它踢远了一点。但是很轻,仿佛它承载着其他人被扼杀的希望。

"比利是谁?"

"哦,不是什么特别的人,偶然认识的,是我在一个地方碰到的家伙。"她胡乱挥了下手,仍然带着紧张不安的神色,似乎要用这种方式把那个人从她的记忆中抹去。

"这个世界对你来说,一定到处都是比利这样的人,比利们和路易斯们和沃斯上校们。"

"是吗?"她说,"不,只有一个路,现在说这个可能有些太迟了。但是我没有嫁给比利们和沃斯上校们。我嫁给了路。"

"你是这么做的。"他尖刻地承认道。

"好吧,太迟了。"她说,"现在说这个有什么用吗?"

"至少在这一点上我们达成了共识。"

她走到那盏灯前,若有所思地把手覆在上面,手掌上的肉呈现出半透明的砖红色,她盯着这个情景看了一会儿,然后,转身对着他。

"是什么，路？你要我做什么？"

他的手慢慢伸向大衣的某个位置，这个位置盖住了贴近他身体的枪，在那里停了一会儿，摸到枪把，摸到了枪，然后缓慢地伸了进去。接着他慢慢地，慢慢地把它抽出来，先是骨制枪把，再是镀锌的弹膛和有凹槽的枪管，看起来似乎永远停不下来，就像是被拉上了一辆无尽的列车。

"我是来杀你的，朱莉娅。"

她仅仅瞥了他一眼，足以确认他所说的话，她明白他有能力亲自把她杀了。于是接下来，她就只看着他的眼睛，再也没有移开过视线。她知道结果在哪里：在他的眼睛里而不是在枪上。她知道唯一可以恳求的地方在哪里：在他的眼睛里。

她盯着他看了很长时间，似乎在衡量他做这件事的能力：他刚才说的要杀了她。她在他眼中看到了什么只有她自己知道。不管是下定决心还是毫无希望又或者是半途而废，等待的结果只会是毁灭。

他没有瞄准，没有举起枪对着她；他只是握着平坦的那一面，拿在手里，枪口朝外。但是她带来的长时间的痛苦让他脸色变得苍白，无论她从他的表情中读到了什么，他所需要的只是手腕的一个翻转。

也许她是一个赌徒，本能地喜欢胜算，它们吸引着她，刺激着她；她讨厌在有把握的事情上打赌。又或者反过来说：她不是一个赌徒，无论是男人还是纸牌，她仅仅寄希望于确定的事情，绝不是别的；现在这就是一个确定的事，虽然他自己都还不知道。也可能这一次又是她的虚荣和自尊驱使着她，她必须用她的力量来考验他，即使失败意味着死亡。甚至也可能她知道自己要输了，她也会想死，因为虚荣心就是如此。

她对着他微笑着，这是固执的挑战，仅此而已。

她突然猛地拉住肩头的裙子，扯了下来，接着她又往下拉，越拉越下，把胳膊从凌乱得卷成圈的裙子里抽出来，直到最后，除了腰以外，她洁白无瑕的身体都露了出来，白得像牛奶，柔滑得像中国丝绸，肉随着她的走动而弹动着。他举枪对着她左边心脏部位，她却一直在向他走近，一步一步，越来越近。

当冰冷的枪抵住她时，她停了下来，把她那件凌乱不堪的女士紧身上衣脱掉，然后深深地注视着他的眼睛。

"没关系，路。"她低语道。

他把枪从他们之间移走。

枪移走了，她又往前走近了一步。

"不要犹豫，路，"她喘着气说，"我在等着。"

他的脚后跟慢慢往后移动，让自己可以喘口气。他把枪塞进侧边的口袋，急急忙忙摸索着想要摆脱它，并不关心自己怎么放进去，以至于枪把还露在外面。

"把你自己遮盖好，朱莉娅。"他说，"你都露在外面了。"

这就是答案了。如果她是个赌徒,她就赢了。如果她不是个赌徒,她第一次读懂了他的眼神。如果说是虚荣心把她带到了毁灭的边缘,那么现在它成功了,毫发无损。

她没有表现出任何迹象,甚至没有胜利的喜悦;这也是成功的方式,同样足智多谋。他脸上汗涔涔的,好像是他在冒这个险。

她把衣服又往上拉了拉,没有到原来的位置,但至少往上盖住了一部分。

"那么,如果你不杀我,你想要我怎么样?"

"把你带回新奥尔良,然后移交给警察。"似乎是对他们过近的对峙有些不舒服,他走到旁边以拉开些距离,"你准备好。"他偏过头说道。

突然,他的头点了一下,向下盯着自己的胸口,似乎是本能地感到惊讶。她的手臂从他的肩膀上慢慢地向下滑,像白色缎带一样柔软,试图在他胸前交握双手来恳求去拥抱他。当她的头发紧贴住他的颈背时,他可以感觉到她头发的柔软。

他把手臂拉开然后甩开,把她往后推。"准备好。"他冷冷地说道。

"如果是钱,等等——我这儿有一些,我给你。如果这点不够,我去筹——我发誓我会——"

"不是因为这个。在法律上你是我的妻子,从法律来看你也没有犯罪。"

"那是为了什么？"

"去回答朱莉娅·拉塞尔遭遇了什么。那个真正的她，你不是朱莉娅·拉塞尔，你也永远都不会是。你是不是在冒名顶替她？"

她没有回答。他想他能感觉到比起刚才拿着枪的时候，她现在是更加真实的恐惧。至少，现在她的眼睛瞪得更大了，也更紧张了。

她不再蹲在放钱的抽屉旁，离开那敞开的抽屉，朝他走来。

"告诉他们你对她做了什么，"他说，"这还有一个专门的名字。你想听吗？"

"不，不！"她抗议道，甚至在她向他走近的时候还伸出手掌对着他。但是她的抗议是针对他的提议还是针对他威胁话语的声音，他也辨别不出。看起来似乎是后者。

"谋（杀）——"他正要说。

她惊恐地用手掌捂住了他的嘴，制止了他继续说下去。"不，不！路，不要说！这与我无关。我不知道她遭遇了什么，只要听我说，你听我说；路，你必须听我说！"

他试图像之前那样挣脱开，但是这次她紧紧贴着不放，她不想再被甩开。虽然他手臂在用力地推她，但她还是靠了过来抱住他的胳膊。

"听什么？更多的谎言？我们的婚姻就是个彻头彻尾的谎言。你跟我说的每一个字，你吸的每一口空气，自始至终都是谎言。你要把这些都告诉警察，不要再跟我说，我一个字都不想听！"

那个词，和之前阻止他说的词一样，她似乎对此有特殊的恐惧。她畏缩了一下，模糊不清地叹了一声，声音第一次显得如此脆弱。如果这是一种诡计，它是足够成功的，将算计伪装成软弱，因为这会影响到他，他把这看成示弱，因此它的目的就达到了。

她仍然绝望地紧紧抓着他外套的衣摆，在他面前跪了下来，卑躬屈膝的姿态是人体所能做出的最具恳求意味的姿势。

"不，不，这次是实话！"她干巴巴地抽噎着说，"只有真相，没有别的！只要你听我说，让我说——"

他终于放弃摆脱她的念头，冷漠地站在那里。

"你说吧。"他倨傲地说道。

但她得到了说下去的机会。

她的手臂从他身上垂了下去，转过头去平复了一下，用手捂住自己的嘴。究竟是在匆忙想着对策还是在为接下来的诚实坦白做好思想准备，他不得而知。

"暂时还没有火车。"他不情愿地说道，"你现在这副样子，我也不能就这么带你去火车站，然后和我在哪儿消磨掉半个晚上——所以你想说就说。"他后退几步坐到椅子上，扯了扯领带，像是因为刚才那紧张的经历而筋疲力尽，"你拖着也没有什么好处，在你开始前我先警告你，结果都是一样的，你要和我一起回到新奥尔良接受审判。你的泪水、你的跪拜、你的恳求都是白费的。"

她没有站起来，她用膝盖一点点慢慢挪向他，所以他们之间的距离慢慢缩小，她就跪在他脚边，忏悔着，低声下气，手抓在他坐着的椅子扶手上。

"不是我。不是我干的，他一定对她做了什么，因为我再也没见过她。但那是什么我不知道。我没有看到过程，他只是事后来找过我，说她出事了，我也不敢再进一步问他——"

"他？"他讽刺地问道。

"和我在一起的那个人，和我一起在船上的人。"

"你的情夫。"他不带感情地说道，尽量不让她看到他喉结动了一下。

"不！"她竭力否认道，"不，他不是的！如果你愿意的话，你可以相信，但是自始至终他都不是，仅仅是工作上的安排。在他之前也没有其他人是什么情夫。自从我来到这个世界，我就学着如何照顾自己，不管我做的事情是对的还是错的，我都不是别人的，只是你的，路。我不是任何人的，直到嫁给了你。"

他莫名其妙地觉得比刚才松了口气，于是坚决警告自己千万不可以这样；尽管如此，他的确感觉到了一丝快慰。

"朱莉娅。"似乎觉得完全难以置信，他慢吞吞地责备道，"你让我去相信你说的？朱莉娅，朱莉娅。"

"不要叫我朱莉娅，"她懊悔地低语着，"那不是我的名字。"

"你有名字？"

她润了润嘴唇。"邦尼，"她承认道，"漂亮的城堡。"

他点了点头表示同意，像是哑剧中的嘲弄。"对上校来说，你叫邦尼；对我来说，是朱莉娅；对比利来说是别的什么；对下一个男人，又是别的名字。"他厌恶地别过脸去，然后又回过头，"你就是这样被洗礼的吗？那是你的洗礼名吗？"

"不，"她说，"我从没有接受过洗礼。我也没有洗礼名。"

"我想，每个人都有自己的名字。"

"我都没有名字，名字需要父母亲来取的，门阶上的洗篮是不会给你取名的。现在你明白了吗？"

"那你这名字是从哪儿来的？"

"是一张带图画的明信片上写的，"她说，她心里仍充满着某种深埋已久的蔑视和怨恨，使她的情绪一下激动了起来，"在我十二岁的时候，有一天，有一张苏格兰的明信片寄到了孤儿院，我捡起来偷看了一眼。上面是我见过的最美的景色，是爬满常春藤的墙壁和湛蓝的湖面。上面写着'邦尼城堡'。我不知道是什么意思，但是我把它选为我的名字。在那之前，孤儿院里的人都叫我乔茜，我讨厌这个名字。不管怎样，不会再有比邦尼更适合我的名字了。从那之后我就叫这个名字，所以单从用的时间长度来看，这就是理应属于我的名字。洒在头上的几滴圣水会有什么不同吗？行了，你想笑就笑。"她黯然允许道。

"我不知道，"他闷闷不乐地插嘴道，"你看着办。你在那个孤儿院里待了多久？"

"一直到我十五岁，我想，或者快十五岁。你看，我从来没有过一个准确的生日。这是另一样我没有也行的东西。我曾经为自己编过一个日期，就像我的名字一样。我选择了情人节，因为是如此的欢乐喜庆。但是过了一段时间，我就厌倦了，就不过生日了。"

他默默地凝视着她。

她疲倦地叹了口气，想吸口气再继续说下去。

"不管怎样，我十五岁的时候从那里逃了出去。他们指控我偷了东西，还因此打了我一顿。他们之前也指责过我，也打过我。但十三岁的时候我只知道去忍耐，十五岁的时候我就不再忍了。一天夜里我翻过墙，其他几位女孩帮了我，但她们没有勇气和我一起逃走。"接着她像是在谈论其他人一样，用一种异常难测的客观态度说道，"至少，那是我从没做过的事情：我以前是一个胆小鬼。"

"你从来都不是个胆小鬼。"他赞同道，仿佛在判断中发现了一丝欣慰。

"那是在宾夕法尼亚，"她继续说道，"非常冷。记得我在路边艰难地走了几个小时，直到最后一位车夫让我坐上马车载了我一程——"

"你是从北方来的？"他问道，"我都不知道。你和那的人说话方式不一样。"

"北方，南方，"她耸了耸肩，"都是一体的。无论我到哪里我都能和当地人一样说话，然后我去另一个新的地方。"

他心想：一直在撒谎，永远没有实话。

"后来我去了费城。一位老妇人收留了我一段时间，是一个长相丑陋脾气乖戾的老太婆。她发现我的时候我差点摔倒在鹅卵石上。起初我以为她很善良，事实并非如此。她给我饭吃，让我休息了几天，给我穿上了更小的孩子穿的衣服——你看我当时还很小——然后带我去商店购物。她说'看着我'，然后教我怎么在不被发现的情况下从柜台里偷东西。最后我也从她那里逃走了。"

"但是一开始你不需要自己去做这样的事。"他仔细地观察着她，看她是否会被迷惑。

她没有停下来喘气。"一开始是不需要我去做，但她只在我去做了之后才给我吃的。"

"后来发生了什么？"

"我做过一点粗活，作为一个洗刷工，是个苦工；我在烘焙店里做过，帮忙做面包卷，我甚至还当过洗衣工的助手。我经常无家可归，连个睡觉的地方都没有。"她转过头，脖子绷紧成一条直线，"大多数时候，我不记得那些日子了。更重要的是，我不想去回忆。"

他想，她大概在街上出卖过自己，想到这个可能性，他心里非常不舒服，实际上她又仿佛是一个值得珍惜的人。

带着近乎不可思议的洞察力，她立刻说道："我可以依靠一种方法来度日，但我没有接受。"

谎言，他在心里发誓道，肯定是谎言；但他的心狂跳着。

"有一天晚上,一个女人哄骗我去她家喝茶,我吓了一跳。"

"真令人钦佩。"他干巴巴地说道。

"哦,不要夸我优秀,"她说,突然间流露出一丝直率,"还是夸我邪恶吧。在那些日子里,因为所经历的一切,让我有时候憎恨世界上的每一个人;不管是男人、女人还是孩子。任何人想从我这里得到什么我都不会给,因为我想从他们那里得到的东西没有人会给我。"

他默默地低下头,终于陷入了轻信,哪怕是极其短暂的;这一次不仅是大脑,还包括心。

"好吧,我最好长话短说。你最想知道的是发生在船上的事。我偶然遇到一群旅行演员,加入了他们的行列。他们甚至没有在正规的剧院演出过,也没有钱去维持生活,所以四处游走,搭设帐篷。途中,我碰巧遇见了一位在河船上专业赌博的人。之前和他搭档的女孩离开了他,嫁给了一位庄园主——他是这么跟我说的——他在找一个人来接替她。如果我愿意加入他,他愿意把收入的一部分分给我。"她挥了挥手,"毕竟,这只是一种不同的表演形式,还有住处,比起之前的那些工作都更合我心意。"她停了下来。

"他就是那个人。"她告诉他。

"他叫什么名字,人们怎么叫他?"他突然有了兴趣。

"这有什么关系?他的名字是假的,就像我的一样。每趟旅程都会改变。为了小心起见,他不得不这样做。一会儿叫麦克拉伦。一会儿是里多。我甚至怀疑我们在一起的那些时间,我是否知道他真正的名字,反正我怀疑他就是这样做的。现在他走了,我不需要再去回忆这些了。"

他想,她是在尽力保护那人。"你肯定给他起了什么名字。"

她苦笑着回忆说:"'亲爱的哥哥',这样别人就能听见我。这也是我任务的一部分。旅途中我们像兄妹一样,我坚持一点,那就是我们各自住自己的客舱。"

"他同意了。"这不是问句,而是一种不信任的陈述。

"起初他拒绝,他的前搭档,好像——好吧,这个不重要。我提出,这也是为了他好,当我让他明白了这一点后,他欣然同意了,他总是把做生意放在第一位。他在每一个河镇上都有一个心上人,所以可以抛弃一个。你看,对他来说,我就是引力、是磁铁。我的任务就是把我的手帕丢在甲板上,或者在狭窄的过道里撞到别人,又或者假装迷失了方向,不得不向别人问路。对绅士们来说,和一个未婚男人的姐妹相识,并没有什么害处。然而如果我被当成是他的妻子——或者别的什么——他们就会打消念头。然后,按照礼节的要求,我会尽早把我的哥哥介绍给他们。之后就开始赌博。"

"你玩吗?"

"从来没有。只有厚颜无耻的女人才会和男人们打牌。"

"不过你在场。"

"我给他们倒饮料,有的时候稍微调一下情,让他们保持良好的心情。有争议的时候我会站在他们那边一起反驳我的哥哥。"

"你是在暗示。"

她微微耸了耸肩,显示出听天由命的意味。"那是我在场的目的。"

他怀抱着手臂,姿势看起来像是正在进行重大的判断——或者已经不可挽回地完成了判断——没有任何的恳求、纠缠或者哀求可以动摇他。他不安地用手指轻叩着自己的一侧手臂。

"朱莉娅呢?那个朱莉娅,真正的朱莉娅呢?"

"我正要说到她,"她顺从地低声说道,深深吸了一口气,她从累积起来的赘述中找到关于她的部分,"我们以前一个月下船一次,不会比这个频率还高,那样是不明智的。停留一会儿,然后再一次起航。最后一次是乘坐'新奥尔良城号'离开圣路易斯。"

"她也一样。"

她点点头。"第一天晚上出去的时候出了点问题。他终于遇到了对手,我不知道是怎么回事。对这位有经验的获胜者来说,不可能是纯粹的运气,因为他有太多可靠的化解方法。一定是他无意中遇到了一个比他自己有更多妙计和骗术的人。我看不到那个人的牌;他似乎凭记忆在赌,把牌都向里翻转,互相面对面合在一起。我所有用来暗示花色的信息,比如抚摸项链、手镯、耳环、戒指，都变得毫无用处，我无计可施。这场赌博持续了半个晚上，我的搭档一直在输，直到最后他再也没有东西可以赌了，因为在赌博中，这些赌徒都是旅行者，彼此之间也都是陌生人，除了实际的钱没有别的可以用来赌，所以损失都是真实的。"

"骗子作弊了。"他评论道。

"但在那之前很久，几个小时前，那个人已经请求我让他们两个人单独待一会儿。虽然很直截了当，但他如此有礼貌，所以我除了答应他以外别无他法，否则就要冒着被公开指责的危险，很明显他已经对我有感觉了。他假装不习惯在女士面前赌博，并且想要脱掉他的外套和马甲，我马上说没关系，他还是拒绝了我，所以我只好走开。我的搭档会在对方要求下给出紧急信号来阻止他，但我留在那里也已经无济于事，所以我走了。也许我们已经落入了自己的圈套。

"我在甲板上在围栏旁徘徊着，很快就有一个像我一样没人陪伴的女人，在我身边停了下来，开始和我聊天。我不习惯和别的女人闲聊，因为这样的攀谈不会有合我意的有趣内容，所以一开始我只是心不在焉地听着。

"她是一个傻瓜。短短几分钟的时间里她就主动告诉了我她所有的事情。她是谁，她要去哪里，她去那里的目的。她太容易相信别人了，对外面的世界毫无经验。尤其是河船的世界，还有在上面遇到的人。

"起初我试图甩掉她,但是没有成功。她黏着我,跟着我到处走。她仿佛非常渴望有一个知己,想要有人可以听她吐露心声,她满是这种浪漫的期盼。她告诉了我你的名字,然后停在一个亮着灯的门口,坚持要拿出你送给她的画给我看,甚至读了你寄给她的最后一两封信里的几段话,仿佛那是神圣的福音。

"最后,我开始感觉受不了,没有办法再隐藏我的真实情绪,我会像吃了火药一样对她发脾气让她吓得立即安静时,她发现——对她而言——时间已经很晚了,于是她像迟到的孩子一样匆忙走向自己的船舱,一路上一直转过身挥手让我回去,她是真的被我吓到了。

"那天晚上晚些时候我们大吵了一顿,我和他。他指责我无视我们的'生意'。出于自卫,我不明智地告诉了他关于她的事情。关于她将要嫁给一个素未谋面却拥有十万美元财产的男人,那人——"

杜兰德警觉地挺直了身体。"她怎么知道的?"他严厉地问。

她一本正经地笑了笑。"早在离开圣路易斯之前,她就已经调查过了。我或许用的是更大的方式骗了你,但是她肯定是用更小的方式骗到了你。"

他沉默了很长一段时间,似乎从这一新披露的女性诡计中感觉她还不至于那么坏。

过了一会儿,她不由自主地继续说下去,仿佛在精确地估量着他可以沉思的时间,她知道他在想些什么。

"我跟他说这些的时候,我看见他盯着我。他当场打断我们的争吵,离开了我,在甲板上踱了一会儿。我只能告诉你这些。事情发生那会儿,我并不知道它意味着什么。现在再回首,我就知道了,但当时我并不知道,你必须相信我,你一定要相信我,路。"

她十指交叉,紧握双手,伸到他面前,恳求似的绞扭。

"我必须?什么可以强迫我?

"这就是我今晚说的真相。每一个字都是实话,如果之前我讲的不是实话,那么以后也不再有实话。"

如果从来没有,如果再也不会,他发现自己轻易地就相信了她,在她说完之后他就在脑海里暗暗重复。

"我又出去找他,问他那天晚上是否还打算弥补他的损失;问他是否还需要我,不然我就可以关门睡觉了。我发现他在对着栏杆一动不动地沉思着。月亮西沉,河面也渐渐暗下来。我们还在沿着密苏里的低岸航行,我想在黎明前就能把损失的钱都赚回来。黑暗中的他如此模糊,我几乎都看不清他,直到我站到他身旁。

"他低声对我说:'你去敲门,邀请她和你一起到甲板上散步。'

"我说:'已经很晚了,她可能休息了。她不习惯像我们这样晚睡。'

"'照我说的去做!'他狠狠地命令我,'不然我会用我的拳头让你听话。你知道该怎么做,想办法把她带过来,跟她说你很孤

单想要人陪伴，或者告诉她河畔不久会亮起灯光，这是不容错过的，她一定得看看。如果她像你说的那么单纯，任何借口都能奏效。'

"他还推了我一下，我差点摔到甲板上。"

"你去了？"

"我去了。我还能怎么办？我为什么要为了一个陌生人受折磨呢？哪个陌生人为我受过苦？"

他没有回答。

"我走到她门口，敲了敲门，她吓了一跳，大声问是谁，记得我用甜甜的声音回答她好让她安心：'是你的新朋友，夏洛特小姐。'"

"你在船上叫这个名字？"

"只是那次航行而已。她如此相信我，立刻就开了门。她还没有脱衣服，但告诉我正打算要更衣休息，当时要是她已经脱了衣服该多好！"

"回想一下，现在的你是慈悲的，"他让她知道，"但那个时候你并不仁慈。"

她没有因此退缩，继续说道："我发出了邀请。我抱怨自己头痛，她立刻拿了些药要我吃，我拒绝了，我说更想呼吸一下新鲜空气来缓解头痛，但因为时间很晚了，不知道她是不是愿意陪我出去走走。

"我记得自己莫名其妙地感到不安，不知道他的意图究竟是什么——哦,我知道他对她来说不是好兆头,但我不敢相信他会真的给她带来身体上的伤害;我想,她要是和你结婚了,顶多以后别人精心计划的敲诈勒索会给她带来压力——甚至在我说了以后,我一直希望她拒绝我,我就可以把这个当作借口。但她似乎非常喜欢我。我还没来得及再次问她,她就已经欣然接受了,脸上满是欢喜,因为我邀请她出去。她急忙披上一条围巾保暖,然后关上门和我一起走了。"

他不由自主地被吸引住了。"你在说实话吗,朱莉娅?你说的是真话吗?"他屏住呼吸问道。

"是邦尼。"她不满地喃喃纠正说。

"你在说实话吗?你真的不知道那意图吗?"

"我为什么像这样跪在你脚边?我的眼里为什么充满了悔恨的泪水?你好好看看。我该对你说什么?我该怎么做?要我发毒誓吗?拿《圣经》来,打开,放在我面前,在我说话的时候把书页对准我的心脏。"

他之前从没见她哭过,也不知道她曾经是否哭过,她哭起来像一个不常哭的人,竭力控制、努力忍住,并不知道泪水意味着什么,而不是那种为达目的多次利用眼泪的人,知道眼泪是一种优势,会让眼泪尽情流淌,而且会想办法在合适的时候让自己落泪。

他并不理会这些因自己的怀疑态度而产生的想法。"然后呢?然后呢?"他追问道。

"我们在甲板上来回走了三遍,亲密无间,就像女人通常待在一起那样。"她停了一会儿。

"是什么样的吗?"

"有些细节我还记得,倒希望自己没有记住。我们散步的时候,她的手臂一直揽着我的腰,起码我的手没有揽着她,她的手却一直揽着我。她又一次喋喋不休地说起你,没完没了地谈你。全都是关于你的事,只有你。"

她深吸一口气,似乎又一次感受到了那个夜晚紧张的气氛,和在那孤寂漆黑的甲板上散步的场景。

"什么都没有发生,他没有和我们搭讪。每一个黑影靠近时我都准备好忍住自己的尖叫声,但没有一个黑影是他。最后我找不到理由再让她陪着我了,她问我头痛怎么样了,我说已经好了。她做梦也想不到我说这话的时候心里是怎样地如释重负。

"我陪她走回门口,记得她转过身对着我,还亲了一下我的手作为甜蜜的晚安,她是如此喜欢我。她说:'很高兴我们能遇见,夏洛特。我从来没有过一个真正属于我的女朋友。你一定要来看我和我的——'她可爱地结巴了一下——'我的新婚丈夫,我们一安顿下来你就来我们家做客,我的新生活非常需要新朋友。'然后她打开门走了进去。安然无恙、完好无损。我甚至听到她进去后很快就闩上了门。

"那是我最后一次见到她。"

她完全安静下来,似乎知道是时候停下来了,可以最大化地取得她想要的效果。

"你只是参与了这些?"他慢慢地开口道。

"我只是参与此事,不管后面发生了什么,我就只做了这些。"

"从那以后我就一直在想,"过了一会儿她又继续道,"现在明白到底怎么了,我肯定知道是怎么回事了。那时候我没有意识到,否则我绝不会留下她一个人。我本以为他打算在甲板上用某种方式跟她搭讪;残酷地让她陷入某种困境,然后只能用金钱来解救自己,甚至可能是从她那偷一些纪念品,然后让她用同样的方式赎回,来维护你对她的信任和她自己的好名声。在我一个人回房间的路上,我甚至想过,他可能完全改变了主意,不管之前想过什么,都放弃了整个计划。我知道他以前就是这样的,在一个计划开始实施之后,直到一切都尘埃落定,他才会告诉我。"

她黯然摇了摇头。"不,他并没有放弃计划。"

"他一定是趁着她和我出去的时候就潜入她的船舱,在里面等着。他想要这样的机会,所以让我和她一起到甲板上闲逛。"

"可是后来——他从来没有明确地跟你说过里面发生了什么吗,在她的船舱里?"

她坚定地摇了摇头。"他从来没有直截了当地和我说过这个。我也没能从他身上套出话来。他一点不自信,也一点不软弱,尤其不和女人在一起的时候。他告诉我这件事的方式是不能信的;

我知道，他也知道，用一句流行话说，要掩盖一件事，那就尽可能快地完成它。然而这也是他从头到尾告诉我这件事的唯一方式。我也必须满足于此，这就是我所知道的全部。"

"是什么？"

"这就是他告诉我这件事的方式，我一字不变地告诉你。他来偷偷敲我的门，大概在天亮前一小时把我叫醒，那时整条船上的人都还在睡觉。他穿得整整齐齐，但我不知道是刚换上的还是前一晚穿的。他额头上有一道划痕，在眉毛的上面。是一道很小的痕迹，不超过半英寸。这就是全部了。

"他走了进来，小心翼翼地关上门，公事公办地跟我简明扼要地说：'穿好衣服，我有事跟你说。你昨晚的那个女朋友不久前出了意外，在黑暗中从船上掉了下去，再也没能上来。'然后他把我的各种东西都扔给我，袜子之类的，一个接一个地扔过来，催着我快点走。不管是当时还是之后，这就是他告诉我的全部，她出了事，在黑暗中掉下船。"

"你信吗？"

"我能不信吗？我告诉他我知道，他完全相信我知道，也承认我可能相信。但他对此的回答是：'你打算怎么办？'

"我告诉他那不在我们的交易之中。'纸牌赌博是一回事，这是另一回事。'

"他先小心翼翼地摘下戒指，这样不会划伤我的皮肤，然后用手背扇了我好几耳光，直到我头晕眼花，他又戴上戒指，威胁我道：'这已经使我违背了我的宗教信仰。'他说如果我指控他，他就会反过来指控我。那我们都会因为同样的原因被关进监狱。有人看见过我和她在一起，他却没有。这对我们俩都没有好处，反而会让我们都陷入麻烦。最后他还威胁我，如果我把这事告诉别人，有必要的话他会亲手杀了我，这是最快的堵住我嘴的方法。

"然后他发现自己已经足够威胁恐吓到我，让我都不敢听下去的时候，他就和我讲道理。'她已经走了，这是不可挽回的，'他指出，'你所能做的任何事都不可能把她拉上船了，而明天当你在新奥尔良下船的时候，会有十万美元在等着你。'

"他为我推开门，我整理了一下衣服，跟着他一起出去了。

"他把我的行李，也就是我仅有的那点东西，放到他的船舱里，和他的混了起来。我们又一起把她的行李从她的船舱搬到我的船舱里，代替了我自己的。也没有忘记她那笼子里的鸟。他从钱包里拿出你给她写的信和寄给她的照片，我把他们都放进了我自己的钱包里。然后我们就等待时机。

"在停靠码头和上岸的混乱中，没人会想起她。没有一个乘客记得她，他们都在忙着自己的事。每一个行李搬运工，如果他们注意到她的船舱都空了，肯定会认为是其他的搬运工已经负责把她的行李搬走了。我们前后分开下了船，他在一开始，我几乎在最后。这样两个人都不会被注意到。

"我看过你的照片,下船后看到你站在那儿,所以认出了你,当码头都快没人的时候,我走向你,在你身边停了下来。这就是全部的情况,路。"

她停了下来,又仰靠在自己翘起的脚后跟上,双手毫无生气地垂在膝盖上,仿佛不能有进一步的动作。她似乎就这样等着,呆呆地、被动地等待着裁决,等着他对她的最后宣判。她全身向下垮着,肩膀、头,甚至背部都曲了;只有一样东西是向上的:她的眼睛,恳求地盯着他那张雕刻般的脸。

"不对,"他说,"不对。那个不知名的男人呢?他下一步的计划是什么?"

"他说等过一段时间,会给我写信的。等我收到他的信,我就——"

"做那些你已经做了的事。"

她坚定地摇了摇头。"不是的,也许,对你来说看上去是这样,我在一次出去逛街的时候偷偷地见过他,就一会儿,你不在场——那是事先安排好的——我告诉他没有必要再等我了,他必须放弃计划,我不会允许自己再去执行那计划了。"

"你为何改变主意了呢?"

"为什么现在就要告诉你?"

"为什么不能告诉我?"

"浪费口舌,人们不会相信的。"

"让我来评判一下。"

"那好啊,你一定要知道的话,"她挑战性地说,"我告诉他我不可能按他所期望的那样去做,我告诉他我爱上的是我自己的丈夫。"

这犹如在阴沉、灰暗的天空突然划过一条闪亮的彩虹。他告诉自己,那是幻觉,千真万确,真正的彩虹就是自然界的幻觉。但它不会暗淡,不会摇摆,会发光,是希望的象征,预示着光明的到来。

她不停地讲着,之前那些听来让人高兴的话,仍然温柔地袭来,使得他漏听了她的不少话。

"——大笑着说,我对爱情的了解并不好过对世上男人的了解。然后他愤怒地转过身,说我在撒谎,并把所有的责任推到我身上。"

"我已爱上"这几个字不停地在他脑子里转着,压过了她的声音,它就像复调,干扰了基调,把基调抹去了。

"我把他收买了。我说他可以拿到钱,如果他能离开新奥尔良,只要我能像起初他所期望的那样得手的话,那一切就由我来。是的,我主动提出由我来诈取我丈夫的金线,我会把我所要的东西都变得危险起来,如果他让我按我的方式来,让我继续之前我们俩的那种生活,那是我平生第一次那么幸福。"

她平生第一次幸福,这一赞歌在他头脑里膨胀:她跟着我真的很幸福。

"如果他真的接受我的贿赂,我心里就绝对找好了借口来应对你——我从银行里取出钱,钱包在人群里被抢了,我的钱在街上掉了;或我的姐姐在圣路易斯突然生病,她没办法,我只好把钱寄给她——哦,什么都行,不管有多么卑微,多么微不足道,只要它不比现实更丢人。是的,我可能会引起你的不满,你的不赞同,更有甚者,你真正的怀疑,只要我能按我想要的那样控制你,与你同行。"

与你同行。此时,他想起了她热情的吻,无拘无束的欢笑,哪位演员能早中晚演好这个角色?演员们最多一个晚上演上一两个小时,剩下的时间就得休息。那必须得真实。还记得最后那天,他离开她时,她的那种眼神,一种徘徊,一种无奈的忧伤。(但假如那会儿有忧伤的话,他也会忧伤吗?)

"那满足不了他,满足不了的,他想要全部,不是部分。我觉得真的没办法,我无论给他多少钱,他都会认为我自己留下的是更多的,他谁也不相信——在一次吵架的时候,听别人这么说的——不是他自己。"

"听我说,我爱你,他已经感觉要更大的力量才能控制我,他一旦确认了,便会付诸行动。如果我拒绝跟他做交易,他会用匿名信来揭露我对你的欺骗。那样,他拿不到钱,我也得不到我想要的,我们都会竹篮打水一场空,然后回到原点。'如果你敢拦截我的信,'他警告说,'我会亲自去找他,当面揭穿,让他知道你根本不是自己所宣称的那样,还多年来一直是我的情人。'这不是事实,"她立即旁白式地解释,"'看他还能留你多久。'"

"那天我离开他,"她继续说道,"我知道,不管我做什么,都无济于事,我知道我肯定要失去你的,没有别的办法。"

"我度过了一个不眠之夜,终于来信了,早就知道会来的,他说到做到,所有类似的事情都是那样,只是那类事情。这点我抓得住。邮差来的时候我在门口等着,我撕开信就读,我现在都还记得信的内容:'和你在一起的女人并非你以为的那种女人,而是拥有另一个名字的人,也是另一个男人的情人,我就是那个男人,所以我知道我自己在说什么,看牢你的钱,杜兰德先生,如果你不信我,装作毫不知情,看着她的脸说:"邦尼,到我这来。"看她脸上如何变得发白。信署名'朋友'。

"我把信撕了,但知道我能得到的就是推迟一两天罢了。他还会再寄来,或者他就直接过来,或者哪天我一个人出去的时候,他就给我个突然袭击,然后我就身插一刀躺在那儿。我很了解他,他从不放过任何跟他过不去的人。"她想笑,可笑不出来,"我满耳听到的是我的玩偶之家要崩塌了。

"所以我下定决心,逃走。"

"逃回他那儿。"

"不,"她无精打采地说,似乎许久后的今天,这些细节都不重要,"是的,我拿走了钱,但就像抛弃你一样,我逃离了他,那是我从中获得的一点点好处，他没得到他要的，犹如一场泡影。我所有的快乐都被抛到了脑后，记得当时想，我们三个人就是一个三角形，奇怪的三角形，你是爱情，他是死亡——我是你们两者之间的中点。"

"我逃得远远的，坐上北上的船，一个小时后，离开新奥尔良时，我一直望着它。我先到了孟菲斯，然后去了路易斯维尔，最后到了辛辛那提，在那里躲了一段时间。那时我一度担心自己的生死存亡，我知道如果他找到我，他会杀了我。然而，有一天，就在辛市，有个人——在我们在一起的时候稍微有点认识，带来消息，他在开罗赌场的枪击事件中丧命。我的危险过去了，但要把做过的事情抹掉已经太晚，我再也不能回到你身边了。"

她向他投去的目光是那样的强烈，足可以融化石头。

"既然现在安全了，我就设法又回到南方，只是几个星期前，遇到了沃斯上校，此时正如你看到的。路，这就是我的经历。"

她等待着，一声不吭，尽管已经讲完了，似乎还想把这些永远讲下去。

他目不转睛地看着她，但也一言不发，就在他这冷静、思考、审慎、恬淡寡欲的背后，是因为觉得不可信，有着不可言表的混乱、愤怒、控诉与辩驳，对与错，左与右，犹如陀螺，转啊转啊，转个不停。

她依然拿了你的钱，呃，如果她真的"爱"你呢？她打算独自一人面对未来的岁月,她太清楚了,一个女人要独自面对世界是多么的艰难,她已从过去的岁月获得了经验教训。你能指责她吗?

你怎么知道她没有把你们两个人同样都骗了呢?实际上只不过是他所指控她的事,那就是私逃,一个人私吞战利品,没有分给他。双重背叛,而非一次背叛。

至少她在朱莉娅的死这件事上是无辜的!你听说过此事的,怎么就都知道了?活着的人,或者说幸存者现在来告诉你她的故事,而死者,也就是受害人不在这儿,无法跟你讲她的故事了,那很可能会是一个完全不同的故事。

那是你爱着她,对此你从不怀疑自己,那时她说她爱你,你为何会去怀疑她呢?她是否像你爱她一样爱你呢?你说谁能感觉到爱,谁感觉不到爱?爱就像一块磁铁,能吸引同样有爱的人。她一定爱过你,因为你的爱也被她所接受,正像你一定爱过她——你知道你爱过的——因为她对你的爱你也接受了。没有一个人的爱,就不会有另一个人的爱,必须是双方都有爱,只有相通才能完善爱。

"路,你就没什么要跟我说吗?"

"有什么可说的?"

"我无法告诉你,它必须是来自你内心的话。"

"必须?"他冷冷地说,"那如果给不了你什么话,没答案呢?"

"什么话也没有吗,路?"她的声音宛如唱歌,"没话?"声音又变成了一种平冷的咒语,"一句话都没有?"她的脸靠近他的,"甚至——这么多都没有?"他曾在什么地方看过印度眼镜蛇钻到魔术师怀抱中的表演,此时的她就像一条那样的蛇,在他还没反应过来时就迅速、敏捷、毫无察觉地爬到了他的身上,但这次是蛇魅惑主人,而不是主人魅惑蛇,"甚至——这?"

突然,他被紧紧地抓住,就像危险的热带植物,和她交缠在一起,热烈的香唇融合于他的双唇。他似乎呼吸滚烫,从鼻腔直奔胸膛,因为长时间没有她的陪伴倍感孤独,现在犹如烈火遇干柴,熊熊燃烧,近乎疯狂地回送了他的吻。

他挣扎着站起来,她随他一起起身,他们缠抱在一起,他用了男人在打斗中可能用上的最大劲把她推开,只能这样,否则推不开她。

她摇晃、趔趄,一手向后一晃,俯卧倒地,一边肩膀和头只离地面一点点。

她躺在那儿,一脸凌乱和羞辱,可她的脸上又露出成功的喜悦,嘴角隐现胜利的微笑,好像她知道谁赢了,谁输了。她懒洋洋地倚靠在那儿,非常自信,压根就无须马上爬起来,反而是他,从这个椅子背滚到另一个椅子背,窒息、蒙蔽,犹如被摧残,耳畔砰砰直响,脑袋耷拉在衣领上,好似她的手臂鬼使神差般地勒住他。

他站在她身边,紧握的拳头举到头顶,如果她想站起来,他似乎就能一拳把她锤倒。"自己准备好,"他吼叫道,"拿好你自己的东西！不是钱也不是别的能改变的！我要把你带回新奥尔良！"

她沿地板从他身边侧身挪动，好像不让他碰到自己，脸上的微笑掩饰了内心的害怕，然后，她身体一动，爬了起来，显出一种天生的，不可战胜的优雅，更不是这种粗暴的推倒就能推掉的。

对他的要求，她看上去温驯、听话、顺从，除了微笑，就是撒谎，也没有更多的要求。

她把摔倒时摔到前额的头发往后一撩，耸耸肩，拍拍身上，再次听天由命似的猛扑过来。

见她双手放到腰间的绑带上，快要分开，他猛地把背转向她。"我会在进门处等你。"他紧张地说道，然后朝门口走去。

"行，"她挑逗性地同意，"我们分开有一段时间了。"

就在房间外面，他坐在沿墙边排着的无靠背椅子上。

她慢慢跟在后面，慢慢转开他们中间的第二道门，也没有关门。

"我的窗户就在二楼，"她再次告诉他，仍然是那种挑逗性的语气，"窗外可没有梯哦，我也不是想逃跑。"

他突然低下头，犹如头颈骨折，两只紧握的拳头按在前额，两拳中间青筋直暴，血管突突直跳，心里爱恨交加，他单方面可以决定继续和好，因此，他仍然低着头。门没有关，他们就这样待着，一个门里一个门外，既是胜利者又是被征服者，但哪边是哪个？这时门后的一个抽屉嘀嗒开了，咔嚓又关上了，飘出一股馨香味，飘到他那儿，犹如春天首拨鲜花飞掠田野。灯光从房间略微暗淡的一边穿越而过,好似一两位阳光使者退出了。

突然他转过头来,还没来得及反应,门已经开了,她就站在门口,一手搭在门上,一手搭在门框上。像泡沫一样的蕾丝花边从她身上滑落下来,透明得就像光线里的薄雾,从她身后的房间里直挂在她身上,她的侧影像是两足动物的影子。

她的眼睛梦幻般的迷离,似笑非笑的表情就像某些已经遗忘的事情重新回到记忆。

"路,进来。"她随意地喃喃道,就像固执的小男孩,把自己撇得干干净净,"把灯放你那边,到你妻子的房里来。"

争风吃醋

杜兰德被敲门声惊醒,似乎是指甲碰到门上发出的一种柔和的轻叩声,又像是哄骗似的轻击声。

他睁开眼,发现自己在一个房间里,他很难回忆起昨天晚上的事。低燃的夜灯发出的银绿色冷光已不复存在,水汽氤氲的墨西哥湾沿岸的阳光从百叶窗的缝隙中倾泻而入,在床上和地板上形成了条纹图案,上面有一层反射的光亮,仿佛一切都刚刚粉刷过,覆盖着闪闪发光的透明层。

很显然这个地方白天就是这个样子,他之前看到的是晚上。

一开始他以为只有他一个人,伸手盖住惺忪的双眼,以遮挡刺眼的亮光。"我在哪儿?"

然后他看到了她。她间接地通过面前的镜子,用那三叶草似的嘴巴对着他笑了一下。她的手伸向自己的胸部,在那里停留了一会儿,一根手指向上指,一根指向心脏处。"和我在一起,"她回答道,"在属于你的地方。"

他想,这个转瞬即逝的手势隐隐有些迷人之处。他依依不舍地望着这个姿势,不愿看到它消失,然而她的手已经放了下去。她是如此自然优雅,说着"和我在一起",手指不知不觉地指向心脏。

断断续续的轻击声又响了起来。有些不愿谈及的地方触怒了他。他转过头,朝那个方向皱了皱眉。"是谁?"他厉声问道,但是是在问她,而不是门外的人。

她咧嘴无声地笑了笑,虽然并不是真的在笑,但她还是把手指压在嘴上来抑制笑容,手指形成了扇形。"恐怕是一个追求者,是上校,从敲门声可以听出来。"

杜兰德的脸唰地黑了下来,他挪到床边,双脚在空中来回腾跃,艰难地穿上裤子。

敲门声已经第三次响起来了,刺激着他们。

他猛地冲到门边,反手用拇指指着门,示意自己已经做好准备,她可以顺势回答一下。

"谁在外面?"她温柔地问道。

"亲爱的,是我,哈里。"门外传来了声音,"早上好,我是不是来得太早了。"

"不,太晚了。"杜兰德咬牙切齿地说着,"我立刻留意到了'哈里,亲爱的'!"他低声向她发誓。

她忍不住大笑起来,头伏在梳妆台上,手交叉放在脖子后面,颤抖着发出窒息般的笑声。

"马上来。"她用一种快喘不上气的声音说道。

"不要急,亲爱的。"含情脉脉的说话声又响了起来,"你知道的,必要的话我可以等你一个上午。在门外等你出来是我所知道的事情中最令人愉快的,只有一件事比它更让人高兴,那就是——"

门开了,他发现自己面对的是杜兰德,光着脚,顶着鸡窝头,身上只穿着汗衫和裤子。

更糟糕的是,为了使自己的声音听起来更响亮,他的脸紧紧贴在门上。现在他发现他的鼻子几乎要撞进杜兰德那件粗纺的麦粒色汗衫里,在杜兰德胸口的位置。

他有些僵硬地一顿一顿地抬头,就像在滑轮上运转的东西,直到和杜兰德的头在同一水平线。每次抬头他都会发出一声哽咽般的惊叹,像呼吸急促的呼噜声,紧接着就是不能控制的咽口水声。"呃——?嗯——?呃——?"

"嗯,先生?"杜兰德突然开口道。

沃斯的手无法抑制地颤抖着,像在画螺旋波一般,试图指向杜兰德身后但却做不到。

"你——在这里面？你——没有穿衣服？"

"先生，请您少管闲事好吗？"杜兰德厉声说道。

沃斯的两只胳膊举过头顶，握紧双拳，近似于一种谴责。接着他的手臂颤了一下，定格在这样的姿势，最后又放了下来。他的眼睛突然盯着杜兰德的右肩，他瞪大的眼睛仿佛要掉出来了。

杜兰德能感觉到她的手臂在他的肩上轻柔地滑了下来，手向上抬起，抚摸着他的下巴，而她整个人都躲在他身后看不到的地方。他低头看向沃斯盯着的地方，是一只带着婚戒的手，那是他们以前的结婚戒指。

现在手抬了起来，轻柔地爱抚着杜兰德的脸颊，突出的金戒指闪闪发亮，引人注目。这只手轻轻捏了一下他有些松弛的脸颊，接着这两只捏脸的手指张得很开，仿佛在欢快地和他打招呼似的。

"我——我——我不知道！"沃斯喘着气好不容易才说出了几个字，似乎耗尽了他最后一口气。

"先生，你现在就在这么做！"杜兰德严肃地说道，"请问，是什么风把你吹到我妻子的房间？"

沃斯沿着走廊一步步往后退，跟跟跄跄地一会儿擦过这边的墙，一会儿碰到另一边，但显然他不能干脆地转过身，也不能从杜兰德和这只温柔抚摸的手带来的意料之外的场景上移开目光。

"我——我请求您的原谅！"他最后终于在安全距离气喘吁吁地讲出了这句话。

"是我请求你的原谅！"杜兰德冷酷无情地回答道。

沃斯上校终于转身逃开，或者更确切地说，是像醉酒似的东摇西晃地离开的。

那只手突然举到空中，手指向内弯曲，很快地挥动了一两下。

"再见，"她高兴地喊道，"我的宝贝！"

新的开始

两人的手臂紧紧地拥在彼此的腰间,使劲地倾身斜倚在她房间开着的窗边,红光满面,喜笑颜开,就这样他们观望着上校那些令人崩溃的行李在阳台棚下面流水般倾泻而出,行李的主人一溜小跑急匆匆地尾随离开。上校爬上那辆等待着他的车,显得速度不足,急迫地离开那有伤自尊的,令人挫败之地,他几乎是单腿跳进去的,犹如一台笨拙的起重机,摇摆地飞向地面,他的跳入使整个车子都跟着摇晃起来。

可以推断的是,促使他上车的并非他自身的意识,而是公众的嘲笑。尽管这件事杜兰德和她对任何人只字未提,但在这海滨度假胜地关于它的话题还是莫名其妙地如野火般快速传播开了,仿佛传言是水,旅馆是海绵;好似钥匙洞竟长出舌头悄悄传话了。此刻进进出出的闲逛者,会停下脚步转头盯看上校逃离中制造出的奇观,她们或率性地面露微笑,或巧妙地用手掩着嘴,只是这么着就出卖了掩饰的笑意。

上校的行李堆挤在座位上,如同一座炮塔,在其遮掩之下他逃离了,他那男人骄傲的羽翼正如火焰中的羽毛成为灰烬。黄色的车轮辐条由疏变密,然后成了实心圆盘,尘起处,人去路空。

她甚至想着挥手,像大约一小时前那样,拿着手帕挥挥手。只是同为男性,杜兰德对上校残存的同胞间的同情心从内心泛起,于是他把她的手拦下,制止了她的手势。笑是无法抑制的了,他们从窗口转身,仍在笑着,手臂以新创的占有方式继续紧拥着彼此。他们刚才表现得够恶毒残忍的,虽然并非真想如此,他们心中想着的只是自己的快慰。然而残酷难道就是给他人带去痛苦以换取个人的愉悦吗?

"哦,亲爱的!"她气喘吁吁地呼道,与他分开,她疲惫地垂下身体靠到椅背,"那个男人,他天生就不是浪漫的情人,然而往往是这类人殚精竭虑去扮演这样的角色。我想知道为什么?"

"我是吗?"他问她,好奇听到她说出这些话。

她把目光投向他,难以言传地闭上双眼。"噢,路易斯,"她柔声悄语,"你还需要问我吗?你可是完美典范,你有着男人的害羞红脸——看你现在这样子，你有着强壮的臂膀，却有着女人般易碎的心。"

强壮是唯一让他高兴的一点；至于其他两点他断定全是她自己想象出来的。

正如任何男人受到激发后的表现，他又一次短暂而又投入地操练了两下手臂。

"我们俩必须得赶快离开。"他马上提醒她。

"为什么？"她问，仿佛很愿意听从但是不大明白这样做的必要性。

然后，她以为自己找到答案了，立马向他说出来："噢，是因为所发生的这些事。是的，没错，这些日子以来我经常被看到和他在一起——"

"不，"他说，"我不是那个意思，我指的是船上的那种生意。昨晚我告诉你了，我联系了圣路易斯的一名私人侦探，据我所知他还在从业。"

"没有逮捕状吧，是吗？"

"没有，但我想我们最好还是离他远点，我不希望他跟我们搭讪，甚至不想让他知道我们的去向。"

"他没有警察执法权，是吗？"她轻描淡写，快速问道。

"就我所知是没有。我不知道他能做什么和不能做什么，同时也不想去查明。新奥尔良警方告知我你是豁免的，但那是在他插手之前。你的豁免权可能随时期满,可能在我们最不希望之时,而他仍然在附近。不在太接近他们的控制范围之内落脚,这样我们会更为安全。你知道的,我们现在不能回新奥尔良。"

"对的,"她面无表情地认同说,"不能回。"

"我们最好也不要流连此地太久,风声传播很快的。你所到之处都无可避免地吸引着众人的爱慕,你可不是暗淡无光的壁花。此外,大家都知道我在这里;我到这里来没做保密,他们知道哪里可以抓到我——"

"你能够——?"

他知道她的意思。

"暂时还足够。如有需要,我可以联系贾丁。"

她抬起手,在脸旁打了个响指。"非常好,我们就要走了,"她欢快地说,"太阳西下之前我们就会在路上了。要到哪里?你说了算。"

他一手放进口袋,另一个手掌心向上摊开。"北方的城市怎么样?那里足够大,可以把我们整个儿吞没。我们可以再也不露踪影。巴尔的摩、费城,甚至可以是纽约——"

他见她突然不满地咬着下唇一角。

"不要去北方,"她眼神冷漠地说,"那里寒冷,灰暗又丑陋,而且下雪——"

他估计过去一直悬在她头上的就是达摩克利斯报复之剑。

"那我们就待在这里算了，"他毫不迟疑地说，"这样就更接近他们了，我们得更经常地走动。我只是想你开心些。莫拜尔或伯明翰怎么样？那里也够大了，足以让我们隐身其中。"

她俏皮地点头做出选择。"暂且去莫拜尔，我立刻着手打包。"

随即她又停下来，手里拿着些物品，再次向他靠近。"现在与昨晚真是天渊之别。你记得吗？彼时在监禁，此刻享蜜月。"

"新生活伊始。一切都是新的，新计划，新希望，新梦想，新目的地，新的你和我。"

她一点点地融入他的怀抱，全情投入地抬头凝视着他。"你会原谅我吗？你会带我回去吗？"

"昨晚之前我从未遇见过你。完全没有过去，今天是我们真正举行婚礼的日子。"

他强壮的臂膀再次将她绕抱住。

"我的路。"她心醉神迷地啜泣着。

"我的朱——"

"这，注意点。"她提醒着，一根手指竖向他的嘴唇。

"我的邦尼。"

浪漫情人

此时,莫拜尔。

他们进了这里最好的旅馆,就像新郎新娘,万事俱备,就欠时间,他们要了最好的套间,婚礼套房,有卧室,有客厅,宽阔奢华,窗前垂挂的是褐红色花边窗帘,土耳其地毯厚厚地盖在地板上,甚至还有那"很少见"的创新——只供他们俩用的浴室,别人谁也不能用,浅绿色陶瓷浴缸,猫爪型的腿。

旅馆服务员从早到晚欢快地给他们提供服务,这样他们俩每次走过下面公共客房时,人们都会投来羡慕的眼光。小小个的金发女郎,穿着总是优雅、精致,身边陪伴的是高个子黑发男人,眼睛目不斜视。"这对浪漫情人来自——"没人知道他们来自哪里，但谁都知道他们那意味着什么。

当然，他们身后也会扫过不止一次的仁慈的遗憾。

"我肯定，看着他们会让我感觉年轻许多。"

"它让我感到很伤心，因为我们都知道它不会持久，他们注定要分手。"

"可他们在一起过呀。"

"是的，他们在一起过。"

镇上每家热闹的晚餐店都知道他们俩，每处灯火通明、开心愉快的聚会点，每家剧院，每次舞会，都有他们。每次演奏小提琴时，无论哪里，任何地方，她都是手挽着他，不停地、尽情地跳着华尔兹。每次月圆时，无论哪里，哪怕是停下的马车里，她也是手挽着他，两人头靠着头，始终犹如玉兰花般甜蜜，带着梦想和憧憬凝视着天空。

然而，宾馆大厅里无论是沉思者、悲悯者，还是放弃者，他们都是对的。这样的光景持续没多久，来得快去得也快，而且永远不再来。即使是对正直的人，受到恩赐的人，它也一去不复返。对被追捕的人，命里注定要死的人，更是可能性太小。

当然，此时是他们的美好时光，他们共享的时光，这就是杜兰德和朱莉娅（朱莉娅，因为初恋是永久的，而初恋的名字才是最真实的），他们幸福的巅峰，犹如日中的太阳，强烈但短暂。

此时的莫拜尔整个浸透在他们浪漫的洪流中，满满的都是爱。

如影随形

　　就在卧室外那小小的客厅，她偷偷笑着，头也不抬，表明非常清楚他那炽热的爱萦绕着她，要读懂她，犹如晦涩难懂的课程，这种课初看极为简单，可你永远学不好，哪怕这位学生一次次地来回复习。
　　"你在想什么？"她嘲笑着，眼睛仍然低而不抬。
　　"在想你这个人。"
　　她想当然地说："我知道的，但想我什么呢？"
　　他坐在她身边，就在躺椅脚边，曲着膝盖，抱着腿，比以往任何时候都要更深情地看着她，摇摇头，好像是自我纳闷，应该就是的。

"我曾想他们所说的好妻子是什么样的,我想我要的就是那种,贤惠的小女人,坐在那儿认真地做着刺绣,两脚稳落地上,埋头于手上的针线活,只有我说话的时候才抬起头,表示同意或不同意。现在我不这么想了,我只要你这样的妻子,脸上还带着昨天留下来的胭脂,弯曲的膝盖不知羞地从裙子里露了出来,身边都是雪茄烟灰,在男人最隐秘的时候嘲笑他,挑逗他,然后是愚弄他,而不是倒进他的怀里,使其神魂颠倒。"他摇摇头,比以往更加无助,"邦尼,邦尼,你到底给我使了什么魔法?我即使知道你这样,像其他人一样,我也不想要任何别的人,我只要你,坏也要,无心无肺也要,就是你,我只要你。"

她那晦暗而爽朗的笑声涌了出来,就像假币似的掉落在他们身上。

"路,你好容易轻信上当啊,哪有什么两种女人,以前没有,将来也不会有,只有一种女人,一种男人——男女一样,都不是那么的好。"她的笑声停了,脸上露出倦意和精明,讲到最后一句时还掠过一丝苦楚。

"路,"她重复道,"你真是如此的——无知。"

"你确认这就是你心里的那个词?"

"无知。"她认可。

"无知?"他冷漠地反问道。

"女人的无知就像火炉上的白雪,即碰即化。但如果男人无知,他即使有十位老婆,也会始终如一地无知,他永远学不会。"

他打了个大大的寒战。"我知道你要逼疯我,至少这点我很了解了。"

她让自己往沙发上一靠,头牢拉在靠背上,用一种挣扎着的豪放,仰头从后面看着天花板,张开双臂,伸出双手,形成一个贪婪的、抓握的、狂喜的大V字,声音充满渴望和梦想。

"路,给我买件新衣服吧,纯白缎子和尚蒂伊花边带。路,给我买个蓝宝石戒指配我这小手指。给我买对钻石耳坠配我的耳朵。叫马车带我去某个龙虾宫的午夜晚餐,我想去普斯咖啡店看那透过层层叠叠、五颜六色酒杯的灯光,我想要体验香槟在我喉咙涓涓流下的感觉,还有小提琴拉着欢快的音乐。我想活着,我想活着,我要活着!时间太少,我没有轮回——"

正像她无限的害怕,疑虑上帝对她的青睐和关照会走向盲目——因为那是最基础的,不是什么别的——现在反过来被他逮住,他的心里不免也犯起了相同的害怕以及对命运的反抗,他猛地弯下身,对着她,双唇相吻,她心中的失望戛然而止。

直到这时,她叹口气道:"不,别带我去任何地方——你在这儿,我就在这儿——这儿有香槟,有音乐陪伴我们——一切都在这儿——没必要去别的地方找——"

她双手垂下,紧紧搂住他,好像俩人被紧紧套牢。

女主人

　　不久，二人退掉了酒店的套间，租了一套房子，带有上下楼，整座房子都是他们的了。

　　租房是邦尼的提议，也是她联系的房产中介，并陪着杜兰德查看各种方案,然后做最终选择：一座（邦尼所形容的）"雅致"但（实际上）华而不实的房子，地处较为僻静的小区街道，两侧绿树成荫。随后杜兰德所能做的，只有在所需的文件上签字，在她甜蜜的连哄带劝下，便在文件上签了字，神情就如同在纵容一个心血来潮的孩子，他觉得她现在虽是心血来潮，明天或许就会感到厌倦，但趁着今天还有新鲜感，他不忍心拒绝她。

这似乎满足了她内心深处那份由来已久的渴望：拥有一套自己的房子；彰显的不只是财富，更是一笔通过合法途径取得的财产；获得最大程度的稳定感、归属感和社会地位的保障。她认为只有这些才是有价值的东西：珠宝和华服，每个女人都可以从自己情人那里得到；甚至是一位法律承认的丈夫，只要愿意付出，任何情人都可以发展成为丈夫；但拥有一套属于自己的房子，就意味着迈上了人生之巅，社会地位就会稳如泰山，就会成为一名真正的贵妇，否则，这一切都只能是想象。

"房子真大。"她若有所思地叹了口气，说，"我感觉自己真正像个已婚妇女了。"

他纵容地笑道："夫人，之前你感觉像什么？"

"哦，说了你们男人也不懂！"她装作有点气恼地说。

事实上，的确如此，男女各有着不同的天性。

即使在他已经做出安排的情况下，略带戏谑地尝试提醒她，并指出事情的弊端，她依旧什么也听不进去。

"可谁来做饭呢？我们的房子总要有人照看，你操持的事务越来越多了。"

她举起双手。"那么，我想要有仆人，要像其他拥有房子的贵妇一样，等着瞧吧，这件事交给我好了。"

先是来了一位黑人妇女，只干了五天便离开了，原因是邦尼丢了一件小首饰，她言辞激烈地把黑人妇女辞退，整个楼下都充满着吵闹声，持续了一刻多钟，没过一会儿她就走到他跟前，承认在某个地方找到了自己丢了的小首饰，她只是忘了自己原来放在那里了。

"为何不先找找，要是找不到再去怪她呢？"他以最婉转的方式说道，"换作其他房子的女主人，她定会这么做的。"

"噢，是吗？"她似乎有些茫然，"我没想到这一点。"

"你不能对她们太苛刻，"他试着指导她，"应该要坚定和温柔并举，不然会显得自己没有用仆人的经验。"

第二个仆人来了，只干了三天又走了。这回倒是少了些喧闹，但却有人掉了眼泪。这回流泪的是邦尼。

"我试过要变得温柔了，"她走到他跟前说，"她把我的指令当作耳旁风，我好像不知道该怎么管住这些仆人，要是我严厉了些，她们就转身便走，要是我太仁慈了，她们就不干活。"

"这就是门学问了，"他安慰道，"你很快就能学会的。"

"不，"她说，"问题出在我身上，她们用异样的眼光看我，还嘲笑我。她们并不尊重我，其他女主人给她们的号令更多，可她们很顺从，但我从不对她们发号施令，她们还是放肆无理。难道这不是我的房子吗？难道我不是你的妻子吗？我到底怎么了？"

他没法回答，因为他总是用爱的眼光看待她，不知仆人是用何种眼光看她，也从没用这种眼光看待过她。

"不，"对于他的建议，她回答道，"别再请仆人了，我受够了。"

我能试着做家务，我可以做到的。"

接下来的一顿饭可谓是灾难。把鸡蛋直接打到水里那是水煮蛋，最后煮出的鸡蛋像乳状的，既不能完整地吃，也不能喝。咖啡做得如茶水般索然无味，邦尼再试了一次，结果把咖啡做得像泥浆一样，喝得二人嘴里都是砂砾状的东西。烤面包片上透着一股古龙香水的味道，那是她在手上随意涂的。

他一句责备的话也没有，起身放下餐巾。"来吧，"他说，"我们回酒店吃饭。"

她赶紧去拿好随身物品，好像对这个决定感到无比欣喜。

去酒店的路上，他说："现在觉得后悔了吧？"他的眼中闪过一丝光芒。

但至少在这一方面，她还是立场坚定的。"不，"她说，"就算我们要到外面吃饭，我至少拥有了自己的房子，用什么来和我交换，我都不愿意。"她又重复了一句自己曾经说过的话，"我想成为一个真正的已婚妇女，就像其他贵妇一样，我想要知道一下这是何种感觉。"

她似乎还未适应自己作为他合法妻子的身份，她想要的这些都是赋予她的权利，无须她用征服的方式去取得。

不速之客

　　杜兰德在裁缝店的前厅踱来踱去，感到越来越不自在，更觉无聊透顶，感觉所有人都在看着他，他还不时撞到某个少女，揣着一匹匹新进衣料，朝着一个带有门帘的试衣间跑去，而此前邦尼就是在这试衣间里消失不见的，她已经在里头待了不知有多久。这些来回飞奔的女服务生走出试衣间时总是空着双手。他根据那些送入试衣间后就再没拿出来的衣料数量来判断，现在这些布料能在试衣间里堆到天花板高了。

　　他不时能听到她的声音，这声音盖住了衣料展开时的沙沙声，还有店员专业的推销之辞。

"我不知道该选哪件!你拿进来给我看的越多,我就越难以选择。不,还是把它放下,我还要考虑一下。"

突然,门帘裂开一口,只见开口处的下方露出一双忙不过来的手,勉强拉住门帘不让它垂下去,开口处只露出了她的小脑袋,向外面瞧去。

"路,我是不是在里面待得太久了?我才想起来,你还在那儿呢。"

"确实久了些,但也没有太久。"他殷勤地回道。

"你在干什么呢?"她问,似乎他还是个小男孩,要独立面对危险时刻一样。

"恐怕我在挡着大家的路。"他承认道。

店里响起一阵女性的礼貌笑声,这笑声从那间神秘试衣间的里里外外传出,好似他真的说了特别好笑的事情似的。

"太可怜了,"她深表懊悔地说道,把头转向身后的某个人,那只抓住门帘缝隙的手暂时稍稍垂下,没过多久,一个裸露的香肩露了出来,上面只用一条像胶带一样的白色丝带遮盖住,"你们有没有杂志什么的,拿给他看看,好打发时间。"

"女士,我们只有花纹图案类的杂志。"

"不用了,谢谢。"他很肯定地说。

"这样要求是高了点,"她高傲地说,依旧在和身后的人对话,然后,又回过身来朝他说,"不如你先走,等会儿再回来接我?"

她大方地说，"这样你就不用受罪了，我还可以专心地定制衣服。"

"我该过多久回来呢？"

"最起码还要一个多小时，我还未必能弄好。我们还没选好料子，然后还要选择图案样式，还要裁布，还要量好尺码——"

"啊。"他戏谑地叹了一声，惹得店里又响起一阵服务生迎合的笑声。

"你最好再给我足足一个半小时，我应该要这么多时间的。或者要是你等得累了，可以直接回家去，我随后就回来。"

他欣然地戴好帽子，很高兴可以走了。她那张看不见的脸上噘起了嘴。

"不说再见就走了吗？"

她碰一下双唇，表示她话里的意思，一脸期待地闭上了眼。

"在众人面前合适吗？"

"噢，亲爱的，你说的是什么话呀！别人要觉得你根本不是我的丈夫哩。我保证在此情此景，是再合适不过的。"

裁缝店里又一次响起店员附和的笑声，似乎她们是得到了什么暗示似的。她就连做条新裙子，都像在上演滑稽歌剧似的，她扮演着一个大人物，身边是一个对她唯命是从的合唱团，如众星捧月般簇拥着她。他不禁想，还应该有点背景音乐，四周还要围上些排排坐着的观众。

他走到门帘那里，脸上微红，在她的嘴唇上轻轻吻了一下，然后转过身，走出了裁缝店。

奇怪的是，尽管他感到很为难，但他内心却有一种受宠若惊、自尊心膨胀的感觉；他不知她是怎么带给他这种感受的，不知她有没有意识到她能给他这种感觉。他心里暗暗想，她是能意识到这点的。

她清楚每件事情的前因后果，也知道如何达到想要的结果，对自己所做的一切，都心里有数。

同样的事情以前也一定发生过，是在另一家裁缝店的试衣间，那时等候她的人还没有要为她支付费用的法律义务，这股自尊心就开始显露出它的内在价值——

他赶快打消了这一想法，然后走出门，享受着午后的阳光，眼前是蔚蓝色的海湾，海水一直延伸到地平线，散步的人群徜徉在海边的步行道上，他也加入了散步的人群，走在最外面一侧，慢悠悠地向前走去，走到大道尽头时，再调转过来继续跟着人群走，但在此时，有些在里侧的行人从他相反的方向迎面走来。

阳光慵懒地烤着他的肩背，暖得舒心，迎面不时吹来一阵咸咸的海风，正好中和了阳光的温度，几片云朵如同蛋白一样厚重而纯粹，打破了天空的单调一色。每个人的脸上都洋溢着微笑——此刻的他也一定面带笑容。最终他意识到，带给他笑意的正是眼前所见之景，路过行人一个个地将笑容传递过来；这种传递是在不经意间的，不带有丝毫的目的和预谋，纯粹是想要传达自己的那份怡然自得。

他现在有钱了，足以维持将来很长时间的生活，而且邦尼也爱着他——她当着服装店里众人的面向他索吻，便足以体现这一点。还有什么别的好追求的？

这是个美好的世界。

一个小男孩花花绿绿的球滚落到他的脚上，孩子跟跟跄跄地追球，想要把球取回。

杜兰德停在小男孩跟前，把他本就一头凌乱的、像玉米穗似的浓密头发弄得更乱了。

"你妈妈会允许你拿陌生人给的钱吗？"

那孩子往上看去，目瞪口呆，露出一个小孩面对大人奇特举动的茫然神色。"我不知道。"

"好吧，把这个带回去给她看，你就会知道了。"他不等男孩说话，继续往前走去。

这的确是个美好的世界。

他在步行道走了两大圈，最终在道路一侧的栏杆旁停下，把手肘抵在栏杆上，驻足沉思，身后是缓缓走着的行人，此前他便是跟着这些行人漫步的。

他像这样歇息了两三分钟，突然有一种特殊的直觉，感到有人在他身后目不转睛地盯着他看。

没时间多考虑，他转过身去想一看究竟，还没等他查明情况，他就知道那个人是谁了。

他突然发现自己的目光全部投向了唐斯,一位圣路易斯的私家侦探。此时的唐斯也直勾勾地看着他。

他和唐斯之间只隔着两到三步的距离,近得好像只要他伸手去够,就能碰到他似的。

二人照面时,唐斯整个身体还保持着橄榄球的接球姿势;一条腿在身后,脚跟离地,双肩朝向前方,只有头部保持微侧,他一见到杜兰德动作就瞬间僵住了。

杜兰德有一种不祥的预感,他所在的地方正好位于滨海环形大道,行人可在午后沿着大道一圈一圈地散步,彼此间保持着一定距离,这个间距不会缩小,他们也不会意识到彼此的存在。但唐斯肯定一直紧跟着他,才会这么快就撞见他,可能在某一时刻,他们两都在人行道的同一侧走着。但他走出了人行道,并且小憩了片刻,使得身后的唐斯追赶了上来,而且能找到他。在一个所有人都在休息的地方,要找到一个走动的人是轻而易举的,而在所有人都在走动的地方,更为显眼的,就是一个静止不动的人了。

"杜兰德。"唐斯说道,语气出奇的平淡。

杜兰德试着应和,微微点头,说道:"呵,是你啊?"他不断提醒自己,不要流露出害怕的神色,不要表现出任何恐惧的样子,先忘了她现在离这里非常非常近,不然就把一切都透露给唐斯了,别往裁缝店的方向看,不要去看那家店,最重要的是要和他周旋,让他绕到别处去,这样就可以让他背对裁缝店,万一她碰巧从店里冒出来——

"你一个人在这儿吗?"唐斯问道,把话题随意一转。但随后,他的双眼直直地紧盯着杜兰德的眼睛,直到杜兰德快招架不住了。

"当然了。"他有些烦躁地说。

唐斯懒洋洋地把一只手往后摊,以示抗议。"无意冒犯,"他慢声慢气地说,"你好像很抵触我这个问题。"

"我为什么会觉得这种问题冒犯我了,能给我个理由吗?"他意识到自己说话时语速有些快,似乎快要语无伦次了。

"要是你没有理由的话,那我也一样。"唐斯假装和气地说道。

杜兰德灵巧地推了一下栏杆,从那里走开,悠闲地从唐斯身边飘过,绕到了他身后,又走向一旁就近的栏杆,放松着手肘靠在上面歇息。唐斯自然地转过身,面朝他所在的方向。

"那你呢,什么风把你吹到这儿来了?"杜兰德说道,这时他已经把语速调整好。

唐斯的笑里带一丝其他意味,这种意思似乎杜兰德能意会,不管他愿意与否。"什么风能把我吹到各地呢?"他反问道,"你放心,我不是来度假的。"

"哦。"杜兰德只说了这么一个字,一个小声而无力的"哦"。

裁缝店在前面不远处,但这个距离依然可以非常清楚地看到门口突然有一条彩色的丝带从门口探出——有位女士准备离开,她半个身子在店里,半个身子在店外,还在做一段冗长的告别,可能是在和身后的人说话。此刻杜兰德的心脏像是块尖尖的石头,在胸腔里怦怦直跳。接着,那个人从店里走了出来,高高的,穿着蓝色衣服;还好不是她。

他的注意力转向唐斯,以免错过他的话。"有人报告说,"唐斯说道,"某俗艳的金发女郎与某男子在这里引发了一场骚动。他们甚至还回到新奥尔良了。"

杜兰德略带抽搐地耸了耸肩,手肘的支撑点从栏杆顶端滑下了一点,他只好调整姿势。"有女人的地方就有金发女郎。"

我们真是太蠢了,他苦涩地想。在这里停留了一周又一周;我们早该知道——

"这位金发女郎穿戴俗艳,举止轻浮,"唐斯费力地描述道,目光一动不动地注视着他,"我明白了,是个急性子的女人。"

"有人在愚弄你。"

"我觉得没有人在愚弄我,"唐斯强调说,"因为,最初这些也不是说给我听的,我也只是偶然听到此事,碰巧就把它记下了。"他等了一会儿,说,"你有没有发现这对男女?我觉得你在这儿住的时间要比我长。"

杜兰德看着脚下的木板。"我对金发女郎的情结早就治好了。"他很不情愿地咕哝道。

"旧病复发也是可能的。"唐斯冷冷地说道。

他这话是什么意思？杜兰德非常吃惊地想着。但是——别和他争论，否则只会更麻烦。

他看了眼手表。"我得走了。"

"你住在哪里？"

杜兰德朝着他肩膀后面胡乱指了一个方向，说："在那条路上。"

"不管你住哪里，我们一起回你住的地方吧。"唐斯提议道。

杜兰德心里备感焦虑，心想：他想知道那个地方在哪里；我怎么也甩不掉他！

"我有点赶时间。"他试图脱身。

唐斯平静地一笑。"我从不强迫别人。"他直接补充道，"这也是出于社交目的。"

"你要去哪里？"杜兰德突然问道，他看见唐斯好像要转向另一边，朝裁缝店的方向走去，路线还会经过那里，当他走近时，她可能随时冒出来——

他立马抓住唐斯的手臂，推搡着他，和此前拒绝唐斯时一样坚定。"不管怎么样，随我来吧，我能请你喝杯啤酒吗？"

唐斯看了看天空。"太阳很暖，"他答应了，"你脸上有点出汗了。"他说话的方式带着微妙的讽刺，杜兰德心里这样想。

他们并肩前行，每走一步，杜兰德都告诉自己：我把他从那里引开一步，她就多一些安全。

"就是这，我们试试这家店。"不久他说道。

"我正想提议来这里呢。"唐斯说,还是能感觉到他的语气里有股讽刺的味道。

他俩走进去,坐在一张藤条编的小桌旁。

"两杯比尔森啤酒,"杜兰德对一位留着八字胡、身穿条纹衬衫的服务生说,然后在他离开之前,他问道,"厕所在哪里?"

"往回直走。"

杜兰德站起身,说道:"失陪片刻。"唐斯点点头,略带讽意,似乎是针对他的。

杜兰德让唐斯坐在那里,自己穿过一扇弹簧门,进入了一个过道。他没有走过道离他最近的一扇门,而是顺着过道一直往后走,从酒馆的后门穿了出去,他开始狂奔起来。一想到要去救她,就着了魔,变得疯狂起来。

深陷泥沼

杜兰德在敞开的衣橱和行李箱间来回穿梭，像发了疯似的。空着手跑到衣橱，抱着她的衣服，回到行李箱，满怀的衣服把他闷到快要窒息。他胡乱地把衣服塞进行李箱，里面的空间没利用好，衣服塞得都满了出来。此时也没时间好好打理行李了，得赶快离开这里，逃命要紧。

杜兰德听到邦尼从临街的大门走进来，还没等她从门口走出来，且当时他在楼上也看不见她，他便朝楼下她的方向十万火急地叫喊："邦尼！"紧接着又叫了一遍，"邦尼！快上来！快！我有事要和你说！"

不知出于何种原因,她迟迟没有应答。或许是出于女人的天性,在处理任何事之前,都要先把帽子摘下,或者把随身包包放到一边,即便是在危急关头也不例外。

他快要急疯了,冒冒失失地跑出房间,冲下楼去找她。下楼的半路他突然停住了,仿佛双腿被刹了车,站定不动,浑身僵硬,但不停颤抖,一瞬间心跳骤止。

站在门口的人正是唐斯。他站在那扇刚刚关上的门那里,也愣住了。

二人岿然不动。画面久久地定格在了这一瞬间。两个僵持不动的人相互对视,一个往楼上看,另一个往门口看;其中一人不加掩饰地露出笑容,好像找到了有力的证据;另一人则面如死灰,惊得魂不附体。

终于,一人深深地叹了口气,另一人也随之叹气,好似做出回应。两道叹气声划破沉寂。这两种叹气声的性质截然不同,一种无比绝望,而一种则像是任务完成了一样。

"你刚刚在喊她?"唐斯缓缓地说,"你叫了她的名字,把我当成了她,原来她和你在一起。"

杜兰德往一旁稍稍侧身,双手抓住楼梯扶手,身体微微靠向扶手,好像用这样的方式就能支撑住身体似的。他开始不停摇头,频率越来越快,把四周凝固的空气都抽动出了声响。"不,"他说,"不,不,不。"

"杜兰德先生,我耳朵很好,能听得见。"

他恐惧、胆怯,如同鸵鸟遇险时会将头埋进沙中一样,把自己埋没在自我催眠式的矢口否认之中,以为这样就能躲避现实。似乎只要他一直说"不",似乎只要他说得够久,就能化解危机一样。他把这个字当成一种护身咒语了。

"不,不,不!"

"杜兰德先生,坦白地讲,你叫了她的名字,是朝下面我来的方向叫的。"

"不,不。"他一个踉跄,滑下了一级台阶,接着又往下滑了一级,似乎他整个人都是顺着扶手往下滑的,而不是靠双腿往下走,他滑下去的动作之迅速,以致整个人都撞在了扶手上,就像喝醉了一样;他也的确是醉了,像个受了惊的醉汉。"我是在叫别人。我叫了一个打扫卫生的人,她的名字听起来就像——"他也不知自己在说什么。

"很好,"唐斯冷冷说道,"我准备把那个来打扫卫生的女人带走,她的名字听起来和我要找的人很像,我也不是个要求苛刻的人。"

两人突然变得谨慎起来,对彼此保持着警惕;他们的眼神先是朝一边的远处看去,接着又看往另一边,无言之中二人同时流露出奸诈的神情。随后是肢体动作,二人也全然同步。

杜兰德冲下楼来,唐斯从门背后冲过来。两人沿斜线冲向对方,然后在墙边的一只衣帽柜前僵持住，这个衣帽柜带有镜子，两端有角，有把手的底座正好是一只储物箱的盖子。杜兰德试图把它往下按，唐斯要把它往上撬。唐斯不顾危险地把手臂伸进箱子，从里面扯出两根长长的挂在草帽上的淡紫色丝带。其中一根丝带顶端突出，应该是箱子迅速关上时夹的；那一抹淡紫色，在底楼巨大空间的映衬下，显得如指甲盖一般渺小。

"你为何如此喜欢这个颜色？"他曾经问过她。

"我不知道，这是我个人的颜色，认识我的人都知道这是我的颜色。有我在的地方，就肯定有这种颜色出现。"

唐斯把丝带放回箱中。"这是帮你打扫卫生的人穿的衣服啊。"他说。随后，他收起了全部的客套，一脸厌恶地看着杜兰德，呢喃道："上帝保佑，你爱上了一个——"他说话的声音几乎被自己吞掉了。

"唐斯，听着，我想和你说——"他出于急切，都不等把上一个字说完，下一个字就蹦了出来，气喘吁吁，语无伦次，双手抓住唐斯的衣领，拉到他眼前，恳求地说，"进来，我们到隔壁房间去，你听我说——"

"我们之间没什么好说的，我说的一切都是为了——"

杜兰德坚持朝后走，把唐斯拉到身后，直到把他拉进指定房间，方才松手，唐斯就待在那里。

"唐斯，你听我说——等一等，这里有白兰地，我给你倒一杯。"

"我只在酒吧喝酒。"

"唐斯，你听我说——她不在这里，你大错特错。"他把手臂像扇扇子一样挥舞了一下，很快给之前料想到的冲突降温，"——但这不是我想要说的，我只想说，我——我改主意了，我想让这件事就这么过去了，我想要撤诉。"

唐斯用讽刺的语调重复了一遍他说的话："你想让这件事就这么过去了，你想要撤诉。"

"我有这个权利，我可以做出选择。一开始提起诉讼的人是我。"

"实际上你只说对了一半，你和柏莎·拉塞尔两人都是原告方。但为了避免争论，我们就当这是你提起的诉讼。那又怎样呢？"他的眉毛一扬，说，"然后呢？"

"但如果我撤诉，如果我把它取消了——？"

"你也不能控制我。"唐斯冷冰冰地说道，他站在一张椅子旁，半坐在椅子的扶手上，像是在等待，"你可以撤诉，这当然是可以的，你可以不再支付我酬金。这样一来，你之前在我这里的预付款几个月前就到期了。但你不能强迫我不再查办此案。我说得够清楚吗？人们总说，美国是个自由的国度，我也是个自由的私家侦探。如果我想继续办案，给自己交一份满意的答卷——而且我也正好有这个想法——你也没有办法阻止我。我工作不再是为了你，而是出于我的良知。"

杜兰德十分吃惊，开始浑身颤抖。"但这就成了迫害——"他用颤抖的声音说道。

"我会说,这叫尽职尽责。当然也不是我说了算。"唐斯说道,脸上挂着冰冷的笑。

"但你不是警察局的人,你没有权利——"

"从我一开始接手你的案子,我完全就有权利继续此案。唯一的不同之处,就是现在我要把我调查的结果直接交给警方,而不是通过你。"

杜兰德双腿绊了一下,踉踉跄跄地往房间里一张又大又笨重的桌子倒去,一直倒向桌子的另一端,他扶住桌子边缘站起身来,似乎快要崩溃了。

"等等——你听我说——"他喘息道,伸手在背心口袋里摸索,痛苦而又急切地找了一个又一个口袋,过了很久才找到了他要的东西,他拿出一把钥匙,在木抽屉上一旋,把抽屉拉开。不一会儿,他拿出一只袖珍铁盒,把它放到桌上,打开盖子,在铁盒中搜寻了一番,回到唐斯跟前,手里全是钞票。

"我这儿有两万美元,唐斯,你张开手,拿一会儿,就只拿一会儿。"

杜兰德一靠近,唐斯的手便插回了口袋里,没有腾出手去接手杜兰德给的钱。

唐斯慵懒而固执地摇摇头,"拿一会儿也不可以,拿一小时也不可以,永远拿着也不可以。"他坚决地把头转向一边,"把它放回原处,杜兰德。"

"你就帮我拿着吧，"杜兰德孩子气地坚持道，"你只拿一小会儿，我只求你这一件事。"

唐斯泰然地注视着他。"你找错人了，杜兰德，你错就错在这一点，犯这种错误的概率只有二十分之一，甚至是百分之一。我起初是出于业务目的，接手了这个案子，当时我为的是获得酬劳。而现在我是为了自己而查办此案。我不仅不会再在此案上收取任何报酬，而且任何金钱都不能阻止我继续追查此案。你不要问我为什么，我也不会回答。我这个人好奇心很强，仅此而已。你错就错在当时在圣路易斯找上了我，你应该去找别人。你选择了一位一旦接手案件就必须得追查到底的侦探，恐怕放眼全国也仅此一位，即便不是心甘情愿，也决不半途而废。有时我也奇怪自己为何如此，我自己也希望知道是为什么。可能我是个狂热分子，我想要找到那个女人，不再是因为你，而是为了我自己。"他终于把双手从口袋里伸出，但只是把双手在胸前交叉，往身后的椅背靠去，和杜兰德的距离保持得更远了。

"我就待在这里，等她进来，马上把她带走。"

杜兰德回到存钱的铁盒那儿，双手放在盒子上，往下按压，一副徒劳无功的神情。

唐斯之前一定是看到他往门口若有所思地看去，杜兰德揣测着唐斯的心意。

"但如果你想出去，试图和她见面并提醒她，我就跟你一起去。"

"你不能阻止我走出自己的屋子。"杜兰德绝望地说。

"我可没说过这种话。而且你也不能阻止我走在你身旁,或者就在距离你一两步远的后面跟着你走,街道是公有财产。"

杜兰德把手背按压在前额,好像头顶的光线太过刺眼似的。过了好一会儿,他才说道:"唐斯,我在新奥尔良还能筹到三万美元,只要你给我一天时间,和我一起去吧,一路上你都可以监视我,我向你保证,只要你能放我们,我可以给你五万美元,只要你忘记你曾听到过——"

"你省省力吧,这种事我前面就已经声明过了。"唐斯鄙夷地说。

杜兰德握紧拳头,在他面前晃动,这一姿态非是在威胁,而是一种哀求。"为何你一定要让她身败名裂,毁掉她的一生?这样做对你有什么好处?"

唐斯的嘴角扬起,却没有笑出声来。"让一个荡妇身败名裂?毁掉一个谋杀犯的一生?"

听到这句话,杜兰德脸色煞白,眉眼和嘴角间都是乌青色的皱纹,他不顾脸上的反应,说道:"她什么也没做,这整件事都还只是推测。她只是碰巧在案发的那条船上,仅此而已。而且很多其他人也在那条船上。你不能断定朱莉娅·拉塞尔那天遭遇了什么。没有人能肯定,且这件事也无人知晓。她是可能失踪了,也可能出了意外,这些都是有可能的。或者她现在还活着,可能在船上遇到了另一个人,两人一起逃走了。邦尼只是错在一开始假借了别人的名义来见我，只要我能原谅她就好了，其实我早就——"

半躺在椅子扶手上的唐斯立即起身，站在他面前，警觉地看着他，目光犀利有神。

"杜兰德先生，有些事你可能还被蒙在鼓里，而且这些事你最好还是知道为好，我来告诉你吧，反正你很快也会知道这一切了。后来那名女子不只是失踪了那么简单，而且我可以很确定地告诉你，朱莉娅·拉塞尔究竟遭遇了什么，上次我们见面时，这些还只是猜想，而现在我可以肯定了！"

说完这番话，唐斯因激动身体前倾，这种热情几分钟之前他自己已经阐明。

"本月十号，在吉拉多海湾，一具尸体被湍流冲上了岸边。杜兰德，你有理由惊得脸色发白。死者肺部没有积水，显然凶手是先将其杀害，后抛尸于水中。我请到了柏莎·拉塞尔前来辨认，尸体已经严重腐烂，但柏莎·拉塞尔毕竟是她的姐姐，一眼就认出了死者就是朱莉娅·拉塞尔，尽管尸体已面目全非，她有三重依据证明这就是朱莉娅：一是她左侧大腿根部的两颗痣，除非是从小一起长大的姐妹，其他人是不会知道这一点。二是她两侧的智齿分别戴着金质的牙套，总共有四颗，这一点是与众不同的。最后一点是她身体一侧有着特殊的线型伤疤，是被草耙划伤后留下的。因为草耙已经生锈，处理伤口时只得用烧红的铁块灼烫。这一点也是她从小时候就知道的。"

唐斯一口气说完,片刻间房间里鸦雀无声。

杜兰德站在那里,耷拉着脑袋,往脚下的前方看去。也许是在看着地面,思考怎样和唐斯议和,也许他是在看带角的抽屉,那里面装着此前拿出来的小铁盒。他呼吸急促,可以明显看出因为呼吸而起伏的胸脯,不断呼吸,不断起伏。

"警方是否知道此事?"他最终问道,依然低着头。

"还不知道,但只要我把她从这里带走,一切就明白了。"

"你绝不可以把她带走,唐斯,她是不会离开这间屋子的,而且你也别想走。"

突然他把头抬起,他的手早就摸到了手枪上。

一丝惊恐划过唐斯的脸庞,出于本能,他的脸上瞬间闪过几丝恐惧、惊慌甚至崩溃,但他很快就控制住了这些情绪,冷静下来。

他请求杜兰德不要杀他,声音稳重而充满理智,先是退一步讲,随后坚守住自己的立场。他也没有因畏惧而蜷着身子,而是站得笔直。他没有试图掩盖自己的恐惧,把自己的情绪控制好,两人相比之下,唐斯的勇气盖过了杜兰德。

"别干傻事,你冷静一点,现在你还未牵进此案。虽然你现在还和这个女人在一起,但这也尚未到犯罪。因为在你见到她之前,她的罪名就已经成立了。你并非是她的帮凶。你虽然很傻,但不至于犯罪——不要,杜兰德——放下来,思考一下,免得一切都无法挽回。趁现在还有时间,为你自己想一下,把枪放下,把它放回原处。"

杜兰德不像是在对唐斯说话,而像在对另一个人说话。但谁也不知他在对谁说话,就连他自己都不知道:"一切早已无法挽回了,从我见到她的第一面起,从我来到世上的那一瞬起,从上帝创造这个世界那一刻起,一切都无法挽回了!"

他低头看去,以免看到唐斯的脸庞,望着扣着扳机的手指,似乎有一丝冰冷和好奇,就好像这不是他的手指,仿佛想看看手指扣下扳机时会发生什么。

"邦尼。"他哽咽道,好像在请求她放过他。

突然,子弹出膛,爆炸声将他惊住,弥漫的硝烟似乎不忍心让他看到这一幕,在两人之间形成了一个屏障,但这一屏障很快变得稀薄,随后飘散而去,一切都无济于事。

他抬起头,看到了一张不愿见到的脸。

奇怪的是,唐斯还站在那里。

他的脸上挂着难以言状、痛苦不堪的谴责之情,杜兰德当时感觉自己要再看一眼那张脸,就会失去理智。

房间里又是一片寂静,只有一声带着悔意的叹气声。有人吐出了"兄弟"二字,杜兰德有种奇怪的感觉,好像是他说了这个词。

唐斯突然双腿无力,重重地栽倒在地上,比枪响后就立刻倒下去更为沉重。千真万确,倒在地上的唐斯已经死亡,他睁着的双眼浑浊不堪,苍白的嘴唇微微张开。

杜兰德久久没有意识到自己做了什么，好像开枪的人不是他，杀死的人也不是唐斯；即使他亲眼看到是自己杀了他，他也毫无意识，好似他做这一切并未经过大脑思考，而是手和身体不听使唤了一样。

他只记得自己本来在椅子上坐了一会儿，坐在椅子的最边沿，惴惴不安，随时可能站起身来，却又没能站起来。他只知道自己坐了一会儿，突然站了起来。从始至终，手里都握着手枪，枪口轻轻抵在膝盖上。

他跑到桌子那里，把枪放回原位，留意到装有钱的箱子还放在桌子上，盖子还开着，一些零散纸钞洒落在箱子旁边。他把散落的钞票放回箱子里，将其锁上，把它放回抽屉，然后把抽屉锁好，将钥匙放回口袋。

恍惚间他想着，是啊，我什么事都可以挽回，可唯独有一件事我无能为力。有件事，我永远也无法回到过去了。他的身躯突然摇晃，浑身发抖，靠在了桌子的一角，似乎一想到这一点，他就如同被一阵猛烈的寒风吹打在身上，几乎就要失去重心。

这一切似乎永远定格在了这一瞬间，似乎他永远都要待在这里，面对一个被自己杀死的人。这原本还是个活生生的人；他还穿着衣服，但此刻已是无力回天。他并不想马上就离开房间；直觉告诉他，最好留在此地，躲在有四面墙围着的屋子里，要比去其他地方好得多。但他不再看一眼地上躺着的人，他不想自己的目光再次遇到他。

唐斯横躺在一条厚厚的地毯上,地毯的上端角伸出他的肩部,下端角远远伸出一只脚,除了躺着的位置不对称,每当杜兰德的目光往地上看去时,他都会深受刺激。

终于,他走过去,蹲下身面对那张死去的脸,然后用地毯将尸体裹住,像个厚厚的毛料裹布。他松了口气,感觉好了许多。他没有站起身,而是在地上挪动,转向尸体的腿部,用地毯将其双脚和小腿裹住,唯一露在外面的部分则是一段躯干。

他忽然把尸体翻转了过来,连同裹着尸体的地毯一起卷了过去。然后又翻转了一次,又将地毯一同卷了过去。整个尸体就被裹住了,完全隐藏了起来,外部是地毯粗糙的面,像是个蚕茧一样把尸体裹在了里面。他又裹了一次,整个地毯变成了一个长而中空的圆筒形。这看起来不过是卷起来的地毯,没什么好惊讶的,也没什么好谴责的。

但尸体卷还是挡住了去路,挡住了门口进出的通道。

他弯身伏在地上,将裹住尸体的地毯往房间对面的墙边推去。

把尸体卷笨重地向前滚,尸体的重量使得地毯全然不受他的操控。他不得不停站起身,把椅子挪开。

疲倦的他回到尸体旁边,这次不再俯下身用手去推,而是站着用脚抵住那具尸体,把它往前推动,最终把它挪到墙边,看起来一点不显眼。

尸体往前滚动的途中，一粒小小的珠母贝纽扣从死者领口滑落，从里面掉落出来，落在了后面的地板上。他把纽扣捡起，回到用地毯卷起的尸首那里，随意从两端的任意一个开口扔了进去，也不知道那是靠近头的一端，还是脚的一端。

他筋疲力尽，步履蹒跚地往房间另一头走去，在距离门口最近、离尸体最远的一面墙边停下，瘫软下去，像泄了气的皮球，只是用肩膀和屁股抵着墙壁支撑住身体，保持着这个姿势，浑身乏力。

她进来的时候，他还是那个姿势。

她这个时候回来，可谓是个扫兴的事，他也兴致全无，紧张情绪已经把他整个人都掏空了。听见她进来，可无精打采地看向她，背对着大厅。过了不久，她走到了他身旁，往房间里扫视，手上忙着把一只手套摘下。

一股刺鼻的香水味朝他扑面而来；也可能是他一见到她，就能想起这种香水味。这更是一种条件反射，而不是他此刻真切感受到的。

她转头看见他在那里，直直地靠着墙，茫然地摊开双手。

她噘起的嘴突然发出一阵大笑："路，你这是在干什么？怎么直僵僵地靠着？"

他一句话也没说。

她用眼扫过整个房间，试图寻找答案。

他看见她的视线停留在了地上原本铺着地毯的位置，那里只留下了一个地毯的印迹。

"这地毯是怎么回事?"

"地毯里面裹了个人,里面有具尸体。"即便在他说起此事的时候,也觉得十分诡异。里面裹着个人,说得好像只是个小动物住在里面似的。但如若不这样说,还能如何呢?

他转过头示意,她也朝他看的方向望去,于是便找到了那具尸体。只见一个圆筒形的东西悄悄地靠在墙脚,被纵横交错的凳腿挡住了,一眼未必能看得出来。

"你别过去——"他突然说,但她已经迅速地过去了,他的话没有说完,与其说是因为她已经违抗指令,不如说是因为自己已经筋疲力尽。

他看着她蹲在一个椭圆形、呈圆筒状的开口旁,她的裙摆向身后突起。她把脸凑过去往里面窥视,然后把手伸进去,似乎想凭触觉来确定里面是否真的有人。他看见她抓住地毯的边沿,好像要把它打开,或者至少要把开口拉大。

"不要——"他弱弱地说,"别再打开了。"

她站起身,又回到他身边,脸上带着一丝机警,这只是一种精明和谨慎的神情,而并非出于恐惧和害怕,也没有表现出惊惧之色,她甚至看起来更有精神了,似乎这不是一种道德层面上的灾难,而是一种能使她振奋起来的考验。

"这是谁干的?是你吗?"她小声而快速地问道。

"这里面是唐斯。"他说。

她看着他,双目坚定有神,眼神中带着一份坚决,几乎是一种渴望,她坚持要知道发生了什么,不停地寻根究底,没有半点情绪上的缓和。

"他来抓你。"

他本不情愿继续说下去,耷拉着脑袋,表示已经说完了。但她用手抬起他的下巴,敦促他继续说。

"他发现你在这里。"

她很快地摇摇头。这一解释足以说明一切,她接受了这个事实,也表示理解。杜兰德的行为,以及该行为造成的后果,是再正常不过的了,她也不希望会出现别的结果。她朝着他点点头,表达出了这一想法。

她紧紧抓住他的胳膊,他不知她竟然有这么大的力气,手指间竟有这般火热的温度,竟然也产生了一种莫名的赞许之情。

她接着说,话里带着一种亲密与友善,她还从未这样对他说过话。

"你怎么杀的他?用什么杀了他?"

"那把枪,"他说道,"那把放在桌子抽屉里的枪。"

她转过头朝裹着尸体的地毯看去,又转过身,朝他的胸口轻轻捶了一下,从中他感受到的,是一种轻浮的战友情义,一种轻率、不可名状的感情。

她朝他看去，久久地且仔细地打量着他的脸，露出慵懒的笑容，好像能从那张熟悉的脸庞中，看出一些新的品质，令她欣赏，令她钦佩。

"你需要喝一杯，"她斩钉截铁地说，"我也一样，你等着，我去拿酒。"

他看着她走出去，将一只雕花酒瓶倾倒了两次，再把玻璃瓶盖盖上，轻轻一旋，好像在转门把手一样。

他感觉到自己像是来到了一个神秘的新世界，这个世界里已经建立好了一切运作制度，只等他前来涉足。原来这就是杀过人之后的感觉；事后还要饮下一杯酒。他不知道会发生这一切，他本可以不动手杀人，而是换她来做。他感觉在高人面前，自己就像个新手。

她把一杯酒递给他，紧紧握住他的手腕，好像是在表达喜爱之情，然后猛烈的撞击了一下她的另一只手，垂直着举向空中。

"现在你在我心中是真正的男子汉了，"她激动地说，"你值得和我在一起，你和我是同一类人。"

她重重地碰了一下他还没拿稳的酒杯，然后转过头去，把酒杯倾斜，庄重地把酒饮下，嘴唇几乎都没有张开。

"为我们干杯，"她说，"为了你，也为了我，为了我们两个人，亲爱的，干杯，敬我们短暂而刺激的人生。"

她把喝完了的酒杯往墙上甩去，酒杯瞬间摔成了碎片。

他先是犹豫了片刻,随后似乎是为了要赶上她,否则就要一个人留在那儿,他便也把杯中之酒一饮而尽,也朝着她扔酒杯的方向丢去。

惊险藏尸

  半小时过去了，若是不知情的人看到他们俩，还以为二人正在共度温馨的家庭时光；或许在讨论家庭支出问题，或许在计划为家里添置家具。

  他坐在扶手椅里，双腿岔开，脑袋懒懒地耷拉在椅背上。她靠在椅子一侧的扶手上，紧挨着他，不时地抚摩着他的头发，二人就像这样讨论起发生过的事。

  他手里本来拿着酒杯，她把酒杯夺了过来，放在桌子上。"不要再喝了，"她轻轻拍了拍他的脑袋，"你还是得保持清醒。"

  "没救了，邦尼。"他有气无力地说道。

"这种事没什么大不了的,"她又轻轻拍了一下他的头,"我以前——"

她的话没有说完,但不知为何,他能够猜出她想要说的是什么。她会说自己以前也碰到过这种事情。但他不知那是发生在何时何地,也不知是谁帮她杀的人,那时是谁和她在一起。

"要是急着从这里逃出去,"她继续说道,好似在继续刚刚搁置的话题,"对我们这样处境的人来说,是最为有勇无谋的表现。"他感觉她说话时距离他很远,听起来是那么的一本正经、故作斯文,令他大吃一惊;好像她是位年轻漂亮的女教师,正耐心地在课上教导一位天资不够聪颖的学生;她的膝头应该还有刺绣,说话时往下看去,以配合她的语调。

"我们不能留在这里,邦尼,"他支支吾吾地说,"我们该如何是好?怎么能待在这里呢?"他用手捂住眼睛,"都已经过去一小时了。"

"事发时间距我回家时有多久呢?"她几乎以科研人员般客观的口吻说道。

"我不知道,好像过了很久——"他控制不住自己,从椅子上站起身来,"我们本来可以远远地离开这里,本来是可以的!"

她温柔而不失坚定地把他摁回原位。

"我们也不是不走,"她安抚他,"但是我们也不能在短时间内慌忙逃窜,难道你不知道这意味着什么吗?最多几个小时后,就有人会发现尸体,然后在我们身后紧追不舍。"

"哎,迟早都会是这样的!"

"不,只要我们策略得当,他们是不会发现的。我们要在对自己最有利的时候逃出去。但这只是在一切准备就绪的前提下,所要采取的最终行动,眼下当务之急是——"她指向房间的另一边,"——我们得把那玩意处理掉。"

"把它丢到屋外?"他提议道,自己也很不确定。

她若有所思地咬了咬嘴唇。"等等,再让我想一想。"最终她摇摇头,缓缓地说,"不行,不能丢在外面——这样会被发现的。这点几乎可以肯定。"

"那——?"

"得藏在屋里的某个地方。"她说着,肩膀微微一耸,好像她的意图不言而喻。

这一想法把他吓坏了。"就藏这在屋里?"

"当然了,这样安全多了。实际上,我们也只能这么做。屋子里只有我们两人,没有别的仆人。我们可以有充足的时间。"

"啊。"他叹息道。

她又陷入了沉思,紧紧咬着下唇,似乎没有时间去表达自己的情绪。她这个提议和之前要躲起来的提议一样,都把他给吓坏了。

"藏在其中一只壁炉里?"他支支吾吾地说。这层楼有两只比较大的壁炉。

她摇摇头。"过不了几天就被人发现了。"

"藏衣柜里？"

"更不好，过不了几小时就会被发现。"她把脚伸过去，跺了几下脚跟，然后点点头，好像快要找到最合适的方案了，"最好藏在地板下。"

"都是硬木地板，不管是谁，一进房间就会发现了。"

"那么地下室呢？那里的地面如何？"

他不记得是什么样的，他印象中以前从来没去过地下室。

她突然从椅子上站起身来，已经有主意了，接下来就是采取行动。"等一等，我下去看一眼。"她走到门口，头也没转地说，"我不在时，不许再喝酒了。"

她跑着回来了，眼睛机灵地斜向一边，得意道："下面是硬质土壤，这就好了。"

她得考虑两个人，精神抖擞地拍了拍他的肩。"来吧，我们现在下去，总比在我们有办法之前，一直把尸体留在上面要好，在此期间随时可能会有人来。"

他走到尸体那边，停下脚步，强忍住一种油然而生的反胃感。

她得把一切都考虑在内。"你最好是把外套脱了吧？不然会有点碍事。"

她接过他手里的外套，小心翼翼地挂在椅背上，以免弄皱，甚至还捋了捋袖子。

不知为何，她这种帮他脱下外套的动作，原本是件轻松平常、每天都会发生的事，而今却变得如此恐怖，给他以一种深入骨髓的恐惧感。

他从中间抱起那具用地毯裹住的尸体，先是抱到一侧腋下，再往另一侧肩膀上甩去，将其抵住。尸体可能为脚部的一端，太过沉重，只能倾斜着拖在地上前行。而尸体的另一端，也就是头部的位置，他始终将其保持朝上。

他拖着尸体向前走了几步，突然感到肩膀上的重量减轻了很多，尸体的下端不再拖在地上，阻力少了，他抬头一看，原来是她前来帮忙，抱着尸体下端。

"不，天哪，不要！"他轻轻地说，"你别——"

"噢，别犯傻了，路易斯，"她有些不耐烦地说，"这样要快多了！"随后她语气稍微缓和地补充道，"对我而言，这无非就是卷地毯罢了，我又看不见里头是什么。"

他们把尸体抬出房间，沿着通道往地下室走。到了门口，他们停下脚步，将尸体放下，把门打开，然后把尸体带进去，往楼下走，直到深入地下室底部，再把尸体放下，这回算是一劳永逸了。

他气喘吁吁，一手放在前额。

"太重了。"她也同意，喘了口气，脸上露出淡淡的笑容。

她做的这一桩桩小事都让他惊恐万分，感觉浑身的血液都要凝固了。

他们在靠墙处找到了一个放置尸体的地方，她用鞋尖试探地面，一番蹬、踹过后，她站到那里。"我觉得这里应该是最佳的位置，这里的地面没有那么结实。"

他捡起一块已经腐烂的、被丢弃的木板，抬起膝盖，把木板折断，断口处形成了一个尖头。

"你不会想要那样做吧？那在你有生之年都搞不定了！"她的声音中带着一丝笑意，和他一样觉得此事难以置信。

他将木板的尖头插进坚硬的地面，木板很快又断了，事实证明这个办法无济于事。

"得用铲子，"她说，"用别的什么都不行。"

"但是我们这里没有铲子啊。"

"要是屋里没有铲子的话，我们得去弄一把来。"她开始往楼上走去，而他站在原地不动，她走到楼梯顶端时回过头来，向他招手示意，"我看得出来，你现在还惊魂未定。我走的时候你不要再下去了，这样只会让你情绪更糟。你就在楼上等我吧。"

他跟着她走上楼，把身后地下室的门关好。

她头戴阔边帽，肩披围巾，感觉就是寻常时候为家里出门办事一样。

"你感觉这样慎重吗？"

"披巾人人都会买，这你是知道的。围着披肩没什么坏处，一点不会碍事。"

她朝门外走去,他跟在后面送她出去。

她转过头,对他说:"你要勇敢一点,亲爱的。"她快速地抚摩了一下他的下巴,在他唇上吻了一下。

他之前从未有过这样的感觉,原来一个吻还能这般令他恐惧。

"你就站在这儿,离那个东西远一点,"她嘱咐道,"也不要再喝酒了。"

她就像个一丝不苟的母亲,临走前还要给自己的小儿子下达最后一道指令,好让他在家里管好自己。

大门关了起来,他透过窗户望着她走过门前通道,就像一位忙碌的家庭主妇,正要出门为家里办事。她走到马路上时,还认真地搓了搓手套,然后越走越远,直到在他的视线里消失不见。

他只能独自一人面对家里那具尸体。

他找到了一间离他最近的房间,避开此前出事那间。一进房间,他便瘫软在椅子上,无力地蜷缩在那里,把脸深深地埋进椅背,等待着她的归来。

似乎过了好几个小时,她才回来。但实际上,最多没超过一个小时。

她带回来一把铲子,而且是毫不遮掩地把它带了回来——但是如果不这样,那还能怎样呢?铲子的尖端用牛皮纸包着,上面扎着一圈线,铲子的长柄露在外面,没有任何遮掩。

"我去了很久吗?"

"很久很久。"他叹息道。

"我故意没走平常路,"她解释说,"我不想在距离这太近的地方买,这样就会有人认出我们来。"

"出去买铲子本就是个错误,难道你不这样认为吗?"

她朝他自信地一笑。"我这样做是不会被发现的。我都没有说要买铲子,而是店员建议我买的。我只是问他,我想在屋子后院种地,是该买铁锹还是买耙子。我拿不准铲子能不能行,反倒是他大费周章地把我说服了。"她无比自信地摇晃着脑袋。

她还可能站在那里讨价还价,他想着,感到难以置信。他从她手里接过铲子。

"我跟你一起下去吧?"她一边提议,一边用双手摘下女帽,更换了上面的饰针,然后小心翼翼地把帽子放好,以免变形。

"不,"他压低声音说,不知为何,若是要她在一旁看着,反而会更觉恐惧,平时还并未如此,"等我好了,我会叫你的。"

她最后又给他几句嘱咐:"你先要用铲尖在地上划好记号,把所需的长度和宽度都标记出来,这样不用做额外功了。"

他没说话,只是条件反射般干呕起来。他关上身后的门,朝楼下走去。之前他们留在那儿的一盏灯还亮着。

他把灯光调亮,但感觉光线过于明亮,让他看到了不该看的东西;他立刻把光线调暗了一些。

他从来没有挖过坟墓。

他先是按照她所说的，做好标记，随后把铲子往标记区域里一戳，让其保持直立，把自己衬衫的袖子卷了起来。

然后他拿起铲子，开始挖土。

挖土并没有想象的那么难，尸体一直在他身后，不在他的视线内。恐惧感没有在一瞬间内爆发出来，而是保持在了最低程度。好像他所挖的，只不过是一个必要的沟渠或深坑似的。

但当他挖完后——

他花了好久时间，才使自己坚定信念。他从地下室的另一端，也就是他一直避开和背对尸体的地方站起身来，迅速朝那具尸体走去。

他把裹着尸体的地毯拖过来，把它平放在挖好的土坑边缘，然后抓住地毯的一端，将尸体往下一抛。地毯向下展开，里面的尸体滚入了坑内，只发出一声湿漉漉的闷响。他把地毯往上面一抽，毫不费力地把轻盈的地毯收了回来。在抽动地毯的过程中，尸体的一条手臂向上挥舞了一下，不一会儿又落回了原处。

他避免往里头看，沿着坑边走到了堆土的一边，把头扭向一边，用铲子背面把挖出来的泥土往回填。

为了查看进展情况，他不得不把头又转回来，这时发现最艰难的一步已经完成。里面再也不会露出一具面对着他的尸体了。此时只有中间一小部分还露在外面，像是在透过层层泥土往外窥探。

没过多久，一切都归于尘土。

"万物生灵,终究是这个结果。"他的脑海里闪现出这句话。

最后,他得踏在上面,将土层踩严实。这一步也让他感到非常不适。

他在上面踏了很久,完全超出了必要的时间,好像生怕里面的尸体又爬出来似的。他的样子像是在跳一支恐惧而绝望的舞蹈,他自己完全无法停下。

他突然往上方看去。

她站在楼梯上方看着他。"你怎么知道我什么时候会弄好?"他气喘吁吁、疲惫不堪。

"我下来看了你两次,想看看你进展如何,但是没来打扰你,就回去了。我觉得还是让你自己一个人在那里比较好,"她说道,神情深不可测,"我以为你没法坚持到最后。但是你成功了,不是吗?"他不知这话是否是对他的赞扬。他把铲子踢到一边,踉踉跄跄地朝她走去。快要走到她面前时,他突然摔倒在地,似乎是他自己故意倒下的。他躺在台阶上,四肢朝外伸展,用一只胳膊捂住脸,一阵抽泣。

她朝他俯下身去,一手搭在他的肩膀上,安慰着他。

"没事了,都结束了,这件事已经过去了,没什么好担心的。"

"我杀人了,"他哽咽道,"我杀人了。我触犯了上帝的禁令。"

她唐突而无情地笑了一声,说:"若是战场上的士兵,他们会毫不犹豫地杀死十多个人,并且还因此获得勋章。"

她拉住他的手臂,把他拉了起来,站到她的身旁。

"来,我们出去吧。"

她下楼了一小会儿,去找他忘了拿回来的那盏灯,然后把灯拿了回来,并把灯光熄灭,把二人身后的门关好。她小心地摩擦指尖,将指套取下,以便消除碰过台灯的痕迹,又或者是——

回到他身边时,她将手臂绕在他的腰间,安慰着他:"上楼睡觉去吧,你已经筋疲力尽,现在已经快十点了吧?你已经在下面待了足足四小时。"

"你的意思是——?"他不确定自己有没有听错,"今晚还要睡在这间屋子里?"

她把手臂一甩,似乎觉得他这种顾虑毫无意义。"已经很晚了,哪还有这么晚的火车啊?即便是有,正常人是不会半夜里赶路的,这样只会让别人——"

"但是,邦尼,我们都知道,那东西就埋在——"

"你别犯傻了,不要再去想这件事,现在那具尸体在地下室埋着呢,而我们要到楼上的卧室里睡觉。"

她拽着他,把他拉到身边一起上楼。"你就像个害怕天黑的小孩。"她嘲笑他。杜兰德在一旁默不作声,借着灯光悄悄打量着邦尼,自己默然而麻木地脱掉衣服。她忙着做睡觉前的各种准备,没有一丝异样。就如同往常一样,她毫不费力地把衣服从头上脱了下来;习惯性地把衬裙滑落在地上,她从里面走了出来;又习惯性地把散着的头发先是裹在法兰绒睡裙的领子里，然后朝后一拨，又披散开来。每个动作都稀松平常，自然而然。

她甚至还坐在镜前，梳起了头发。

他躺了回去，闭上眼睛，感觉自己形容枯槁，虚弱不堪。

二人也没有相互道句"晚安"。她可能以为他已经睡着了，或者因为他受到道德的谴责而有些气恼。他也庆幸如此，庆幸她没有上前来吻他。他瞬间有种奇怪的感觉，要是她此刻真的要去吻他，他可能控制不住自己，会突然跳起来跑到窗边，纵身从窗口跳下去。

她关上床头灯，房间一下子暗了下来。

他躺在那里一动不动，身体僵硬地伸展开来，就如同不久前埋进地下室的那具尸体一般。

他不仅是睡不着，更是不敢睡着。如果可以的话，他也不会让自己变成这样。他害怕自己一睡着，就会梦见自己杀的那个人。

她也一样，尽管表现得漫不经心，实则同样地辗转反侧。他听见她翻了好几次身，此刻又不耐烦地叹了口气。然后他听到床沿微微一颤，她撑起身来。

又过了一会儿，他不知怎的感觉她在向他靠过来，仿佛她的呼吸也是朝向他的。

她轻柔的声音拂过耳畔。"醒了吗，路？"

他的双眼依然紧闭。

他听到她从床上起身，披上外套的沙沙声，听到她把台灯拿起，但没有点亮，然后轻轻地走出房间，让房门半开着，接着把灯打开，灯光微微地亮了起来。随着她往楼下走去，灯光又渐渐暗了下来。

他的呼吸逐渐加快。她这是要丢下他一个人吗？她是否要在这漫漫深夜，做出些对他不忠，或者背叛他的事？他感到万分恐惧，身体也冲破了僵硬的束缚，他跳下床，随意披上一件衣服，蹑手蹑脚地往大厅走去。

他能看到台灯温暖的光线透过楼梯照过来，能够听到她轻轻移动时发出几声微弱的沙沙声。

他摸索着一步一步往楼下走，他的呼吸忽快忽慢，下楼后朝着灯光方向往后方走。然后跑到门口，看到了她。

她坐在桌旁，灯光洒了下来，她正忙着啃手里的鸡排。

"我肚子饿了，路，"她羞怯地说道，"我晚饭都没吃。"然后一手把身旁空着的椅子转了出来，含情脉脉地说，"过来一起吃吗？"

温柔陷阱

她娇小的手在他的肩膀上温柔而持续地按了好几下,才把他的睡意驱散,他努力坐起身来。

一阵睡意又向他袭来,像是把尖刃一般向他刺来。

"我准备去买火车票,路,你醒一醒,都十点多了,我要去火车站,买我们两人的火车票。你睡着的时候,我已把行李都打包好了,给你留了一套西装,剩下的衣服都收拾好了——路,你快醒醒,揉一揉眼睛。你听懂我说的话了吗?我要去买票了,钱放在哪里?"

"在那里,"他恍惚地说道,思绪还停留在昨天发生的事,"在后面的口袋里,左边那——"。

她很快就找到了,好像早就知道他把钱放在哪里,只不过先向他通报一声。

"我们要买去哪里的火车票?你觉得应该往哪里去?"

"我不知道——"他含含糊糊,用手遮住眼睛,"这个我也说不好。"

她看着他一副有气无力的样子,不耐烦地摇了摇头。"那我就去买火车票了,哪趟班次走得最早,就买哪趟。"

她走到他身边,弯下身来,轻快地吻了他一下。她身上淡淡的紫罗兰香水味在他身边萦绕。

"当心一点,"他忧郁地说,"可能会有危险。"

"我们有的是时间,目前还没有什么危险,怎么可能会遇到危险呢?甚至都没人知道发生了什么,"她自信地耸了耸肩,"要是我们做得天衣无缝,根本不会有什么危险。"

她的裙摆拂过地面,发出一阵沙沙声。她把门打开,转过身来,弯了弯手指,像是在对他招手示意。

"拜拜,亲爱的。"她说道。

博弈

　　她这一去,整个上午都没有回来。买火车票怎么可能要去这么久?他一遍一遍地问自己,急得满头大汗。怎么会呢?怎么会呢?这么久的时间,即便去买上两三趟都足够了,怎么还没回来?

　　他不停地来回踱步,双手紧紧地攥着一杯咖啡,唯恐会失去它似的。这杯咖啡是她临走时给他留下的,当时还在灶台上温着。起初他来回走动时,咖啡升腾起的袅袅热气还在空气中缓缓飘游,留下一道踪迹,而今这股热气早已变得稀薄,直至最终消失不见。他不时匆忙地喝口咖啡,但并没有将杯子高举到嘴边,而是把它端得很低,紧张不安地埋着头凑上嘴喝。至于咖啡是什么味道和什么温度，他全然没有品到，甚至没有意识到自己喝的是什么。

她肯定不会回来了，可能已经抛下他，独自上了火车，独留他一人面对自己造成的后果。想到这一点，他又开始浑身冒汗，尽管只是因为恐惧而流汗，但却感到如流血一般痛苦。他回想起来，她离开的时候有意把他叫醒，若是她想抛弃他，那么她肯定不会这么做。想到这些，他的呼吸又变得顺畅起来，内心的不安也渐渐消退。他又回到了现实，感到自己变得更加坚强，仿佛在接受周而复始的酷刑。

他还沉浸在纠结之中，此时危机突然降临到了门外，他只好独自面对。

门口响起一阵敲门声，他知道不大可能是她敲的门。他从正面窗户的一侧借助窗帘的掩护向外窥视，发现门前停了一辆马车，一位车夫站在一旁，等候马车里的人走出来。

又是一阵急促的敲门声。他靠近门口，站在里屋的中厅，透过大门上方的玻璃帘幕惊恐地向外窥视，隐约中看到一男一女的上半身阴影，两人正站在门口等候着。

他们两人并肩站着，形成鲜明的明暗对比。一面是男士的锥形礼帽，一面是女士斜着的帽檐。

敲门声又响了起来，逼得他不管有多不情愿，都不得不应声回答："是谁？"他想忍住或者收回自己的话，但已经太晚了，此时话音已落。

"多拉德。"一个男性的声音回答道,嗓音格外嘹亮。他没听说过这个名字,并不认识他是谁。

他不由自主地畏缩起来。

那人的声音又一次响起:"杜兰德先生,能和你说句话吗?"

这说明说话的人至少认识他,想要找的人也的确就是他,没有弄错。

即使在已经暴露的情况下,只要他们二人没有拦住去路,他也不会寸步难行。

他的名字再一次响起。"杜兰德先生。"接着又是一阵敲门声,此刻的敲门声中夹杂着困惑与疑问,那人又喊了一遍他的名字,"杜兰德先生,喂!杜兰德先生?"

他好似被催眠了一样,被那个声音吸引过去,拔开门闩,把门拉开。

门前的两人瞬间映入眼帘,此前只能看到两个白镴色的身影,而此时则显得色彩明艳;起初只能看见两人的上半身,而现在他们完整地呈现在眼前。

那位女士深色头发,肤色灰黄,面部瘦削,但也还算漂亮。她身穿葡萄紫棉绒长裙,上身缀有黑色蛙形饰物,像是轻骑兵的上衣。男士面色红润,棕红色的海象式胡须一直垂到嘴角,臂弯处挂着一根手杖,身上的衬衫前部缀满蓝色勿忘我图案。

他举起礼帽向杜兰德致意,并向随行人员表示恭敬,露出了既有点光秃又有些晒黑的头顶。

杜兰德一时半会儿没能认出他来。

"我是多拉德,房产中介,你们在我这里租的这套房子。"

他等候了片刻,本以为杜兰德能认出他来,但他还是没反应。

"杜兰德夫人告诉我,你们临时要搬走,房子可以租给别人。"

这么说来,她原来是去找房产中介了,竟然还想到了这一点。"噢,"他呆头呆脑地说,"噢,噢,是啊,当然了。"

多拉德有些诧异地看了他一眼,似乎有点无法理解为何他这么久才反应过来。"明白过来了吗?"

"是啊。"他说道,意识到自多拉德站在门前的那一刻起,自己就一直在犯傻。

"能允许我带这客户参观一下这座房子吗?"

"现在吗?"他惊恐地低声说道,几乎能感觉到自己胸口一紧,好像快要因缺氧而紧闭。

多拉德似乎没听出他的疑问,而是突然想起了自己要体现最高级别的商务礼仪。"噢,请多包涵。塞耶夫人,向您介绍一下,这位是杜兰德先生。"

他看到这名年轻女子瞥了一眼他手里攥着的咖啡杯,他忘了自己一直攥着它,像是攥着一只具有神秘力量、能拯救他的圣杯。"恐怕我们来得不是时候,"她抱歉地建议道,"打扰到杜兰德先生了,我们是不是应该下次再来,多拉德先生?"

但此时房产中介已经娴熟地挤进了里屋,也不肯回到她那里,她只好有些迟疑地跟着他进去,即便自己还在说着话。

"我知道要搬家的时候有多麻烦,还要收拾包袱之类的。"她抱歉地说道。

"我敢肯定杜兰德先生是不会介意的,"多拉德说道,"我们不会占用太久时间。"他在三人进屋后便小心翼翼地把门关上,这样一来进屋参观的事就这么进行下来了。

他们沿着大厅朝里走,彼此保持着一定距离,年轻女士走在中间,多拉德大步地往前迈去,自信满满,而杜兰德则步履蹒跚。

"这是大厅。您看它多么宽敞。"多拉德把手臂向上挥舞,就像歌剧里的男高音歌手唱到高音部分时那样。

"采光也非常不错。"年轻女子赞同道。

多拉德用手杖敲了一下地面,说:"这是最上乘的硬木雕花地板,这可不是在哪都能看见的。"

他们停下了片刻,又继续向前走。

"现在我们所在的位置是客厅。"多拉德隆重地宣布道,又把手臂朝空中一挥。

"杜兰德先生,这些家具是您的吗?"她问道。

杜兰德本来想好了好几种回答方式,但他都没用上,感觉没有必要。"家具是房子自带的。"他平淡地说。

她赞同地点了点头。"这个房间很不错。是的,确实很不错。"

她转过身去,准备去其他地方,多拉德也朝她的方向转过去。突然间他好像想起刚刚发现的异常情况,便回头看去,出其不意地用手杖指向那里。

"难道这儿不应该有条地毯吗?"

地上一块没有灰尘的印迹突然成了房间里最显眼的东西;此时也是整个屋里乃至整个世界最引人注意的东西了。这块印迹发出乌青色的光,像是涂上了一层白磷。至少对杜兰德来说,这块印迹十分显眼,他觉得对其他人来说也一定如此。他感觉自己的脸色变得煞白,面部肌肉都紧绷在颧骨上,脸上松弛的皮肤好像被人残忍地向脑后拉扯过去。

"哪里?"他勉强说出了话。

多拉德用手杖敲了两次地面,有些气恼地强调:"这里,这里。"

"哦。"杜兰德可怜巴巴地说道,他支支吾吾地编了起来,好给自己争取时间,"哦,那边啊——哦,是的——我觉得你说得——我得问问我的——"突然他又控制住了自己,语气变得坚定起来,但还是有点刺耳,"拿出去除尘了,我想起来了。"

"这么说来,是在屋外咯?"多拉德疑问道,好像对这个回答不太满意。不等杜兰德回答,他便跑到一扇窗户边,把头低下来避免碰到窗帘,然后往下面扫视。"不对,我看不到那边有什么地毯。"他把头转向杜兰德,不安地寻求答案。

杜兰德内心煎熬得闭上了眼,随后又把眼睛睁开,视线撞见了多拉德无趣的眼神。

"它还好好的，"他说，"就放在屋里的某个地方。只是至于放在哪里，我不确定——"

"这条地毯很贵重的，"多拉德说，"我相信它不是被偷走了。当然若是弄丢了，得照价赔偿。"

"会的。"杜兰德的呼吸声都快听不见了。

年轻女子稍微挪动了一步，提醒大家她在此地逗留已久；这才让多拉德马上想起当前的工作来，立刻把这个话题搁置了下来。

他立刻回到她那里，伸出两手指轻轻触碰她的肘部，礼貌地给她带路。"塞耶夫人，我们可以继续吗？下面我带您去看看楼上。"

他们排成一列往楼上走去，她走在最前面，杜兰德走在最后面，他们缓缓地走着，他能感到每一步都在他的心头刻下了印迹，好像他们脚下踩着的正是他的心脏。她多层的裙摆沙沙作响，或发出嘶嘶声，就像湍急的水流冲过木槽时的声音，只是流向相反，并非朝向楼下，而是往楼上奔涌而去。

"你会发现整座屋子的采光条件都是极佳的。"他们一站到楼上，多拉德就开始夸耀起来。

他把拇指扣在背心的袖口，手指在胸前满意地撩拨。"这里还有一间小客厅，专为屋子的女主人所用，可以供她们做些针线活。"他善意地笑了笑，朝她背后的杜兰德使了个眼色，好像在显示他多么了解女人的心思，懂得什么可以取悦她们。

很显然，多拉德今天状态很好，正享受着日常工作的每分每秒。杜兰德想起了"享受"一词，好像是个来自过去遥远的学术名词；他只记得这个词，但忘却了它所指代的那种感觉。他的手腕就像是被钢丝紧紧缠住一般冰冷，血液早就停止了循环。

她走到卧室门口时突然停下，发现这是卧室，便立刻拘谨地撤回向前试探的那一步。

"这个房间的外观最为理想，"他没留意到她的表现，继续夸夸其谈，"如果您可以进去的话——"

她瞪大了眼，一脸严肃，郑重其事地谴责道："多拉德先生！"她坚定地提醒他，"那边有张床，而我的先生不在我身边。"

"哦，那是当然了！非常抱歉！"他一本正经地道歉，心里暗暗做了个单膝跪地的动作，"杜兰德先生？"

杜兰德和他从大厅一直退到顶楼的楼梯口等候。在闲杂人等均已回避的情况下，她才走进房间，随意查看。

"真是个有教养的女子。"多拉德赞叹道。他一丝不苟地看向别处，这样一来，即便是他的目光也不会在她无人监护的考察期间随她而去。

杜兰德用手拽着衣领，全然忘记了片刻前他才试图给自己的喉咙松口气。

她很快便从卧室里出来，气色比刚进去时好些了。房里的床还没有铺好，她也没有做任何评论。

他们又下了楼,顺序和上楼时一样。她走到楼底,起伏的手指松开了扶手,转身面向多拉德。

"所有地方你都带我看过了吗?"

"应该是的。"可能觉得她不是特别想租这套房子,他想找出其他具有吸引力的地方向她展示,于是开始四处展望,"其他都看过了,但是地下室——"

杜兰德感到腰腹处一阵抽痛,像是痉挛一样。他忍住自己的本能反应,没有捂住身体,也没有把身体前倾。

还好他们俩都没在看他;他们正往地下室门口看去,是多拉德的视线把她吸引过去的。

"地下室又大又宽敞。我给您带路吧,不会占用太久时间——"

他们转过身,朝地下室走去。

杜兰德抱着楼梯中柱,直到身体的抽搐有所缓解才把它松开,跟跟跄跄地跟着他们前去。

他的大脑突然飞速运转起来,思绪就像磨刀石上迸溅的火花一样,闪现出一个又一个能拖住他们的理由。老鼠,就说里面有老鼠;她肯定会害怕的——还有蜘蛛网、灰尘,可能会弄脏她的衣服——

"里面没有灯,"他嘶哑地说,"里面什么也看不见,我担心塞耶夫人会磕到自己——"

狭小而弯曲通道内挤着他们三人,彼此距离很近,此时他的语气便显得粗鲁而又刺耳。听到他如此大声地说话,好似和他们距离很遥远似的，他俩都惊讶地回过头来。但很快他们就不再留意他的反常举动，而是把注意力放在了别处。

"你们家地下室没有灯吗？"多拉德噘着嘴，不满意地说，"你应该在地下室里配备一盏灯。若是你自己想下去时怎么办？"多拉德因计划受阻而气呼呼地朝他的方向瞥去，突然视线停留在了一盏灯上，它有可能是杜兰德或者邦尼放在门框附近的，尽管只是昨夜的事情，杜兰德也不记得是谁放的灯。

他在内心又一次死去，过去的半小时里，在心里已经不时地死去多少回了。他选择了错误的防备措施，本该说里面有老鼠或灰尘的。

"你不是说没有灯吗？"多拉德惊呼道，眉毛都竖了起来，"为什么这里有盏灯？这是怎么回事？"

他只能用一个窒息的声音支吾道："肯定是我妻子放在那里的——上次来的时候没有灯——我记得还抱怨了几句——"

多拉德早就把灯拿了起来，抬起灯罩，划了一根火柴把灯点亮，再把灯罩罩上，黄色的灯光便从里面透了出来；对杜兰德来说，灯里好似关着一只邪恶精灵，冒着浓烟的鬼魂，好似被召唤出来摧毁他的。

他心想，我该不该转身就逃出这座房子？我该不该从大门逃出去？为何我现在还要站在这儿从他们肩膀上方往里面看，就等着他们——？尽管他万分想要转身就跑，却发现自己不能动弹，双脚像是粘在了地板上,根本抬不起来。

多拉德已经打开了地下室的大门。他走进门,站到了楼梯顶端的一级小台阶上,往下走了一两步。淡黄色的灯光洒了下来,这灯光像是活的一样,在他面前不听话地跳跃着,一会儿跳到了余下的台阶上,一会儿又到了地面,一会儿甚至跃上了地下室的墙面。但距离越远的地方灯光就越微弱,直至在远处彻底失去了照明的效果。

多拉德又往下走了一两步,手臂伸向正前方,缓缓地往四周转动,以便灯光能够照到地下室的每个角落,尽管那只是暂时的。

"房子装有嵌入式浴缸,"他说,"是供家人洗澡用的,还有一台热水器,靠烧柴加热,可以提供——"

他又往下走去,下到了台阶底部,塞耶夫人也踏上了楼梯底部的台阶,提起裙摆以免拖到地上,这便是她的防护措施。杜兰德感觉自己的呼吸声在耳畔发出轰鸣,隆隆作响,他双手扶着门框,一手放在另一手的上方,脑袋和肩膀都朝门框靠去。

多拉德朝她的方向伸出手,说道:"还能再往下走几步吗?"

"我觉得在这里就能看见了。"塞耶夫人说道。

为了照顾到塞耶夫人,多拉德把灯举向相反方向,不一会儿又转了回去。灯火的反射光线触及了那块杜兰德埋尸体的地方,只见一块颜色比周边地面较深的长方形,像是一块补丁、一块方形的污迹或者一块阴影,似乎就要进入光线的路径,但又随着灯光的消失而自行撤退，好像会随着灯光轨迹移动一样，一块黑黝黝的地毯突然冒了出来，随后又消失不见。就像这样，时隐时现。

看到这一幕，一阵惊惧之感涌上杜兰德的心口，似乎他的心脏都要快要炸裂。还好他们似乎还没看到那块地方，又或者他们已经看见了，只是不知道那是用来做什么的。可能他们的目光不会像他那样刻意去寻找那块地方。

多拉德突然把灯往上举起，把灯悬在头顶正上方，往前仔细查看。他有点像是朝那个方向看去，但实际上并没有在看那块地方。

"哟，这不就是楼上房间的地毯吗？我们刚刚不还在说起它呢？"他走下楼梯最底层的一级台阶，径直朝它走去。

那块深色的地毯又冒了出来，这回正好是在他的脚下。他立刻停住了脚步，两只脚都踏在了上面，向前微微俯下身子，查看附近是否还有其他会引起他注意的东西。"它怎么会在地下室里？杜兰德先生，你是在地下室里给地毯拍打除尘的吗？"

杜兰德一声不吭。他想不起来地毯上是否还留有血迹，这便是他此刻思考的唯一一件事。

塞耶夫人巧妙地替他解了围。

"我有时也会这么做。外面下雨的时候只能这样。不管怎样，我确定杜兰德先生也不是亲力亲为的。"她分别朝二人微笑，让大家平息下来。

"可以等到雨停了再说啊，"多拉德粗着嗓音嘟囔道，"而且也不是一整个星期都下雨,我记得很清楚——"但眼下他也没有继续指责下去。

刹那间,杜兰德看到他俯下身去抱那条地毯,就保持它卷着的样子抬了起来,把它斜着抱在胸前,然后往楼梯方向走去,准备把它放回原处。好像是为了不再弄脏地毯,他没有把地毯展开,以免接触到地下室满是灰尘的地面。

但到楼上时灯光就会明亮许多。杜兰德滚烫的呼吸像是砖炉房里的蒸汽一般汇聚在口腔上方。即便他此时想说些什么,也一个字都吐不出来。他和塞耶夫人各自往一侧退去,好让多拉德通过。塞耶夫人优雅地向后退去了一小步,而杜兰德则眩晕地往后倒了一步,索性没被他们发现,又或者即使被发现了,也只可能当成他幽闭恐惧症的表现。

接着他们转过身,跟随抬着地毯的多拉德往后厅走去。杜兰德像个瘸子一样,一路上都用手扶着墙壁前行,幸好没被他们发现。

"多拉德先生,地毯的事可以再等等。"年轻的夫人说道。

"我知道,但我想让你看到这个房间最好的状态。"

多拉德拉住地毯没有固定住的一端,往上空优雅地一抛,让地毯落到地上,摊了开来,又把地毯往回一拽,好让地毯平铺在地上。

这时,有样东西飞了出来,那东西和杜兰德裹尸体时掉落的一样,小小的,看不清是何物。肉眼只能看到它从地毯里跳了出来,但却无法辨别它是什么。只听见它落地时,外侧的木质地板发出一阵咔嗒声。

多拉德俯下身子,伸出两手指,朝什么都看不见的地方去够。至少站在另外两人的角度来看,那里什么也看不见。随后他把那东西拾了起来,站起身子,也不管那是什么东西,便把它拿到杜兰德面前。

"我猜这应该是你的,"多拉德说着,直勾勾地看着他的眼睛,"杜兰德先生,应该是你领口上的某粒纽扣。"

多拉德用指尖夹着那粒纽扣,对准杜兰德很不情愿摊开的手掌,用指尖在上面点了一下,把纽扣塞进他手里。杜兰德弯曲手指,把纽扣攥在手心。那粒纽扣似乎还带着多拉德手心的温度,但对于杜兰德而言,纽扣上分明还有唐斯脖颈的温度。接到纽扣的那一瞬间,他感觉就像被钉在十字架时掌心被铁钉穿透一般,甚至以为他攥紧的指缝里会淌出鲜血。

"塞耶先生也会把纽扣丢在家里的。"塞耶夫人友善地说道。她以为杜兰德是因为在这种公众场合,又当着她的面丢了贴身衣物的配件而感到羞愧,便试图去安慰他。她想,在这种情况下,男士和女士都一样。要是换作她自己,若是弄丢了贴身衣物上的安全别针或扣环一类的,肯定也会如此惊愕,并且会茫然无助地依靠椅背支撑住身体,就如现在的他那样。

"哼!"多拉德咕哝着,好像在说:我才不会这样,只有那种不修边幅的人才会如此。

他又回到了地毯那边,用脚把地毯的皱褶抚平。

杜兰德把那粒纽扣深深地塞进口袋里,感受到一种灼烧感透过衣服传来,久久挥之不去。他瞪大了满是惊恐的双眼,摇摇晃晃地注视着他们。他不知道,此时在他们眼里自己是不是在摇晃,就像此刻在他眼里,他们两人都在晃动。但很显然不是,因为从他们的表情可以看出,他们没有一看到他这般模样就显露出突然注意或者过分关切的神情。

"我觉得所有地方都已经带您看过了。"多拉德最终说道。

"是的,已经全部看过了。"他的这位客户同意道。

此刻,他们开始往正门逛去,杜兰德像个鬼魂一样,在他们旁边摇来晃去,最终他抱住那扇门,完全依靠门轴的转动稍微维持平衡。

塞耶夫人转向他,对他微笑着说:"非常感谢,希望没有打扰到您。"

"再见。"多拉德说道。他把自己的那套礼节都收了起来,在他看来,对于一个很快就不再是他房子租户的人来说,这种客套无异于是一种浪费。

多拉德一边护送塞耶夫人走到马车旁,把她扶进车厢,一边孜孜不倦地试着说服她完成交易。他爬上马车,准备和她一起离开,杜兰德流露出一种难以言表的宽慰。就在此时,邦尼突然冒了出来,正沿着人行疾走而来,向内拐进屋子,同时朝后方看着他们离去。

杜兰德把门打开,让她进来,随即想把门关上。但她站在门口,挡住了要关的门。

"拜托,"他筋疲力尽地说,"你快点进来吧,我已被折腾得半死了。"

"马上就来,"她说道,但依然纹丝不动,"除非我们签订一份房屋租赁的解除协议,他是不能把这座房子租出去的。你有没有把钥匙交给他?"

"没有。"

"好。"她干净利落地说道。令他恐惧的是,她竟然举起手臂向多拉德招手,要把他叫回来。她甚至喊出了他的名字:"多拉德先生!能不能麻烦您等一等!"

"不要叫他回来,"杜兰德哀求道,"让他走吧,让他走吧。你在想什么呢?"

"我很清楚自己在做什么。"她坚定地说。

一脸恐惧的杜兰德看到那房屋中介很不情愿跳下马车,又朝他们走了过来。他搓搓双手,预示着好运。"我觉得这笔交易应该能够完成,"他坦白地说道,"而且谈成的价格还要更高,她也基本上已经拿定主意了。"

听到这话,杜兰德可以看到邦尼的眼中闪过一丝精于算计的光芒。

"是吗?"她用动听的声音说道,"但还有些事情您可能忘了,是不是？我们要把钥匙交给您，还有签订房屋租赁的解除协议。"

多拉德急忙在口袋里一阵摸索。"哦，我是忘了。但我随身携带了表格，如果你现在就能把钥匙交给我的话，还省去了我以后再跑一趟的麻烦——"他看了一眼正在附近等候的马车。他想要快点离开的心情，着急程度不亚于杜兰德盼他快些离去，或者接近如此。

但邦尼好像一点也不着急。她拦住了多拉德拿给杜兰德的文件，自己看了一遍。杜兰德此时瞪大了双眼，眼神里满是无声而狂乱的恳求，她也没有理会。他悄悄地擦了擦额头的汗。

她抬起头，没有半点想把文件还给多拉德的迹象，而是满脸疑惑地用它拍了拍手腕上突起的脉搏。

"我们交的房租里，还有没用到的部分怎么办？我看这里没有提到——"

"没用到的部分？我不大懂你说的是什么。"

他伸出手，像是要去把文件拿回来，而她把文件收好不让他拿到。"这个月的房租是已经交了的。"

"那是自然。"

"但今天才是本月的十号，那接下来我们没住的三周怎么办？"

"剩下的只能当作违约金。房租一经上交，概不退还。"

"那好啊，"她尖刻地说，"但在本月三十号之前，你也不能把房子租给别人。你最好去和那位女士说一声，免得让她大失所望。"

多拉德惊得下巴都快脱臼了:"但你很快就不住这里了!你今天就要走了,这是你今天早上来找我时亲口对我说的。"他朝马车的方向无助地看了一眼,里面的塞耶夫人已经文雅地表露出一丝不耐烦的迹象,她疑惑不解地看向多拉德,在远处听不见她的声音,只看见她朝手心咳嗽了一下。"拜托,你要讲道理,女士。你亲口说的——"

邦尼依然态度坚定,她的嘴角甚至泛起了一丝微笑。她好像猜到杜兰德会趁中介背过身时,赶紧发出痛苦的讯号,她故意把视线略过他。"多拉德先生,该讲道理的人应该是你,我和丈夫是不会白白付给你大个半月的房租的。如果是这种情况,我们很可能会推迟搬走的时间。要么你将剩下的房租退还给我们,要么我们就住在这里直到月底再走。"

她故意转身就往门口过道里走,站在一面镜子前,当着多拉德的面,伸出手把帽子摘下,又整理了一下头发,确保发型没有弄乱。

"亲爱的,把门关上,"她对杜兰德说道,"然后上楼去帮我把我们的东西从行李箱里取出来。再见,先生。"她对多拉德又加了一句。

中介满心忧虑地朝马车看去,揣测马车里的人最多还会等他多久,然后把头转向正往楼梯走去的邦尼,见她正准备上楼。他又以更快的速度看向马车,然后以更快的速度看向邦尼。马车至少还是停着不动的,而邦尼是不会等他的。

最终他跌跌撞撞地跟着邦尼走进屋子,绕过正在一旁悲叹的杜兰德。"等一下!"他做出了让步,"好吧,每个月的房租是七十五美元,我把最后两星期的房租退给你,一共三十七块五。"

邦尼回过头来朝他僵硬地一笑,摇了摇头,继续往前走,踏上了楼梯最底部的一级台阶,一手扶着中柱。"今天可不是本月的十五号。今天是十号,我们住的时间只是所付房租的三分之一,所以应该退还我们剩下的三分之二,也就是五十美元。"

"女士!"多拉德说着,伸手去抓自己的头皮,全然忘了自己已经没有头发,更不用担心会弄乱了。

"先生!"她带着讽刺的意味应和道。

突然,门口突然暗了下来,三人身后出现一个黑影,马车夫出现在了门口。"抱歉,先生,这位女士说她不能再等——"

"给你,"多拉德一脸苦相地说,一边在自己的皮夹里翻找,"这是五十美元。赶紧让我走,免得你还要我把入住期间的房租也退给你!"

"亲爱的,把合同签了,"她用甜美的声音说道,"再把钥匙还给多拉德先生,我们不能再耽搁他了。"

多拉德怒气冲冲地离开后,杜兰德立刻把门关了起来,背靠着门瘫软下来。"你怎么可以这样做,明明知道我们在那层楼里都埋了什么——"他语塞了,扯了扯他的衣领,"你是怎么做到心不惊肉不跳的?"

她还站在台阶上,胜利地数着手里抓着的大把钞票。

"啊,但他不知道啊,这是我们二者的区别。路,你从来没打过牌吗?"

逢场作戏

她沿着铁路线往前带路,杜兰德跟在后面,行李员紧随其后,费力地拎着两三只行李箱。她迈着轻快的步子走在前面,感觉像个经常坐火车的人,十分热爱出行,并且清楚怎样得到最佳的出游体验。

"不,别坐那里。"杜兰德刚走到一排绿绒双人软座旁,准备坐下,她便把他叫了过来,"到这边来,坐在这一侧,坐那里会有太阳晒。"

他和行李员都依照她的指令顺从地往前走。

她站在一边,认真地看着行李一件件地放到头顶的行李架上,其间还嘱咐了一声:"把那个轻的行李放在另一件行李上面,否则会把轻的行李压坏的。"

等把行李都放好后,她又说:"把遮阳板抬高一些。"

行李员弯下腰,身后的杜兰德迅速向她使了个提醒的眼色,暗示她不要让他俩显得过于引人注目。

"胡说八道,"她大声回答道,"行李员,再把它抬高一点。好啦,这样正好。"

然后一脸善意地向杜兰德比了个手势,示意他要给行李员掏点小费。

待一切都准备就绪,她便侧身入座,提起两侧裙摆,舒服地曳到身体周围。杜兰德紧挨着她坐下,脸色苍白而凝重,如坐针毡。

她转过头看着窗外的风景,弯着手背托住下巴,神情怡然自得。

"什么时候发车?"她问道。

他没有回答。

她在列车的挡风玻璃里看到他的身影,便没有回过头来,只是撇着嘴含糊地说:"你别这般模样,别人还以为你病了。"

"我是病了,"他开始发抖,往手心里呵气,像是在暖手,"我的确是病了。"

她戴着蕾丝手套的小手伸到了他的面前,放到他们前面的座椅背套的下面。"握着我的手捱一会儿,一会儿我们就可以下车了。"

"天啊,"他低声说道,眼虚地看着下面,"为什么还不发车,还在等什么?"

"看点书吧,"她轻声建议道,"不要去想这些事。"

读点什么,他心里绝望地想,哪里还读得进去!他此刻连一个单词都没法拼出来。

列车的发车铃突然响了起来,这声音从火车头的方向传来,紧接着一阵汽笛声,发出刺耳的鸣叫,提醒乘客火车要开动了。

"好啦,"她安慰地说,"出发!"

车厢突然震颤起来,悬挂在车顶中部深槽处的一排汽灯也随之晃动,接着又是一阵颠簸,但没有之前那般剧烈。于是火车便突突地向前运行,一路嘎吱嘎吱。窗外原本静止不动的景象变得模糊起来,渐渐地抛向远方,很快滑出了挡风玻璃的视野,而在另外一端,则会看到新的风景不断迎面而来。她松开他的手,全神贯注地看着窗外,像个孩子一般,如痴如醉。

"我喜欢人在旅途的感觉,"她说道,"去什么地方都可以,我并不在乎去哪里。"

一个小贩沿着过道缓缓走来,臂上挎着一只篮子,一路吆喝着售卖商品。车厢内本就充斥着车轮滚动的轰隆声,木头的嘎吱声还有厢内乘客的交谈声,这一切都因为小贩的声声叫卖而变得更为纷繁嘈杂。

"女士们、先生们,您想要的东西都在这儿,矿泉水、新鲜水果,还有各种美味糖果,专为您和孩子享用,焦糖、橡皮糖、甘草糖、润喉糖，应有尽有。这一路定是旅途遥远，辛苦劳顿。各位都瞧一瞧看一看咯。"

她本来还在出神地望着窗外，这时突然把头转向他。"路，"她轻快地说，"给我买只橙子，我渴了，每次坐火车都喜欢吃橙子。"

他很不情愿地招手示意，小贩立刻停止了吆喝。

她侧过身经过他的身前，在篮子里刨了一阵。"不，要那只更为饱满的。"

杜兰德侧着抬起一侧的身子，以便从口袋里掏出硬币。

小贩接过一枚硬币，然后继续边走边吆喝。

突然间，他惊讶地瞪着还留在他手上的东西。唐斯领口的那粒纽扣还躺在他的手心里。

"噢，天哪！"他悲叹道，把它悄悄地丢到了座位上。

"美杜莎"

另一家酒店,另一座城市,然而一切照旧,只是酒店的名称不同罢了,酒店窗外的景色变了,仅此而已。

但他们还是两个人,依旧住在同一间酒店客房,过着同样逃亡的日子。

他不安地看着她,未来的生活何去何从。酒店换了一家又一家,但生活依然没有改变;城市换了一座又一座,但一切都还是照旧。两个人奔走、奔走、奔走,没有目的地,直到有一天,他们终会走到生命中的最后一间客房,最后一座城,然后就——

"敬我们短暂而刺激的人生。"在莫拜尔的那晚,她曾举杯这样说。她说得其实并不对,应该说"短暂而枯燥的一生",居无定所的逃亡生活反反复复,远比安然度日更为索然无味,犯罪生活单调乏味的程度,远胜过遵纪守法的日子。如今他体悟到了这一点。

她坐在那里,跷着二郎腿,低头忙活着自己的事,用指甲锉打理指甲,橘黄色的阳光透过窗户洒进房间,她的手臂直至肩膀都裸露在外,只有他能看见她穿过的一件件白色睡衣,依稀可见她紧身胸衣的完整轮廓,从腋下一直延伸到臀部,胸衣外只有一层最为轻薄的亚麻布,还有一件既不内穿、也不外穿的衣服,短得离奇,只垂到她小腿上方,后来他才明白,原来这就是所谓的"胸衣背心"。

她的头发没有扎起,而是散落下来,波浪般的金发披在背后,显得头顶有些平平的,通常只有年轻女学生才会这样,唯有刘海才能显示出她特有的发型。

一根穗状的雪茄烟还未经抽过,便掉落在她身边梳妆台的边缘,依旧还在燃烧着。

她感觉到了他长时间心事重重,把目光抬向他,朝他微微一笑,她每次笑的时候,嘴角都会形成一个扁扁的心形。

"路,振作一点,"她说,"振作一点,亲爱的。"

她把头轻巧地一转,示意他看看窗外沐浴在阳光下的景色。"我好喜欢此地,真是风景如画,分外妖娆。我们能来到这种地方,真高兴。"

"别坐在离窗户太近的地方,你会被别人看见的。"

她难以置信地看了他一眼。"何必呢,这里又没人认识我们。"

"我指的不是这个。你还穿着内衣呢。"

"哦,"她说,好像还没理解他会在这方面吹毛求疵,"但别人只看到我的背影,也不知道这是谁的后背,没人能看见我的脸。"她把椅子稍稍一挪,神情居高临下,面露笑容,好像只为了让他高兴起来。

她又继续打磨指甲,一脸扬扬自得的样子。

"你难道不会——时不时地想起那件事来?"他控制不住地失口说出,"难道不会觉得压抑吗?"

"什么事?"她一脸茫然,又朝他看去,"哦——那儿的事。"

"我说的就是这个。"他说,"要是我能像你那样忘了这事就好了。"

"我并没有忘记它的存在,只是不会觉得烦恼罢了。"

"难道老想此事不是一样的烦恼吗?"

"不,"她说着,惊讶地把双手向外推,"我来告诉你吧,"她轻敲了一下牙齿,好像在思索该如何向他解释,"假设我买了一顶新帽子,一旦买下了,就成了既定事实,没什么能改变它了。我会记得我买了这顶帽子,不会忘了买过它这件事。但我并不会为之闷闷不乐,难以释怀,以至用余生的每时每刻都来想这件事。"她一手握拳,放在另一手掌心里,说道,"我不会一遍又一遍地说'我买了顶帽子''我买了顶帽子''我买了顶帽子',你明白了吗?"

他一脸惊讶地看着她。"你——你把在莫拜尔发生的事比作是买顶帽子?"他舌头打结了。

她笑道:"不,你曲解了我的意思,把我往坏处想了。我知道买顶新帽子没什么好责备的,但那件事则不会如此。我也知道,你不会去担心别人是否会发现你买了顶帽子,但却会害怕别人发现你做了那件事。但我也只是打个比方,你可以把一件事记得很清楚,但你不必总是为此愁眉不展,让这件事给你的生活蒙上阴影。这便是我说这番话的用意。"

然而他一言不发,还沉浸在她可怕的阐释中。

她起身缓缓向他靠近,最终站了起来,往下看去,把一只手搭在他肩膀上,样子有些高傲,但并无自负的神情。

"路,你想知道问题出在哪吗?那我告诉你,我们俩的最大区别,并非是比起你来,我不会害怕被别人发现,其实我和你一样害怕,只是你为良知所累,因而对此事耿耿于怀,而我则不会,你会站到善恶、对错的层面看待这件事,就像小孩在星期日接受的宗教教育一样,觉得此事关系到灵魂是升归天堂还是堕入地狱。而对我而言,这不过是件已经发生的事,仅此而已,而你却总在希望能回到过去,希望一切可以重来,希望能够力挽狂澜。这就是问题的症结所在。正是你的良知成了你的羁绊,才让你如今备受折磨。"

她看到自己的这番话把他惊住了,便耸了耸肩,转身走开。她拿起叠放在床沿上的细平布衬裙,把它曳开,圆形的裙摆便撑了起来,她踏进去,把裙撑系在腰间,她短得离奇的内衣装束便遮盖住了,曳地的长裙再一次把她的双脚盖住。

"路,听我一句劝吧,试着用我的方式考虑问题,"她接着说,"你会觉得事情会变得简单很多。这不是件光彩的事,但也并非是坏事;只是——"她把语气变弱了些,退一步讲,"只要把这件事记在心上,这就足矣。"

她又拿起了另一件裙撑,这一件是用塔夫绸制成的,裙边镶有蕾丝,她把它罩在了第一件裙撑上。

他为自己发现的事实感到惊恐:她没有丝毫的道德感。对于现实社会而言,她就是个残忍无道之人。

"一起出去散步吧?"她建议道,"今天正适合出去走走。"他张着嘴,点了点头,一句话也说不出口。

她站在镜子前,一会儿看看这,一会儿看看那,把一件件外衣举到肩膀高,对比着哪件更合适。"我该穿哪一件呢?该穿蓝色的,还是浅黄色的?或者这件格子呢的?"她噘着嘴微微一笑,说,"每件我都穿过两三次了,别人都快要认出我来了。路,出门前把你装钱的盒子拿出来,这才像话呢,我觉得你该给我买条新裙子了。"

果然一点道德底线都没有。

美人心计

残酷的现实突然摆在了他们面前,本不该这样。他们曾一度丰衣足食,他能买得起所有她想要的东西,但过后不久,他们就变得穷困潦倒,就连当晚出门玩乐的计划都负担不起。

他心里不得不承认,一切原本不会发生得这般毫无预见,他也本应该留意到这些征兆。他们的钱并非被人偷了,实际上除了自己花去,便再无其他支出,问题是一直没有任何的资金进账。把钱花光的一天终究还是到来了,此前,若是他早些盘点结余,这或许还只是一个紧迫的问题,而他并没有;可能他是害怕,害怕从中推知不言而喻的事实:山穷水尽的一天,终归是会到来的。

他害怕这种恐惧会为他们的筵席蒙上一层阴影，使得美酒黯然失色。这件事总是可以留到明日再去思量。但明日复明日，而此刻的音乐声渐渐响起，华尔兹的步调越来越快，根本没有让人有喘息的时间。

有时他也会考虑此事，只是每次都匆忙而过，应付了事，也没有精打细算，只要还有剩余，也就足够了，这些事总是可以日后再来考虑，而如今便是这最后关头了，再也不能拖了。

他们本打算晚上出门，她身后的香袋扇形摆动着，好像一条隐形的白孔雀尾巴在身后展开，华丽而又招摇，满身的热情，她把一块镶着轻薄蕾丝的手帕塞进手套口，他耽搁了片刻，关上一个个气阀。她身穿橙色涤塔夫衣裙，走动时身上咝咝作响，帽子上飘着棕色海豹皮帽带，橙色絮状羽毛也随之摇曳，活像是触须。大门开着，她已经走到了门口，急不可耐地想要出去，只等他赶上来把门关上，一刻也不容耽搁。

"亲爱的，钱带够了吗？"她善意地问道。她的话听起来像是一种对家人的关心，就像妻子关心丈夫一样，如同在说"你穿的够暖和吗？"或者"有没带上大门钥匙？"而实际上此话结果并非温暖人心，而是截然相反。

他摸了摸钱。

"没有，多亏你提醒，"他说，"我去再拿一些，马上就好，不会让你久等的。"

"我不介意,"她很有风度地同意道,"若是晚到一些,别人更有可能留意你穿了什么。"

他从卧室回来时,她仍站在门口,漫不经心地轻拍她那套着的扇子,扇子一端带有丝带绕成的回环,套在她的手腕上。

看到他走过来,她把膝盖优雅地屈伸了一下,提了提裙子,转身去抓门把手,准备出发,这次是她主动关上门,而不是由他来关。

她发现他的步态有所变化,变得迟疑、沉重,全然不像他此前去卧室时那般精神抖擞。

"怎么了?有什么不舒服吗?"

他手里只拿着两张钞票,向前伸出半臂,好像不知该如何是好。

"只剩这些了,我们只有这么多钱。"他笨拙地说道。

"你的意思是钱弄丢了?失窃了?"

"不是,我们把所有钱都用完了。定是如此,但我并没察觉到。我只知道钱沓越来越薄,但是——我应该看得更仔细些的。每次我把手伸进去时,总是觉得还会有剩余的。我不知道居然会在此刻,这些就是我们仅剩的了——"他无助地举起那两张钞票,又放了下去。

此刻,他站在那里一动不动,不再去看手里的钱,而是朝她望去,好像对于他难以应对的问题,她总能给出对策似的。她也看了他一眼,但一言不发。两个人都沉默了。

她嘴唇微张,好像内心正在忖度,他们一句话也没说。她发出一声微弱的叹息，一声无言的"哦"，表达了她理解了他的话。

最终，她的手松开了门把手，自然地垂到了身体两边，发出一声无力而沮丧的拍打声。

"我们该怎么办？"她说。

他没有回答。

"这是不是意味着——我们现在不能出去了？"

他望着她，依然一声不吭。他从头到脚打量着她的装束，看到她打扮得那么漂亮，每一处细节都如此完美，如同要向众人呈现自己这个艺术作品一样，或者说，若是有机会的话，她本是打算在众人面前展示一番的。

突然，他转向一边，故意不屑地把手伸向帽子。

"我会要求赊欠，不管是去哪里，我们花的钱都够多了。他们应该会允许我们欠款的。"

这一次，纹丝不动的人成了她，她依然站在门口，保持着一副蓄势待发的样子。她若有所思地低着头，什么也没看，最终微微地摇摇头，不太开心地笑了笑。"不，"她说，"这不一样，我知道，这样只会让我们败兴而归。一旦你要求欠款，他们不会再给你应有的尊重。又或者，他们几天后就会追着你讨要欠款，到时境况会比现在还要糟得多。"

她从门口走开，把门关上，此时她站在屋内，而不是屋外。关门的时候，她把门甩了过去，让它自己靠惯性阖上。他试图弄明白她的这一动作,是否意味着她心情不好,他难以断定这一动作代表着何种情绪。她可能只是潇洒地表示不屑,又或者想要表达她并不在乎能否出门。即使这不是心情不好,但她的这一动作,确实在他脑海留下了这一印象,毕竟她是当着他的面把门甩上的。

他看着她步态懒散地回到了镜前座椅处,不久前她在镜子前几乎照了大半个小时。而现在她背对着镜子,而不是面向镜子。此前穿戴的工序,在此刻都颠倒了过来。她把不久前热情洋溢地为自己装扮的各种饰物一件件地卸了下来,动作显得无精打采,手套顿然显得黯淡无光,越过她的肩膀落到梳妆台上,又放了一把尚未用过的扇子,它独具风情、迷人万分的亮点还没有机会得到施展,接着是插有橘黄色絮状羽毛的帽子,被她往一侧抛去(但并没有用力,只是略带着一种意味深长的舍弃),落在了一旁的椅子上,帽檐上卷曲的羽毛也随之拂动了几下,像是海底的水草随着湍流而飘荡,最后静止不动了。

"你最好还是把气阀打开吧,"她闷闷不乐地说,"毕竟我们还要待在这里。"

她先后抬起两只脚,脚跟朝上,脱下了古铜色的便鞋,鞋子的底端有着路易十五的桶状鞋跟,三英尺长,如此惊人的高度,她却能驾驭得了,毕竟她身材不算高挑。她任由鞋子自由落体,穿着袜子的双脚又站到了地面。

最后,她解开了身后一条绑带之类的东西,裙子便松了开来,自行滑落，但由于她此刻坐在椅子上，裙子只滑到了她的腰间，她就这样坐着，衣服半脱半穿，显得无比凌乱。似乎她在借此表达自己的情绪。

看到她把煞费苦心装扮出来的艺术作品拆卸下来，他心里很是难受，这种打击远胜于任何言语上的谴责，它以一种含蓄的方式斥责了他。

他双手插在口袋里，看着地面，感到自己渺小而又卑微。

她摘下脖子上松下的珍珠项链，任其洒落下来，又把它掷到空中，好像掂量了一下分量，又觉得分量不足，随后伸手接住了落下的那条项链。

"这条项链能值点钱吗？要是可以的话，你可以拿去。"

他脸色煞白，心如刀绞。"邦尼！"他不安地责备道，"以后不要再说这种话了。"

"我说这话没什么特殊的用意，"她安慰他说，"你买它的时候花了一百多美元，对吧？我只是想——"

"我把东西买给你之后，它就是你的了。"

他们沉默了片刻，视线都朝着相反的方向望去，他看着窗外无情而冷淡的夜空，她朝大门看去，或者（可能）在设想门外撩人的夜色。

过了一会儿，她点了一支雪茄，又突然一脸愧疚地说："噢，我忘了，你不喜欢我抽烟。"随后她转过身，准备把雪茄丢掉。

"不用把它灭掉，"他一脸茫然地说，"想抽就抽吧。"

她还是把烟熄灭了。

她又转过身去，把一侧的膝盖高举，双手抱膝，身体向后靠去，但她又一次突然愧疚地说："噢，我忘了，你也不喜欢我这样。"于是又把这个姿势改了回去。

"那是以前，那时你是朱莉娅。"他说，"现在不一样了。"

忽然他又仔细地打量着她，好像觉得，这又是间接地谴责他的方式，用意是提醒他以前曾因她的错误批评过她。但她的脸上似乎没有任何要谴责他的意思，她甚至都没有觉察到他在看着她，小小的嘴角微微扬起，显出一种恬淡之情。

"对不起，邦尼。"他最终说道。

她把原本游离的注意力转向他。"我不介意，"她平和地说，"我以前也发生过这样的事。对你来说，这是第一次经历这种事，实属不易。"

"你晚饭还没吃，"不久他便说道，"现在都快八点了。"

"是啊，"她高兴地同意道，"我们还能出去吃饭吗？"

他又一次地觉得这是一种间接的谴责，但似乎这又是他内心的臆想罢了，但至少他的心里是这么想的，这种想法的产生，背后总是有原因的。

她站起身来，走到墙边，举起传声管，从中吹了一口气，一阵哨音传到了楼下，到达了指定地点。

"能叫个服务生来吗？"她说道，"我们在第十二号套间。"

一位男服务生来了，她在杜兰德之前就抢先一步点起菜来。

"只要一点小菜，"她说，"我们不是很饿，每人各点一份小羊排就好了，不要汤，不要甜点——"

杜兰德又一次看着她的脸，想知道这种带有讽刺意味的强调，是否还是针对他的，但她的眼神并没有看向他。

"就这些吗，女士？"

"还有，对了，还有一样东西。送餐来的时候，请给我们再带一副牌，就放在托盘里。今晚我们要待在酒店。"

"你要牌做什么？"门一关上，杜兰德便问道。

她转向他，甜甜的一笑。"我们玩双人纸牌游戏，"她说道，"我来教你怎么玩，用它来打发时间是再好不过的了。"

他还没反应过来，他反应的过程非常慢，过了四五分钟还没明白过来。

他突然从房间中间的桌子上拾起一个黄褐色装饰物，咬紧牙关，使出浑身的劲把它扔了出去，砸在了他对面的墙上。

她应该对暴力早已习以为常了，不动声色，也没抬头去看发生了什么。

"路，要是砸坏了，他们会要我们赔钱的，我们现在付不起这个钱。"

"我明天就去新奥尔良，"他用粗犷而骄横的声音说道，"我坐明天最早的一班火车,你在这里等着我,我会弄钱来,我去贾丁那里弄钱。"

此时她突然瞪大了眼,他不知她是不是因为担心他才变得如此。"不!"她恐慌地说,"你不能接近新奥尔良,绝对不能,你被通缉了,他们会抓住你的。"

"我宁可被他们抓到,也不愿像现在这样活着,过着如狗一般的生活。"

此刻她露出了会心的笑容,笑得无比灿烂,不再是刻在脸上的苍白无力的笑。"这才是我的好丈夫,"她满意地说,声音如丝绒般光滑而又温暖,"这就是我要的正确的答案,我就喜欢有冒险精神的人。"

冒险返城

贾丁就住在广场大街，杜兰德对他住的房子还记忆犹新。杜兰德单身的时候，经常在星期天的夜晚与他们共进晚餐，贾丁的小女儿玛丽还名义上地称他"叔叔"。

这座房子没有变化，他伤感地体悟到，房子是不会变的，变的是住在房子里的人。这座房子依然真诚、友善、令人称赞，他本可以再一次站在它的面前，手里拿着一小袋给玛丽的棒棒糖，但那时他并没有来。

他先是敲了敲门，随后驻足在门前，手里拿着手帕捂住鼻子，像是染上了严重的风寒，但实际上是用来尽量遮住自己脸庞的，即便捂着脸，还是觉得这种防御措施是如此的徒劳。认识他的人，只要看一眼他的背影便可认出他来，无须看到他的脸。

还没等大门开启，他已经不再捂脸，而是把手帕放了下来，装进口袋里。

他们家的女仆尼丽依然没有换，她前来开门。

一见到他，她便容光焕发起来，两只手搭在肩膀上。"哟！我看是谁来了！原来是路先生啊，我都快认不出你了！"

他羞怯地笑了笑，不安地朝街道上看了一眼。

"阿伦先生下班回来了吗？"

"哦，还没有，快请进吧，他马上就会回来。古斯塔小姐在家里，还有年幼的玛丽小姐，我就知道，她们一见到你，肯定会非常高兴的。"

他跨过门槛，然后有点支支吾吾地说："尼丽，不要——先不要告诉他们我来了，我要先和阿伦先生谈谈生意，我在楼下找个地方等他吧，什么也不要说——"

他发现自己正用双手扳弄帽檐，一副有求于人的样子，但很快停下了手里的动作。

尼丽嗔怪地沉下脸来。

"你不想让我告诉古斯塔小姐你来了？"

"现在先不要说，我想先单独见见阿伦。"

"好吧，到客厅来吧，先生，请随意一些，我去把灯点亮。"

她不再过分热情，而是平静了些。"需要帮你把帽子放好吗？"

"不用了，谢谢，我还是自己拿着吧。"

"路先生，你等候期间要是有什么吩咐，尽管响个铃。"

"我应该没什么事。"

他意识到自己如履薄冰。他们家中的任何人，包括贾丁本人都有可能已经听说了他犯罪的事，都有可能告发他在这里，导致他当场被捕。他全然任凭他们处置，他把信任交付在了他并不完全确定的人身上。友谊？是啊，这种情分只会存在于常人之间，毕竟他们是同一类人。但对一名被通缉的凶手，还会念及情分吗？这是两种性质不同的事，不可同日而语。

他能听到一个熟悉女子响亮的声音在楼上萦绕："尼丽，刚刚是谁在敲门？"

尼丽犹豫了片刻，此时，杜兰德面露紧张之色，不由自主地把帽子攥得更紧了，紧紧地不放。

"有位先生来找贾丁，说是生意上的事。"

"他还在等着吗？"

尼丽敏捷地绕开话题，避免了说谎："我告诉他贾丁先生还没回家。"

依稀还能听到楼上的声音，但那个声音不再大，而是好像在和同一楼层的人说话，可以听见她在说："那人好奇怪，不去办公室找你爸爸，而是跑到这儿来了。"说完，声音便消失了，再也没有听到其他对话。

杜兰德坐在灯火通明的客厅里，宛若中邪了一般，一直盯着灯球表面手绘的蔓长春花看，这朵花好像悬挂在他和那盏灯所发出的半透明白光之间。

他心里想，这才是家啊。这里什么坏事都没有发生过，每天回到家时，都无须背负任何罪名；每次出门时，都可以光明磊落、坦坦荡荡。而对于杀人——因一人之手导致另一人的死亡——这种事情只是圣经故事，或是史书上的事，古代帝王或将领才会屠戮生灵。杀人这种事，是每当你为孩子读睡前故事时，都可能会跳过的段落；它是（西班牙殖民者）科尔特斯，是（被称为"黑手党家族"的）波奇亚家族，是（意大利望族）梅蒂奇家族；是发生在很久以前，很遥远的地方，由匕首和毒药酿成的惨案，但绝不会在十九世纪的光天化日之下，闯进个人的生活里。

他想，这应该是我的家啊，我的意思是，我的家应该就像他的家里一样，为何我的这一切被夺走了呢？我都做错了什么？

楼上又传来了那女子的声音，她正欢快而坚定地在一个房间朝隔壁房间大声叫喊："玛丽，宝贝，快把头发理一理，小手洗一洗，你爸爸快要回来了。"

一个更为稚嫩的声音以更高的音调回答道："好的，妈妈，今晚我可以在头上扎条丝带吗？爸爸喜欢我这个样子。"

而在楼下，不知从屋后的何处，不时飘来米饭、蔬菜和煎肉的缕缕香气。

他想,这就是我想要的生活,为何我失去了它?为何我被剥夺了这种生活?其他人都能享有这样的生活,我究竟做错了什么?我又得罪了谁?

贾丁的钥匙开门声响了,他警觉地从坐着的椅子上转了过去,面朝大门,准备在贾丁进门时与他照面。

只听见贾丁把手杖放到一边落地的声音,紧接着又是他把帽子丢到衣帽架上时的撞击声,如同鼓点一般。

此时,他便出现了,朝向楼梯上家人的方向,身着一件芥末色、长及大腿的大衣,正在解开大衣的扣子。

"阿伦,"杜兰德小心地说,"我想和你谈谈,能给我几分钟吗?我意思是在——在你见到家人之前?"

贾丁猛然转过身,才发现他站在那儿。他朝杜兰德走去,先是伸出手准备和他握手,但听到杜兰德这番话,他的脸色变得阴沉下来,显得有些不安。

"你怎么这副模样跑到这儿来?什么时候回来的?奥古斯特知道你来了吗?他们怎么让你一个人坐在这儿?"

"是我让尼丽不要说的,我必须先和你单独谈一谈。"

贾丁拉了一把丝绒绳,它的另一端拴着一只小小的铜铃。然后回到敞开的大门前,朝外面看了一眼,看到尼丽听到铃声后已在赶来途中,然后用一种不安的语气说:"把晚饭推迟几分钟。"

"好的,先生。不过我想提醒二位先生,若是时间拖得太久了,饭菜的味道就没那么好了。"

贾丁伸出双手,把客厅的两扇移门拉了上去,把客厅和外界隔了开来。随后回到杜兰德跟前,站在那儿,满脸疑惑地看着他。

"听我说,阿伦,此事我真不知该从何说起。"

贾丁摇了摇头,似乎对他的处境很不满意。"路,那就喝上一杯,会不会让你好受些?"

"嗯,我觉得应该会的。"

贾丁倒了两杯酒,二人都喝了一口。

他又站到了那里,看着坐在椅子上的杜兰德。"路,肯定是出了什么事了。"

"真是出大事了。"

"你去哪了?这段时间都在哪里?怎么音讯全无,我都不知道你是死是活。"

杜兰德冷冷地抬了抬手,示意他不要再问了。

"我又去找她了,"他过了一会儿又说,"我一时半会儿回不到新奥尔良。不要问我为什么,这不是我今天来的目的。"随后他又补充道,"难道你没在报纸上看到什么内容,可以解答你心中的疑惑的?"

"没有。"贾丁疑惑不解地说,"我不知道你说的是什么意思。"

杜兰德揣测着,他是真不明白吗?他说的是真的吗?还是因为他心思细密、顾虑周全，而故意不对我说？

贾丁举起酒杯，一饮而尽，说："路，你不想告诉我的事，我也不会过问。路，每个人都有属于自己的生活。"

杜兰德的脑海闪过一个念头，唐斯也有属于自己的生活，直到我——

"好吧，那我们就单刀直入吧。"他轻快地说，但内心却并不轻松。他把椅子转过来，离他更近了些。

"阿伦，截至今日我们的公司运转如何？我的意思是，如果有人想收购我们的公司，我们应该开出多少的价比较合理——"

贾丁的脸色突然变得煞白。"你打算要把公司卖掉？"

"是的，阿伦，我的确考虑要把它卖掉，我想把公司卖给你，如果你能把我的股份买走，你会买吗？你可以买吗？"

贾丁似乎无法立刻回答。他在杜兰德坐的椅子旁沿着一直线踱来踱去，两手背在身后，接着又把手插进了后裤袋里，外衣的边缘在上方摆来摆去。

"在我们继续讨论前，这件事我想你还是知道为好，"杜兰德补充道，"这家公司我只能卖给你，我自己没法出面办这件事，我接近不了任何人，律师还得要请到你家来才行，这件事得要秘密进行。"

"至少也要等上一两天吧，"贾丁敦促道，"好好考虑一下。"

"我可没法等上一两天！"杜兰德缓缓地摇摇头，表现出极不耐烦的样子,"你难道还不明白吗?你非要我把一切都明说吗?"

他提醒自己,要是再耽搁一会儿,一切就都来不及了,但一旦他把情况告诉他,他就完全任他摆布了,这样一来他本来要他买的股份,便默认归他所有了。他所要做的,不过是走到那个拉铃的地方。

但他还是对阿伦说了实情,几乎没有停顿的工夫,可以提醒自己这样说的后果。

"阿伦,我是个亡命之徒,我触犯了法律,已经被剥夺了公民的权利。"

贾丁的脚步停了下来,大为震惊:"天哪!"他气都喘不上来。

杜兰德绝望而恼怒地拍了拍大腿。"此事今晚必须办成,就是现在,我没法再等下去了。不能再等了。甚至连在城里待这么久的时间,我都冒着很大的风险。"

贾丁朝他俯下身去,用力抓住他的两肩:"你把你的前程毁于一旦,还有你毕生的心血——我不能让你——"

"阿伦,我已经没有前程可言,而且也不会长久了。至于我的毕生心血,恐怕不管我有没有把它卖掉,早就付之东流了。"

他双手无力地耷拉到两边,显示出一副懦弱的样子。"阿伦,我们该怎么办?"他凄苦地喃喃道,"你愿意帮我吗?"

门口传来一阵敲门声,紧接着一个孩童的声音响了起来,"爸爸,妈妈想问你还要多久。烤鸭都快烘干了,尼丽也拿它没法子。"

"马上,宝贝,马上就好,"贾丁转过头说道。

"你还是先到你家人那儿去吧,"杜兰德催促道,"我打扰你们晚餐了,我就坐在这里等你。"

"心里想着这事,我吃不下,"贾丁说,他又向他俯下身子,好像在继续鼓励他要对自己有信心,"路,你听我说,自你二十三岁、我二十八岁时,我们俩就认识了,那时我们都还是莫雷尔老头的船员,曾坐在并排的位置,一起劳作,我们一起得到了晋升。他想提拔你时,你为我说话,而当他想提拔我时,我则为你说话。最后,我们具备了一定条件后,就把筹集的资金投在了合伙公司上。这是我们自己的进口公司,我们先是经营小本生意,甚至动用了奥古斯特与我结婚时带来的礼金。公司创始之初的日子,你可还记得?"

"我都记得,阿伦。"

"但我们并不在乎遇到的困难,我们都说,宁愿为自己工作,哪怕是失败也好,也好过为别人工作,不管他的事业有多么繁荣。我们也的确为自己而打拼了,并把公司经营得兴旺发达。而如今,我们共同经营的公司里有很多东西是无法取出的,我们有过汗水、有过忧愁,还有两个年轻人崇高的理想,那时我们二人都正值风华正茂的年纪。而如今你来找我,要从我那儿把这些都买走,想让我出售给你,就好像它们是我们从哥伦比亚进口的一袋袋青豌豆似的——但即便我想卖,我又怎么做得到呢?我又该如何定价呢?"

"你可以说这家公司的市值是多少现金,那些写在我们的财务账簿上,把公司价值的一半给我,我给你一张放弃产权的声明书,或是出售股权的协议,不论需要什么文件都行。忘了杜兰德这个人吧,我和别人并无两样,我只是个碰巧持有百分之五十股权的人。把相应的股份以现金的形式付给我吧,我只求你这一件事,"他疯狂地比画着,"阿伦,你难道看不出来吗?我再也不能从事经营活动了,我再也不能参与其中了,我也不能去参与,因为我没法待在这里了。"

"但是为什么呢?你不可能犯了什么事!"

"我犯事了,的确是有一件事。"

贾丁直勾勾地看着他,等他把话说完。

"阿伦,一旦我把这事告诉你,我的命运就由你掌控了。这样你就不需要给我分文,而我那一半股份便默认地全归你了。"

他懊恼地意识到,不管他是否告诉他事真相,他都已经任由他摆布了。

贾丁有些不高兴,他直起身子,说:"路,我是不会乐意这样做的,我们是朋友——"

"一旦我说出口,我们的情分便也会走到尽头了。但过了一定临界点,就不会再有友情可言了。法律甚至还禁止这一点,并对此加以制裁。"

门口又传来了敲门声。"妈妈要不高兴了,她说她不等你了,准备坐下吃饭了，爸爸，这烤鸭可不一般了——"

听到这句寻常话，杜兰德失口把话说了出来，他似乎已经越过了某个度，再也无法克制自己。

"阿伦，我杀了人。我今晚不能在这里过夜，我必须拿到钱。"

他把头埋进了向上摊开的手心里，似乎绞刑警察已经把绳索套在了他的脖子上。

"爸爸？"门外传来询问的声音。

"等一等，孩子，等一等，"贾丁有气无力地说道，他的脸如同白纸一样苍白，空气中弥漫着可怕的寂静。

"我早就知道，事情会发展到这一步的，"最终贾丁说道，声音变得很低，"她从一开始就对你不利。奥古斯特在你结婚当天就察觉出了这一点，也是她亲口对我说的，这方面女人要更加敏感些——"

他给自己又倒了杯酒，似乎这都是他的过错。"你遇见了她——你找到了她——你失去了理智——"他把一杯酒拿给杜兰德，"但错不在你，换成任何人都会——路，让我给你找个好律师吧，在美国没有一个法庭能——"

杜兰德抬头看着他，又露出了一个可怜的笑。

"你不明白我的意思，阿伦，其实并不是她。而是那个我请去找她、要把她绳之以法的私家侦探，他确实找到了她，为了救她，我——"

贾丁此时更加震惊了，毕竟在担心里还带有一丝实现报复的满意情绪，这让他后退了一步。

"我又和她在一起了。"杜兰德承认道，接着又以一种几乎听不到的声音低语，似乎他是在把这件事讲给自己的良心听，而不是对着和他同处一个房间的人说，"我爱她胜过自己的生命。"

"爸爸，"一个几近害怕的声音叫了起来，声音离他们出奇近，"妈妈说，除非你从里面出来，我就不能离开这道门！"突然门把手扭动了一下，然后又松了开来。

贾丁站在那里好久，看到的好像并不是他的朋友，而是昔日的情景。

终于，他的手慢慢地伸出来，无比沉重而沮丧，然而却带着无法言语的忠诚，搭在杜兰德的肩上。

"我会把你在公司所占的股份以等额现金给你的。"他说，"现在——我们不能让奥古斯特再等下去了，镇定点，来和我们一起吃晚饭吧。"

杜兰德站起身来，双手紧紧握住贾丁的手，力度之大，几乎要把它捏碎了。然后，又似乎因这种无意间流露的感情而感到羞愧，急忙把手松开。

贾丁把门打开，扶住开着的门，弯下身子吻了吻之前没看到的那个人。"快去吧，宝贝，我们这就来。"

杜兰德已经准备好去面对接下来的痛苦考验，他挺直了肩膀，扯了扯大衣的两侧,调整了一下衣领,然后跟在主人后面向前走去。

"你不会把这件事告诉她们吧,阿伦?"

贾丁把门拉了回去,站到一边,让他先行通过。"路,有些事是不该作为饭桌上的谈资的。"他将一条胳膊绕在朋友的肩膀上,与他并排前行,忠诚地伴随左右,两人一起去了餐桌上,家人们都还在那里等候他们。

生死考验

　　天还没亮，他就起床了。这一夜他在担忧中辗转难寐。穿好衣服，在那破旧偏僻的旅馆房间里不停踱步，等着贾丁送钱过来。

　　("路，我最快明早把钱送过去。我家现在没有钱，得去银行取。你能等吗？"

　　"只能等了，我住在帕尔梅托旅馆，用卡索的名字，帮我把钱送到那儿，尽量多送一些，我等不了清单了。")

　　时间一分一秒地过去，贾丁仍没有出现，他越来越害怕。银行开门的时间到了，约定的时间也快到了，他的恐惧已经变成了确定，继而又成了坚信。他清楚，继续等待下去只会让不可避免的背叛击败自己，把自己困在这。

他一次又一次地打开房门，听听又黑又脏的走廊里的声音，再回到房间里锁上门。走廊里空无一人，他没有来，也只有异想天开的傻瓜才会期待他真的会来！

他又一次意识到自己是如此愚蠢，竟然把性命完全交到了他这位旧日搭档的手上，贾丁只要带着警察而不是钱上门，一切就都结束了，他何必白白送出辛苦赚来的几万美元呢？杜兰德提醒自己，金钱可以改变一个人，甚至能让人背叛自己的初心，更何况是背叛一个外人呢？

他又想到了邦尼的话："没有人是完全善良的，再好的人也一样，不论男女。"她洞悉了一切。在人情世故上，她向来比他聪明得多。换成是她，也绝不会让自己陷入现在这样的窘境中。

任何一个朋友都无法接受这样的考验，连原则都不懂的人无权期待——

突然传来一声轻轻的敲门声，杜兰德立即后缩靠在墙上。"他们果然来逮捕我了"，他的脑中闪出这样的想法，"他肯定已经告密了——"

他没有动，敲门声又响了。

门外传来贾丁的轻声询问："路，你在吗？没关系，是我。"

他和警察一起来了，他亲自把他们带来了。

他已无处可逃，也已等了太久。在一阵痛苦的内心抉择后，杜兰德走过去打开了门,然后松手站在那里,等待门外的人进来。

等了一会儿,门被推开了,进来的只有贾丁一个人,他转身锁上门,手里拿着一个小书包。

他走到桌边,把小书包放在了上面。

然后十分平静、简简单单地说:"路,我把钱带来了。抱歉来晚了。"

杜兰德一时间说不出话来,他转过身去,控制着情绪。

"路,怎么了?你的眼睛——"贾丁看着他,似乎不明白他哪里不对劲。

杜兰德难为情地掩饰着自己的情绪。"没什么,只是你竟然真的来了——你真的送来了钱——"他哽咽了,没法再说下去。

贾丁同情地望着他。"一旦相信我,就该对我放心。这是怎么了,路?是谁把你变成了这样?"他用拳头狠狠地捶打着桌面,咬牙切齿地叹息,情绪激烈,"该死的!看到正经人被陷害真是让我气不打一处来。"

杜兰德站在那里,一言不发。

"你知道我说的是对的,否则你不会对我的话照单全收,"贾丁吼道,"我不会再说什么,人的命是注定的。"

我知道你说的是对的,杜兰德满心伤感地想,但我也只能听从自己内心的想法,谁又能控制自己的心呢?"好了,别再说了。"他生硬地答道。

贾丁扯开绳子，打开小包。"钱全部都在这了，"他此刻又恢复了原来的样子，看上去干练又务实，"现在我们之间两不相欠。"

杜兰德冷漠地点了点头。

"你不能再去我家了，"贾丁告诉他，"这是为你好。"

杜兰德发出一声短促，甚至有些无礼的笑声："我理解。"

"不，你并不理解，我这是在尽力保护你。奥古斯特已经有些怀疑了，如果你回到我家，我不能保证她会守口如瓶。"

"奥古斯特讨厌我，是吗？"杜兰德带着一种无所谓的好奇，似乎对此并不肯定。

贾丁没有回答，默认了这一点。

他指着包里的东西，手却没有放开它。"我可以把它给你，但你必须答应一个条件，路，这些钱你只能自己用。"

"什么意思？"

"别把钱给其他任何人，不管是多么亲密的人都不行。妥善保管，自己用。别让别人插手。"

杜兰德一本正经地笑了，他说："我现在好像没什么人可以委托，现在的特殊处境根本不允许我——"

贾丁加重语气重复了他的话："我说了，不管是多么亲密的人都不行。"这下他的意思非常明确，毋庸置疑。

杜兰德盯着他看了一会，眼神复杂，"我明白了，你们都很照顾我，"最终他痛苦地说，"奥古斯特讨厌我，而你——讨厌我的妻子。"

"你的妻子。"贾丁声调呆板地说。

杜兰德握紧了拳头。"我说我的妻子。"

"别吵了,路,拜托了。"

"你是说一个谋杀犯说的话吗?"

"我是说我曾经最好朋友说的话,曾经的路易斯·杜兰德说的话,"贾丁看上去很紧张,"那对于我来说就已经足够了。"

"很好,行吧。"

贾丁把包递给他。"我要走了。"

两人之间的气氛变得局促起来。贾丁伸出手想跟杜兰德握手,杜兰德瞧见他的手悬在那里,犹豫了好一会儿才伸出手去。而这最后的握手似乎更多是出于往日情谊,而非眼下的友爱。

"这或许是最后的告别了,路。也许我们以后都不会再见了。"

杜兰德垂下眼帘,一脸阴沉。"那么,我们就别再为此犹疑了。祝你好运,也谢谢你曾经的友情。"

"我依然是你的朋友,路。"

"可我却不是曾经的我了。"

他们的手松开了,垂在各自的身侧。

贾丁向门口走去。

"如果我是你,你知道我会怎么做的吧?我会先自首,认罪伏法,然后一切麻烦都结束了。"

"然后上吊自尽。"杜兰德一脸阴沉沮丧。

"就算上吊自尽也比你当下的处境要好,你还是有救的,路。可是如果你这样下去,你就真的无药可救了。如果我是你的话——"

"你根本不可能感同身受,"杜兰德很快打断了他,"这一切从一开始就不可能发生在你身上。你这样的人不可能遇到这样的倒霉事,而我却遇到了。上帝保佑你远离这些事,而我却吸引它们。我倒霉透顶,这样的厄运偏偏发生在我的身上。所以我必须这么做,只能这样——因为我没别的法子。"

"是的,我猜你必须这么做,"贾丁悲痛地承认,"我们没人能够代替他人(做出选择)。"他打开了门,透过门框看向外面,眼中带着悲伤的探究,好像从没见过开着的门框似的。他甚至在出门时把手按在门框上,好像在摸索它的存在。

最后,他说:"好好照顾自己,路。"

"要是我不照顾自己,谁来呢?"杜兰德的回答透着深深的孤独,"大千世界,还有谁关心我呢?"

虚惊一场

火车要开了,他才又松了口气;等到火车把镇子远远甩在身后,单调的海岸沙坪在远处出现,他才敢自如地望向窗外——这座小镇曾经是他在这个世界上最爱的地方。

火车晃晃悠悠,像一只毛毛虫一样爬行向前,好像每经过一个十字路口的棚屋或是水箱都要停车。这车没法把他送到目的地,第二天早晨,停在了一个邻近的站点。下车之后,发现周围十分荒凉,几乎没有路灯,交通也不便,他只得在微弱(或者说暗得可怜)的星光下拎着行李步行前往旅馆。

虽然当初并不想突然出现,但他未经告知就半夜回去的确非常令人意外,他越走越觉得自己的出现会让她措手不及。到达旅馆,上楼站在房门前时,他甚至不太敢拿出钥匙打开房门。他怕看到屋内的一切,并非十分担心她背叛自己,因为他原本就是一个保守的人;但其实他也并不十分担心她此刻正躺在别人的臂弯里,因为他所担心的是发现她早已不知所踪。他担心在他不在的日子里,她早已远走高飞,就像自己之前离开一样。

他屏住呼吸,轻轻地打开门。房中很暗,扑鼻传来一股紫罗兰花香,这说明不了什么,可能是昨天留下的,也可能是今天。此外,这花香侵入的不是他的鼻腔,而是他的心,所以这算不了什么。

他摸出一小盒蜡纸火柴,惴惴不安地抖出一根,发出"啪嗒啪嗒"的响声。他摸到砂纸,把它贴在墙上,划燃火柴点亮灯,金色的火光将夜色缓缓驱散,他抬眼望去——

她正熟睡着,看上去像婴儿一般的纯洁美丽(或许只有在睡梦中她才能展露出单纯的一面),同时又像孩童一样的大大方方,毫不做作。她的秀发如瀑,在枕头上铺散开,使她看上去好像是睡在一片倾斜的晒黄的草地上,她的一只手臂压在身下,手肘从枕头下伸出。另一只手臂搭在身上,手垂在床边。这只手的拇指和食指还握成一个不规则的环,看得出手中曾经握着什么东西。在下面的地毯上散落着两张扑克牌——一张方块皇后和一张红桃J。

其余的牌散落在床单上,有几张甚至落在她的身上。

他在床边弯下腰,单膝跪地,握住了她垂落的那只手。他发现她的手非常柔软,并带着炙热的感激亲吻了它。尽管尚未意识到,但他已经陷入这样一种情境中,他的姿势俨然是一个难忘的恋人为自己诉说,向着一颗自己无法打动的心诉说。

他把床上的扑克牌抹到地板上,铺上了自己从新奥尔良带来的钱。他甚至高举手臂捧起一把钱,在她上方洒下一片绿色和橙色的金钱雨。

她张开双眼,顺着皱巴巴的床单瞪眼看着什么,脸上显露出贪婪的神情。

"一百美元纸币。"她睡眼惺忪地喃喃说道。

"路回来了,"他轻声说,"快瞧瞧他从新奥尔良给你带来了什么。"说完又捧起一把钱,向空中再次抛撒出去,其中一张落在了她的头发上,她伸手摸着那钞票,脸上便挂上了满足的痴笑。然而她并没有把钱拿下来,好像那儿才是它最好的去处。

她向着他伸出手,从他的胡子抚摸到脸颊,摩挲他的耳尖,懒洋洋地表达着感激之情。

"这些扑克牌是怎么回事?"

"我当时试着用牌预测我们的运气,"她说,"不小心睡着了,我抽到了方块皇后,象征金钱,它果然应验,我再也不会嘲笑这样的事情了。"

"那我抽到了什么?"

"黑桃A。"

他笑了。"那是什么意思？"

他感觉到她原本在帮他理头发的手停了一下。"我不知道。"

他意识到她是知道的，但是并不想说。

"那当时你为什么要预测呢？试着解读一下。"

"我想知道你究竟会不会回来。"

"你难道不知道我一定会的吗？"

"我当然知道，"她回避道，"我只是不太确信。"

"当时我也不确定是否还能在这里见到你。"他坦诚。

听到这，她一下子表现出一瞬近乎赤裸的真诚，对这种感情她驾轻就熟却鲜少展露。她抱住了他的脖子，这个拥抱带着难以自制的失望之情。"哦，天呐！"她痛苦地悲叹，"我们之间到底是怎么了，路？不能彼此信任真是糟糕透了，不是吗？"

他叹了口气，作为回答。

很快，她又说："我想再睡一会儿。"

她把头靠在他的头边，依偎在那儿，枕在上面。

"就把钱放在那儿吧，"她喃喃地请求道，"把它们铺在身上让我感觉很好。"

没过多久，他从她的呼吸中听出她又睡着了，头依然抵着他的头，手臂还环绕着他的脖子。此刻，他觉得自己和她是如此亲密无间，他在她的臂弯里，而她对此浑然不觉。

他在心里祈祷着，不知道向何方神明，只是向着周身的空虚祈愿——他甘愿陷入眼前的一切之中。

"让她爱上我吧,"他无言地祈求,"就像我爱她一样,让她对我敞开心扉吧,就像我的心扉对她敞开一样。如果她不能好好地爱我,那就让她毁灭我。只要,我们之间有爱。怎样都行,我全都接受。我只求这些,为此我将放弃一切,承受一切,即使未来会如黑桃 A 所预示的那样。"

惊现尸体

　　杜兰德的到来纯属意外。他很少有机会在这个时间、这个地点出现。即使他偶然这么做了，这一切依然令人意外。
　　她出门前梳妆打扮的时间通常是他的两三倍，在他空等着的时候，她支使他出去买点最近吸得上瘾的新手雪茄，叫法沃里达。现在只要他俩独处，她就相当光明正大地吸烟，甚至在他面前吸。无论他说什么都没法让她戒烟，所以最后他只好先由着她来，然后尽力动摇她的想法。同时，他也总是帮她处理干净吸烟时随手掸落的烟灰，帮她开窗通风，甚至有那么一两次房东太太等人突然找上门来时，他抢过她手里的烟猛吸一口，以表明那烟是他抽的，尽管他是不吸烟的——他这样做只是为了她的名声,把闲言碎语扼死在萌芽之中。

"你是做什么的——以前?"他问她,想知道她以前的情况。

他指的是她遇到他之前的情况,想知道是否有某个什么人可以帮她买烟。

"我得自己去。"她承认。

"你自己?"他喘了口气,她总是语出惊人,好像总有法子吓到他。

"我每次告诉他们我是替我弟弟来买的,他病了不能来,就让我帮他买。他们还是相信我的,我敢保证,但是——"她耸了耸肩,翻了一个白眼,以示厌恶。

他思索着,任何一个正常人都不会希望一个女人敢自己走进一家烟草店买烟的,烟草店之前怎么会相信她呢?他们又怎么会呢?

"我自己也喜欢这么做,"她补充道,"(烟草店里)所有人都会看着我,他们觉得我是个怪物。烟草店里常常有不止一个顾客,我的出现总会让他们彻底安静下来,好像我给他们施了什么魔法一样。但是不管他们安静得有多快,我总是在一踏进门就能听到他们对我的议论声。然后他们就会充满负罪感地站在那,看看我是否听到了他们说的坏话,是否明白了他们的意思。"说到这里,她笑了起来,"我应该告诉他们我全都听得懂,免得他们为此感到不舒服。"

"邦尼！"他立即斥责了她。

"我确实是这么想的，"她坚持这么说，"何必否认呢？"说完她又笑了，这次是笑他脸上的表情，还做出勾引他的样子，"哦，去你的吧，老古板！"

按着她的要求，他随意选择了一家位于度假村的烟草店，店里除了烟草还卖其他东西来招揽流动的客户，柜台上摆着风景明信片、信纸、玻璃罐装的糖果、纪念品，甚至还有一些小孩子的玩具。另外，在一进门就能吸引眼球的地方摆着一个倾斜的木架子，放着其他城市的报纸，这是店家为了吸引想家的异乡人而精心设计的。

他停下来，装着要离开，随意闲逛的样子，希望能找到来自新奥尔良的报纸，他知道，就这名字就足以泛起他的思乡之情。家乡，流亡中的自己。（他想起）阳光下的加纳尔街、皇家大道、兰帕特街、卡比尔多——他已记不清自己身在何处，只觉得孤独难耐，心痛难忍。那是另一种爱：是每一个人都有的对于自己的故乡、自己最初认识的地方的爱。

他一无所获，但发现了一份来自莫拜尔的报纸，把它从架子上抽了下来，可他觉得不是近期的；一直没有卖掉，日期已经是两周前的了。

这时身后突然传来店主的声音，他恳切建议道："需要帮忙吗，先生？先生是来自哪儿的？报纸都在这了，如果没有您想要的，我们很乐意为您订购再送过去——"

此时他已经随手打开了一份，它的内页——其实只有单页，是折叠起来的——有一行字映入眼帘，上面的内容像一股火焰瞬间点燃了他的内心：

本市发现恐怖事件

几天前，在本市德克特街上的一栋房屋内，有人从其地下室内发掘出了一具男性尸体骨架，最近附近水位升高，所以那所房子的主人和邻居们一样暂时搬离了。等他们回来时，曾经淹没的坟墓显露了出来，其中有些东西已经辨认不出了。人们认为是洪水冲掉了表面的浮土，因为在此次发掘之前没有发现任何痕迹。尸体内发现的一枚铅弹更让人相信这是一起犯罪事件。那栋房子现在的主人第一时间向当局报告了他的可怕发现，而他也免于指控，因为尸检情况证明这坟墓早在他们入住之前就已经存在了。

现在当局正致力于调查该所房子历任房主，以询问情况。有最新进展会及时告知大家。

几分钟后，他砰地关上门，呼吸急促，面色难看，她从镜子前回过头来盯着他，而她的脸颊绯红得像成熟的蜜桃，全是因为最近用了兔脚。"怎么了？你脸色苍白得就像撞见鬼似的。"

我的确撞见鬼了，他心里说，还是面对面撞见的，就是那个我们以为已经永远埋葬了的鬼魂。

"他被挖出来了。"他直截了当地说。

她立即明白了。

她又想了一下。

她在思考这事时真是惊人的理性，他想。毫不畏缩，面不改色地表现出近乎职业的冷静，似乎她所在意的不是这件事本身，而是表达准确与否。在没想清楚之前她闭口不言，所以他必须说点什么。

"怎么？"

"我们迟早得面对这事。"她把那份报纸挥动了一下，随手扔掉，"果不其然，上面还说了什么？"她泰然自若地耸耸肩，"我们处理得不算差，他们本该更早发现的。"她开始数手指，样子就像八卦的家庭主妇在闲聊渐近的预产期一样，或者更准确地说，像是在聊早已经出生的孩子，"我们是什么时候搞定的？我记得大概是六月十日吧。已经整整三个月了——"

"邦尼！"他忍不住觉得反胃，惊恐地闭上眼睛。

"他们不可能知道那是谁，他们没有能力辨认，那都在我们的掌控之中。"

"但他们什么都知道，他们知道。"他哽咽了，在房间里快速地踱来踱去，看上去像一只在笼中挣扎逃生的熊。

她突然面色通红，把什么东西摔在了地上，怒气冲冲，十分不耐烦。这火是冲着他发的，她想设法让他冷静下来，给他讲道理。她冲到他面前，揪住他的外套衣襟狠狠地摇晃了他一下，好像这么做是为了他本人好，为了让他的心神镇静下来。

"你能不能先听我说啊？"她暴怒地吼道，"你能动脑筋想想吗？现在他们的确知道发生了什么，但是他们还不知道是谁干的，而且永远不会知道。"她警觉地扫了一眼紧闭的房门，压低声音继续说，"那天那个房间里什么人也没有，就连那栋房子也没有人。没有目击证人，别忘了这一点。他们可以推测，可以怀疑，甚至可以断定，所有结论都有可能。但是他们不可能确证。因为时间已经过去了，一切都已经太晚了；他们休想在这世上证明（我们的罪行）。当你和他们谈论到我时，他们跟你说了什么？你肯定有证据，但他们没有。你已经把那个——你懂的——扔掉了，它此刻正埋在莫拜尔海滩边的某处沙土中，被海水侵蚀，慢慢生锈呢。他们难道能断定那颗子弹就是从那一把枪里射出去的，而不是其他枪吗？"她嘲讽地笑了，"世上还从没有过那样的事呢。"

一边听着她的话，他一边环视四周的墙壁，甚至抬头看了看天花板，似乎觉得它压迫住了自己。

"我们出去吧，"他哽咽着，声音嘶哑，"我再也忍受不了这儿了。"

"他们不是在这儿发现（尸体）的，是在莫拜尔。我们现在待在这儿跟以前一样安全。他们以前不知道我们在这儿，现在也一样。"

他还是想做点什么以免于惩罚，即使可能徒劳无功，多此一举，因为迟早会来的报应就像天边暗沉的云层一样压迫着他的心，让他不得安宁。

她叹了口气，用觉得他无可救药的眼神看了看他。"我想今晚是属于我们的，"她低声说，更像是说给自己听，"我原还想穿那件酒红色的塔夫绸裙子呢。"

她拍了拍他的手臂，安慰道："下楼去，买杯酒喝吧，来杯烈的。你现在非常需要喝一杯，我看得出来，好孩子。喝完就回来，再看看你感觉怎么样。到时候再说吧，好孩子。"然后她又漫不经心地补充道，"我也要去打扮打扮自己，不管怎样，我真的想试试那件酒红色塔夫绸裙子。"

最后，他们还是没有离开。不是因为她留住了他，而是那种恐惧感实在令人难以自拔，几乎让他抓狂。他在等待下一期的莫拜尔报纸送到那家烟草店，除了攥紧拳头苦苦等待以外，他也想不到其他的方法获取信息。

五天后都还是没有送到，而他早已催促了烟草店主无数次。

"有时候送得过来，有时候送不过来，"店主告诉他，"如果你想要的话，我可以写信帮你催催。"

"不，不用了，"杜兰德相当急促地阻止了他，"我只是——觉得自己在这里无事可做,所以想看看老家的消息。"

等到报纸真的送来了,他却没有勇气在店里当场查看,索性把它带回去和她一起看。她双手打开报纸,他则把头伸到她的肩下。

"在这儿。"她干脆利落地说,同时睁大眼睛,定睛去看,他们同时读出了报上的文字。

……布鲁斯·多拉德,房屋出租经纪人,过去几年里拥有该房产的所有权。他告知当局,当时租户突然告知要离开一段时间,并在一个上午之内离开了房子,在此之前没有任何相关的迹象。

一家工具店的老板辨认出,在房子的地窖里发现的一把铲子是他前一段时间卖给一位身份不明的女性的。警方认为购买该工具的时间可能有助于确定案发的大致时间。

除此之外,没有进一步的发现,但当局有信心调查出新的线索……

"现在他们什么都知道了,"他痛苦地说,"现在我们再也无法抵赖了,他们全知道了。"

"不,他们还不知道,"她的语气却十分平静,"否则报上也不会这样说。他们和之前一样,仍然在猜测。"

"可那把铲子——"

"那把铲子在那座房子里,我们走后一直在那儿。可能之后早已经有人用过它了。"

"总之情况正变得越来越糟。"

"只是看起来变糟了,他们为了破案无所不用,就像现在这样,恐吓你,让你出错。实际上,情况根本没有比最初发现时更糟。"

"事实已经白纸黑字地摆在你面前了,你怎么还能这样说呢?"

她摇了摇头。"狂叫的狗是不会咬人的,咬人的狗不会叫。如果他们真的查出了实情,我们是不可能知道的,不是吗?而你在等的不过是一个永远不可能等到的消息。只要他们一直提到这件事,我们就是安全的不是吗?等他们不提了,我们才应该小心。等到一切都突然安静下来,真正的危险才来到。"

他真想知道她是从哪儿得来的这些歪理邪说,从她自己的坎坷经历吗?还是她生来就懂,就像猫能在黑暗中避开陷阱一样?

"难道不意味着他们淡忘了这件事吗?"

听到这话,她又给了他一剂苦涩的小聪明,不过用一个硬挤出来的令人厌倦的微笑包裹着。

"警察吗?他们永远不可能忘记的,亲爱的,淡忘是我们的必修课,如果我们还想继续过日子的话。"

第二次他带来了三份报纸,三份连期,每份中间隔着一天,但同时送到了。他们俩把报纸分开,分别浏览,急切地一页页翻找着他们关心的内容。

他突然回过头,眼中带着半分恐惧地望着她。"报道停止了!再没有任何关于那件事的新闻了。"

"这份也没有,"她点点头,十分睿智地预言,"现在真正的危险来了,他们开始暗地里行动了。"

他猛地把报纸扔到一边,腾地站了起来,全是因为她的引导他才陷入了这些麻烦中。"我们走吧?"

她考虑了一会儿,做出了决定。"我们等到下一份报纸送来。可以给自己留些回旋余地。他们可能已经知道是谁做的,但我怀疑他们还不知道我们在哪儿。"

又是一段时间的等待。这次又等了三天,然后新一份报纸到了,依然没有报道,死一样的安静。他们俩共同商量过之后,在他看来,那安静几乎是令人森然的。

这一次他俩面面相觑,最终,她站了起来,抬手摸着她那米黄缎子长袍的肩部把它脱了下来,脱得毫无不舍,不紧不慢,但坚决果断。

"现在是时候离开了,"她镇定地说,"他们在追捕我们。"

虽然到了这样的紧要关头,可他依然对她的第六感十分困惑。这种预感把他吓得不轻。同时他清楚,至少他永远也不可能拥有这样的预感。

"我要开始收拾东西了,"她说,"你别再出去了,就在这里等着我。"

他禁不住开始发抖,坐在那里盯着她,眼睛随着她的动作移动。他就像是——在观察一根像女人一样行走说话的魔杖。

"你错了,"她评论道,"据我们所知,现在补救已经太晚了,但是你可能已经加速了(他们找到我们的可能)。我们每次都只看莫拜尔的报纸,这样的流言可能比你知道的传播得更快。"

"但,怎么会呢——?"他战栗着问。

"每次你只买一份报纸,其实应该同时从其他地方再买一份,这样即使你之后立即扔掉它,也能分散别人的怀疑。"

她说着进入另一个房间。

原来即使犯罪也有正确方法和错误方法,他无助地想。啊,违法的窍门。

她回到门口看了一会儿,突然停下了手里的打包。

"警察现在会在哪儿呢?现在我们又该去哪儿?"

他看着她,满面愁容。他无法回答这个问题。

走为上计

　　最终，他们到达了彭萨科拉的一个乡间小火车站，稍事休息，暂时松了口气。然后沿着墨西哥湾漫长而曲折的海岸线一路向东走去，走得越远越好。一路上惊慌失措，走走停停，时而犹豫不决，时而孤注一掷，盲目地接受着命运的安排。一路从新奥尔良逃到比洛克西，再从莫拜尔到彭萨科拉，中间还在不少小地方躲藏过。

　　现在，他们身处彭萨科拉，自己制定的路线已经走到头，如果不离开沿海地区，就没法再走下去了，但也许是害怕未知的困难，他们就一直在熟悉的海岸地区徘徊。从这座城市开始，海岸线陡然转弯，经过一片锡皮屋顶的棚屋到了坦帕，再往前走就是完全陌生的区域，那里充满讲着异国语言的哈瓦那情调。前往那里就意味着彻底与现在的自己隔绝，开始不能回头的逃亡，再也没有权利回来。（回国的船只受到监管，而他们没有通关许可文件。）但他们也不想退回亚特兰大，那里是返回内陆地区必经的地方。她固执地觉得那里是北方，很害怕那里。其实那并不属于北方，只是离北边更近了一点而已。

所以，他们继续待在彭萨科拉。在那儿他们又找了一栋房子住下。这次不再为了富丽堂皇的派头，也不想追求时髦，更没想找到"真正"结婚的感觉，只是简单地为了基本的安全。

在一个雨夜，他们准备一家酒店只住一夜。"住酒店他们会更容易找到你，"她在房间里低声说道，"他们会更快找到你的个人消费记录。同时周围会有太多人来来往往，更容易把我们的消息到处传播。"

他点点头，弯腰从拉得严严实实的窗帘下面的缝隙里窥视着外面，然后回头盯着她，那眼神就像让人心慌的闪电。

他们找到的房子是最偏远、最隐蔽、最不起眼的一栋，坐落在远离市中心的一条人迹罕至、两旁植满树木的街道上。周围的房子离得不算近，邻居也不多；他们在窗户上全挂上了厚厚的蕾丝窗帘，防止窥探的人看到里面，还雇用了一个女佣料理家务，但让她尽量少来；一周只来三次，而且六点前必须离开，不能在家过夜。在她面前，他们说话十分谨慎，甚至根本一言不发。

这一次，他们原本是非常谨慎，非常小心的。

在最开始的一两周内，每当邦尼白天出门或回家时，都会在上下车时把阳伞伞檐压得很低，这样她的脸就不会被人看到。至于他，没有阳伞可以遮挡，就尽量把头一直低着。这样一来，他每次出门或回家都看上去像在沿路低头寻找什么东西。

当一位女邻居依当地习俗带着自制的果冻之类的食物礼貌性地拜访他们时，邦尼飞快地跑到门口，自如地向她解释说他们还没有收拾好东西，房间里一片狼藉，就不方便请她进去了。

那女人都没来得及拿出礼物，只好悻悻地离开了。等到下一次再见到她，她也没跟他们打招呼，只把眼神移到了一边。

"你不该那样做的，"他听到不速之客离开后，忍不住提醒她，"那样看起来就更可疑了，显得太心虚。"

"没有别的法子了，"她说，"如果我接待了她，那么其他人也会来，我就要再去拜访他们，这样下去就没完没了了。"

从那以后，就再也没有人来拜访了。

"他们可能认为我们同居了，"有一次她语带嘲讽地告诉他，"现在我每次出去都会把左手的手套摘下来，然后用左手举着阳伞伞柄，这样他们就都能看见那枚婚戒了。"她停顿了一下，骂道，"肮脏的蠢猪们！"

罗杰斯夫妇来到了彭萨科拉，在彭萨科拉找了一栋房子。罗杰斯夫妇——不知从何而来，要去向何方——也无人知道。

纸牌千术

这次他什么都没有说,她却从他的表情中猜出了端倪。只见他站在窗户边,望着外面的某处,紧咬双唇,不管她说什么,他只是勉强应付,然后转过身把手插进衣袋里,开始在房间里来回踱步。

现在她非常了解他的想法,而且知道没有别的问题,只是因为那件事。

紧盯了他一会后,她终于点头了。"又要走吗?"她费解地问道。

"是的,又该走了。"他答道,没再说话,倒进了一把椅子里。

听到他的话,她把套在手上的一双长袜愤愤地甩到一边,原本打算找找袜子上的破洞。"我们凭什么总是要这样?"她抱怨道,"我们刚能停下来喘口气就又要结束这样的生活，总是这样周而复始。"

"生活转瞬即逝，对任何人来说都是这样，"他忧郁地说，"美好的东西不可能既要享受又要永存。"

"但对我们来说，这种日子过得太快！"她痛苦地辩解，"我从来没有见过这样的生活。"现在倒换了她冲到窗边，寻找着那象征着他们运气的星星，那星星远在天边，遥不可及，而他就刚才也寻找过，这除了他们两人，没有人能看得到，"我们是不是又要回到新奥尔良去了？"

他们已经培养出了默契，无须言语就能明白彼此，当然更不需要完全明确无误的解释了。

"（我们）不能再回新奥尔良了，我们在那待够了，那儿也没有什么值得我们留恋的了。"

他们现在连小癖好都变得一般无二。现在，她又咬起了下嘴唇。"我们还有多少钱？"

"两百出头。"他头也没抬地回答。

她走到他面前握住他的手，似乎想吸引他的注意，其实他已经在完全盯着她。

"我们还有两件事可做，"她说，"一是我们什么也不做，等着钱花完；二是我们可以把这些钱利用起来，做点什么事。"

他抬头看了看她，这次他们出现了分歧，一个盲点。

"我听说过好多人只用不到两百美元的本钱就赚到了两三千美

元。"

她的手仍握着他的手臂，就这样向他传输这个想法，而不是在用语言告诉他。但她还是枉费了。

"你会玩纸牌吗？"她坚持问他。

"年轻的时候，有一天晚上我跟贾丁玩过一次纸牌。我记得叫比齐克牌戏，已经记不清了——"

"我说的是真正的游戏。"她不耐烦地打断了他。

这下他明白了她的意思。

"你的意思是用纸牌赌博？冒险？"

她摇了摇头，看上去更不耐烦了。"傻子才会用纸牌赌博呢，聪明人才不会冒险。我来教你怎么玩，你肯定能用两百美元翻身。"

这下，他才算真正领会了她的意图。

"作弊。"他的语调十分平静。

她甩过头去不看他，过一会儿又转了回来。

"别装作道貌岸然的样子，作弊只是一个说法而已。干吗非这样说不可呢？还有好多好听的说法呢。'提前准备''保证'不输什么的。何必把胜算都压在运气上呢？运气就像妓女一样靠不住。"

她走到一边，抓住一把椅子的椅背，把它斜斜地拖在身后。

"来吧，坐下。我先教你游戏该怎么玩。"

她是个好老师，不到一个小时，他就完全学会了。

她说："现在你知道法罗牌怎么玩了，能玩得跟我一样好，也没人能玩得比你更好了。接下我要教你真正重要的部分了，首先我得戴上些首饰。"

在她进去打扮的时候，他就无所事事地坐在那里玩着一张牌，等她回来时，身上戴着她所有的珠宝首饰，就像她平时晚上的打扮一样，但跟她穿着的家居服完全不搭，看上去非常奇怪。

她过来坐在他面前，两人之间的气氛使他的手微微发抖，似乎要去做什么十恶不赦的事。

"一共有四种花色，要先把它们分别标记出来，"她讲得很快，"在玩的时候我不能坐在你旁边，因为他们不和女人玩，所以一切都要依赖于你我之间快速的合作。但在船上玩的时候我从没失过手，所以在这里应该也没问题。我教你的是最简单的方法，也是最容易被发现的，但我们只能用这个，因为你的手指还没有灵巧到可以操纵发牌，这样一来你就必须依赖我而不是你自己来观察局势，我们要尽量少用这些伎俩，要节省机会用在最有效的时候。现在开始吧，如果我把手像这样伸到胸部附近，就代表红桃，伸到喉咙处的项链上时，代表方块，伸到左边的耳坠上，代表黑桃。右边耳坠代表梅花。当我再把手放下去的时候，就是要告诉你数字了，每根手指代表一到十的一个数字，你要看我左手的外侧，左手的小拇指代表数字一，右手小拇指代表数字十。我弯曲或者勾了勾哪一根手指，就代表哪一个数字。"

"那对方拿的是杰克、皇后或者国王时，我要如何得知呢？"

"这三张牌按顺序排列是十一、十二和十三。国王就是左手小拇指加左手中指弯曲，而 A 就是数字一。"

"你总不可能把对方手上的每一张牌都看清，然后示意给我吧？"

"我当然做不到，我也不想这么做。你只需要知道一两张最大的牌就可以了，那才是我要透露给你的。"

她把一副牌从桌子上推给了他。

"帮我发牌。"

她把手里的牌排好。

"现在告诉我我的手里有些什么牌。"

他观察着她的动作。

"你手里最大的牌是方块 Q、红桃 J 和梅花 A。"

他没有得到肯定。

"你这么盯着我，就算是瞎子也看得出你在做什么，你把所有把戏都写在了脸上和手上；学着别那么明显，再来一次。"

他又说了一次。

"好多了，但这次又太慢了，他们不会等你坐在那里慢慢想的，再来一次。"

这次她仅仅是点了点头作为肯定。"再来一次。"

这一次，她终于承认："你并不笨嘛，路。"

他却突然把手里的牌扔到了一边。

"我不能这么做，邦尼。"

她立即严厉地瞪着他。

"怎么了？你是太高尚了是吧？这样做侮辱了你吗？"

他在她的眼神里垂下眼睛，用手指挠着头。

"别忘了你在莫拜尔杀过人！"她指责他，"现在连玩牌用点小伎俩都不愿意。哦，你也太会装清高了吧。"

"那总归不一样——"

"如果有什么人能让我觉得恶心的话，那就只有圣人一样的人了。你就应该把你的衣领从前到后全部扣好，那样最好了。不说纸牌的事了，就揣着你的两百美元坐以待毙吧。"她从椅子上站起来，恼火地把椅子甩向一边。

他看着她大步走到门口，拧开门锁，把门甩到一边，准备冲出门去。

他说："你很想要我这样做吗？就那么想吗？"

她停了下来，转头看着他。"我是为了你好，不是为我自己，我只是在试着帮助你。这对我没有任何好处,对此我一直非常清楚。以前如此，现在也是一样。"

他从她的一番话中听出了一个无比响亮的潜台词：孤独。

"邦尼，为了你,我会这么做的，"他艰难地说,"为了你我会的。"

她得意地垂下眼，走过来坐下，表情渐渐平静，又开始专心教他。"现在，猜我拿了什么牌？"

赌场风云

他不知道她是如何找到（那些）地方的，他甚至想象不到还会有这样的地方，而她似乎总能寻找到这一类场所。

赌场在二楼，因为他们看到偶尔会有人走下来但从没见到有人上去。一楼是一家餐厅和红酒吧。之前他们在夜间休闲的时候来过一两次，当时并不觉得有什么好玩的，很快就离开了。当然，即使当时她发现了（这里的秘密）也不会告诉他的。

现在他们进去了，他随身揣着那两百美元，俩人先在紧挨着楼梯的地方坐下，点了两杯勃艮第。

"你能保证赢吗？"他仍这样问，略带怀疑。

她机敏地向他皱了皱眉头以示确认。"我知道，我保证。那天晚上我就见过几个人，脸色像刚刚下楼的一两个人一样，我熟悉那样的神情，脸色发白，眼神发亮，非常兴奋。"她在桌下拍了拍他的膝盖，"耐心点。等时候到了就按照我教你的那样做。"

他们在那里坐了一会儿，她的神情神秘莫测，而他却坐立难安。

"是时候了。"她终于开口了。

于是他招呼服务员："麻烦结账。"他把两百美元全部掏出来，好让服务员看见，然后从里面抽出一张付钱。同时，她为了维护形象，极力忍住了一个哈欠，向服务员说："这里太无聊了，你能提供一些——更有意思的玩乐吗？"

服务员听后回身去找经理，跟他秘密地讲了几句。之后经理就来到了他们面前，从杜兰德的椅背后十分诡秘地探身到他身边。

"先生，我能为您做什么？"

"你难道不能给我们提供更刺激一点的玩意嘛？"

"先生，如果您是一个人来的话，我想建议您——"

"大胆地建议吧。"杜兰德鼓励他。

"楼上有一些（跟您一样的）先生们——您懂我的意思吧？"

"好极了。"杜兰德说，"真希望我早就知道这个。来吧，亲爱的。"

"这位女士也要去吗？"经理半信半疑地问道。

"我不会手脚不干净的，"她挤出一个做作的笑容，"我会保持安静的，甚至没人会发现我的存在。"

"告诉他们是布拉德福德先生让你们上来的。我们不想太引人注目,只是方便一些老客户消遣消遣。"

他们上去的时机很凑巧,似乎没有人注意到他们。只见一扇很大的双开门房间,门后一片喧哗,人声嘈杂。杜兰德敲了敲,有人来开门,把着门,站在门内看着他们,从门外看不到里面的情况。

"是布拉德福德先生让我们上来的。"

"先生,我们这儿不允许女士进入。"

她立即展示出令人目眩神迷的笑容,直盯着那人的眼睛,甚至把手在他的手臂上搭了一会儿。"凡事都有例外嘛,你一定不忍心就这样把我拒之门外吧?没有他陪,我会很孤单的。"

"但是男人们的谈话可能——"

她调笑地捏了捏那人的下巴。"好啦,好啦,我丈夫之前已经发誓说,那吓不到我的。"

"请稍等一下。"

他关上了门,很快又打开,递给她一个黑丝绒眼罩。"戴上这个可能会让你舒服点。"

她讽刺地瞥了杜兰德一眼,好像在说"他也太傻了吧?"但还是戴上了眼罩。

那人站在一边,帮他们打开门。

"你非得这么骚气冲天吗?"杜兰德在她耳边飞快地说。

"反正他让我进来了,不是吗?"

她的加入引起了骚动。(事实上)她无论到哪儿都能吸引人的目光,这一点他早有见识,可是以往从没有像这次这样,原本喧闹的谈话声霎时间转为一片死寂,有几桌的游戏甚至停了下来。有一两个人则犹犹豫豫地跟在他们身后,好像想帮他们脱下外套似的,虽然连他们本人都没想这样。

她悄悄地对主持人说了些什么,那人声音洪亮地宣布道:"各位先生们,这位女士希望大家忘记她的存在,她只是单纯地想欣赏一下纸牌游戏。"

她拘谨地弯腰示意,装出一副谦虚的模样,接着把胳膊套在了杜兰德的胳膊上。

接下来有导引员带着他们去到某一张桌子前,有一个人问了他的名字后,桌上的其他人也表示愿意和他一起玩,导引员就向桌上的"卡索先生、安德森先生、霍夫曼先生和斯蒂夫斯先生"介绍了他。

他没有介绍邦尼,在那样的场合这是一种礼节,意味着可以对她忽略不计。

"男士们,来一杯香槟。"杜兰德一坐下便吩咐。

侍者送来了酒,但她立即接过酒瓶,对管家说:"我很乐意为这一桌的先生们服务一下。"这时牌已经全部发好,她便绕着桌子,挨个给大家倒酒。然后再回去坐在离桌子有一段距离的地方,活像一个因为被允许和长辈一起熬夜而表现得格外乖巧的小女孩。

她给人一个假象,好像双脚不会垂在椅子前晃动。

杜兰德满不在乎地把那两百美元全部甩在桌上,似乎那不过是他随身携带的一小部分,接着游戏开始了。

没用几分钟,那两百块就开始减少了。但没过多久又回升到了两百,尽管整个过程他手里的钱数有起有落。他陆陆续续地赢钱,终于把本钱翻了个倍,等到又翻一番时,他把钱堆成两沓,这样他目前已经有一千美元了。按照游戏规则,他让这些钱一直处于他的视线范围之内,游戏继续进行。

房间里又闷又热,而玩家们的狂热又让这里更添了几分燥热。他们一次次将香槟一饮而尽,每当空酒杯落下,就会有一个敏捷的影子,甚至比影子更不起眼,从玩家身后巧妙地将酒杯端出,在不阻挡玩家视线的前提下倒上香槟。她举止优雅,讨人喜爱,时不时把手分别放在喉咙、胸前、耳朵,同时又能把香槟一滴不洒地送回原处。尖细的手指,一个或两个勾一勾,扣紧手指根。

有时个别玩家会视线离开牌,轻轻说声"谢谢",更多的是无视她的存在,冒失地向她要求倒酒。

一次她用扇子向管家示意,他便新拿来了一瓶酒。当她拔起软木塞的时候有一点害怕,那样子真让人喜爱,她是那么胆怯的小东西,笨手笨脚地开着香槟。

可是牌桌上突然毫无任何征兆地安静了下来,没有任何人说话,牌戏中止了。每位玩家都在盯着自己手里的牌,但都没有动。

"你们随时都可以出牌,先生们。"杜兰德语气十分愉快。

没有人理他,也没有人出牌。

"我在等你们出牌呢,先生们。"杜兰德继续催促道。

尽管他连声催促,也没有人抬头看他,玩家们依旧低头看着手里的牌,沉默以对。

"你能让这位女士别再那么做了吗,先生?"坐的离他最近的人突然说。

"什么意思?"

"你真的想让我说出来吗?"现在一桌的人都抬头看着他。

在他们的注视下,杜兰德被激怒了,但他的话听上去只是在虚张声势:"我倒想听听你这话到底是什么意思!"

随即,另一人站了起来。"(我的意思)就是这个。"他把手里的牌丢到面前的小格子里,挥手在所有人面前扇了杜兰德两个耳光,左一下,右一下。

"如果有什么人比一个在玩牌时作弊的人更低贱的话,那就是让女人帮自己作弊的人。"挨了打的杜兰德拼命地挥动拳头想反击,此刻他忘记了周遭的一切,只留下脸上被挑衅的印记隐隐作痛——因为他还从没遭受过这样的羞辱,也不知该如何应对这样的突发情况。但现在其他人也跳了起来,他们一股脑扑到他身上,牢牢捉住他的胳膊。他激烈地扭动着想要摆脱控制,但他能做到的却只是轻微晃动身边的人,摆动自己的身体;对于单打独斗的他来说,对手实在是太多了。

牌桌在打斗中摇摇晃晃,有一把椅子被踢翻在地。而她在徒劳无功地尖叫,那叫声在此刻听上去十分微弱,但尖细刺耳。她仿佛被这样的场面吓住了。

这时,那经理像魔术般突然现身。打斗随即停了下来,但杜兰德仍被紧紧地束缚着,他原本白皙的脸庞一下子耷拉了下来,好像想躲避人们灼人的逼视。

"这人在游戏中作弊,技术拙劣。我们原本还以为你是个绅士,你至少应该顾及一下自己的颜面,注意自己的行为。"

至少是为了那仅剩的一点尊严,他没有试着否认(指控),而他也只剩下那点尊严了。他的衬衣领口已经撕开到了胸前,胸前在激烈地上下起伏。不是因为刚才的肢体冲突,而是因为深深的羞辱感。此刻,整个房间里所有的人都在关注着他们,大家全把打牌的事抛在了脑后。

经理向两个按着他的彪形大汉示意:"快点把他赶出去。我们这里讲求诚信,我绝不会容忍作弊的人。"

他没有再反抗。当那两人按着他转向其他人时,他粗暴地抗议道:"把你们的手从我身上拿开!"此外一句话都没说。

但后来当他看到经理清理桌子扫过上面的东西时,他立即喊道:"那里面有两百块钱是我的,是我带来的。"

经理站得离他很远,挥挥手赶他走:"那些钱我们没收了。为了提醒你不要再犯！混蛋，快滚吧！"

听到这里她突然大叫："你们这些强盗！把他的钱还给他。"

"瞧瞧，贼喊捉贼呢！"有人嘲笑道，周围的人随之爆发出一阵哄笑，逼得他们两个无地自容。

他们匆匆地压着他穿过房间，从后门把他赶了出来，可能是为了避免让前面楼下的食客觉得丢脸。门外有一段紧贴着墙壁的楼梯，是未上漆的木板搭成的。他们把他一直推到楼梯下，重重甩在了泥泞的后巷里。他奇迹般地没有受伤，但这样前所未有的耻辱简直逼得他想要藏进泥地里。

推他的人把他的帽子扔在他身后，之后炫耀地拍了拍手，好像是怕玷污了自己的手一样。

但这还不算完。对他的致命一击是看到那门突然又打开了，邦尼跌跌撞撞地出来。她被那些人粗笨又汗湿的手狠狠推开，就像（驱赶）什么不值钱的东西一样。

（那可是）他的妻子啊！他的爱人！

他感到仿佛有一把刀刺穿了自己的心脏，他的心似乎在慢慢收缩，渐渐包裹住刺穿它的刀刃。

眼前是茫茫深夜，她被推出来后几乎失去平衡，要在他身后倒下，但她的手紧紧抓住铁板，终于及时把自己拉了回来。

她一动不动地在那里站了一会儿，就在他上面，她并没有回头看身后的人，而是垂下眼睛盯着他看。

过了一会儿她走下来,经过他时拎起裙子避开了他,仿佛他是那种被人抛弃的垃圾。

"起来,"她简短地命令,"起来,滚蛋吧。我从没听说过(像你这样)无论如何都赢不了的人;认真打牌赢不了(也就算了),作弊竟然也赢不了。"

他也从没听说过,人竟然可以说出这样恶毒又轻蔑的话语。

真爱谎言

  杜兰德早预见到她在崩溃之后肯定会有所改变,现在他对她了如指掌,猜得透她的情绪,也看得穿她的本性。而事实的确如他所料,只是来得没有他所想的那么快,那么理所当然。

  事发后的第一天,她可能只是没有往常健谈,待人也没那么友好,仅此而已。似乎有什么东西正在萌芽,种子已经在生长但还没破土而出。只有恋人的双眼能发现其中微妙的变化。而他正是有着那样一双眼睛的人,尽管他已经是她的丈夫了。

  有天晚上,情况就开始急转直下。她的情绪迅速降温,说话彬彬有礼,但正是这一点让人确定(她的情绪不好)——彬彬有礼却显示出貌合神离,夫妻之间不应该这么礼貌。可以柔情蜜意,可以尖酸刻薄,但绝不该彬彬有礼。

到了第二天,她的厌恶已经开始像毒草一样疯狂蔓延,把原来美好的花园完全倾覆。现在她的目光总是避着他,为了两人能按照他的方式行事,他不得不直接用提问的方式来跟她说话,别无他法。后来他们甚至避免待在一起,似乎觉得没有什么事值得他们浪费时间共处了。

事情就这样继续恶化着,又不出一天,厌恶的杂草开花结果,结出了剧毒而腐臭的果实,播种的整个过程终于完成,眼下只剩下收割了。谁来做那个拿着镰刀的收割人呢?一切似乎都取决于她是否说破,现在那锋利的刀刃被天鹅绒包裹着。只要他说出任何挑动的话,都可能一触即发。

对她来说,这样好像已经是比较好的状态了,有时,她似乎也试着控制自己的厌恶,尽力让自己的内心变得宽容一些、柔和一些。但她发现,在这件事上自己的本性和理智总是背道而驰,而且无论她多么努力,本性的冲动总能占上风。每到她微笑时,她眼中忧郁的寒冰就会融化,然而这样的时刻总是转瞬即逝;因为心中的冰川很快就会再次侵蚀,让她重新变得冷漠无情。

对他而言,出门长时间散步能让他逃避这一切,轻松片刻,可以中止痛苦,因为散步时他并非独自一人;散步时,他幻想自己像以前一样与她同行,直到近期,同时,他会在心里把从前的她美化，直到她在他心里成为一个完美的人。然后等他回家时就会带着微笑，心情也更轻松，可当眼前的她和他心中的她相遇，他会马上发现他所做的一切都是徒劳，眼前的她摧毁了他心中最后的幻想。

"我会去找工作的，如果这对你来说这么重要的话，"他终于憋出这样一句话，"我还是有能力的，所以没有理由——"

他没有得到肯定的回应。

"我讨厌辛勤工作的男人！"她咬牙切齿地说，"如果我想要的是那样的丈夫的话我就该跟拖车的马匹结婚了，那样也太枯燥无聊了。"说完瞪了他一眼，好像他并不是真心希望改善他们的生活，只是在故意跟她提出一些无用的、不值得认真考虑的建议，"除此之外肯定还有其他办法的，找对了方法你就能赚钱。"

他心神不宁地揣摩着她话里的意思，但又害怕明白，害怕猜出她的意思。

"只有傻子才工作呢，"她轻蔑地说，"很久以前有人这样告诉过我，现在我更加深信不疑了。"

他想知道是谁这样告诉她的，想知道这人现在在哪儿。这样的人是否早已经锒铛入狱，或者已经受了绞刑，一命呜呼。或者他依然安然无恙地活着，证明自己的信条是正确的，在某处等待着她的消息，默认了她以前的想法是错的；他应该知道总有一天，他会以自己想要的方式得到她的肯定。

"那他可真是个淘气鬼。"他只能这样说。

他蓝色的瞳孔中闪烁着深深的抗拒。"他的确淘气,"她肯定道,"不过有他陪着倒是还算不错。"

他没再聊下去,离开了房间。

现在他们之间陷入了深深的沉默,连句"对不起"都没有说,更没有互道"晚安"。这样的氛围令人难受而且难以置信,但它的确横亘在两人之间。就像两个哑巴在房间里走来走去,像两个哑剧演员,更像是两个深夜无眠的影子游荡在房间的昏暗角落中。他靠近她,想握紧她的手,但她好像睡着了。在睡梦中,她也能猜到他的意图,在他摸到自己的手之前把手拿开。

第二天,当他从走廊后面出来,准备按常规出门散心时,偶然经过了书房,瞥见她坐在书桌前。他以前从没见她坐过那里,种种迹象表明,她不是在写信,只是毫无目的地坐着,静静出神。他看得到桌面,上面没有纸张,但是一个人坐在书桌前还能做些什么呢,他问自己。如果只是想坐一会儿的话,房间内还有很多坐起来更舒服的椅子。

他立即产生了一种不祥的预感,只要他一出门,她就会马上开始某种蓄谋已久的行动。她脸上的表情说明了一切——那种神情既坚决又茫然。不是单纯的发呆,而是一种故意摆出的神情,她精心维持这样的表情,故意给出门经过的他看到。她的小拇指摩挲着桌面的边缘,在他的注视下上下摆动,就像小猫尾巴尖上下摆动的样子，透露出刻意隐藏着的不耐烦。

而他却无计可施。如果这次阻止了她，下次她还会想出其他的办法。如果就此责怪她，她一定会否认。如果他试图证实自己的猜想，那么她压抑着的仇恨就会激化成愤怒的指责，那是他不愿看到的。

她在写一封寄给过去的信，一封寄给他以为她已阔别了的地下世界的信。

他走了出去，关上门，心情沉重。

如果在她身上还有什么品质没有发掘的话，几小时后回来的他就会发现，她有一瞬的恶毒的满足感，一种藏在眼中的讥讽。这种神情似乎总是在对自己说：我没闲着，等着瞧吧，一定能看到的。

没过两天，他再也无法忍受他们之间的疏远了，于是做出了让步。他撒了一个谎，不惜践踏事实也要屈从，再没有比这样的做法更糟蹋她对他的期待的了。为了重新建立友好的关系，他牺牲了眼前的一切。

"我对你撒谎了，邦尼。"他的坦诚简单直接，没有任何开场白。

此时她正背对着他梳着头发，准备上床睡觉。眼下这一刻看上去和以往每晚睡前没有任何差别。

"我还有钱，一切都还有救。"

她立即扔下梳子，转身盯着他。

"那你之前为何那样说？为什么？"

"我原本以为或许我们很快就能度过困境，我以为我们能暂时存着这些钱，留给以后用。"

此刻，贪婪已经蒙蔽了她的双眼，使她丧失了判断力。他撒了一个拙劣的谎。事实上，因为赌注没法拿回来，他的经济状况简直不能更糟了。但她愿意相信他，所以对他的话深信不疑。她立刻就接受了他支支吾吾的捏造，而且迅速开始跟他就此争论了起来。人们是不会就一些捏造的东西进行争论的，不会理会它，我们只就事实进行争论。

"以后？"她激动地说，"多久以后？要等到哪个宝贵的日子？到时候我们能变得更年轻吗？到时候我穿衣服还能和现在一样漂亮吗？我的皮肤能跟现在一样光滑吗？你的步伐还能像现在一样稳健吗？"

她再次拿起梳子，但没有梳头，只用它随着说话的重点晃来晃去。

"不，我从来没有那样生活过，现在也不愿意屈服！'祸不单行'，老话都这么说。但我觉得另一句话更为合适，也更真实！那就是'活在当下'。管他明天是不是暴雨倾盆呢！让暴风雨来得更猛烈些吧！我只关心今晚我是不是待在干燥而温暖的地方，明天的雨就可能永远都不会到来。反正明天我可能都已经不在人世了，你也一样。如果进了坟墓，哪里还有机会花钱呢。所以我会好好用尽每一分钱，不问任何其他可能性。就让我死在明天吧，我欣然接受。就算葬在乱葬岗也行，没有裹尸布也无所谓。只要今晚纵情，只要今晚！"

她呼吸急促，热情得近乎愤怒地表达着她的人生哲学。那是被剥夺了权利的人的抗议，是异教徒的恐慌，是不会有巨额奖励的许诺。

"你到底还有多少钱？"她已经近乎狂热了，"多少钱，大约？"

他只想让她快乐，既然没能带她去到真正的天堂，他只愿让她相信天堂的存在。"一大笔钱，"他说，"一大笔。"

"大概有多少？"

"很多，"除此之外他想不出其他的话回答，"很多。"

她心中狂喜，站起来一步步向他靠近，每一步都是一次对他的爱抚，每一步都是对下一次爱抚的预告，爱的表露无穷无尽。她摸着自己的乳房，好像在控制着它喜悦下的肿胀。"哦，没什么大不了的，不用告诉我具体的数目。我从来都不喜欢数字。只要是很多钱就够了。一大捆，一大堆。藏在哪了？就在这，随身带着吗？"

"在新奥尔良，"他闪烁其词地嘟囔着，"但是在我很容易就能取到的地方。"只要能稳住她，他什么都愿意编造，她只想要今晚纵情，好吧，那他也只要今夜的快活。

她高兴得开始跳起了华尔兹，好像看不见的小提琴正在演奏着和弦，转倒在床上，倒进了他期待已久的臂弯里。

又一次，他们得以沐浴爱河，恋人的絮语与承诺，山盟海誓，不再冷言冷语，不再有可怕的沉默，不再互相伤害。我原谅你，我爱你，没有你我无法活。"全新的你，全新的我。"

她突然抬了下头，几乎像是反应过来了什么。"哦，对不起，"他听到她的喘息声，已经分辨不清这句道歉究竟是给他的还是给她自己的，是发自肺腑还是被迫的。

"都过去了，忘了吧，"他喃喃说，"我们说好了。"

她的头这才靠了回去，放下心来。

在一番道歉和原谅之后，而不是中途，他感到一阵疑虑，觉得她的内疚也许是另有所图，而不是出于两人隔阂的圆满消融。一些他当时并不知晓的行为，现在也迅速结束，不再回忆了。

她一直追问他什么时候去（取钱），什么时候去，问得越来越频繁，越来越执着，直到最后他终于不得不直面谎言；现在除了据实相告以外没有别的办法了，只有把一切都告诉她。

"我不去。"

"可是——你还能怎么取到那些钱呢？"

"根本没有什么钱可以取，一分钱都没有，所有的钱早都没了，全花完了，包括卖掉路易斯街的房子得的，贾丁帮我保管的钱，还有做生意的分红。我身上多余的钱一分都没有。"他把手深插在裤兜里，深呼吸，垂下眼帘，"好极了，我撒谎了。别问我为什么，你应该知道原因，也许只是为了让你对我多笑一笑吧。"他咕哝着，声音含混不清，"这是最廉价的方式。"

她开口了,语气依旧是平静的:"所以你欺骗了我。"

她把镜子放在一边,静静站着,又走了几步,看上去茫然无措,伸出手臂,抱住了自己。

暴风雨缓慢地酝酿着,但声势浩大。她开始在房间里来回走动,胸前随着急促的呼吸上下起伏,但起初还是什么都没有说。

最后她抓起装着花露水的雕花瓶子,把它举到头顶,然后重重地摔到了梳妆台上。

"所以你就是这样看我的,一个笑话,是吗?一个聪明的把戏,告诉她你有钱,再告诉她你根本没钱,只有傻子才会相信你说的话,出尔反尔,朝令夕改。"接着把爽身粉罐子也摔到地上,变成了无数晶莹剔透的碎片,有几片甚至穿过大半个房间弹到了他脚下,然后手镜也被摔碎了,"骗我一次还不够,居然还要骗我第二次!"

"第一次我说的是实话,我只是骗你我真的有钱而已。"

"但你得到你想要的了,不是吗?那才是你在乎的事,对你来说最重要的事。"

"你一点都不羞愧吗?是否还有什么话没说了吧?"

"你最好都坦白吧,我警告你!因为会有很长一段时间——"

"你这样漂亮的一张脸上居然长了一张如此肮脏的嘴,"他把自己的想法严厉地告诉她,"一张圣人的脸配一张荡妇的嘴巴。"

这次她把香水瓶直接朝他扔过来,他没有躲闪,香水瓶擦着他的肩碎在身后的墙上,一个碎片弹出划破他的脸颊,茉莉花味的香水溅在他肩膀上。在情侣间的争吵中,她总是动真格;她脸上透露出强烈的厌恶,此刻的她已经失去控制了。如果此时她手里有什么尖锐器物当作武器的话——

"你——"她用他认为只有男人知道的名词叫他,"我配不上你,是吗?我不如你。我是废物而你是优雅的绅士。那么,谁让你跟着我的?谁想跟你在一起啊?"

他用手帕擦拭脸上的血迹,静静地站在那里,坚决反抗她谴责的污言秽语。

"你对我有什么好?一点都不好,你和你的浪漫爱情,呸!"她愤怒地用手擦了擦嘴,就好像他吻了她一样。

"不,我想我没法带给你什么好处,"他的眼睛发涩,面色痛苦,"情况已经不同了,现在我一无所有,你已经把我所有的东西都拿走了,像一个贪婪的水蛭一样。你该确定没漏下什么吧?"他情绪十分激动,不住地颤抖着,把双手伸进口袋,狠狠地将里面的衬里翻出来,"这儿。"他抠出几枚硬币,全部甩在她的脸上,"这就是你漏下的东西。在这儿,还有这个。"接着他撕下镶有宝石的领带夹,也扔向她,"就这些了。我还买了一份保险,可能你会想让我割开自己的喉咙为你赚点保险费——但对不起,它没法生效。"

她打开抽屉,把里面的东西一股脑倒出来,掉出来的比她确认的要多。

"我曾经离开过你一次,现在我要再次离开了,这次一刀两断,绝不回头。我再也不想见到你了。"

"我还是你的丈夫,你根本走不出所房子。"

"谁能阻止我?你吗?"她甩了甩头,尖利刺耳的笑声直冲天花板,"你连男人都算不上,还能有什么办法——"

虽然站在不同方位,他们突然同时向门口冲去。他先冲到了,用后背抵着门,不让她出去。

她举起娇小的拳头徒劳地捶打着他的胸口,抬起脚踢着他的脚背。

"你给我让开,你拦不住我的。"

"不要靠近门,邦尼。"

这一打击对他而言出乎意料,而她却是预料之中,就像人们要打死一只蚊子是不需要思考的。她摇摇晃晃地转过身,摔倒下去,最后跌坐在梳妆台前的长凳上,腿耷拉在地板上。

他们呆呆地看着对方,一幅惊吓的样子。

他的心脏仿佛被拧干了,下一秒就会喊出来"哦,亲爱的,我伤害到你了吗?"但是他顽固的嘴巴却说不出这样恳求的话。

在刚刚的混乱过后,此刻的房间里陷入了死寂。她显然已经被制服了。此时对他唯一的责备十分特别,那是一种极不情愿的恭维,说的却是反话。她在僵硬地爬起来时闷闷不乐地说道:"你能这样有男子汉气概可真是一个奇迹,我可真没想到。"

说着她再次走向门口,但这一次,她身上不再充满敌意了。

他就站在狭窄的警告盖子下看着她。

"让我去上厕所,"她面有愠色,语气却很温顺,"我要用冷水洗把脸。"

当他从楼下再上来时,她已经把床上的东西拖出了他们的房间,搬进了大厅后面的备用卧室里。

神秘信件

杜兰德已经习惯一天散步好几次，大约四五天后，他又散步回来，突然，邦尼的身影出现在他前面的两三个交叉口，跟他走的是同一条道，一条斑驳的林荫道。

距离很远，人影很小，总之，太阳变幻，忽隐忽现，路上的林荫把人影变得很是模糊，他不能完全肯定这背影就是她。不过，他觉得自己熟悉她的步态，当别人从她身边走过，他一定能从步宽中判断出来，她的步子要小于其他人，还不仅仅是步宽，最主要的是她的衣服颜色跟他一个小时前离开她时是一样的：紫红色。总之，有太多的相似之处，他觉得那就是邦尼。

一直追着她喊是没有用的，太远了，她肯定听不到，他们之间隔得太远，别期望在很短的时间内跑过去抓住她，等他来这么做，她早就回到这门口了。再说，没必要如此匆忙，不急，他马上就能见到她，况且，他最近走路多了有点觉得累，不太愿意来管这些。

她是突然出现在前面两个交叉口的地方，因此他猜想她一定是从位于附近的哪家门里出来的，或是从那附近的什么房子里出来，他正好瞅见了她。

等他自己也到达那附近的时候，在那条路上，他转身往边上看，起初只是出于简单的好奇，一边走着，想沿路看看她是从哪儿出来的，她到底在那干什么——他始终认为那就是她。

简单的好奇很快变成了一丝惊奇，迫使他追踪下去。位于他侧面的建筑是邮局，紧邻它的是极为简陋的普通的商店，没错，接着就是几家类似的商店，而就在他们住的地方，几步之遥处，那些商店要好多了，有腔有调，她几乎完全不可能会一路跑到那样的地方去，那她一定是去了邮局。

她完全没有必要去邮局，就在这条路上，有个邮箱供他们取信件，还有一位邮差经过他们家门口时会把邮件送上门。她拿到的到底是什么信？谁知道了他们住在这儿？谁又知道他们是谁？

新露出的阳光又渐渐暗淡在急速漂移的云朵后面，他甚至还没想好要干什么，转身便进入邮局，可是，他一进去就宁愿自己没有进来，想转身离去。但不安感强过他的不情愿，他要去窥探个究竟,最终迫使自己步步走近小窗口后面的那位挽着袖子的职员,他胸前挂着"总递送员"。

"我来找个人,"他面露羞涩地说,"我是很——想她。是否有一位小个子的金发女士——呃,跟这差不多高——几分钟前在这里?"

他记起了那天带她去新奥尔良的银行,刚在这一定是同样的情形,只要她进来过,一定会被人们记住。

那位职员的眼睛一亮,似乎带着一抹余光。"是的,先生,"他激动地说,"几分钟前,她就在这个窗口办事。"他拉起和整理自己的一个袖章,然后另一个,"她是来要一封信的。"

杜兰德感觉喉咙干涩,强迫着挤出一个堵得慌的问题:"那她——你们给她信了吗?"

"肯定的,"这位职员晃动着脑袋,好生羡慕,对着嘴里的什么空壳用舌头弄出"啵啵啵"的声音。"马博·格林娜,"他回忆说,"她一定是新到这儿的,我不曾记得——"

杜兰德没有再待在那儿。

她就在一楼的起居室里,帽子和披肩都不见了,似乎压根儿就没穿戴过。她站在屋子中间的桌子旁,拨弄盘里的花,摘除看上去要枯萎的叶子,那是她前天放那的长寿花。他一进来就闻到了空气中弥漫着一股烧焦的焦灰味,好像几分钟之前烧过什么小东西。

"回来了？"她友好地问道，把头转到他那儿，然后又转回到她的花上。

他连续急吸了两口气，非常不情愿地确认这股异味。

她虽然没有看他，但一定听到了，于是突然停止弄花，走到窗前，把窗户打得大开。"我只是刚才吸烟了，"她说，"需要通风。"

在她常用的托盘里，一点痕迹都没留。

"没抽完就扔到窗外了，"她说道，又回去继续弄她的花，"实在不合适，枯叶弄得很不好看。"

可她自己身上的烟臭味从不曾如此的烦人，这可不是烟草的芳香味，而是烧纸后更辛辣的刺鼻味。

"我刚在街上看到的是你吗？"

我猜想她会撒谎，我知道，他想得很悲伤。她改不掉这点，唉，我干吗问她？我为何要咎由自取？问题已经问出来了，就无法收回了，刚才一言既出，现在便驷马难追啊。

她没有马上回答，如果是刚回来，她怎么能不确定呢？她又拿出一枝花，拿着花枝转动着，再看看有什么瑕疵，再把它放下，然后她转过身来面对着他，正对着，看到他的眼睛正盯着她的紫色哔叽裙，这个时候她才答道："是的。"

"你去了哪儿？邮局吗？"

她再次停了会儿，似乎看见了她刚去过的地方的地形图，让自己又想起了那儿。

"我去办了点事，"她稳稳地答道，"我需要买些东西。"

"什么东西？"他问。

她低下头看着花。"一把园艺剪，剪掉这些花茎。"

她都已经挑好了，准备把这些花卖到商店，邮局隔壁就有一家店。

"然后呢？"

"他们正好手边没货，但答应派人去要货，我告诉他们没必要麻烦了。"

他等着她继续，她却不想再说什么了。

"你没去邮局吗？"

其实，他意识到，重复这个问题的本身，甚至第一遍问的时候，就已经有了间接的答案。通过问，他告诉她他知道她去过邮局。

"我确实进去过邮局，"她含含糊糊地说，"想起来了，我忘了这事，去买了几张邮票，现就在我钱包里，想看看吗？"她笑了笑，俨然做好了充分的准备。

"我不看，"他有点不高兴，"如果你说买邮票了，那就到此结束。"

"我想最好还是给你看看邮票吧。"她的声音不卑不亢，但也怪腔怪调，逗乐性的，就像是在耐心地忍受和原谅别人的敌意。

她打开花托，取出零钱包，给他看了两张方方正正的、旁边的齿轮还连着的红色邮票。

他几乎都没看。她可能是半小时前买的，也可能是一个月前买的呢。

"那职员说给了你一封信。"

"他给我信了？"她的眉毛滑稽性地扬起。

"我给他描述了你的样子。"

"他是给了我一封信。"她冷冷地说。

"是写给马博·格林娜的。"

"我知道，"她没否认，"所以我才把信还给了他，他把我当成别人了，我就在那停了一小会儿，他的窗口，我背对着他，把邮票放好，也没注意到我是在哪儿。他突然喊出来：'哦，格林娜小姐，你有一封信。'然后就把那信塞给我，他真让我蒙了，我想都没想，拿到手上看了一会儿，然后，我说：'我不是格林娜小姐。'把信还给了他。他向我道歉，就这样。当然，再想想，他的这个错可能是个不太诚实的错，觉得他是故意——"她不太情愿地调整了声音，"——调戏我，他是故意挑起跟我对话，想告诉我，我长得很像另一个人，我马上掉头就走了。"

"他没说你把信还给他了。"

"可我说我还了，"她的声音里没有生气，也没有情感，"你有两个选择：相信他，还是相信我。"

他垂头丧气，在斗智斗勇中败下阵来，正如他预料的那样。她是绝对的没有愧疚感，这并不意味着她没错，只是不害怕，她通常这样，并帮她掩盖事实。他完全可以带她去那位职员那儿当面对质，但那丝毫不能改变什么。她会勃然大怒，当他的面断然否认，相信那样一定会让那职员畏缩。

走出房门，她的手从他宽宽的背上拖拉着，挺友好的。

"路，你不信任我，对吧？"她不气，但也不悦。

"我想相信你。"

她要出去，走到门口，耸耸肩。"然后，这样跟踪我，这就是你要做的，够了。"

她上楼去，有点得意的样子。虽没看到她的脸，他再确定不过了，脸上一定是扬扬得意地笑着，跟她的脚步声极其吻合。

他一下子瘫倒在壁炉前的沙发里，两手在砖石地面上急速地画着圈，壁炉另一边有被刷过、被弄黑的痕迹，上面还有一些易碎的纸灰，很少很少，不足巴掌大，他挑起一片还没完全烧尽的，也许是因为把它拿在手上烧到最后，只是下面的一个角，仅此而已，两条边被直接剪断，烧成波纹不齐。

总体来说，只能看清一个词："比利"，就这个词也不是很完整，"B"这个字母上面部分已经烧开了，留下火烧过的棕色痕迹。

背叛

　　接下来五天，什么事也没有，再没去邮局，再没有桌边闲坐，再没有寄出信，再没有收到信，任何说过的都已经说了，只有壁炉知道到底怎么了。

　　那之后的五天，她也没有出去过，也没有散步，只在房间里闲度日，不交流，却很自信，好像在等待着什么，等待着一段既定的时间过去，五天的过去。

　　就在第五天，一句话没说，她的房门在多日关闭后突然打开了，他注视着她走下楼梯，准备出门远足，她精心打扮着，比之前很久以来他见到的更加仔细，更加精致，头发热烫了一下，一波波烫出来的波浪让头发缩短了许多，嘴唇抹涂鲜红，一点不含蓄，似乎依据的是另一个人的标准，而不是他的；嘴唇红得一点不自然，但就是为了红而红，她的香水味浓得让人头晕，依然不是他的那种标准，而是别人的品位。

她走了出去，那明显是超出和挑战他的观察力，似乎在告诉他：没错，别阻拦我。"我要出去！"她说，"马上就回来。"

他没问她去哪儿。

那大概是下午三点钟。

五点钟她没回来，六点，七点，都还没回来。

天已经黑了，他点上灯，灯火通明到八点，她仍没回来。

他知道她没有离开他，他知道她会回来的。不管如何，他不担心这点，她离开时的装扮，那么公开、招摇，足以说明这点。如果她真要离开他，完全可以偷偷地溜走，那样他就一点也不知道她走了。

他走到她的梳妆台那儿，立即从它的后面拿出一个小盒子，盒子的木头已经烧过，她的首饰就放在盒子里，还有她第一天到新奥尔良时送给她的钻石戒指。

不，她没有离开他，她会回来的，她只是去了一个没有婚礼乐队的远足。

等到快九点，门外传来声音，但不像是在开门，只是朦朦胧胧的开门声。

他最后走到客厅去看个究竟,为何她没有直接开门进来,他已经知道了那就是她回来了。

她一半身子在里,一半身子在外,背侧靠着门框,明显是撑靠着门框,像是进门太困难了,想要放弃进门似的。

"你生病了吗,邦尼?"他边严肃地问边不急不慢地走到她身边,或许带有点点责备。

她笑着,在她的自我和本我之间交叉着一种暗暗的咯咯声,那不包括他,尽管花的还是他的钱。

他再走近她。

她身上的香水味已经变了,好像用了很久,已经发酵,带有酒味了。

"不,我没生病。"她挑战性地答道。

"别站在门那儿,需要我帮你吗?"

她一把推开他的手,自己径直往里走,步态平稳但板硬,略有一点自信,似乎在说:"看我走得多好啊。"她让他想到了那些华而不实的女人,走起路来一扭一扭,大步大步的。

"我也没喝醉。"她突然说道。

他先看看外面,然后关上门,外面一个人没有。"我没说你喝醉了呀。"

"你没说,可你是那么想的。"

她等着他回答,可他没作声,他可以肯定,无论是何种回答都会引起她的生气,他要么跟她对抗,要么接受,她就是想跟他吵,带着敌意,无论后天的还是天生的,他都不想讲了。

"我从不喝醉,"她走到客厅门口,转过头来对他说,"我这一辈子从未喝醉过。"

他没有答话,她进了客厅。

他也跟着进来,她已经坐在堆满东西的椅子上,头微微后靠,歇息着,眼睛却睁着,但没有看她手头的东西,只是向上看着,慢慢脱下手套,但他以往见过的那么专心,带着一种傲慢的轻浮,让空空的手指随意垂下,晃动着。

他站在那看了她一会儿。

"你回来得太晚了。"最终他开口说。

"知道我回来晚了。不需要你讲。"

她把手套扔到桌上,手腕任性地一摔。

"你为何不问我去哪儿了?"

"你会告诉我吗?"他退缩了。

"你会相信我吗?"她身子往他面前一伸。

她接着摘下帽子,正着看,反着看,顶在一只手上转动着帽檐。

意想不到的是,他见她另一手两个手指一勾,在帽檐上打着响指,使劲转动帽子,以表示俗话说的不喜欢。过了一会儿,她把帽子远远一扔,扔到房间的另一边了。

他没起身去捡,反正那是她的帽子,他只是关心着帽子被扔到哪里了。"我以为你喜欢这帽子。"

"哟,"她说话带着低沉的厌恶,"纽约的女人们这个季节戴宽大的帽子,这种小玩意儿被淘汰了。"

谁告诉你的?他心里酸涩地说着。谁告诉你,离开你熟悉的大城市,来到这浪费自己的岁月,并埋没于此?他似乎能听到这些话,好像说这话的时候他就在现场。

"我拿点什么给你喝?"过了一会儿,他主动提出。

"随便,什么都行。"她几乎是冷笑着说。他可以读出这种无言的暗示:没有你,我什么都能要到,无需你的帮助。

他只好随她去,有些事只会让她对着干,或者潜藏的反感会煽起新的怒火,那不只是酒精,它远比酒精厉害,酒精只能起润滑作用。

过了几分钟,他煮了咖啡,给她端来了一杯,只是简单做了,这也是他在这个家里唯一能做的事,他曾见她这么做过,因此学会了:先把水倒进去,然后倒进咖啡,再按住那个没盖的转口。

然而,还有一些别的事——他一点不知道的事——不知不觉在他的成就中,本该意识到其魅力所在,而她很反感,甚至烦到恶心的地步。

"啊,你这鬼东西要甜死我,真不像个人。偶尔把你裤带的味道给女人尝尝也不会吗?那对我们都有好处。"

"他们就曾这样吗——"他开始冷冷地说,可话没说完。

她还是把咖啡一饮而尽，没有谢他所做的这些。

闭上眼睛咽了一会儿，咖啡越来越起作用，她突然变得健谈起来，好像要想办法消除起初的坏印象，敌意消失了，或者至少从眼前消失了。

"我喝酒了，"她承认，"恐怕那对我来说太多了，可他们坚持要我喝。"

她等着他来问"他们"是谁，可他没问，

"我自己回家，那时是五点钟，几个小时前了，我想我错就错在决定不乘车，而是走回家。或许是走路负担过重，或许是衣带太紧，我不知道，我以一般的速度在街上走走，却突然觉得有点晕，眼前的一切开始旋转起来，我也不知道怎么回事，我想大概是晕倒在地，幸运的是一位好心的妇女刚好在我后面几步，她也在走路，她一把把我抱住，扶着我，让我不要倒下去。等我苏醒一点，能站住了，她坚持要把我带到她家，让我休息一会儿再走，她就住在那附近，事情就发生在离她家几步路远的地方。

"后来她先生回来了，他们一定要等我完全恢复，否则怎么也不肯让我走。他们就是把这个给我喝，一定比我想象的还要浓，他们姓杰克森——她好像告诉过我，他们真的是世上最好的人，下次我会指给你看那栋房子，他们的家很温馨。"

她兴奋地回忆起来，开始给他描写那栋房子。"他们先把我带进前厅，让我在沙发上休息，希望你亲眼见到，可以说，各种各样的钱,啊,那里跟我们家一点都不像,路易十五家具,镀金的,你知道,桑树衬垫,壁炉两边全是长长的窗间壁玻璃,壁炉里有油气记录仪,铁柱是可以开和关的——"

她在说的时候,他心里呈现的是简陋、隐秘的旅馆,隐藏在火车站附近的某个小道里,遮住了,大街上看不到,秘密的地方。借助酒兴,不知不觉就放松警惕了,她和那个男人,不管他是谁——

借助酒精做燃料,旧爱又重新复燃,藕断丝连,窃窃私语,偷偷欢笑,共享记忆——他一眼就能看穿,他就在那儿,看着他们。

最能击垮他的并非她身体上的不忠,而是她心灵的背叛,让他感到凄凉孤寂,这两者中,后者最无法修复,她在心灵深处无情地背叛他,远超过她身体上的背叛,他早知道他自己不是闯进她生活中的第一位男人,可他一直想要的、期望的、祈祷的就是他是最后一位。

回头看,很容易追寻到导致这一切的踪迹。他对钱的谎言,让事情变坏而不是变好,然后他们那痛苦和凶恶的口角,令他只好放弃,任由她痛苦,满身长刺,以回报她认为他在她身上所上演的伎俩。那个时候一定还有一封北方的来信,虽然他从未见过那信,他可以猜到,那信里都是些恶意的召唤:"快来带我走吧,我再也受不了了,把我救出去吧。"然后,五天前,答案出来了,一封神秘的给"马博·格林娜"的信。

她不再需要偷偷地去邮局了,不再需要派人送信了,发信人也在这同一个镇，和她在一起。

是的，他想着，痛苦地明白，我也会从五天路程远的地方——或二十倍五天远的地方——来找寻邦尼这样的女人。人还有什么不会的呢？如果新爱供不起她，她只好去寻求旧爱。

从他脸上，她终于发现他根本就没在听。"我唠唠叨叨说太多了，"她没说完，"我恐怕让你烦了。"

"你从不会，"他冷冷地说，"你从不会烦我，邦尼。"千真万确。

她打了个哈欠，把胳膊向后伸。"我想我还是睡觉去吧。"

"好吧，"他表示同意，"最好是这样。"

听到楼上的房门关了，过了一会儿，他慢慢低下头，把头痛苦地埋在托起的双手里，手撑在桌子上。

圈套

杜兰德没再提及她外出喝酒的事，他知道喝酒事件掩盖了她更大的罪过，他要等着看她是否会再次重复此事，他心里打算跟踪她，如果发现那男人，就杀了他。如果她会有下一个约会，第二天就不会是那事了。

她在床上躺到很晚，把他的各种需求留给了那个懒散的女仆，她什么活都得干，洗衣烧饭，隔天来，一周三次。完全由于她的放纵和懒惰，造成了一片狼藉，但那只是脏乱差的冰山一角，而他也没让她负担过重。

她终于下来和他一起晚餐，态度上很是友好，好像（他自己告诉自己）她有两个自我，未醉的自我不知道也不记得本性的仇恨，而醉酒的自我则不知不觉地展现出头天晚上的那种样子，事实如此，未醉的自我也会尽力去弥补。

"阿梅利亚走了吗？"她问道，这是个无须问的问题，目的在于发起对话。厨房里的安静、餐桌边无人侍餐，足以给她答案。

"大约六点走的，"他说，"她把这儿整理好了，把饭放在炉子那热着。"

"我帮你拿过来吧。"见他起身去拿，她说道。

"你能行？"他问。

她低下头接受指责，好像承认那是她应该做的。

他们自己吃起饭来，她羞怯地把面包盘推到桌子那边给他，他假装没看到，过了一会儿，拿了一片，嘟囔着："谢谢。"他们四目相视。

"路，你很生我的气吗？"她咕囔着。

"我有理由生气吗？恐怕没人能回答这个问题，只有你自己。"

她吃惊地看了他一眼，好像在说："你知道多少？"

他心想，还有哪个男人会像我这样还坐在这儿，温顺地保持平静，知道我要做什么？然后他想起了那次去新奥尔良见贾丁时说的：我得做我要做的事，我没有别的可选了。

"我不好。"她轻轻地说。

"你没做什么可怕的事，"他让她知道，"但只要你回到这儿，你整个人就阴沉不爽。"

"我回到这儿之前,"她马上接话,"不太会这样,只是在这儿我才乱来呢。"

他想,我们彼此有多少理解?我们只是结婚,在一起。

她一跃而起,来到他的椅子后面,靠到他肩上,吻他,他没来得及推开她。

他的心犹如火药,立刻爆发,心中升起团团火焰,虽然没有任何熄灭火焰的迹象,他却觉得自己是多么简单地就被收买了呀,轻而易举地就被平息了。这就是爱情吗,或这是我男子汉的崩塌?

他坐在那儿,木呆着,一动不动,手放桌上,绝不碰她。

他的嘴唇还是背叛了他,尽管他尽力去控制着。"还要。"他嘴里说着。

她把脸更低地贴近他的脸,再次亲吻他。

"还要。"他说。

他的嘴唇颤抖着。

她再次吻他。

他突然醒悟,疯狂抓住她,以其说是抱住她,不如说是进攻她,把她整个拖到他腿上,脸贴着她的脸,狂吻着她的唇、她的喉颈、她的肩膀。

"你知道你对我做了什么吗,你让我发疯,啊,这不是爱,是惩罚,是诅咒。任何男人要把你从我身边抢走,我就杀了他——

还会杀了你,然后我跟你一起去死,一干二净。"

他不停地亲吻着她,喘气之间,唯一说的情话就是:"去你的!去你的!去你的!没哪个男人会懂你!"

终于,他放开她,已经筋疲力尽,她软趴趴地躺在他怀里,满脸的奇怪和惊愕,好像他的狂吻是她怎么也没想到的事。

她像出了神似的说话,然后把手慢慢从眉眼处抽回,似乎要保存一些对她来说十分重要的记忆,那些他已烧焦的记忆。"哦,路,你不太确定你了解你自己,哦,亲爱的,你都要让我忘记——"

然而,这犹豫不全的想法慢慢消失,没有说出来。

"忘了谁?"他责怪她,"忘了什么?"

她惊讶地看着他,好像不知道自己说了什么。"忘了——我自己。"她轻柔地说。

她不是指她自己,他心里很忧伤。但那字是千真万确的,没有别的,我没有真正的对手,除了她,就是她本人横亘在要不要爱我的道上。

第二天她没有走出家门,他又是等待着,屏住呼吸,而她就待在触手可及的地方,还有约会的话,那只是延缓罢了。

第三天还没出去,女仆来了,他下楼去,撞见她们紧挨着站在大厅,感觉她们在密谋着什么。他好像见邦尼慌忙地摸自己的内衣,似乎在藏某个刚拿到的东西。

她已成功处理好了那东西，或许，这个女仆就是她的帮凶，看到他的时候，女仆戏剧般从她的女主人那儿反应过来，他在想她们之间一定传递了什么。

除了直接约会，还有许多其他的沟通方式，我惧怕的约会或许就在用纸条的方式在我眼前进行着。他想。

那天，到晚饭快吃完的时候，她明显变得很忧虑，而那女仆，阴谋的中间人，已经走了，又只剩他俩了。

她常说的话，变得越来越少了。很快，她不做任何决定了，仅仅只是回应他的话。最近，就连这样都少了，他承担着两人对话的绝大部分内容，他所得到的只是心不在焉的点头、含含糊糊的默认，她的心思明显就在别处。

终于，这一切影响到她吃饭了，她开始吃得慢，吃得少，专注于她的心事，任何她心里想到的事——她心里一定是想到了什么，天性是不会空想的，她的刀叉可以停在某块食物的中间，几分钟一动不动，或要把食物送到嘴里时，停在空中，然后又呆滞不动。

就这样莫名其妙地开始，又这样莫名其妙地结束，就这样心不在焉。结束了，她的思绪无论怎样跑偏，现在都停止了，或者到达了它所该到达的地方。

当她眼睛看到他时，停在了他身上。

"你还记得那晚我们吵架吗？"她说得很柔，"你提到了那个我们曾经住在圣路易斯大街时带出来的那份保险，那是真的吗？

你现在真的还有那份保险吗？或者说，那是你编造的，就像你编造你还有钱一样？"

"我有啊，"他漫不经心地说，"可已经失效了，因为没有续费。"

她飞速地吃起饭来，好像要把浪费在吃饭上的时间补回来，"完全没有用了，对吗？"

"没用了，除非把缺缴的钱补上，那还是有用的。我觉得没有过太久的时间。"

"估计会需要多少钱？"

"五百美元，"他回答得不太耐烦，"我们会有那么多钱吗？"

"没有，"她温顺地说，"可问问有什么坏处吗？"

她把盘子往后推，低下头，看着自己交握的手，好像他指责了她似的，然后拉着一根手指，开始慢慢转动那个钻石戒指，这是他给她的结婚礼物，她就这样沉思地、茫然地转着。

她这么转着，谁知道她看没看着它？谁知道她看到了什么？谁懂她又在想什么？什么也不知道，只是女人不安时那样转动戒指。

"那保险要怎么补交？我的意思是如果我们有那钱补上，怎样去交？"

"你只要寄回到新奥尔良的保险公司就行，他们会归还保单。"

"然后保单又重新有效？"

"保单重新生效。"他有点烦躁地说，被她不停地追问保单的事弄得很不爽。

他当然明白到她为何突然产生兴趣,她抱有一点点希望能想办法借钱补上,然后用那种方式弄到钱。

"我可以看看保单吗?"她哄着他说。

"现在?在楼上某个地方,大概我的那些旧文件里,可它已经没价值了,我提醒你,保费没交呢。"

她没再逼他,坐在那儿若有所思地拨弄着手上的钻戒,这么转转,那么转转,戒指在灯光下闪闪发亮。

她没再问他保单的事,也没提及它,但因为她提起,他自己开始想办法找保单,不过,那不是当时的事,是大概两三天后。

他找不着保单,开始是在他自己认为可能找到的地方找,没有,然后又到别的地方找,在其他别的地方都没有找到。

肯定是丢了,他们匆匆忙忙从一个地方搬到另一个地方,忙乱地打包、拆包。或者说什么时候它又会在某个他没想找的地方冒出来。

他决定不找了,这没什么值得关心的,最后他摇摇头,保单已经失效了,也不能借贷(他认为这是她问这事的动机),反正也没有太大的损失。

他也没跟她提保单找不着了,也没什么理由去找它,她也已经忘了开头对保单的兴趣,她坐在餐桌对面,无聊地玩弄她没有戒指的手。

这一周,他们一直雇佣的女仆(以前那位)突然走了,他们两人自己在家。

连续两天没有女仆,他没注意到她的离开,像个男人似的,她已经不来了,他才问起这事。"阿梅利亚怎么回事?"

"我周二让她乘船走了。"她简单地答道。

"可我觉得我们欠她三四周的工资呢,你怎么付她?"

"我没给。"

"她依然同意?"

"她没选择,我要她走的,我们有钱的时候她才拿得到那钱,她知道的。"

"你没找到别人吗?"

"没,"她说,"我可以对付。"轻声加了一句,他没听清楚。

"什么?"他自然有点惊讶,以为她说"不要多久。"

"我说,很快。"她敏捷地答道。

她的确比在莫拜尔时应付得好很多,那是她第一次自己操持家事,他只好带她回宾馆去吃饭。

一方面她比那些轻松愉快的时候显得更有目标,努力干活,很少轻率,更有主见。干家务的过程中笑声少了,结果也不那么沮丧。她已经不是那个小新娘,只是"玩"家务,她已经是女主人了——低头练习新技能,尽力不让自己闲下来。

两天的饭都是他烧的,还洗刷碗筷,上上下下打扫楼梯,就在她学着做家事的第二个晚上——

他听到她在厨房大叫了一声,接着是盘子从她手上滑落摔碎的声音,饭后她在厨房收拾清理,他一直在翻阅报纸,即使再有爱心的男人也不会主动去帮女人烘干盘碟,犹如男人绝不参与生孩子一样。

他立即放下报纸,跑进厨房,她正站在冒着水汽的洗碗盆前。"怎么了,烫伤了没有?"

她指着那里,惊慌失措!

"耗子,"她简直要说不出话来,"我站在这儿,它直接跑到我两脚间,跑进那儿。"她一脸惊恐的样子,"噢,这么大,好吓人啊!"

他拿起拨火棍,试着塞进她指的那个地板和墙的接缝处,塞不进去,没有那么深,只是很浅的一层泥灰,啥也没有。

"可能不是去那儿了——"

她转怕为气了。"你觉得我撒谎吗?一定要它咬我了,出血了,你才肯相信我吗?"

他四面查看,用拨火棍拼命地到处找,恨不得没洞都要捅出个洞来。

她看了一会儿。"你想干什么?"她冷冷地说。

"哦,弄死它。"他气喘吁吁地说。

"那不是消灭耗子的方法,"她不耐烦地把脚一跺,"杀了一只,还有一大群。"

她丢下围裙，大步走出房间，到房子外面，暗示着某种他想不到的方法。他又忧虑起来，接着他放下拨火棍，努力站起来，然后跟着她。他吃惊地见她带好了帽子，搭好了披风，准备出去。

"你要去哪儿？"

"既然你不熟悉，我自己去药房，让他们推荐能够彻底消灭耗子的东西。"她一点不客气地反驳到。

"现在？这个点？哦，都九点多了，药房早就关门了吧。"

"镇上另一头还有一家，要到十点关门，你和我一样都知道那家，"她固执地决定要去，好像他又要以什么方式指责她，"我不会再冒险进厨房，让耗子咬我，我们睡觉的时候它们甚至会爬到床上去。"

"好吧，我自己去，"他赶紧主动提出去，"你没必要晚上这个时候去。"

她还有点生气，脱下披风，仍然皱着眉头，觉得他这点责任都不知道有，但她还是把他拉到门口。

"我回来之前，"他提醒着，"不要回到厨房去。"

"我怎么也不会去的。"她害怕地说。

他走后，她关上门。

然后她又打开门，交代他要尽快回来。

"别说我们是谁，是哪栋房子用的，"她压低声音说，"我不想让邻居们知道我们家有耗子，这会给我产生不好的影响，觉得我作为女主人没打扫干净——"

他笑她这种典型女性焦虑症,答应早回,继续走了。

回来的时候他发现她回到了厨房,不管他的交代和她自己的害怕,他不由得偷偷钦佩她的勇气。她小心翼翼地拿着餐桌灯,放在脚边,好像是用灯光保护自己。

"我走了以后还有耗子吗?"

"我觉得它好像回到那个洞了,我丢了一些东西进去,它就不会再出来了。"

他把药店里的人给他的东西交给她。"把它洒在它们出没的洞边或藏身的地方。"

"他问你问题了吗?"她问得有点不太相关。

"没,只是问家里是否有小孩。"

"他没问哪栋房子?"

"没有,你知道,那人上了岁数,颤颤巍巍的,他急着打发我,要关门打烊。"

她半伸开手。

"别动,你别碰它,我来帮你弄。"

他脱掉外套,撸起衬衣袖子,弯下腰蹲在那个多事的洞边,左一点又一点地摇出一点粉末。"还有别的地方吗?"

"那儿有一个,煤炉子后面一点。"

她带着一种家庭主妇式的欣赏注视着他。

"好了,不要太多,否则脚会踢得到处都是。"

"每两三天要放一次。"他告诉她。

最后,他把那东西放在放调味罐的架子上,但在很边上。

"一定要洗手。"她警告他,他差点就忽略这事,好在她提醒。她拿来小花纹毛巾让他擦干手,这样一切都弄好了。

那是第二天晚上,他真的开始生病了,她先发现的。

他合上书,准备休息,发现她在盯着他看,仔细查看,一动不动,看了好一会儿,他才发现。

"怎么了?"他轻松地问。

"路,"她犹豫片刻,"你确定最近身体还好吗?我觉得你脸色很不好,我真的不愿意你——"

"我?"他惊讶地说,"嗯,从未像现在这么好!"

她抬起手叫他不要作声。"那就好,可你的脸色却不是这样,我最近时不时发现你越来越憔悴、疲惫,之前没跟你提过,因为不想吓你,可有相当一段时间了,我心里知道的,很明显,我一眼就能看出来。"

"瞎说。"他半笑着说。

"我有个很好的方子,如果愿意的话,我给你拿来,为了让你感兴趣,我也陪你一起用。"

"什么东西?"他高兴地问道。

她一屁股跳起来。"从今晚开始，吃蛋醋，我们俩，每天晚上休息之前，这是很好的补方，他们向我保证，加强体内循环。"

"我没有不——"他想反对。

"行了，别再说了，先生！"她高兴地命令道，"我现在就去做，你不要阻拦我，我手边备有所要的食材，就在那，新鲜鸡蛋，很难得的，十二美分一打，提醒你！家里还有白兰地。"

他只有笑笑，任她去，让她怎么弄怎么好，这是她的新角色——护理一个并不存在的小病，假如这样能让她高兴，那又有什么害处呢？

她心情很好，满怀喜悦，贤惠温柔，身边走过他身边时还低身吻了他。

"我以前让你很烦是吗？原谅我，亲爱的路，你知道我不是故意的，我只是担心那样会让我成为老泼妇的——"她去到厨房，转身朝他笑了笑。

他听到她打蛋，就在离开着的门不远处，自己眯起眼睛欣赏着。

只见她在那动着，甚至开始快乐地哼着，她非常欣赏给自己加的这份活。

她哼着快乐的词句，然后就是完整的歌了。

他之前还从未听过她唱歌，笑是她一贯表达满意的方式，从没唱过歌，她的声音轻松真实，不是特别抒情，确切地说他觉得是有金属感，不跑调。

傍晚的歌

当明灯低暗

突然，歌声停了，似乎她在做什么需要特别专心的事，或许是计量白兰地，即使不是，歌再也没唱了。

她进来了，一手端着一杯，杯子里面的东西呈现出淡淡的金黄色，糊状体。

"来，你一杯，我一杯，"她把两杯都伸过来，"你拿哪杯都行，"他拿了一杯，然后她尝了尝她手上的那杯，"希望没有放太多糖，糖多了对身体不好，我可以尝尝你的吗？"

"当然。"

她把那杯拿了回来，轮着也尝了尝，在她嘴唇上还留下白色痕迹。

她站在那儿，端着两个杯子，把头转向厨房。

"那是什么？"

"什么？我什么也没听到。"

她去了会儿，只是一会儿，然后回到他身边。

"我觉得好像听到那有什么声音，就去看看我是否拴好门了。"

她把开头就给他的那杯还给了他，也就是她尝过的那杯。

"既然有白兰地在里面，"她说，"我们就来干杯，"举杯碰了下他的杯子，"祝你健康！"

她把她的一饮而尽。

他深饮了一口,感觉特别润滑、沁爽,里面的酒经她精心调理,喝了以后在胃里稍待片刻,有一种柔和的暖意。

"希望所有的药都是这么美味,对吧?"她说道。

"我很满意。"他承认,不是因为看到有什么药效,更多的是让她高兴,总而言之,他认为,这就是混合饮,并非醇酒,也不是全药。

"你得全部喝掉,那才对你有用,"她温柔地催着,"看,我都喝完了。"

为了照顾她的感受,人家辛苦做好的,他全喝了。

喝了以后,他怀疑地舔了舔舌头。"有点白灰感,你发现没有,有点——涩,起皱。"

她拿过杯子。"那是因为你不习惯牛奶,你从未看过小孩喂过奶后的嘴,奶都会凝固的。"

"我没看过,"他装作认真地说,"你没给我那个荣幸啊。"

他们笑着,亲密无间。

"我去刷刷杯子,"她说,"然后我们上楼去。"

他最初呼呼大睡,感觉胃里的那个药在渐渐起作用,因为是混合酒,局限在那儿也就没有往外散,可一两个小时后,他痛醒了,药效就不再舒缓,有一种烧灼痛,他醒了,再也睡不着了,感觉有锋利的剑在重要器官里缠绞着,痛。

后半晚他极其痛苦,犹如被钉在十字架上,他喊她,不止一次,但她离得较远,听不到。他很无助,没有她在身边,他最后只得咬紧牙关,一声不响。早上,只见他下巴上都是干了的血。

房间那头,最远的那个角落,似乎有几英里远,有一把椅子,上面放着他的衣服。一把木制椅,杏黄色长毛绒的坐垫和靠背,以前从未多注意它,现在就是一个象征了。

它那么远,他渴望着跨越这遥远的距离,从生病到健康,从无助到能力,从死亡到生命,这无法丈量的距离。

到房间的那头,似乎有好几英里。

他一定要去到那里,那把椅子,很远很远,但他怎样都要过去,他紧盯着椅子,祈求着,房间的其余部分都忽略不见了,他的目光逐渐缩聚到那把椅子,这样它便犹如立在一圆盘中间,像只牛眼,周边的一切都是模糊的。

他无法把床上的脚抬起来,只能先移动头和肩,斜着滑下,如果力道不够,还要来第二次,在身子滑下后再是臀部和腿脚。

他开始在地板上侧身爬行,就像某种匍匐的东西,蚯蚓或是毛毛虫,下巴没一会儿就搭在地上,挣扎呼出的热气吹到面前的地毯上,就像从他脸上散发出来的热波,只是蚯蚓或毛毛虫不会有这种期望,不会有如此这般的痛苦。

慢慢地,一扭一扭变换着姿势,每一步都像一个小岛,两岛之间着色朴实;每一次都是一个海峡,一个山谷,宽幅只有几英寸。

多年前,某处的某个织女绝没想到地毯会是这样织成的,用人的滴滴汗水、烧灼的痛和勇敢的泪。

他越来越近了,椅子已经不是整个椅子了,椅子顶部远在头顶上,眼前的幻象,跟地板齐平,显出四条腿,它下面的鞋子,部分坐垫,其余部分便消失在高高的朦胧之中。

然后坐垫也模糊了,只有四只脚依稀可见,他越来越靠近了,如果远离地板,就触手可及。

他试了试,差一点,离他对准的那条特定的腿和他努力伸直的指头,就差不到六英寸,这六英寸本来是多么容易够得着的呀。

他蠕动着、挪爬着,进了一英寸,地板上爬动的痕迹证明了这点,可那把椅子戏弄着他,挑逗着他,以不同的方式偷走了一英寸,仍在六英寸外屹立不动,他一边身子近了一英寸,可另一边身子缩回了一英寸。

他又进了一英寸,椅子又把它骗了回去,立在了他身体的另一侧。

这是疯了,是幻觉开始嘲笑他,椅子当然不会笑。

他把手伸到最长最长,从肩膀到指尖,用了貌似几年的努力,爬完了这六英寸,可突然又弹了回来,仍然还有六英寸,新的六英寸,横亘在他和椅子之间。

透过刺眼的泪水,他最后把一双鞋幻看成了很多,是四而不是二了,椅子下,他自己的鞋,椅子边,她的鞋,这会儿才看到。她肯定偷偷地开门了,他一点没听到。

她从旁边弓着背看着他,一手托着自己的裙子,以图不到最后一刻不暴露自己,另一只手一直放到椅子后面,不被注意,每次他以为快要触到椅子的时候就把它移开了。

这个玩笑开得真好,她终于笑出声了,笑声是那样的圆润,那样的抑制不住,然后,她看了看,退回去一点点,不为别的,只是给他一点点尊严。

"你要干什么,你要衣服?为何不叫我?"她讥讽着,"亲爱的,你要衣服没什么用,你身体很不好。"

这回,当着他的面,她把椅子彻底拉到靠墙了,拉出了一两码,他是毫无希望能够得着了。

可椅子上的裤子掉了下来,慈悲地掉在他身边,而不是她那儿,就掉在他伸出的手上,他自然就抓住了,紧紧地不放。

她低身要把它拿走,两个人随随便便、毫无势均力敌之感地僵持了片刻,力量悬殊。

"你要它没用,亲爱的,"她好像是在对待固执的小孩般高兴地说着,"放那儿吧,你拿它有什么用?"

她一点一点拽了过来,最后用力一拉,将裤子从他手里拉了出来。

然后她把他弄回到床上,给了他一个微笑,尽管那是甜蜜、无害、热心的笑,可它也是击毁性的、嘲讽的笑,然后,门在她身后关上了。

在椅子所处的光环内,木制,杏黄色长毛绒,房间的那边,那么的遥远。

死亡华尔兹

当天晚些时候,她进来了,坐在他身边,冷冷的,衣服松散,美丽如画,活像弗洛伦斯·南丁格尔。她安慰他,他想要什么就帮他弄什么,全方位的,除了一样。

"可怜的路,你很难受吗?"

他坚决拒绝承认。"我会好的,"他喘着气,"我这辈子一天都没病过,这很快就会过去的。"

她假装难受地低下头,安慰地叹了口气。"是的,很快就会过去。"她镇定地承认。

奇怪极了,他的脑海闪过一只刚吃到一碟牛奶而满足的小猫形象，很快这形象又消失了。

她用一把巴掌大的扇子给他扇着，还拿来一个盆，一块微湿的布，给他额头、起伏的胸前擦洗降温，每个动作都是轻手轻脚。

"要杯茶吗？"

他把头猛地转到一边，表示拒绝。

"需要我给你读点东西吗？可以分散你的注意力，减少痛苦。"

她到楼下去拿来了一本诗集，用一种平静、悦耳的节奏给他读济慈的诗。

骑士啊，是什么苦恼你，

这般憔悴和悲伤？

她停下，装着天真地问："'无情的妖女'是什么意思？读起来美极了，我可不知道词是什么意思，所有的诗都是这样的吗？"

他把手放到耳朵上，把头转到一边，痛苦不堪。

"不要再读了，"他祈求，"我受不了了，求你了。"

她合上书，看上去很惊讶。"我只是想让你高兴。"

他觉得越来越渴，光是水已经不能给他解渴了。她出去，好不容易在卖鱼人那里弄到了一桶冰，把它带了回来，让他一块一块地嚼，牙齿咬得嘎吱嘎吱响。

她各方面照顾他，方方面面，除了一件事。

"给我叫医生，"最后他恳求她，"我自己无法抗过去，我需要帮助。"

她坐在那儿一动不动。"我们就不能再等一天吗？这就是我那刚毅的路吗？明天，或许你就会好很多——"

他抓着她的衣服，无声地恳求着，她抽开他的手，以免把衣服抓乱。他满脸愁苦，流着泪。"明天我会死的，邦尼，我无法面对这个夜晚，我内脏里绞痛——如果还爱我，如果还爱我——医生。"

她终于去了，只去了半个小时就回来了，披肩和帽子还在身上，然后脱下披肩摘下帽子，一个人回来。

"你没——？"他几乎晕死过去。

"他只能明天来，到时会来的，我给他描述了你的症状，他说没什么危险的，就是有点——疝气，它得有一段时间，明天见了你他就会开药的——好吧，冷静点——"

他盯着她，充满着期盼和失望。

他轻轻说："我没听到你关前门。"

她立马看了他一眼，接着回答。

"我是半掩门，回来的时候省点时间，毕竟，我把你一个人留在家，肯定——"她接着说，"你刚还看到我戴着帽子，不是吗？"

他没再回答，被摧毁的大脑只能一遍遍地重复：

她关门的声音我都没听到。

然而，最终，慢慢地，他明白了。

黄昏，又一个黄昏，生病开始的第二个黄昏悄悄爬上窗户，带着一段拖长的力量，这种力量为他即将进行的极大努力储藏了精力,这种力量不是以前常有的那种身体的力量,而是精神的力量,这精神,也是生命的意志,必须储藏,必须自我燃烧,自我消耗,呼吸其精华的纯氧,当氧气都没了,再不能续加。

他什么也不能动,除了眼睛还一眨一眨,这是这一历程的开始,一段长长的艰难历程。

有一会儿,他静静地躺着,以免招致中断或被她发现。

她的脚步声在客厅,她出了她的房门,他闭上眼睛,隐蔽着。

门开了,他知道她在看他,他想奉承她,他忍住了。

看了好久啊,她就这么一直看着不停吗?她在想什么?"你怎么要死这么久?"或"我亲爱的,你今天还没好吗?"哪个会是她真实的想法呢?真正她是个什么样的人?哪个是他对她错误的梦想呢?

她弯下身,注视着他,他能感觉到她呼出的热气,能闻到她几分钟之前洒在身上还特意弄干的香水味,尤其能感觉到她热辣辣的眼神,就像架在一堆刨花上的太阳镜,穿过他的皮肤,让它冒烟,让它熊熊燃烧,稳稳地集中燃烧。

他决不能动,不能颤动。

突然,一种重重的物品落在他心口处,快让他喘不过气来,是她的手,放在那儿,看是否还在跳动,它就像一只扇动翅膀的蝴蝶被牢牢地抓在她的手心,如果她注意到的话,一定会有点不确定,有点太明显。她突然拿开手,他感觉她的手指移向他的眼睛,或许是试试看有什么反应，他能感受她手指的方向，因为她很快摸动了下面的皮肤，他的瞳孔在眼窝里转动，没一会儿，她掀起一边眼皮，窥看着，露出的只有无神的白眼球。

然后她拿起他的手，垂直地往上扶着胳膊，用手指按着手腕，她在把试脉搏。

她把他的手放回原地，虽不是丢下，也不是扔下，可对他来讲，她这些动作还是比较清楚地表明了她的一丝失望，瞬间的一个小动作，足以说明她用各种方式测试着，发现他还活着，感到非常不高兴。

走出去的时候，她的衣服窸窣作响，她走出房间，门关了，木制楼梯上的咚咚声意味着她下楼了。

此时，生命又返回了。

由于储藏的能量，他开始觉得一切还好。他拉开被子，让自己斜侧着身，然后掉到床边。

他躺在床边的地板上，想尽办法让自己立起来。

他歇了片刻，剧烈的疼痛，就像那种慢慢燃烧的木棍，抽打着他的胃，狠狠地打，逐渐上到他的呼吸道，到喉咙口，然后逐渐减弱成始终伴随的沉闷、疼痛的麻木——但至少还能承受得了。

此时，他站了起来，沿着床边走到床脚，从那儿到椅子是空地，没有什么可以支撑，他挑战性地往后一晃，离开了床沿，晃开了没有支撑的区域，没有任何帮助地走了两步，一阵倾斜，再走两步，三步，很快就要倒下了，可如果能先摸到椅子——他抢过这段距离，到达椅子，靠着它，椅子赢了，他摸到了，抓住它，抓牢它，他站了起来。

他穿上外套，扣好纽扣，里面没有衬衫，这些相对比较简单。穿裤子也不难，他坐在椅子上，想办法把裤子从下面拉上来。但鞋子对他来说就超级难，像平常一样弯腰穿鞋，那是不可能的，他的整个身子要极度痛苦地弯曲着。

他通过双脚搬动着移动，开头空着手，这样就可以完全站直，先是一边然后是另一边，接着努力单脚走，一步一步走向他那放在空地的鞋，缓慢前行，可还是离得太远，要走到那儿几乎是不可能，因此很有可能会有立马摔出几步的危险。

他侧躺在地上，两脚叉开，抬起一只脚，用双手抓住它，每只鞋上有五个扣，他只选了最上面的那个，也是最容易摸到的扣，使劲塞进扣眼，然后两腿交叉，穿了另一只鞋。

此时，他又站立起来，准备走，只剩正常的走动了，要走过相当的一段距离，才能完成。只有如此，这是他诙谐地对自己说的话。

就像一位梦游者，脚高脚低，或像一位在因大浪而倾斜的甲板上的船员，他从椅子移到房门口，斜靠在门框上稍事休息，然后慢慢抓住门把手，转动，等到转开了，它才不会咔嚓一声弹回。

门开了，他走了出来。

一扇椭圆形窗户横跨大厅过道的前厅横墙，给楼梯采光，同时提供很好的外景，网状窗帘高高低低地挂在嵌板上，由厚厚的索子捆扎的框架分开，那些就是窗帘线，远看显得很夸张。

每个方格在前廊下面都有一个隔开，每个都涂着蓝颜色，还是在这前廊，上面更远处的那个，三角形的皮草边沿，绿色的，在顶部开始插了进去，再上面的那个，皮草和走道一样多，在其中一个门柱那漆着白色底座，开始侵入上角。就这样，撩人的隔断，但这不是全部，不是完整的。

我想活着，他心里祈求着，我想活着离开这个地方。

他转弯，将就就将就吧，赶快到楼下去，回到下面；楼梯就在眼前，就像峡谷，像层叠的悬崖，倾泻而下，见此，他的勇气瞬间退缩了，因为他知道那要付出什么代价。况且，就在下面远处，她厨房椅子的痕迹更让他害怕。

但他只能继续往前，回去就只能死，死在床上。

他走到楼梯边上，往下看去，到楼梯下简直就是瀑布式的漫长距离，一阵头晕袭来，但他紧紧站稳，牢牢抓住楼梯柱子，就像是抓住生命之柱。

他知道自己不可能像健康人一样直立走下去，那会失去平衡，头朝下没有脚的支撑，所以他首次降低自己身体与地面的距离，坐在楼梯的最上阶，腿和脚在第二阶，然后第三阶，再把屁股挪到第二阶，就像不会走路的小孩子。

就这样往下走着，离她越来越近，她就在他要出去的地方。

这时她离他那么近，几乎可以看见她做的一切，仅凭声音就行。

忙着拨弄什么，最后是杯子边上轻轻一敲，结束了，那意味着她在给咖啡里加糖。

椅子架上"咯哒"一声，那是她往后靠着喝咖啡。

再"咯哒"一声，那是她喝完了第一口放下杯子。

他还能听到她撕开一卷面包，面包皮撕裂的声音。

还有面包塞着她喉咙口咳嗽的声音，然后往后靠，再喝咖啡，清理喉咙的声音。

如果他能这么近距离听到她的声音，她——问自己——如何能不听到他在楼梯上发出的窸窸窣窣声呢？

他吓得几乎不敢呼吸，他也不需要粗粗地喘气。

终于到了楼梯的最底部，他只好在那儿躺一会儿，蜷在那儿就像是从上面丢下来的一个空麻袋，即使她随时可能出来撞见他。

从那儿到前门，他只有一条直线要走，但他知道自己无法站立行走，此时他已经筋疲力尽，一路上消耗了太多，现在怎样找到支撑？怎样到达前门？

努力设法站起来，他沿着墙转动肩膀，一会儿朝外一会儿朝里，然后又是朝外又是朝里——他沿墙滚动自己，让墙支撑着自己，这样就不会摔倒，一点点前进着。

半路上遇到障碍，打破了他与墙的协作，那是个鹿角衣帽架，下部座架伸出很宽，上部是一人高的细小木架，上面还有镜子，事实上它很不稳，各部比例不协调，他担心会把它弄倒。

他笨拙地把自己的身子绕出去，围着它，可以说是稳稳抱着它，转到衣架另一边，要安全地走过它比拿它来当支撑还要难，不一会儿，他被卡在一个很是危险的境地，担心手一松，突然失去重量会让它前后晃动，引起麻烦。

他先把身边的手放开，抓住远的那边，把晃动的压力平衡好，然后小心地让它待在原来的位置——它没出什么事，只是无声地摆动了几下，就再也不动了。

摆脱了衣架，他静下来将自己抱紧，现在衣架反而给他提供了掩蔽，不会跌倒，不会每走一步都是艰难，不需要那么小心，就那个衣架救了他。

然而，突然，没有任何预兆，她从厨房门来到客厅，沿着楼梯往上瞅着，她甚至往前试探了几步，感觉听得更清楚了，确认没什么事，高兴地走过来，再往后转，回到她之前的地方。

他拉了一长块衬衣布，塞着嘴里，堵住他觉得很可能控制不住的喘气声，那布都全湿了。

那之后几分钟，他的嘴唇被门缝挤压得扁扁的，那不是亲吻，可的确就是一个样。

即使他的心脏停止跳动，身体死去，一切平静，他也肯定，他一定要前进，要继续。只要自然法则不阻止他，他就要朝目标迈进。

门闩往后轻轻一转，他等了一下，头不动，但往前，看看这点小声音是否会传到她那儿，让她走出来，结果没有。

他一拉，轻轻地不确定地移动一下，门打开了，开着等待着他。

他出了门，蹒跚前行，跌到外面的前廊柱上，身子撑着柱子，无力地待着。

不一会儿，他走出了前廊台阶。

再过一会儿，他趔趔趄趄地走过这段路，大门柱挡住了他，好像他横倒在那儿，被深深刺穿了似的。

他得救了。

鼻子里扑来一种新鲜的气味：外面的空气。

一种新鲜的射线暖醒他的大脑、他的后颈：太阳光。

他已到达公共走道了，在白亮的阳光下摇晃着，路上的影子伴随着他，摇摇欲坠的人，摇摇欲坠的影子，他给自己瞄准了十几码开外的一棵树。

就像学走路的婴儿，一位长大了的婴儿，他朝那棵树走去，短小稳健的步伐，没有跪地，一脚一脚踢出去，时不时昂首，伸出手随时抓住前面的东西，跌靠在树干上，抱住它，黏住它。

然后，就这样从一棵树到另一棵树。

再到另一棵。

那以后就再没树了，他孤立无援。

两位妇女路过，手里挽着上市场的篮子，他满身湿透，抬手想让她们停下，这样她们就能听到他，给他帮助。

她们扭过身躲避开他,傲慢的鼻子不屑地哼着,继续往前走。

"恶心,这么一大早!"他听到一位对另一位说。

"时间对醉鬼来说毫无意义!"她的同伴假装虔诚地答道。

他一脚跪在地上,接着又站了起来,在一个地方转圈,犹如折了翅膀的小鸟。

一位路过的男士停了停,向他投去好奇的目光,杜兰德试图引起他的注意,颤巍巍地走前一步,举起手以示祈求。

"先生,能帮我一下吗?我生病了。"

这位先生减缓步子,然后彻底停下。"朋友,怎么了?你有什么麻烦吗?"

"这附近有医生吗?我要看医生。"

"据我所知,那条路上过两个街区就有,我刚从那儿经过。"

"你能帮我到那儿去吗?我觉得我一个人去不了——"在他眼前,这位男士不时地会被分成两个身影,然后又会重叠成一个。

男士犹豫地查看了一下怀表。"我已经迟到了,"他做个了怪脸,"你靠着我,我送你过去。"

两人步履艰难地往前走着,杜兰德无力地靠着这个护送者。

偶尔,杜兰德会抬头看看,看看这平时每天看到的人。

"世界真美好!"他叹道,"到处都是太阳——多得是,绰绰有余。"

男士奇怪地看着他,没作声。

此时,他停了下来,他们到了。

在这镇上所有的房子,或许这个镇上有多栋医生家的房子,就这家,唯独这家不是从一楼进去,却是二楼。通向里面的是一串台阶,一个门阶。这是一种新式住宅楼,在大城市各个街区,像雨后春笋一样冒出来,都是巧克力色的石头,一楼就几乎不是一楼,而是美国式的地下室。

否则,到了以后两分钟他就可以进去了。

可是,这位好心人,用了十来分钟,已经把他送到这么远,深吸了一口气表示着急,又拿出表看了一眼,显出一丝担忧。"我把你再送进去吧,"他提出,"我有个约会,已经晚了一刻钟了,我想你自己是没办法的——等等,一会儿我跑去按门铃,然后,无论谁出来都可以最后帮你——"

他爬上台阶,按动门铃,立即又跑了回来。

"如果把你放在这里,"他问道,"你自己行吗?"

"谢谢你,"杜兰德喘着粗气,靠在台阶的基座上,"谢谢,我休息一下。"

那男士在街上沿着他们来的方向慢慢跑开了,以示他已经没有时间可以再耽误了。

杜兰德一个人,再次孤独又无助,转头朝那大门望去,没见有人来开门,眼睛转到旁边的窗户,那下面有一个张贴,两人完全没有看到。

理查德·弗雷泽医生

门诊时间：上午十一点至凌晨一点

附近教堂的钟楼敲了半点声，十点半，离十一点还有半个小时。

突然，一双白色的手，柔润的手，从后面劝慰地抱在他的肩膀下，一边一只手，再慢慢转到他的前面，完全挡住了那栋房子的视线，让他看不到那房子。

"路！路，亲爱的！你怎么啦？怎么这个样子跑到这来了？你在想什么——我刚看家门开着，发现床上没人了，我一路跑过来——还好，在那个街区就看到你站在这儿——路，你怎么可以做这样的事，你怎么可以这样吓我——？"

就在不远处，一扇门迟缓地打开了，可她的脸挡住了，她的脸对着他的脸，挡住了整个世界。

"怎么了？"一个女人的声音问，"你需要什么？"

她几乎是立即转过头去，紧贴着，回答说：

"不，不需要，是个误会。"

门砰地关上了，生命随之也关掉了。

"去，"他喘着气，"到那儿去，有人——可以帮我。"

"是这儿，"她温柔地说，"是这儿，就在你眼前——唯一能帮你的人。"

他虚弱地从一边转到另一边，以移出空隙，要上坡的话他是无法做到的。

她也跟着他移动,仍然站在他前面。

他摇摆着往后移。

她也跟着往后移,一直站在他前面。

华尔兹再次响起,缓慢可怕的死亡华尔兹,就在那台阶上。

"过去,"他求着,"让我过去,那个门,可怜可怜我吧。"

她哭喊着,声音充满感情似的:"跟我回去吧,亲爱的,我可怜的宝贝,我的丈夫。"她的眼睛,她的双手,在他面前如此温柔,温柔,他却很少知道。

"你满足了吧,"他虚弱地哭着,"够了,给我最后的机会吧——别把这最后的机会夺走——"

"你认为我还会害你吗?你情愿相信一个陌生人,还不相信我?你一点不相信我爱你吗?你真的那么怀疑吗?"

他迷惑地摇着头,身体的力量已经耗尽,大脑的洞察力也随之而去,黑即白,白即黑,最后一句便是真实的。

"你真的爱我?邦尼,真的?不管一切?"

"你怎么能这样问?"她的唇找到他的,在大白天,大街上,从未有过的温柔的吻,呼出的是拒绝,犹如蛾子翅膀一样轻飘,"问问你的心,"她轻声说,"问问你的心。"

"我想过这些事,但总是噩梦,看上去如此真实,我以为你是想要我出局的。"

"你认为你病成这样是因为我的原因?"她要赌到最后,她往旁边迈了一步,这一步是他之前期望的一步,"好了,我的手臂在这,那扇门就在你前方,你想为我们选择哪一个?"

她就站在那儿,他摇晃地向她迈了一步,以一种难以言说的软弱投向了她的怀里。"邦尼,我太累了,你带我回家吧。"

她呼出的气吹乱了他的头发。"邦尼带你回家。"

她领着他走下台阶,走向他所能达到的拯救之处。

他们周围,近的,远的,到处都是好奇的路人,停下来看着这动人的一幕,毫不知道这到底是怎么回事。

他们转身的时候,这些人,感兴趣的朋友们,又继续自己的路。有位男士,离他们最近,还没来得及继续赶路,她叫住了他。

"先生,能帮我们叫辆车吗?我丈夫生病了,我得尽快送他回家。"

她感化了一位铁石心肠的人,那人提了下帽子,赶紧去完成这一请求。片刻工夫,一辆马车在下面拐弯处快马加鞭赶来了,那位好心人就坐在车外面的踏板上。

车靠近了,他帮她撑住杜兰德的一边,而她那小小的个儿,勇敢地稳住他的另一边,两人把他轻松地搬到车里,确保他舒服地躺在车座上,那位陌生人跑到车里的后面,把他放下,然后把手抽了出来。

在杜兰德身边坐下,她伸出手,把手放到陌生人的后背,连声感谢:"谢谢你,先生,谢谢!没你的帮助,我真不知道怎么办好。"

"人人都会这么做，夫人。"他深情地看着她，"愿上帝保佑你们！"

"我祈祷他会的。"她虔诚地回道，马车开动了。

车在往回走，就在车后，那些生死之间的台阶上，跨站着一位男士，手拿黑色包，带有匆忙的好奇看着马车，仅此而已，他不解地耸耸肩，继续上他的坡，掏着钥匙准备开门。

回家的短短路程，马车里，没人能比她更热心了。

"靠下，亲爱的，把头靠在我腿上，这样可以减轻车子的震动。"

好像才一会儿，他们回到家门口，他的漫长痛苦折磨未能消除，一场徒劳。他感觉不到痛苦了，她爱的幻象是如此完美，如此麻醉。

此时，车夫帮把他搬下来，她离开了一会儿去付车钱。"亲爱的，待在这儿不动，我去找钱给他。被你吓坏了，出去忘了带钱包。"她一个人跑进去，一会儿工夫，门也没关——（就那会儿，他想她，他想念她）——然后，她回来了，一路小跑，付了车夫，一个人照管杜兰德。

就在进前廊的时候，最后退去的阳光从他们的背上离去，进门后，她的手臂和门都在他身后关上了。永远？最后一次？

走进又长又暗的客厅，经过鹿角帽架，来到楼梯边，每一寸都曾付出过血的代价。

可是，爱蒙住了他的双眼，把他抱在怀里，他不在意了，或许说那就是死亡，人在死亡之前有时是不会去在意任何东西的。

然后上楼梯，几乎是一步一步拖上去的，她的无比决意地要把他弄上楼去。

在楼梯口，在最后一个转角，他喘着气。"停一会儿。"

"什么？"

"上楼之前，让我看看我们的客厅，我可能再也看不到它了，我想跟它告别。"他把手伸出斜栏杆，用颤抖的手指了指，"看，那是我们曾坐在一起吃饭的餐桌，那么多的夜晚——终于到我头上了，看，那边是灯，就这同一盏灯，我总知道——我年轻未婚时——它会从我身边穿过照在我妻子美丽漂亮的脸上，邦尼，在你脸上闪闪发亮，我要感谢那盏灯，难道它就不能再为我而照亮你吗，邦尼？"他的手在离他较远的空中指着影子，"家里的灯，爱的灯就要熄灭了，对我来说，灯不再亮了，再见——"

"行了。"她含糊地说。

回到房间，棺材便接收了这位忠诚的死者。

她扶他上了床，把他的脚搬上去，脱下鞋子、外套，没有别的，让他舒服地躺下，然后慢慢拉上被子，盖住他，边上就像是卷好的床单。

"路，舒服吗？床上舒服吗？"她把手放到他额头上，"这可恶的突来的病耗去了你所有精气。"

他带着一种奇怪的、要融化的柔情看着她，犹如一只受伤的狗，祈求着放开它。

她转过头去，无法抗拒地又转了回来。"亲爱的，你为什么那样看着我？你想说什么？"

他朝她动了动，以示她靠近点。

她低下头，以便能更好地听清楚他说些什么。

他慢慢地伸出手，拨了下搭在她那冰冷光滑的前额上的丝绸般的金黄色刘海。

他用胳膊挣扎着抬起来些，就像一阵海浪把他托起，又立刻离他而去。

"邦尼，我爱你，"他喃喃地说，认真地说，"没有别人，没有别的爱，从头至尾，远远超过邦尼爱我，听到了吗？超过了你，爱不会结束，可是我会结束，爱是永远的。"

她的脸靠得越来越近，慢慢地，不确定，好像探着新的什么东西，摸索着前行。曾经发生的，现又在发生，之前他从未见过这么温柔，好像他看到的是另一张脸，从未出生，羞答答地穿破这些年来套在上面的面具，一张应该是她的脸，本来应该是——可从来都不是。在灾难不知不觉中改变它之前，它是心灵的脸。

这张脸离他很近了，慢慢地穿过层层奇异的感情，之前从未感受过。

她眼里含着泪水，不是幻觉，他看到了。

"路，一点点爱行吗？"

"一点点都行。"

"过去有过片刻我爱过你,就是那点爱。"

一个吻,没有强迫,没有未经请求,饱含着所有苦涩的甜蜜,不可实现的期望,一种本该有的爱。他知道,他心里清楚,是她先给他的。

"那就够了,"他笑了,很满足,"那就是我想要的。"

拉着她的手,把它放在自己的手里,他不安地睡了,烧晕过去。

当他醒来,余光在西边落下,就像一抹白灰,一天过去了,她的手仍然握在他的手里,她就坐在那儿,脸朝着他。她好像几个小时没动似的,一直坚持着,这对她来说是件新鲜事——为了别人而痛苦——没有任何异议;没有陪伴的守夜,只有看着死期到来的脸——各种思绪涌上心头。

他放开了她的手。"邦尼,"他痛苦地叹道,"现在再给我一杯那个毒药,我准备好了,最好——你来,我觉得——"

她不自愿地把头猛地抬起,紧盯着他,然后,又低下头。

"你现在要它干什么?我没给过你呀。"

"我很痛苦,"他轻轻说,"我再也受不了了。"他头转到这边,又转到那边,"不为仁慈,也为可怜——"

"以后,"她推脱道,"别那么说,不要说这样的话。"

他脸上开始冒汗了,呼吸只能从鼻子里出。"我不想要的时候,你催着我——现在求着要,你又拒绝我——"他抬起身子,又掉了下去,"快,邦尼,快,我受不了了,这是最好的时机,为什么还要等夜晚到来?哦,不要把我留到夜晚了,邦尼,不要夜晚,它太漫长——太黑暗——太孤独——"

她站着,慢慢地、心不在焉地擦着他冰冷的手,然后是更缓慢地朝门口走去,她打开门,停在那儿,转头看着他,然后走了出去。

他听到她下楼的声音,听到她停了两次,犹如心脏衰竭,然后继续走,仿佛她突然恢复了生命的活力。

她大概走了十分钟,这地狱般的十分钟,而他全身好似烈火抽打般难受。

不久,门开了,她回来了,手上端着它,走到他身边,放在他旁边的床头柜上,不太容易拿到。

"不要——"他伸手来拿,她声音僵硬地说,"等一会儿,过一会儿才有用。"

她点着灯,走到壁炉旁,划着火柴。她就待在那儿,看着壁炉。他知道她其实什么东西也没看,只是空想着没看到的东西。

在他这边,他的空想是他见到的一切,一切的一切,他们结婚的那晚在安东尼酒店,他和她跳着华尔兹——"在阳光下,在爱情里跳着华尔兹;在蓝色、白色、金色中跳华尔兹。"她嬉闹地询问响彻婚礼大门——"谁在敲门?""你的丈夫。"她就站在午夜那灯火通明的入口处——"路易斯,请进你妻子的卧室。"他们走在比洛克西海边的步道上,手挽着手,风吹走了他的帽子,她笑着看他追那帽子,她自己的裙子在风中犹如旋转的画幕。还有,他举起手,把大张大张的百元钞票飘落到她躺睡的身体上。还有——

还有,还有,还有——最后一次。

真真切切,残忍的死亡不是身体的结束,而是所有记忆的消失。

一轮闪亮,像是火热的、闪烁的、黄色的星星,燃透死亡,与梦想融合。他抬头望去,她站在壁炉边上,拿着一根燃烧的棍子,要从她手上进入壁炉——没有棍子,那是卷得紧紧的一卷纸,当火焰爬向她的手时,她赶紧把它掉过头来,拿着烧焦的那头,继续烧另一头。

最后她把它丢下,抬起脚猛踩余灰,然后轻轻拍着。

"邦尼,你在干什么?"他虚弱地问。

她没有转过身来,似乎他是否看见都不重要。"烧纸。"

"什么纸?"

她的声音呆板。"一张保险单——你的生命险——可获利两万美元。"

"不用那么麻烦,那张保单已经失效,我告诉过你。"

"刚刚生效了,我把戒指抵押了,还清了保费。"

突然,她双手蒙着脸,好像她无法承受她所记得的签字后的情景。

他叹了口气,没太多感情。"可怜的邦尼,你就那么需要钱吗?我会——"他没讲完。

他躺在那儿，一动不动。

"我现在把它喝下去。"他轻轻地说。

他挣扎着把手伸到杯子处，端起它，一饮而尽。

曲终人散

　　她突然转过身来，扑倒在他身上，他从不知道人的身体可以移动得这么快，她个子小，身体敏捷，她手一划，一道白光划过他的脸，他手上的玻璃杯不见了，打碎在地上的某处他看不见的地方。

　　她的脸好像融化成毫无形状的哭样，犹如窗户上流下的雨水，她痉挛似的抓住他，把他的脸紧紧地抱在自己松软的胸前，他没想到她的拥抱可以有这么大的劲，之前她从未爱他到把拥抱发挥到极致。

　　"哦，可怜的上帝啊，"她疯狂地喊，"看着，原谅我！不要这可恶的东西，转过来，吐掉！路，我的路！我现在才明白，哦，我的眼睛睁开了,终于睁开了!我做了什么鬼事呀?"

她跪在他面前,就像那晚他们在比洛克西重逢一样,可现在是多么的不同,她的恳求,她的姿势都是精心设计的,那样的假;她的懊悔也是那样的毫无安慰,就是一阵子的忏悔,他没有一句话、一个字安慰她。

她抽泣得厉害,就像孩子的一阵喘哭,噎住了她的话,使她泣不成声,也许这就是孩子在哭,她那刚出生的自我,一个哑了二十年的小女孩,刚刚才找到了迟来的发声。

"我一定是疯了——发疯了——我怎么可以相信这样的阴谋?可跟他在一起,我只看到了他,从来看不见你——他把我身上的坏带了出来——他颠倒是非,愚弄嘲笑——"

她的手指一边祈求,一边摸着他的脸,颤抖地摸着他的唇,他的眼帘,好像要把它们恢复到原状。什么都没了,贪婪的亲吻也救不回他,倾盆的泪珠散落在他身上,也救不回他了。

"是我杀了你!我杀了你!"

她瘫倒在地上,用拳头捶打着地板,无助地对抗着阴谋给她带来的恶果。

突然,她的哭声停了,突然得像是一阵害怕袭上她低下的头颅,她捶打的手也静止不动。

她抬起头,屏住呼吸,警惕,狡诈,他什么也不能说了,她转身看着身后的窗户,恐慌,诡异,慌张。

"没人能把你从我身边夺走,"她咬牙切齿,"我不会放弃你,不会因为任何人,还不会太晚,不晚!我马上送你出去,去安全的地方——赶快,收拾好东西,我们一起走,我有力量照顾好两个人,你会活着,你听到我说话了吗,路?你一定要活着,一定。"

她侧身到窗边,慢慢挨着过去,到外边沿,利用窗帘和墙的缝隙,偷偷往外看,他见她自己给自己轻轻地点头,似乎是确认她期望看到的什么东西。

"什么东西?"他喃喃道,"谁在外面?"

她没有回答,突然,猛地缩回头,好像担心被外面窥探到似的。

"要我把灯挂出去吗?"他问。

"不要,"她惊慌失措地移到他身边来,"看在上帝的分上,不要!要去挂灯的是我,那会是一个信号——一切结束。我们唯一的机会就是现在就走,把灯留着——仿佛我们还在这里。"

她又跑回到他身边,仍然没有忘掉再看一眼窗户外那可怕的情景,她坐到他身边,掀起一点衣服,抓住他那只未被照顾的脚,拿起来,开头他还使劲挣脱了几下。

"快,你的另一只鞋!好了——没时间了。"

她先让他坐在床沿上,然后扶着他在她身边站立起来,他像个没有生命的侏儒,或僵死的玩具兵,她只要一松手,让他一个人站着,他就要摔个四脚朝天。

"靠着我,我会帮你!移动脚,就这样,哦,路,这边再试试,就像你以前那样,这次我们在一起,我们一起走,这次是我们的爱要一起跑走——为了它的生命力。"

他对她笑笑,随着地板在他们缓缓挪动的脚下移动,每一寸都是一寸的痛苦。

"我们的爱,"他大胆地说,"我们的爱,逃跑,我们要去哪儿?"

"任何火车,任何地方,只要让我们走出这栋房子——"

她勇敢地带着他,好像她就是生命的精髓,与要夺走他的死亡之神竞赛。因为他太前倾,她在后面撑着他,他如果太往后仰,她又拖着他。出了房门,沿着楼上的客厅走。但在楼梯上,他差点又没了命。他身体往前栽着,头朝下,险些滚下去,她小小的身子使出吃奶的劲,用尽全身力气,撑住他,努力重获差点失去的平衡。

在那可怕的时刻,她一声不吭,可以肯定,如果他刚才摔下去,把自己撞坏,她会抱住他一起摔下,绝不会放手,可她手臂上出现了一股从不曾有的力量,渐渐地,她使劲地拽着,拼命地拥着,让他立住了,把他拉到了她的身边,他站平稳了。

接下来,他们半倚着栏杆休息,她背靠着栏杆,他的头就靠在她胸前,她找到机会把他头发从额前梳到后面,悄语道:"用勇气,爱,我不会让你倒下,这会太难吗?"

"不,"他微弱地轻语道,低垂着脸,小心地看着她,"因为有你和我在一起。"

说完,眼睛又低下去,一碎步一碎步,这时更小心了,犹如在双人芭蕾舞中,芭蕾舞演员站在另一舞者的手臂上,垫着尖尖脚,一步步在可怕的黑暗中探索前行。

走到楼梯底部的最后一级,她突然停下,不动了,沉默中,两人呼吸起伏,彼此都听到了。

前门传来了轻且急促的敲门声,偷偷摸摸,鬼鬼祟祟,意味着只有一对耳朵、一对往前探着要仔细听才能听到的耳朵,别的听不到,声音最多是两根手指敲的,或许是一根,敲在木门上,抓刮着,几乎可以说,敲的声音是极其轻的。

随之响起了一声特殊的口哨声,调整到极低、极谨慎的声音,仅大于微微张开上嘴唇发出的呼吸声,悲伤,哀愁,像是小猫头鹰的声音,或似一阵没有固定方向的夜风,轻浮吹过。

断断续续,等待着,又响起来,等待着,响起来。

"嘘,别出声!"他能感到她的手保护性地抱紧他,像是本能地设法保护他不受侵犯,她知道的那种侵犯,知道意味着什么,他当然不知道。"走后门,"她深吸气,"我们从那儿出去——亲爱的,屏住呼吸,发发慈悲,不要弄出声音,否则——我们俩都得死在这儿。"

两人小心地紧拉着,就像以前要保持光明正大一样,现在是要相互保持安静,他们停在楼梯那儿,然后在地板上往后爬,爬到饭厅,她撑住他好不容易休息了一会儿,伸手拿了一杯酒,转动着摇了摇，拔掉玻璃塞，湿润他的嘴唇，另一只手一直勾着扶助他。

"我怕给你太多，"她忧伤地说，"你都耗尽了。"

"有我的爱人在身边，"他答应着，好像是对自己说，"我不会倒下。"

他们移到没有灯的厨房，弯腰溜过去。蓝色夜光下，那个挂着窗帘、有块大玻璃的门，却在凝视着他们，微暗中依稀可辨。

她的手使劲摸动着，他听到了门闩轻轻地刮开，门往里移开，他们脸上出现了逃离的冷静。

他们身后，最后一次敲门声从前门穿过整个房子，还是那么轻，等待了一会儿后，现在又响了起来，比之前更急促，更急迫了，伴随着哨声，透露着隐隐的信息，好像在说："给我开门，开门，你知道我是谁，你认识我，为何迟迟不开门？"因为节奏越来越短，声音有点尖，有点纠缠不休。

他没问她那是谁，生命中有太多的事情，现在问太迟了，知道得也太迟。只有一件事他想知道，他需要知道，终究还是知道：她爱他。

他们挣扎着到了后院，出了后院大门，从几栋房子后面的小巷子，一直走到出口，从那儿到了旁边的马路，然后沿着这条路，到了转弯处，进入了另一条路，这条路绕到他们家对面的房子后面。

"车站，"她不停地说，"车站——哦，路，试试，就前面几条街。只要到那儿，我们就会安全。那边白天晚上一直有人——那边有灯，没人能伤害我们。火车——任何车，去哪儿都行——"

任何车，他的心怦怦直跳，他心里一直说着，去任何地方。

走啊，走啊，两个东倒西歪的身影，口里泣声不断，像摇晃的醉酒人，是的，渴望着生存和爱。没人关注他们，也没人帮助他们。

已经看得见了，穿过前面的广场，火车站广场，镇中心——或者说她是这样告诉他的，他再不能看见比那更远的地方——突然，两人共同发出努力，她的手臂、她的意志都尽力了，他直直地倒在了她的身旁。

她拼命地要把他拉起来，她也太弱，他本身的无力瘫下只能把她也拉弯，倒在他身边，似乎是他拉倒她，而不是她拉他。

"别浪费时间了，"他叹道，"我不能——一步也移不动。"

她挣扎着站起来，心烦意乱地拨着头发，就这样看着。

"我得把你弄出这空旷的地方，到那个室内去！哦，亲爱的，我亲爱的，待这儿太久我们要被抓的——"

弯下身，亲吻他以给他勇气，鼓励他快走，离开现在这个地方。她跑到广场的一处建筑物前廊，门前有点着的煤气盆，还有图文："旅游者，带家具"。

没一会儿她又回来，招着屋里的人出来跟着她，她跑回到他身边，片刻不耽误，立即双手撩起裙子，往前打起结，空出双脚，她身后是一位挽起袖子的男士，刚才她一出现，他就赶紧穿上外套，跟着她出来。

像惊异的小孩一样问着,"这就是它该有的样子吗?爱总是这么伤人吗?"

他回想起他们的经历,现在都过完了。"它伤人,但值得,那是爱。"

就在附近,通过关闭的窗户,外面传来了吸鼻子的声音,就像大公牛,被叮当响的链子拴着,罩着地面。

"那是什么?"他抬了抬头,轻轻地问。

"那是火车,外面不远的黑暗处,火车,进站,或是刚开出几码——"

他的手臂撑在椅子扶手上,把自己探起一点。

"邦尼,那是接我们的车,我们的,任何车,去任何地方——帮我一下,带我出去,我能行的,能赶上车——"

她一辈子过得慌忙,突然改变,匆忙决定,立马搬迁,她太习惯了,总而言之,她时刻准备着。突然,她来精神了,由他点燃的。

"任何地方,甚至纽约,如果他们——你就站我身边。"

她把手伸到他后面,扶他从椅子上站起来。无止境的漂泊又要开始。紧紧地手挽着手,朝门口一步步走去,一步——

他倒下了,这回是彻底倒下,毫无疑问,最后的时刻即将来临。他直挺挺地躺在那儿,脸朝上,等待着,没有抗争,仰面躺着,绝望地看着她。

她把脸埋在他的脸上。

"没时间了,"他说着,嘴唇都没动,"别说话,把你的嘴唇给我,给我告别吧。"

永别之吻。他们的灵魂似乎也一起飞走,努力融合在一起。然后是绝望,失败,分离,一人跌入黑暗,一人留在人间。

她抬起头,只是为了喘口气,他的脸上,她亲吻过的地方留下的是不可言状的满足。

"那是给我的奖励。"他叹声道。

眼睛闭上了,他死了。

她一阵战栗,好像死神袭击的是她。她摇着他,想要把刚才都还能动的他摇醒,但他再也动不了了。她紧紧地抱住他,那种绝望是他永远不会有的,他留下的只是死亡之事。她求他,喊他,她甚至要跟死神讨价,多赢取一点点时间都行。

"不,等等!就一分钟!再给我一分钟,我就让他走!上帝啊,谁都行!只给我一分钟!我有话要对他说!"

没有什么忧伤能比过异教徒的忧伤——突然失去,因为,对异教徒来说,没有来世。

她扑倒在他身上,头发下掉,盖住了他的脸,他曾钟爱的金发,成了他的裹尸布。

她用嘴找寻着他耳朵,对着耳朵说,只给他听。"我爱你,我爱你,你能听到我吗?你在哪里?那就是你总想要知道的,你现在不想了吗?"

"这儿,"她叫道,"这边,他在这儿。"

这男士和她一起搬着躺在地上就像木头一样的人。

"帮我把他搬到你家的一个房间里去。"

这位男士,矮个健壮,双手把地上的人托起,转身走向那出租屋。她在一旁这边跑那边,设法帮忙,托着杜兰德的双脚。

"不需要,我能行,"男士说着,"你先走,打开门。"

车站广场上漆黑的天空,杜兰德眼睛朝上,看着点点星星,感觉跟自己离得很近很近。接着就转换到了石膏顶下的汽灯白光,然后慢慢斜上,渐渐昏暗,他被带到楼上,在搬他的那位男士缓慢移动的脚步声的空隙,他听到她急促和灵敏的脚步声,紧跟其后,很快就感觉自己垂在那的手被她的两只小手抓住,然后在上面的是柔软而热烈的吻。

"抱歉,这儿就这么高,"男士说,"我只有这个了。"

"没关系,"她答道,"随便,随便。"

他们走过过道,起先是漆黑的天花板,然后是渐渐亮到灰白,那是煤气燃后流出的松软的绒灰,他们的影子就跟着移动、并合,最后渐渐消失。

"夫人,要把他放在床上吗?"

"不要,"杜兰德微弱的声音说道,"不要床,床会死人,床意味着死亡。"他看着她,男士把他放在一把椅子上,他对他们笑了笑,坚定地说:"我不会死,是吧,邦尼?"

"绝不会,"她颤声地说,"我不会让你死!"她捏紧小拳头,咬紧牙,他能看到她眼中抗争的星火,犹如打火石。

"需要我给你们叫位医生吗,夫人?"

"这会儿不要,让我们自己待会儿,我等会儿会告诉你,呃,拿上这个,"她从门那儿塞了些钱给他,"一会儿我去办入住登记。"

她锁上门,跑回到杜兰德身边,恳求地蹲在他面前。

"路易斯,路易斯,我追求过钱,追求过好衣服和首饰,对吗?我现在愿意放弃一切,换取你能在我面前站立起来,我愿意用我所有的美貌——"她抓自己的脸,拉着脸颊,好像要把这脸颊换到他脸上去就好,"——我还能给点什么?"

"向上帝祈祷吧,亲爱的,不要求我,"他虚弱、无力地说,"我希望你还是你,就是为了活命,我也不会拿你来换,不会要你这样一位漂亮的女人、高尚的女人来换,我只有我这位虚荣的、自私的邦尼——我爱的是你,好的坏的都爱,而不是女人的那些品德。勇敢点,不要换,我爱我认识的你,如果上帝有爱,他会理解的。"

泪水从她的眼里滚落下来,一辈子没哭过的她,这是积攒了一生的泪水,现在倾盆而下,悔恨莫及。

他的手指颤颤巍巍地摸着流下的泪水。"别再哭了,就几分钟你已经哭得够多了,我本想给你幸福,却给了你泪水。"

她努力屏住哭泣,极力控制着,不哭了。"路易斯,我现在正爱着你,可只有半天,二十三年,就只爱了半天,路易斯。"她就在她悲伤的背后,她的周围,远远的,昏暗的,不被注意的地方,有了响声,门上响起了一阵闷声,后面是喧闹声,交织在一起,就在这时,就在这儿,谁知道怎么回事?或许是邻居们长时间的怀疑集聚起来去告发了,或许是很久以前,莫拜尔的警察突然袭来——太迟了,太迟了,因为她已经逃走了,就像他一样。

"开门,里面!我们是警察!打开门,听到没有!"

他们的生命已没有多大意义了,威胁也不大,因为她亦对另一个人犯下大罪,她已逃脱了这一切。

呻吟已经痛进了另一个无心人的耳朵里。"哦,路易斯,路易斯!我爱你爱得太晚了,太晚了。"

敲门声,喧闹声,悲痛声渐渐远去,一切皆空。

"这就是报应。"

无声的音乐停了下来,跳舞的身影退去,华尔兹结束了。

图书在版编目（CIP）数据

华尔兹终曲 /（美）康奈尔·伍里奇著；万华译. -- 上海：上海文艺出版社，2020（2022.2 重印）
（康奈尔·伍里奇黑色悬疑小说系列）
ISBN 978-7-5321-7659-5

Ⅰ. ①华… Ⅱ. ①康… ②万… Ⅲ. ①长篇小说－美国－现代 Ⅳ. ①I712.45

中国版本图书馆 CIP 数据核字（2020）第 074456 号

华尔兹终曲

著　　者：[美] 康奈尔·伍里奇
译　　者：万　华
责任编辑：胡　捷
装帧设计：周　睿
责任督印：张　凯

出　　版：上海文艺出版社
出　　品：上海故事会文化传媒有限公司
　　　　　（201101　上海市闵行区号景路159弄A座3楼　www.storychina.cn）
发　　行：上海文艺出版社发行中心
　　　　　（上海市闵行区号景路159弄A座2楼206室）
印　　刷：上海中华印刷有限公司
开　　本：889毫米×1194毫米　1/32　印张15.5
版　　次：2020年7月第1版　2022年2月第3次印刷
ＩＳＢＮ：978-7-5321-7659-5/I·6092
定　　价：45.00元

版权所有·不准翻印

上海故事会文化传媒有限公司 出品（00958）www.storychina.cn

想看更多精彩故事？
扫码下载故事会APP

上海故事会文化传媒有限公司所有图书可办理邮购，免收邮费（挂号除外）
汇款地址：上海市闵行区号景路159弄A座2楼206室(201101)　收款人：上海故事会文化传媒有限公司出版发行部
联系电话：021-53204159
如发现本书有质量问题，请与印刷厂质量科联系 T.021-60829062